W0304805

ARCTURUS

BIBLIOTHÈQUE DE L'ÉVASION

DU MÊME AUTEUR
DANS LA MÊME COLLECTION

Chroniques d'Arcturus

Skinn Mac Dana

La navigation de Myrdhinn

Gilles Servat

LES CHRONIQUES D'ARCTURUS
TROISIÈME RÉCIT

ARCTURUS

L'ATALANTE
Nantes

Illustration de couverture : Lidwine

ISBN 2-84172-063-2
ISSN 0993-4855

Librairie l'Atalante, 15, rue des Vieilles-Douves, 44000 Nantes

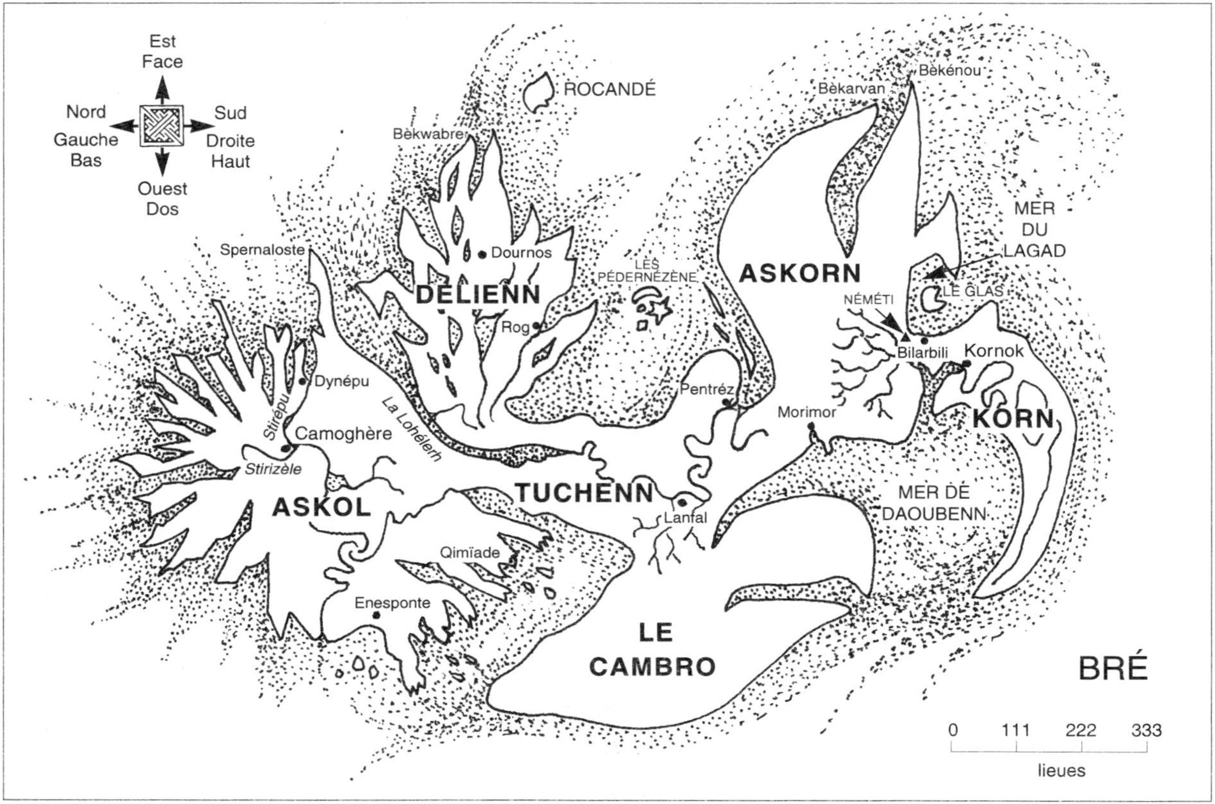
Est
Face
Nord
Gauche
Bas
Sud
Droite
Haut
Ouest
Dos
ROCANDÉ
Bèkénou
Bèkarvan
Bèkwabre
Dournos
DELIENN
Rog
LES PÉDERNÉZÈNE
ASKORN
MER DU LAGAD
LE GLAS
NÉMÉTI
Bilarbili
Kornok
KORN
Spernaloste
Dynépu
Stirépu
Camoghère
Stirizèle
La Lohélerh
Pentréz
Morimor
TUCHENN
Lanfal
ASKOL
Qimïade
Enesponte
MER DE DAOUBENN
LE CAMBRO
BRÉ
0
111
222
333
lieues

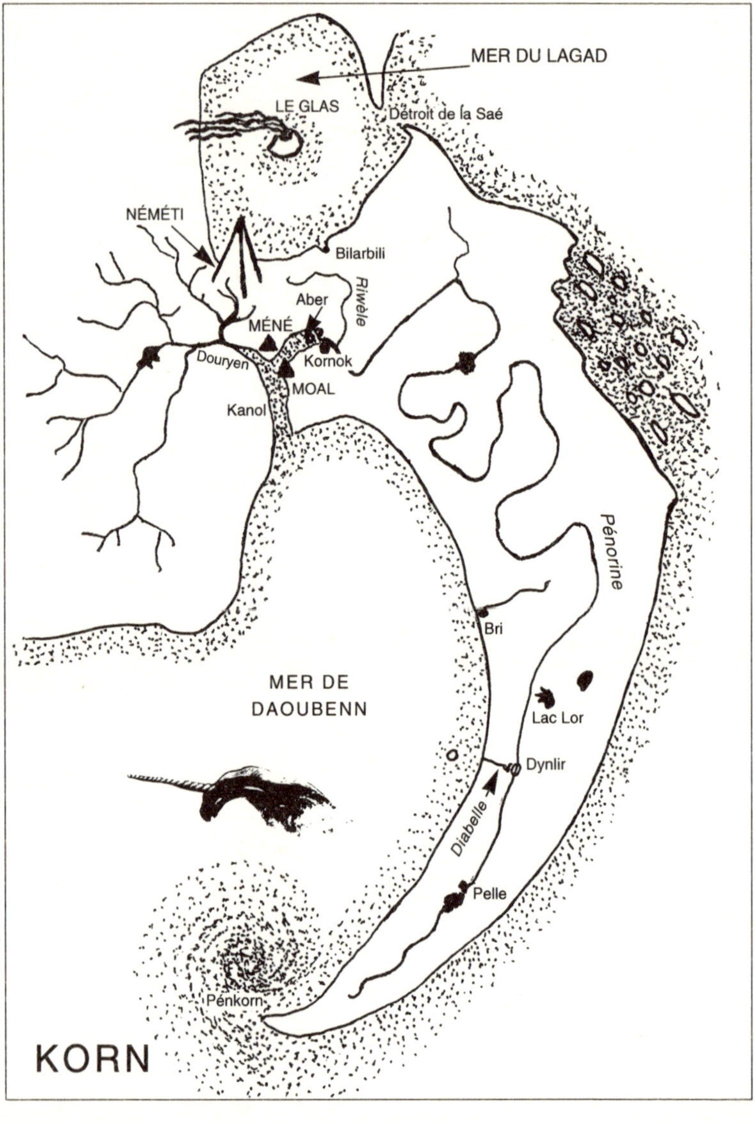
MER DU LAGAD
LE GLAS
Détroit de la Saé
NÉMÉTI
Bilarbili
Riwèle
Aber
MÉNÉ
Douryen
Kornok
MOAL
Kanol
Pénorine
Bri
MER DE
DAOUBENN
Lac Lor
Dynlir
Diabelle
Pelle
Pénkorn
KORN

I

BILARBILI

ARCTURUS, lassé de la danse, est venu s'asseoir sur le rebord de l'estrade et contemple, ébloui, ses armes. Puis il se retourne vers sa tante et soupire. Roi des Brini n'a d'yeux que pour Dour ! Et la belle Liwédie qui connut son père est sortie depuis longtemps, suivie par Enès. Qui me parlera du Nouada dont j'ai vu tout à l'heure le fantôme lumineux ? Si je pouvais me rappeler ses paroles ! Il a dit : « Tu seras un grand guerrier. » Le garçon serre ses armes contre lui en souriant de bonheur. Qu'a-t-il dit encore ? Je le regardais, je n'écoutais pas !... Combattre les nerdud... Les chasser des royaumes. Ah oui ! « Tu achèveras ce que j'ai commencé : vaincre les nerdud chez eux et leur imposer la paix. » Arcturus frissonne. Imposer la paix à l'Ennemi, aller dans le Cambro... Père, tu m'as choisi la plus belle des vies puisqu'elle m'offre la gloire. Sur tes pas, j'irai à Camoghère, à Dournos et... à Lanfal. J'apprendrai à lancer le kaletir de Tuchenn, à bander l'arc de Délienn, à faire vrombir la fronde liwédie. Pour toi je deviendrai le meilleur guerrier de Bré. Je formerai une compagnie guerrière, comme les Cavaliers Arbalètes, et nous chasserons les nerdud ! Ses yeux s'enflamment soudain. Nous chercherons les talismans des dieux et nous les trouverons !

Délaissant arc et fronde, trop étrangers encore, Arcturus prend ses autres armes. Je veux les voir luire dans les derniers rayons d'Armaur et briller dans les premiers feux de Rotan ! Il appelle quelques garçons de son âge qu'il entraîne hors de la maison du banquet.

Le demi-Armaur, presque au zénith, baigne la plage, la mer et les bateaux de son éclat puissant. Vers lui montent l'épée, les javelots, la lance et le bouclier de l'Enfant du Prodige.

— O mon père Armaur, voici mes armes ! Que ta bénédiction soit sur elles, que ta force guide mon bras quand je les utiliserai !

Sous la lumière de l'astre, les autres voient les deux mèches blanches s'allumer dans sa chevelure noire.

— Que ferons-nous, Arc ? demande Gwiniel, son meilleur ami.

— Allongeons-nous sur le sable et regardons les étoiles en attendant l'aube.

— Pourquoi ? dit Kein aux longs bras. Luttons plutôt ! Cela convient mieux aux guerriers que nous serons bientôt, nous aussi !

— Connaître les étoiles convient aussi bien aux guerriers que la lutte. Ils doivent s'orienter dans la nuit. Leur vie en dépend.

— Leur vie dépend surtout de leur force !

— Nous savons que tu nous domines à la lutte, Kein. Tu ferais mieux d'améliorer tes points faibles au lieu de te satisfaire de victoires faciles !

Un concours commence entre eux, à qui nommera les constellations et leurs étoiles. Un seul les connaît toutes, c'est Bédel, élève des drwidhs. Ils en arrivent à Bendèlrode, dont la spirale orne le nord. En son milieu luisent les nébuleux restes laissés par l'étoile Arcturus après son explosion, il y a juste douze ans.

Les regards se tournent vers le fils du Nouada. Il reste muet longtemps, prisonnier d'un songe, les yeux fixés sur la tache laiteuse, avant de murmurer :

— Je fus la source des rayons bleus. Dans l'étoffe de la nuit, je fus le feu offert aux courses des jaos… J'ai souvenir de lumières fluides et de poussières flottantes soufflées dans le vide… Je sais qui je suis et je sais qui j'étais.

Les jeunes garçons écoutent les gargouillis du sable peu à peu délaissé par la mer. Au loin, la gueule rougeoyante du Glas éclaire les panaches de vapeur.

— Quel nom donneras-tu à ton épée, Arc ? demande Gwiniel.

— Que penses-tu de Kanargann ?

— Cela claque fièrement. C'est un beau nom !

Arcturus se lève d'un bond et se met à danser en faisant des moulinets avec son épée. La lame siffle.

— Ecoutez-la chanter ! crie-t-il.

Le sifflement devient miaulement rageur.

— Chant du combat ! Chant du combat !

Il s'arrête brusquement et tend la pointe vers Armaur.

— O mon père cornu, je te présente Kanargann, ma compagne chantante !

Autour de l'astre, le ciel s'éclaircit, comme si, venue de l'est, une marée d'eau claire diluait l'encre nocturne. Arcturus revient s'asseoir parmi les autres et, en attendant que Rotan paraisse derrière les hautes montagnes, ils contemplent et commentent les nuances de rose, de rouge et de bleu sur les neiges de la Néméti.

Kein déplie son long corps maigre et se lève avec des gestes gauches.

— Il est regrettable que le ciel soit sans nuages, dit-il d'une voix geignarde. Cette naissance est sans intérêt et nous aurions eu plus de plaisir à danser.

— Tu nous as suivis sans être invité. Personne ne t'oblige à rester, répond Gwiniel. Retourne à la danse au lieu de gâcher notre plaisir !

— Peuh ! Ecoutez le chouchou du guerrier ! On n'a pas fini de l'entendre, maintenant que l'autre énervé fait siffler son épée au-dessus des coquillages !

Arcturus a bondi jusqu'à Kein.

— Va-t'en !

A cet instant, Rotan pointe au-dessus des pics. Sa lumière frappe les cheveux d'Arcturus, et c'est comme si des rayons cuivrés jaillissaient de ses trois boucles blondes. Cela n'intimide pas Kein, qui, profitant de son allonge, lance le poing. Son adversaire, pour l'éviter, s'accroupit, agrippe le bas des bragos de Kein, se relève en le faisant tomber, plonge, le saisit aux cheveux et lui donne un coup de tête sur le nez. Kein pousse un hurlement. Arcturus est déjà sur pied.

— Tu es grand mais tu es lent.

Kein se relève, barbouillé de sang, furieux. Il se jette sur Arcturus et les deux garçons roulent dans le sable, acharnés à la lutte. La tactique du plus grand est simple : enserrer son adversaire et l'étouffer. Le plus petit finit par se laisser prendre, mais, tandis que l'autre essaie de lui broyer les reins, il lui saisit les oreilles et lui donne un nouveau coup de tête qui casse le nez. Kein pousse un cri mais ne lâche pas prise et serre encore plus fort. Arcturus lui plante ses doigts dans le cou. Ils restent tous deux immobiles, hurlant de rage et de douleur. Leurs voix s'épuisent, deviennent rauques, gémissantes, s'éteignent. Kein tombe, évanoui, la tête privée de sang. Arcturus roule et reste étendu bras en croix pour reprendre son souffle, puis se relève et va chercher ses armes.

— Il est lent mais il est fort ! dit-il aux autres avec un clin d'œil.

Rotan est maintenant presque sortie de la mâchoire des montagnes.

— O ma mère très brillante, voici Kanargann, mon épée. Voici ma lance que je nomme Pelnij parce qu'elle vole au loin. Voici mes cinq javelots que j'appellerai les Cinq Etoiles de Bendèlrode et voici mon bouclier dont le nom sera Gloire de Rotan car je peindrai de carmin son pourtour et de vermillon son umbo. En ton honneur, Prunelle du Jour, le fourreau de Kanargann sera rouge et rouge le fût de ma lance. Que ta bénédiction et celle de la Grande Reine soient sur mes armes !

— Attention ! crie Gwiniel.

Arcturus fait volte-face. Kein vient sur lui. Un revers d'épée fend sa chemise et lui entaille le sein.

— Je suis un guerrier maintenant, Kein. J'ai reçu mes armes et je peux m'en servir contre ceux qui m'attaquent. Va-t'en ou c'est la mort que tu trouveras !

Kein hésite, mais l'attitude décidée d'Arcturus l'impressionne. Il fait demi-tour et s'en va.

— Tu l'aurais tué ? demande Gwiniel.

Le fils du Nouada regarde Kein qui passe la porte de la maison des banquets.

— Il ne faut jamais menacer en vain, c'est ce que dit Mordrouz. Sinon tu perds la confiance de tes amis et deviens la risée de tes ennemis. Ce que tu promets, tiens-le !

— Qu'en pense Bédel ? demande Gad aux yeux de paille.

— Arc dit vrai, mais Mordrouz ajoute aussitôt que, pour cette raison, il ne faut pas faire de menace disproportionnée, ni de promesse qu'on ne puisse tenir.

— Il y a quelque chose sur le sable, près des bateaux ! annonce doucement Gwalmaï aux cheveux rouges, le plus jeune de tous.

— Où vois-tu quelque chose ?

— Près de Marhvaur. Comme un gros poisson.

— C'est vrai, dit Gad.

— Allons-y ! crie Arcturus. Le premier arrivé !

Malgré le poids de ses armes, il devance aisément les autres et se fige, étonné d'abord, puis troublé.

— Ça alors ! dit Gwiniel, arrivé le second. La Liwédie ! C'est drôle, elle suce son pouce…

Gad ricane.

— Il en a de la chance, son pouce, d'entrer dans cette bouche !

— Elle est belle ! dit Gwalmaï.

Gad s'approche de la jeune femme et tourne autour d'elle.

— Belle ? Plus que belle, tu veux dire ! Tentante ! Regardez-moi ce corps !

La robe de Regard d'Espérance, maculée de sable noir, est remontée sur ses épaules et dévoile son corps bleu de la taille jusqu'aux pieds.

— Elle doit avoir froid, dit Arcturus, agacé par ces paroles. Il faut la couvrir d'une zé.

— Penses-tu ? Les Liwédis n'ont jamais froid ! C'est pour ça qu'ils sont bleus !

— Je n'ai jamais vu de fille aussi belle, dit Gwiniel.

— Regardez ces jambes ! Et ce cul ! continue Gad. Et ici, entre ses cuisses, on dirait des petits fils d'or rouge. Joli tissu pour un fourreau !

— Quel fourreau ? demande Gwalmaï.

— Celui de l'épée qui me pousse entre les jambes !

Arcturus lui lance un regard noir. Il plante ses armes dans le sable et, dégrafant sa zé, s'approche de la jeune femme pour la recouvrir.

— Pourquoi fais-tu ça ? demande Gad.

Arcturus, plein de jalousie, répond sèchement.

— Regarder la nudité d'une femme endormie n'est pas une conduite de guerrier.

— Eh ! Tu ne t'es pas privé de la regarder toi aussi !

— Elle ne dort pas, dit Bédel. Si elle dormait, nos voix l'auraient réveillée depuis longtemps.

Arcturus, agenouillé près de Regard d'Espérance, examine son visage.

— Tu crois qu'elle est…

— Il faut voir si elle respire et si son cœur bat. Prends son pouls.

— Je ne sens rien.

— Approche ta joue de ses lèvres, tu sentiras son haleine.

— On dirait qu'elle respire faiblement, mais je ne suis pas sûr. C'est peut-être la brise.

— Alors, il faut écouter son cœur.

En collant son oreille sur les seins révélés par le tissu mouillé de la robe, Arcturus est envahi par un trouble inconnu et puissant. Le désir de la prendre dans ses bras et de l'embrasser lui fait battre le cœur si fort qu'il ne sait plus si c'est le sien ou celui de la jeune femme qu'il entend.

— Alors ? Est-ce qu'il bat ? demande Gad. Tu trouves que c'est une conduite de guerrier de rester aussi longtemps la tête entre ses seins ?

Arcturus se relève.

— Oui, son cœur bat. Elle est évanouie. Qu'allons-nous faire ?

— Il faut aller chercher Talariante, dit Bédel. Il saura la soigner.

A cet instant une voix les interpelle, venue de Marhvaur :

— Qu'est-ce qui se passe ?

Arcturus la reconnaît.

— Ah ! Goapic ! C'est Regard d'Espérance ! Nous l'avons trouvée ici. Elle est évanouie.

— Regard d'Espérance ? Bon sang, si jamais on lui a fait du mal !…

Il saute par-dessus bord et rejoint les garçons.

— J'ai un flacon de fort. Peut-être qu'une gorgée la ferait revenir.

Goapic soulève délicatement la tête de Regard d'Espérance et verse quelques gouttes sur ses lèvres. Sans résultat.

— Il y a longtemps qu'elle est sortie ?

— Je dirais aux alentours de minuit.

Goapic regarde son lestre échoué sur le sable noir.

— La mer était haute.

— Enès est sorti derrière elle.

— Enès ? Et il est rentré sans elle ?

— Il n'est pas rentré.

Goapic regarde Arcturus.

— Il est arrivé quelque chose de grave, seigneur Arcturus. Que devons-nous faire ?

— Va chercher Talariante ! De notre côté, nous essaierons de trouver une trace du drwidh rouge.

Goapic part en courant vers la maison du banquet, et les premières personnes qu'il rencontre sont Dour et Roi des Brini qui sortent en riant. Le marin s'arrête devant la reine, tête baissée, paumes ouvertes.

— Qu'y a-t-il de si pressé, Goapic, que tu viennes t'adresser directement à moi ?

— Arcturus m'a envoyé vous chercher ! Enès a disparu et Regard d'Espérance est évanouie au bord de la plage.

— Talariante est parti dormir, répond Dour. Nous allons le faire prévenir. Mais en attendant qu'il arrive, je vais essayer de la soigner. Passons par ma tente.

— Je pars devant ! dit Roi des Brini.

— Reste avec moi, Goapic, tu m'aideras à porter les lousew.

Dans sa tente, Dour donne des ordres à ses suivantes pour qu'on prévienne le roi et le drwidh, puis elle choisit quelques drogues et, suivie par Goapic, rejoint la petite troupe agglutinée autour de Regard d'Espérance dont la tête repose sur les genoux de Roi des Brini. Dour tend une petite fiole au guerrier blond.

— Fais-lui boire le contenu entier !

Roi des Brini ouvre la bouche de Regard d'Espérance et verse le liquide. Cette fois, la Liwédie réagit. Elle tousse d'abord, puis ouvre les paupières. Mais son regard vide ne reconnaît personne.

— Où est Enès ? demande Roi des Brini.

Ce nom ramène la jeune femme à un semblant de vie.

— E-nès… murmure-t-elle.

Puis, dans un soupir :

— Mort…

Gwalmaï revient avec une baguette de dirdu terminée par une chaînette d'argent, trouvée de l'autre côté de Marhvaur, entre l'étrave et la pierre. Roi des Brini la reconnaît.

— C'est la baguette d'Enès. Jamais il ne l'aurait laissée derrière lui.

— Je crains le pire, dit Goapic. A minuit, la profondeur était de cinq brasses à la pierre. Enès n'a pas perdu sa baguette en marchant…

Dour s'adresse au matelot.

— Avez-vous de l'eau chaude sur Marhvaur ?

— C'est très facile d'en faire chauffer. Il y a un brasero allumé dans la tente de l'équipage.

— Conduis-moi sur ton bateau. Je vais préparer des lousew pour lui délier la langue.

— Bourjine ! Envoie l'échelle ! crie Goapic.

Flemm apparaît, les cheveux ébouriffés.

— Bourjine dort ! La nuit a été chaude !

— Rafraîchis-toi en envoyant l'échelle ! Et tâche de bien te tenir ! C'est Dour qui monte à bord !

Flemm s'exécute et tend la main pour aider la Blonde à franchir le pavois.

— Eh bien, Flemm, il a fallu que tu ne sois plus à moi pour que tu puisses enfin toucher la main d'une reine ! Fais-moi chauffer de l'eau dans un petit chaudron propre !

Bourjine sort de la tente en plissant le front, de douleur sans doute.

— Dour ? A bord ?

— Oui, Bourjine. Je suis venue préparer des lousew pour faire parler la Liwédie.

— Regard d'Espérance ? Qu'est-ce qu'elle a ?

— Enès a disparu, noyé sans doute, et elle seule peut nous dire comment. Pour l'instant elle est muette, mais je saurai la faire parler.

— La faire parler ? Vous croyez qu'elle…

— L'eau est chaude ! crie Flemm.

— Apporte-la ici avec un bol et une cuiller propres !

Dour s'accroupit sur le pont du lestre et demande à Goapic de déposer les pots de lousew autour du petit chaudron. Puis elle utilise la cuiller pour mesurer les poudres dans le bol et bien les mélanger. Ensuite, elle fait tourner l'eau dans le chaudron et verse doucement dessus le contenu du bol. Avant qu'elle ne pose un couvercle, Goapic a le temps de voir la teinte violet foncé du liquide et de sentir l'odeur un peu âcre qui s'en dégage. Dour prend le chaudron par l'anse et se relève.

— Voilà ! Allons-y ! Flemm, aide-moi à descendre ! Goapic, n'oublie pas de me rapporter mes lousew !

Dès qu'elle est sur le sable, elle court vers Regard d'Espérance. Le groupe s'est agrandi. Morlude aux dents de sable, Talariante, Mordrouz et d'autres sont là. Roi des Brini tient toujours la tête de Regard d'Espérance sur ses genoux. Il lui frotte les tempes et lui parle tendrement. Arcturus, qui se tient tout près, ne peut s'empêcher d'en concevoir un peu de souffrance jalouse. Dour se fraie un passage parmi les curieux. Goapic en profite pour s'approcher.

— J'ai préparé ceci sur Marhvaur, dit la reine. Qu'elle le boive et nous saurons la vérité.

— Qu'est-ce que c'est ? demande Talariante.

— Une simple mixture de lousew connus pour donner des forces et éclaircir l'esprit. Nous l'utilisons beaucoup, à Mané, quand les femmes sont prises de faiblesse. Il n'y a là rien de magique.

— Puis-je le sentir ?

— Tu n'as pas confiance en moi, Talariante, pour m'imposer cet interrogatoire humiliant ? Crois-tu que nous avons du temps à gaspiller ? Ce breuvage perdra une partie de sa force en refroidissant !

— Elle a raison, Talariante, dit Morlude. Laisse donc Dour donner sa mixture à Regard d'Espérance !

Dour demande à Roi des Brini de redresser la Liwédie, puis, cuillerée par cuillerée, elle lui fait boire toute la potion.

— Il faut attendre, maintenant ; ce ne sera pas très long.

Effectivement, la jeune femme ouvre les yeux et commence à bouger, mais quand son regard croise celui d'Arcturus, le garçon sent qu'elle ne le reconnaît pas.

— Où est Enès ? demande la reine.

— Enès… chemin de lumière… noyé.

— C'est toi qui l'as noyé ?

— Oui… noyé.

Un murmure s'élève dans le groupe. Roi des Brini, incrédule, regarde Dour poser encore sa question.

— Regarde-moi dans les yeux ! C'est toi qui as noyé Enès ?

La jeune femme ne répond pas, mais Roi des Brini sent qu'elle se crispe.

— C'est toi qui as noyé Enès ?

La crispation devient plus forte.

— C'est toi qui as noyé Enès !

Regard d'Espérance se relâche brusquement et répond :

— Oui ! C'est moi ! Noyé… Enès ! C'est moi ! C'est moi !

Elle éclate en sanglots puis sombre à nouveau dans l'inconscience. Roi des Brini la dépose sur le sable et se relève.

— Cet aveu est sans valeur ! Elle aimait trop Enès pour le tuer. Je peux en témoigner. Et Kwir, qui est là, peut le dire aussi. N'est-ce pas, Kwir ?

— C'est vrai. Fleur de Gwarés aimait beaucoup Enès en tant qu'homme et le respectait en tant que drwidh. Elle quêtait souvent ses conseils et réglait sa conduite sur ses avis. J'ai du mal à croire qu'elle ait pu le noyer.

— Nous savons tout cela, dit Talariante. Enès lui-même nous a parlé, hier matin, de l'estime qu'il portait à Regard d'Espérance. Il n'empêche qu'elle a clairement avoué son crime, et ces aveux suffisent à la condamner.

Roi des Brini blêmit.

— La condamner ? A quoi ?

— Pour la mort d'un drwidh, le prix est justement la noyade. Ainsi, elle périra comme elle a fait périr.

— C'est impossible ! Fleur de Gwarés est innocente ! Vous ne voulez pas écouter le témoignage des étrangers ? Très bien ! Demandez à Goapic et à l'équipage de Marhvaur ! Goapic ! viens à mon secours !

— Mon équipage et moi, nous pouvons témoigner que Roi des Brini et Kwir ont dit la vérité sur cette jeune femme et sur l'amitié qu'elle portait à Enès.

— Je ne t'ai pas demandé de parler, Goapic ! dit Morlude. Que nous importe l'avis d'un matelot, qu'il soit kerni ou non !... Et toi, Roi des Brini, ne crois pas que nous refusons ton témoignage parce que tu es étranger. Nous l'écartons parce qu'il ne prouve rien. Regard d'Espérance a avoué. On a déjà vu des crimes commis entre amis !

— Vous êtes en train de condamner quelqu'un pour un meurtre sans motif.

— Pour quelle raison l'a-t-elle fait ? Nous ne le saurons sans doute jamais. Mais elle l'a fait.

— Et pour un meurtre sans cadavre ! Qu'est-ce qui prouve qu'Enès est mort ?

— Nous avons retrouvé sa baguette, dit Dour. Il ne s'en serait jamais séparé. C'est toi qui l'as dit tout à l'heure.

— Mais tout ceci est risible ! Comment aurait-elle pu noyer Enès ? Elle n'en aurait pas eu la force !

Dour émet un gloussement ironique.

— C'est ton argument qui est risible. Il me semble que les exploits qui lui ont été attribués, par toi-même d'ailleurs, prouvent le contraire. C'est une redoutable guerrière.

Roi des Brini se tourne vers le roi.

— Rappelle-toi tes paroles, hier soir, dans la maison du banquet. Tu as dit que Regard d'Espérance était sous ta protection et que quiconque voudrait lui nuire te nuirait à toi.

— Je ne peux protéger la meurtrière d'un drwidh, Roi des Brini. Mais, par contre, puisque tu sembles convaincu de l'innocence de cette jeune femme, pourquoi ne prouves-tu pas avec tes armes que la vérité est de ton côté ?

— Que dois-je faire pour cela ?

Talariante prend la parole.

— Tu dois proclamer que Regard d'Espérance est innocente, et, après avoir choisi comme garant le dieu de ton choix, défier par les armes quiconque affirmera le contraire.

Dour lance un regard glacé à Morlude et s'approche de Roi des Brini.

— Ne fais pas cela ! C'est un drwidh qui a été noyé. C'était ton ami. Je ne te comprends pas. Tu penses plus à elle qu'à lui. Elle a avoué ! Que faut-il de plus ? Laisse faire la justice des drwidhs.

— Je pense aussi à Enès et je suis sûr qu'il la défendrait avec la même force que moi ! Ecoutez tous ! Regard d'Espérance est innocente, et ceux qui prétendent le contraire sont des menteurs ! Par la Grande Reine, je les défie de prouver que j'ai tort !

Dour blêmit.

— Et si je dis qu'elle est coupable, me traiteras-tu de menteuse ?

Nombreux sont les guerriers que la beauté de Dour n'a pas laissés insensibles et qui ont pour secret espoir de lui plaire en devenant un jour son champion. Maurvong, fils de Kadour, est de ceux-là. Sa peau hâlée aux embruns et aux vents renforce l'éclat des yeux bleus presque verts. Il porte les cheveux longs déroulés, en cascade brune, sur une chemise où se croisent des vagues noires et rouges. La première fois qu'elle vint à Kornok, la Blonde de Dournos lança une œillade admirative à sa beauté.

Il s'avance face à Roi des Brini.

— Et moi je dis que Regard d'Espérance est coupable et, par le Douéda, je prouverai que tu mens !

Le visage de Dour se décompose quand elle comprend soudain qu'elle a été trop loin, emportée par son désir d'écarter Regard d'Espérance. Rien ne peut plus empêcher ce combat où elle risque de perdre Roi des Brini en voulant le gagner. Déjà le cercle s'agrandit autour des deux hommes. Arcturus et Gwiniel sont au premier rang.

— Qui sera vainqueur, d'après toi ? demande Gwiniel.

— J'aimerais bien que ce soit Roi des Brini. Mais je connais Maurvong. C'est un grand guerrier. On dit que Mordrouz commence à le redouter.

— Regarde l'épée de Roi des Brini. Elle est plus noire que le dirdu et elle a une forme étrange.

— C'est une lame ancienne, sûrement. Elle ne résistera pas à l'épée de Maurvong !

Arcturus regarde Regard d'Espérance et son cœur se serre. Elle va mourir. Et Goapic ! Pourquoi arbore-t-il ce sourire benêt ? Comme les autres matelots, d'ailleurs. Ils ont l'air bien confiants... Roi des Brini aussi paraît confiant. Sans s'émouvoir, il laisse Maurvong faire des moulinets et des jeux guerriers avec son épée. Soudain le Kerni porte une attaque. La main gauche de Roi des Brini bloque le poignet. Avec le pommeau de Solution Brutale, il porte au visage de Maurvong un coup qui l'envoie rouler sur le sable. Roi des Brini ramasse l'épée de son adversaire et la plie en deux sur son genou, comme si le dirdu était devenu mou, puis il se retourne et va vers Talariante et Morlude.

— J'ai prouvé l'innocence de Regard d'Espérance, dit-il. Restons-en là sans que le sang ne coule.

Maurvong est tombé près des armes d'Arcturus. Il saisit Kanargann et court vers Roi des Brini pour le frapper dans le dos. Mais Arcturus lui fait un croc-en-jambe et il s'étale.

— C'est mon épée, Maurvong !

Le garçon en furie saute sur le guerrier pour lui arracher Kanargann. D'un coup de poing, l'autre se débarrasse de lui. Arcturus, hurlant de rage, poursuivi par Maurvong, court vers Pelnij, l'arrache du sable et la lance à bout portant. La pointe transperce le foie et les reins du fils de Kadour. Il s'arrête, tombe sur les genoux. L'épée glisse de sa main. Arcturus la ramasse et, d'un coup, lui coupe la tête.

Trois bruits dans le silence épais des hommes : le grondement lointain du Glas, le sang qui coule sur le sable et la respiration violente d'Arcturus.

Il crie soudain à la face du monde :

— Voilà ce qui attend ceux qui toucheront mes armes !

Roi des Brini vient vers lui.

— Tu m'as sauvé la vie et, ce faisant, tu as aussi sauvé Regard d'Espérance. J'ai une double dette envers toi. Entre nous, désormais, c'est à la vie à la mort, comme c'était entre ton père et moi. Viens, maintenant ! Nous devons nous occuper d'elle.

Kwir a redressé Regard d'Espérance. Talariante lui pose la main sur le front.

— Cette femme est innocente du crime dont elle s'est accusée ! La Grande Reine et le Douéda l'ont prouvé. Roi des Brini a vaincu Maurvong en épargnant sa vie. C'est la preuve de la Grande Reine. Le fils de Kadour a choisi la traîtrise contre celui qui s'était montré magnanime. Sa mort a suivi. C'est la preuve du Douéda dont l'instrument fut Arcturus !

Roi des Brini s'accroupit devant Regard d'Espérance et lui prend les mains.

— Tu es sauvée !

Elle reste muette, indifférente, et ne lève même pas sur lui ses yeux vides.

— Nous allons te conduire à la tente pour te donner un bain chaud. Tu vas dormir tranquillement, et quand tu te seras bien reposée, tu nous diras ce qui est arrivé à Enès.

Une petite flamme s'allume dans les prunelles de la Liwédie. Elle soupire :

— Enès…

Roi des Brini sent encore ses mains qui se crispent.

— Ne dis rien. Calme-toi.

Mais elle relève la tête, les yeux hagards et articule mécaniquement, d'une voix forte :

— Enès ! C'est moi qui l'ai noyé !

Le malaise est grand parmi les Kernis. Certains murmurent que Maurvong n'a pas été vraiment vaincu par le guerrier blond. D'autres disent qu'en lui tordant son épée il mettait fin au combat et que, parce qu'il est plus humiliant de perdre ses armes que sa vie, la victoire de Roi des Brini est plus grande que s'il l'avait tué. Pour calmer les esprits, Talariante secoue sa baguette.

— Cette femme est innocente ! Les dieux l'ont prouvé ! Sans doute s'accuse-t-elle parce qu'elle a perdu l'esprit. Il faut attendre qu'il lui revienne !

Dour déclare aussitôt :

— Tant qu'elle sera dans cet état, je ne veux plus voir cette fille ! Et je n'irai certainement pas en sa compagnie jusqu'à Kornok !

Les regards se tournent vers Morlude aux dents de sable.

— Talariante a parlé ! dit-il. L'innocence de Regard d'Espérance a été prouvée. Par conséquent, ce que j'ai dit hier soir garde toute sa valeur. Quiconque, dans le royaume de Korn, voudra lui nuire, c'est à moi qu'il nuira ! D'un autre côté, je comprends que certains d'entre nous soient troublés par ses déclarations et ne souhaitent pas la compagnie d'une personne dérangée dont les paroles, sans cesse, nous rappelleraient des souvenirs pénibles. Je souhaite donc qu'elle reste à Bilarbili, en compagnie de Kwir, le temps de retrouver sa tête.

— Je reste aussi ! s'écrie Roi des Brini.

Dour pousse un soupir d'énervement.

— Je te rappelle que tu as une dette envers moi. Tu dois venir à Kornok pour y construire un lestre équivalent à Marhvaur en remplacement de Vivi. De plus, tu as maintenant des devoirs envers Arcturus. Tu ne peux rester ici.

— Alors, Regard d'Espérance m'accompagnera, car je ne la laisserai pas seule à Bilarbili.

— Puis-je faire une proposition ? demande Goapic.

Morlude aux dents de sable le regarde froidement.

— J'espère pour toi qu'elle sera intéressante. Parle !

— Regard d'Espérance nous a souvent dit qu'elle appréciait notre compagnie et nous l'aimons tous avec le plus grand respect.

Peut-être recouvera-t-elle plus facilement son sens à bord de Marhvaur qu'elle connaît, plutôt qu'à Kornok où elle est étrangère ? De son côté, Roi des Brini sait que nous prendrons le plus grand soin d'elle et qu'il peut avoir confiance en nous. Nous appareillerons cet après-midi pour aller à Kornok en doublant le Pénkorn. Vu le temps et les vents, c'est un voyage d'au moins deux neuvaines qui laisserait à Regard d'Espérance le temps de guérir.

Morlude regarde Roi des Brini.

— Que penses-tu de cette offre ?

— Je l'accepte avec joie ! J'ai toute confiance en Goapic et ses matelots. Elle ne pourrait être en meilleures mains. Je suis sûr qu'elle sera guérie avant d'arriver à Kornok.

— C'était une bonne proposition, Goapic, dit le roi. Je l'accepte aussi. Roi des Brini, occupe-toi de Regard d'Espérance pendant que nous préparons le départ. Dans deux heures, nous prendrons un repas puis nous partirons vers le col des Arbres-Perdues.

Roi des Brini se tourne vers Arcturus.

— Veux-tu m'aider ?

Le garçon regarde la Liwédie.

— Oh oui !

— Bon ! Je vais la porter jusqu'à notre tente. Kwir, cours faire chauffer de l'eau ! Pendant ce temps, Goapic va préparer le lestre. Toi, comment t'appelles-tu ?

— Gwiniel.

— Très bien. Gwiniel, tu vas aller dans la maison du banquet chercher les robes de Regard d'Espérance. Tu les emporteras sur Marhvaur et tu m'en laisseras une au passage. Arcturus, prends tes armes et escorte-moi.

Il roule Regard d'Espérance dans la zé du garçon et la couche en travers de ses épaules.

— Allons-y !

Arcturus prend ses armes et prévient Dour.

— Je voyagerai avec Roi des Brini ! Prenez mes affaires dans votre chariot, je les retrouverai ce soir !

La Blonde les regarde s'éloigner avec un sourire méprisant. Vous pouvez bien la confier à Goapic ou à qui vous voudrez ! Sans antidote, elle ne retrouvera jamais la raison…

Arrivé à la tente, Roi des Brini est déçu par la taille du baquet.

— C'est tout ce que tu as trouvé, Kwir ?

— Il y a sûrement mieux, mais c'est tout ce qu'on m'a donné.

— Ma tante a une baignoire, dit Arcturus, mais…

— Ce n'est pas la peine d'aller lui demander, hein ?

— Je ne crois pas, non !

— C'est pour toi que je vais à Kornok, Arcturus. Tu me plais, et ce sera un plaisir d'être ton tuteur comme Skinn me l'a demandé. Si tu n'étais pas là, je partirais.

— Tu ne pourrais pas ! Tu as une dette envers Dour ! Elle t'en empêcherait !

— Je voudrais bien savoir comment !

— Par la force ! Les guerriers kernis ne sont pas des petits combattants !

— Ecoute, tu as vu comment j'ai battu Maurvong ? Eh bien, j'ai retenu mon coup. Je pouvais le tuer facilement.

— D'un coup de poing ?

— Oui. Et tous les guerriers kernis, je les tuerais aussi facilement. Tu sais pourquoi ?

— Non…

— Par la mer, la terre et le vent, jure-moi de ne répéter à personne ce que je vais te dire.

— Par la mer, la terre et le vent, je le jure.

— As-tu entendu parler des skaotes ?

— Non.

— Certaines Liwédies ont un don. Elles peuvent donner le losca, la force guerrière, à ceux qui ont la capacité de le prendre. Regard d'Espérance est une skaote, et je lui ai pris le losca. Depuis, je sais me servir de toutes les armes, je vais plus vite que les autres, et surtout, je devine ce qu'ils vont faire.

— Comment se prend le losca ?

— Dans un lit d'amour. Mais il n'est pas donné à tous.

— Tu veux dire que tous les guerriers liwédis ont essayé… avec Regard d'Espérance ?

— Non. Quand je l'ai rencontrée, elle vivait avec Arar. Seulement, bien que ce soit un grand guerrier, il n'a pas le don et ne lui a jamais pris le losca. Ensuite, elle est venue avec moi et n'a pas connu d'autre homme que nous… sauf un Prinvi qui l'a forcée…

Kwir apporte l'eau chaude et ils allongent Regard d'Espérance sur des peaux. Roi des Brini regarde Arcturus.

— Bon. Nous allons la dévêtir et l'asseoir dans le baquet. Tu la tiendras pendant que je la laverai.

Il reconnaît la broche qui agrafe la robe à l'épaule. Fleur de Gwarés l'avait perdue la nuit, dans le désert d'Askorn… Une bouffée de tendresse envahit le guerrier. Il prend le bijou et l'accroche à sa ceinture. Puis, avec mille précautions, ils enlèvent la robe de la jeune femme.

— Elle est belle, hein ? dit Roi des Brini.

— Oh oui !

— Certains sont beaux à l'extérieur et laids en dedans. Mais cette fille est encore plus belle à l'intérieur. Il faut l'aimer beaucoup et la respecter encore plus.

— Pourquoi est-elle comme ça ?

— Belle en dedans ?

— Non ! Sans réaction, les yeux vides, inerte. Pourquoi s'accuse-t-elle ?

— Il s'est passé quelque chose de terrible sur la plage, cette nuit, et tu peux être sûr qu'elle a essayé de défendre Enès plutôt que de le noyer ! Je suppose qu'elle n'a pu empêcher le malheur d'arriver. Elle aimait beaucoup Enès et avait aussi très peur qu'il ne soit plus là pour lui dicter sa conduite à Kornok. Tu n'imagines pas quelles histoires les Liwédis racontent sur les Kernis !... Regard d'Espérance ne peut supporter la disparition d'Enès. Elle se réfugie dans cette sorte de folie qui la coupe du monde, et comme elle n'a pas réussi à le sauver, elle se sent responsable de sa mort et s'accuse de l'avoir tué.

— Pourra-t-elle guérir ?

— Sur Marhvaur, oui, j'en suis sûr ! Aide-moi, maintenant, nous allons l'asseoir dans le baquet. Tu la maintiendras pendant que je l'arroserai.

— On devrait lui laver les cheveux avec autre chose que de l'eau. Ils sont si beaux. On ne peut pas les laisser comme ça.

— A voir les tiens, je suis sûr que tu as une recette pour embellir une chevelure.

— Il faut battre une cuillerée d'inihwek et deux jaunes d'œufs de skrivig dans de l'huile de kelvése puis ajouter quelques paillettes de soude.

— Tu saurais trouver tous ces ingrédients ?

— Facile !

— Bon. Je vais me débrouiller avec Regard d'Espérance. Va vite chercher tes ingrédients et tu lui laveras la tête.

Le garçon part en courant, pressé de revenir, autant pour la jeune femme que pour l'ami de son père. Il va directement à la tente de la reine et profite du remue-ménage pour se faufiler sous la toile sans être vu et ressortir de la même façon. Alors qu'il court en prenant soin de ne pas lâcher les œufs, une grosse voix le hèle :

— Fais attention à toi, Arcturus !

Le garçon s'arrête. C'est Mordrouz.

— Pourquoi me dis-tu cela ?

— Prends garde, quand tu seras à Kornok des falaises ! Kadour ne te pardonnera jamais d'avoir tué son fils. Et les deux frères de Maurvong non plus !

Sans répondre, Arcturus file jusqu'à la tente de Roi des Brini où Regard d'Espérance, étendue sur le dos, offre à ses regards toutes les beautés de son corps. Il commence à battre une pâte rouge sombre dans l'huile.

— Qu'est ce que c'est que cette pâte ?

— Quelle pâte ?

— Celle que tu bats dans l'huile !

— Ah oui ! C'est, euh... de l'inihwek !

— Tu en es sûr ?

— Ah oui, oui !

— Et d'où vient l'inihwek ?

— De la tente de Dour !

— D'accord, mais avec quoi est-ce fait ?

— Ah ? Euh... Ce sont les safronis qui le font avec des keuzes. Tu verras, demain, les collines en sont couvertes. On fait aussi du medh avec ! Oui, du medh.

— Tu m'as l'air troublé, mon garçon. Il s'est passé quelque chose ?

Arcturus s'arrête et lève un front soucieux.

— J'ai rencontré Mordrouz en revenant. Il a dit que le père de Maurvong et ses deux frères ne me pardonneraient jamais sa mort.

— Où sont-ils ?

— Ils habitent un dyn, près du palais, à Kornok.

— Ne te soucie pas de cela. Je serai avec toi. A tous les deux nous valons bien ces trois-là, non ?

— Sans doute...

— Allez ! L'heure avance, lavons les cheveux de Regard d'Espérance. Je veux la porter sur Marhvaur avant le repas.

Arcturus applique avec soin sa recette sur la longue chevelure.

— C'est incroyable. Elle lui descend au moins jusqu'aux talons !

— Si tu la voyais coiffée comme un ijen ! Les pointes de ses cheveux lui battent les mollets. Elle m'est apparue comme ça, une nuit, à Camoghère, avec ses trois cornes et sa longue queue. Nue… Je la fuyais, mais comment lui résister ?

— Qu'as-tu fait ?

— Je suis allé vers elle.

Roi des Brini verse un broc d'eau tiède sur les cheveux de Regard d'Espérance.

— Je te raconterai la suite pendant le voyage. Peignons-la, maintenant.

Sous les dents d'écaille, la chevelure se démêle et retrouve son soyeux.

— C'est une bonne recette, Arcturus, tes œufs, ton huile et ta pâte. Il faudra la donner à Regard d'Espérance quand elle sera guérie. Je te garantis un beau succès… Que fait Gwiniel ? Il faut l'habiller, maintenant.

— C'est vrai, il aurait dû rapporter la robe depuis longtemps !

— Bon, à la guerre comme à la guerre ! Es-tu d'accord pour lui laisser ta zé ?

— Oh, oui ! J'en ai d'autres. Je suis très fier qu'une personne comme elle porte un de mes vêtements.

— Alors allons sur Marhvaur. Gwiniel nous attend peut-être là-bas. Prends tes armes !

Arrivés à mi-chemin, ils voient un corps sur le sable. Les robes, disséminées autour, ont été piétinées. Gwiniel, allongé sur le ventre, évanoui, montre une moitié de visage tuméfiée.

— Secoue les robes et pose-les sur le dos de Regard d'Espérance ! Je vais sur le lestre pendant que tu veilles ton ami.

L'équipage devait l'attendre, car Flemm et Mail viennent à sa rencontre et l'aident à monter son fardeau.

— J'ai préféré l'installer dans la cale, dit Goapic. Si nous essuyons un grain, elle sera incapable de se débrouiller sur le pont.

Les matelots descendent Regard d'Espérance par l'écoutille avec une douceur et une délicatesse qui font sourire Roi des Brini. Il descend à son tour pour s'assurer qu'elle est bien installée. La jeune femme, dont les yeux ouverts ne regardent rien, est allongée sur une jolie couverture neuve en laine d'ijen cachant une couche de fin goémon moelleux, lavé à l'eau douce et séché à l'ombre. Tout est propre et net autour d'elle.

— Vous avez bien travaillé, dit Roi des Brini. Merci pour elle. Laissez-moi, maintenant.

Une fois seul, il entreprend de passer une robe à Regard d'Espérance, tâche difficile avec ce corps mou et ces membres relâchés. Quand, enfin, il a terminé, Roi des Brini pose une main sur le front bleu.

— Tu guériras, Fleur de Gwarés, ma douce. Tu retrouveras ta raison et je t'emmènerai à Camoghère avec Arcturus.

A ce nom, le regard de la jeune femme s'allume. Elle se redresse sur les coudes et murmure :

— Arcturus… Enès…

Puis sa voix monte.

— Le chemin de lumière ! Enès ! C'est moi qui l'ai noyé !

Elle se laisse retomber en arrière et demeure inerte. Roi des Brini embrasse ses lèvres et remonte sur le pont.

— Elle sera bien soignée avec nous. Sois sans crainte ! dit Goapic.

— C'est vrai, ajoute Bourjine. Nous aimons Regard d'Espérance. Nous ferons tout pour qu'elle se sente bien et personne ne lui manquera de respect.

Roi des Brini regarde les matelots.

— Je sais. J'ai confiance en vous.

Goapic se racle la gorge.

— Avant de nous quitter, je voudrais te parler de quelque chose.

— Quoi donc ?

— Ne le prends pas mal. Mes paroles sont celles d'un ami, même si je ne suis qu'un matelot s'adressant à un guerrier.

— Je t'écoute comme un ami.

— C'est Dour... Fais attention. Enfin... méfie-toi d'elle !

— Pourquoi me dis-tu cela ?

— Je l'ai observée tout à l'heure. Elle voulait à tout prix que Regard d'Espérance soit condamnée et, crois-moi, elle a tiré une drôle de tête quand tu as proclamé son innocence !

— Je l'ai remarqué aussi. Et j'ai décidé de ne plus la voir. Le nouveau lestre sera construit le plus vite possible. Dès qu'il sera fini, je partirai avec Regard d'Espérance. Quand retournes-tu à Dynépu ?

— C'est Morlude qui décide...

Roi des Brini enjambe le pavois.

— Nous en reparlerons à Kornok, quand vous me ramènerez Regard d'Espérance guérie.

Goapic le retient par la manche.

— Attends ! N'as-tu pas été frappé par ce qu'elle a dit, sur la plage ? Souviens-toi ! Avant de s'accuser, elle a dit « chemin de lumière ».

— Oui. Elle vient de me le répéter.

— Nous avons réfléchi à ces mots, les gars et moi. Qu'est-ce qui fait un chemin de lumière, la nuit, sur la mer ?

— Je ne sais pas...

— Un chemin de reflets lumineux.

— Armaur ?

— Il s'est levé à peu près à l'heure où, d'après Arcturus, Regard d'Espérance et Enès ont quitté le banquet. Et s'ils étaient à l'endroit où nous avons retrouvé ta compagne, il s'est levé face à eux.

— La malédiction du drwidh domni ?

— Quelque chose comme ça...

Roi des Brini regarde les eaux basses.

— Enès aurait marché jusqu'à se noyer? C'est difficile à croire.

— Il y avait peut-être quelque chose dans la mer...

Le Mézine s'est levé, formant les vagues, au large.

— Tu veux dire quelque chose avec de gros yeux ronds ?

— Pourquoi pas... Cette foutue glandouille nous a suivis jusqu'au bout, voilà mon avis !

— Peut-être... Le monstre aurait emporté Enès et Regard d'Espérance n'a rien pu faire. Cela expliquerait sa folie. Reste une chose à éclaircir : comment Enès a-t-il pu se faire surprendre ?

— Regard d'Espérance nous le dira. Rendez-vous à Kornok ! Tu verras, ta compagne sera appuyée au pavois quand nous arriverons au port, et elle te fera signe de la main !

Roi des Brini serre l'épaule du marin.

— A bientôt, Goapic !

Il regarde Arcturus qui l'attend sur la plage.

— Encore un mot. Avez-vous vu des gens se battre, là où se trouve Arcturus ?

— Pachpi ! C'est toi qui étais de garde.

— Oui, j'ai vu un garçon se faire attaquer par une espèce de grand arquelier qui lui tapait dessus à tour de bras. Et ça en fait des tours, parce qu'ils sont longs ses bras !

— Et tu l'as reconnu, ce grand arquelier, comme tu dis ?

— A première vue, je dirais que c'est Kein, le fils de Dourghi. Mais je peux me tromper. Je n'ai pas les yeux de Regard d'Espérance.

— Dourghi est le frère de Maurvong, dit Goapic.

— Ah ! Et je suppose que Dourghi est ici ?

— Possible, mais je ne l'ai pas vu.

— Bon. Cette fois, j'y vais.

Roi des Brini tapote le pavois de Marhvaur et lance un regard à l'écoutille.

— A vrai dire, je n'ai pas envie de quitter ton bateau, Goapic.

Il saute sur le sable et part sans se retourner.

Arcturus trouve le temps long. Là-haut, les tentes ont été pliées. Jamais la plage de Bilarbili ne lui a semblé aussi vaste et vide ; il se sent, sur le sable gris, comme une cible rouge, offerte à ceux qui ont battu Gwiniel. Que crains-tu ? N'as-tu pas vaincu Maurvong ? Qu'ils viennent et ils connaîtront le même sort ! Il plante les Cinq Etoiles devant lui, prêtes pour le lancer, puis considère la hampe de Pelnij, tachée de brun. Comme tu l'as percé facilement, son corps... Et toi, Kanargann, comme tu l'as tranché, son cou... Le garçon frissonne. Ne faiblis pas, Arc. Tu voulais être guerrier. A quoi t'attendais-tu ? La mort est le but des armes. Endurcis ton cœur. Ne laisse pas la lâcheté le ronger... Mais est-ce lâche d'être accessible à la pitié ? Faut-il aimer donner la mort ? Celui qui tue par plaisir est-il plus courageux que celui qui répugne à tuer ? Un bon guerrier doit-il être insensible ? Grande Reine, éclaire-moi...

Du nord, il voit venir une vran, qui fait un tour à droite avant de se poser devant lui. L'œil noir et rond le fixe et une pensée lui vient : la honte est ton ennemie. N'aie jamais honte, ni devant les autres, ni devant toi-même. Que cela soit la mesure de tes actes et tu ne te déroberas pas à tes devoirs de guerrier.

L'oiseau s'envole soudain. Le garçon fait volte-face, l'épée haute. Personne. Gwiniel geint à ses pieds. Arcturus se penche pour l'examiner. L'œil gauche est invisible sous les chairs gonflées, bleues, sanguinolentes, et les traces d'une humeur transparente, sur la joue, font craindre qu'il ne soit crevé. L'humérus droit, cassé au-dessus du coude, pointe sous la peau. Les côtes ne valent sans doute guère mieux, car Gwiniel respire difficilement.

— Regard d'Espérance est en sécurité ! Comment va ton ami ?

Arcturus sursaute.

— Il va mal ! J'ai peur pour lui.

— Pourquoi rougis-tu comme cela ?

— J'ai commis une faute grave. Je ne t'ai pas entendu venir. Un ennemi m'aurait tué par surprise !

— Ne prends pas les choses trop à cœur. Au lieu de rougir d'une erreur, tires-en les enseignements. C'est ainsi que tu progresseras. Les erreurs ne deviennent des fautes que lorsqu'on les recommence.

Roi des Brini se penche sur le blessé.

— Connais-tu un grand gars avec de longs bras ?

— Pourquoi ?

— Pachpi l'a vu frapper Gwiniel.

— Kein !

— C'est ce que m'a dit Pachpi. Et j'ai appris aussi que ce Kein est le neveu de Maurvong. Est-ce exact ?

Arcturus plisse le front.

— Oui. C'est le fils de Dourghi.

— Il est ici, celui-là ?

— Non. Kein vivait chez son oncle. C'est la coutume. Dourghi est resté avec son père et son frère à Kornok. Il faut des guerriers pour garder la place.

— C'est d'eux que Mordrouz parlait ?

— Oui.

— Comment s'appellent-ils ?

— Leur père c'est Kadour. Il avait trois fils : Maurvong, Dourghi et Maurghi.

— Kein avait-il un motif d'en vouloir à Gwiniel ?

— Je me suis battu avec lui, tout à l'heure, au lever de Rotan. Gwiniel lui a dit quelques mots sans gravité. Pas de quoi lui crever un œil et lui casser le bras.

Roi des Brini examine Gwiniel minutieusement, lui palpant doucement les côtes, la colonne vertébrale et la nuque.

— Alors ? demande Arcturus.

— Il faut un drwidh.

Le guerrier blond se redresse et passe le bras autour des épaules d'Arcturus.

— Ton ami est très mal en point.

Des larmes montent aux yeux du garçon.

— Il va mourir ?

— Il ne pourra plus jamais marcher.

— Alors, il va mourir…

Arcturus renifle. Les larmes débordent et coulent sur ses joues. Roi des Brini le serre contre lui.

— Il a de la famille ici ?

Le garçon peut à peine articuler une réponse :

— Non. Il est venu avec moi. Briel, son père est mort l'an passé. Il vit chez Gwaz, son oncle, resté à Kornok.

— Va chercher Talariante. Je ne connais personne ici et tu iras beaucoup plus vite que moi. Dis-lui que j'ai examiné Gwiniel et que je lui ai trouvé des vertèbres cassées. Je veillerai ton ami pendant ce temps. Emporte ton épée, si tu crains de rencontrer Kein, et s'il te cherche, n'hésite pas.

Arcturus part en courant. Le chagrin, en lui, engendre une sombre colère et il en vient à regretter de ne pas trouver Kein sur son chemin. La maison du banquet a été démontée, mais on a laissé les tables en place et servi un déjeuner que les joyeux Kernis prennent au milieu des rires et des chants. Le garçon s'avance, nimbé d'une aura de fureur obscure. Dour le voit et l'apostrophe.

— Ah ! Te voilà enfin ! Qu'avez-vous donc fait ? Il ne faut pas si longtemps pour embarquer une folle sur Marhvaur ! Et Roi des Brini, où est-il ? Sur le sable, à chercher Enès ?

— Il est sur le sable, oui, veillant Gwiniel.

Morlude aux dents de sable se lève d'un bond, furieux.

— Qu'est-il arrivé à Gwiniel ? Il était sous ma protection !

— Il va mourir et c'est Kein qui l'a tué !

Le roi cherche Kein du regard et le trouve assis près de l'épouse de Maurvong.

— Explique-toi, garçon !

Kein déplie ses grands os. Il semble calme et sûr de lui.

— J'ai trouvé Gwiniel sur la plage, et il m'a traité de lâche parce que j'avais fui devant l'épée d'Arcturus. J'ai voulu le punir mais je ne voulais pas le tuer.

Arcturus est hors de lui.

— Tu lui as crevé un œil, cassé un bras et brisé l'échine ! On ne s'acharne pas ainsi sur quelqu'un qu'on veut seulement punir !

Kein continue tranquillement.

— Si j'avais pensé qu'il était encore sous ta protection, Morlude, je serais venu me plaindre à toi de l'insulte qui m'était faite. Mais comme Gwiniel est venu avec Arcturus et que celui-ci est un guerrier depuis cette nuit, j'ai pensé qu'il était passé sous sa protection.

Le roi se rassoit et regarde Talariante. Le drwidh fait une moue dubitative.

— Qui a souhaité que Gwiniel vienne avec nous ?

— C'est moi, dit Arcturus. Mais j'ai d'abord demandé son accord à Morlude.

— Et ensuite, est-ce Morlude qui a invité Gwiniel ?

— Non. Je l'ai invité avec l'accord du roi.

— En ce cas, on peut effectivement dire que Gwiniel était sous la protection de Morlude jusqu'à ce que tu reçoives tes armes et qu'après ce moment la responsabilité du roi n'était plus engagée.

Arcturus lance un regard de haine à Kein.

— Si tu pensais que Gwiniel était sous ma protection, pourquoi n'es-tu pas venu te plaindre à moi ?

— Je ne savais pas où te trouver !

Le fils du Nouada brandit son épée.

— Tu m'as trouvé, maintenant !

Il bondit par-dessus les tables.

— Arrête-toi, Arcturus ! crie Talariante. Il y a eu assez de violence aujourd'hui. Ne rajoute pas la haine à la haine ! Allons plutôt voir Gwiniel. Peut-être n'est-il pas si mal en point. Conduis-nous, garçon ! Lar, Laonn et Luz, suivez-moi ! Toi aussi, Kein ! Mordrouz t'accompagnera comme garant de ta sécurité.

Il se tourne vers le roi.

— Veux-tu venir ?

— Non ! Puisque ma responsabilité n'est pas engagée, cette affaire ne me concerne pas.

Trois drwidhs marchent derrière Talariante. Seules les couleurs des broderies diffèrent sur leurs chemises de fine laine écrue : blanches pour Lar, rouges pour Laonn et vertes pour Luz.

Roi des Brini les attend allongé, appuyé sur les coudes. Il regarde Marhvaur. Près de lui, Gwiniel ne respire plus. Sans quitter le lestre des yeux, le guerrier blond s'adresse au fils du Nouada.

— Ton ami vient de mourir.

— A-t-il souffert ?

— Il n'a pas repris connaissance.

Talariante s'adresse aux drwidhs :

— Lar et Luz, vous pouvez retourner finir votre repas. Laonn, étudie les blessures de Gwiniel !

Pendant que le drwidh se met au travail, Talariante se tourne vers Kein.

— Par ta faute, Arcturus a subi un grave préjudice. Que dira-t-il à Gwaz en rentrant à Kornok ? « Tu m'as confié Gwiniel vivant, je te le ramène mort » ? Et quel prix de compensation Gwaz demandera-t-il pour la mort de son neveu à celui qui devait le protéger ?

Un sourire satisfait éclôt sur les lèvres de Kein. Talariante hausse le ton.

— Eh bien, ce n'est pas Arcturus qui paiera la compensation. C'est toi ! C'est à lui que tu devais demander réparation pour ce que tu considérais comme une injure. Mais tu as tué Gwiniel sans attendre. Ton impatience te coûtera cher. Pour quelles blessures Gwaz demandera-t-il compensation, Laonn ?

— Un œil crevé, un bras cassé, les rognons virils écrasés, l'échine cassée en deux endroits sur les reins, trois côtes enfoncées à droite, deux à gauche, et la rate éclatée, ce qui a entraîné la mort par épanchement du sang à l'intérieur du corps.

— C'est ce que je rapporterai à Gwaz.

Roi des Brini regarde Arcturus et retrouve dans ses yeux verts la flamme qui s'allumait dans ceux de Skinn Mac Dana quand la colère l'investissait. Il voit aussi le poing du garçon serrer la poignée d'or et d'argent de Kanargann. D'un bond, il est près de lui et lui enserre les épaules pour l'empêcher de dégainer.

— Ce n'est pas fini, continue Talariante. Arcturus est aussi en droit de te demander une réparation.

Roi des Brini interpelle le drwidh :

— Que ferons-nous de Gwiniel ?

— Nous rapporterons son corps à Kornok pour le remettre à sa famille.

— Qui se chargera de ce transport ?

— Celui qui avait Gwiniel en charge, c'est-à-dire Arcturus.

Roi des Brini dit quelques mots à l'oreille du garçon qui sourit et déclare aussitôt :

— Voici ce que je demande à Kein en compensation du tort qu'il m'a fait. Qu'il transporte le corps jusqu'à Kornok, qu'il aille lui-même le remettre à Gwaz et qu'il lui raconte comment il a tué Gwiniel.

Kein accuse le coup.

— Gwaz me tuera !

Talariante regarde Mordrouz.

— Veux-tu te porter garant que ce prix sera payé ?

— Je m'en porte garant !

— Bien. Allons nous préparer au départ, maintenant.

Encore une fois, Roi des Brini interpelle Talariante.

— Une question, drwidh. Suis-je contraint de manger à la table du roi et de la reine pendant ce voyage ?

— Pas du tout. Le roi te l'a dit hier soir. Tu es libre d'aller où bon te semble.

II

LE COL DES ARBRES-PERDUES

LENTEMENT, depuis presque trois heures, la longue procession grimpe vers le col des Arbres-Perdues.

Faits d'un bois solide et léger, deux grandes roues indépendantes au tiers arrière, une petite roue tournant avec l'attelage à l'avant, les chariots sont très bien adaptés aux manœuvres en montagne et deux mirhivaur les tirent sans peine, à condition que les voyageurs ne les surchargent pas durant l'ascension. Le dernier est celui de Roi des Brini, qui a volontairement fait traîner les choses, à Bilarbili, pour occuper cette place. Kwir et le fils du Nouada marchent à côté de lui, près de l'attelage conduit par Flipène.

Peu avant midi, au bout d'un long faux plat rectiligne, ils abordent un virage à gauche au-delà duquel s'étend une berge plate, jonchée de feuilles mortes, surplombée par une arbre de fou majestueuse dont la nudité permet d'admirer la ramure élancée, vigoureuse et régulière. Arcturus bat des mains.

— Le virage de la Belle-Arbre ! Le virage de la Belle-Arbre ! Laissons le chariot partir devant et arrêtons-nous un moment ! La vue qu'on a d'ici est la plus jolie de toute la montée !

Kwir, songeant aux efforts qu'il faudra fournir afin de rattraper le chariot, préfère continuer. Roi des Brini, amusé par l'enthousiasme d'Arcturus, vient s'asseoir près de lui sur le tapis de feuilles rousses, dos appuyé au tronc lisse. La longueur du faux plat et la forte pente de la montagne leur permettent de dominer les cimes des arbres vers le sud et d'embrasser d'un coup d'œil la mer du Lagad depuis Bilarbili jusqu'au détroit de la Saé.

— Regarde ! s'écrie Arcturus, Marhvaur s'en va !

La mer qui s'avance entre les rochers pour former le port de Bilarbili semble un doigt bleu sombre terminé par l'ongle de la plage. Le lestre sort à la rame, puis, les voiles sont hissées.

Roi des Brini, silencieux, ne peut détacher ses yeux du bateau qui s'éloigne. Arcturus lui pose une main sur l'épaule.

— Tu es triste à cause de Regard d'Espérance ?

— Je n'aurais pas dû la laisser partir. Quelque chose me dit que je ne la retrouverai jamais comme avant… Bleunjote…

— C'était son nom de naissance ?

— Oui. Celui qu'elle portait à Camoghère. Ensuite, elle s'est appelée Fleur de Gwarés, parce qu'elle m'avait protégé des bubleunis, et c'est le nom que je préfère. Fleur de Gwarés ! Que lui est-il arrivé ? Pourquoi est-elle sortie dans la nuit ?

Arcturus hésite, puis :

— Promets-moi de ne pas m'en vouloir si ce que je vais dire te blesse.

— C'est une promesse impossible à tenir. Si tes mots me blessent comment pourrais-je…

— Ils te blesseront peut-être, mais tu ne m'en voudras pas, sachant que l'amitié me les inspire.

Roi des Brini regarde le garçon et sourit.

— Je ne t'en voudrai pas de ta franchise.

— Eh bien… c'est à cause de toi qu'elle a quitté la maison du banquet.

Le sourire de Roi des Brini s'efface. Il demande sèchement :

— Et pourquoi ?

— Parce que tu la délaissais. J'ai parlé avec elle une bonne partie de la soirée. Elle te regardait souvent, sans écouter mes paroles, et ses yeux étaient tristes.

Roi des Brini regarde Marhvaur puis baisse la tête. Le garçon enfonce le clou.

— Toute la nuit, tu es resté avec Dour, à rire et à plaisanter !

— Tais-toi, Arcturus. Tes paroles me brûlent. J'ai honte de moi… mais je ne pouvais pas résister à Dour.

Il soupire.

— C'est une ancienne histoire.

Et Roi des Brini raconte au fils de Skinn son amour pour sa sœur Canawyr, comment elle fut assassinée, comment il sombra dans la folie, et comment la ressemblance hallucinante de Dour et de Canawyr avait rallumé ce qu'il croyait éteint.

— J'étais fasciné par ta tante. Non seulement son visage est identique, mais les cheveux, le regard, la démarche, la taille, le maintien, le rire, la voix !… Et ces gestes gracieux des mains ! Comment est-il possible qu'elle ait six doigts elle aussi ? C'était Dour et Canawyr en même temps, charmante, envoûtante… mystérieuse… Et j'ai délaissé celle que j'aimais…

Un caillou, détaché de la route par les chariots quelques lacets plus haut, dévale la pente, traverse le faux plat et saute dans le vide.

— Mais ce matin, fini la ressemblance ! Dour m'a montré son vrai visage et je ne lui pardonnerai jamais. J'ai décidé de ne plus la voir. Le lestre sera vite construit, crois-moi, et dès qu'il sera fini, je partirai avec Regard d'Espérance. Viendras-tu avec nous ?

— Oh oui !

— Tu laisserais ta tante ?

— J'ai vécu onze ans avec elle, dont sept à Mané, enfermé dans une maison car l'île est interdite aux hommes. Depuis que je suis à Kornok, j'ai senti l'affection que lui portaient les Kernis se transformer en méfiance. Elle connaît l'avenir et personne n'aime ça. J'ai surpris des conversations qui l'accusaient d'intriguer sans cesse pour tout diriger.

— Et toi, qu'en penses-tu ?

— Elle en est capable...

Marhvaur vire de bord et part vers le sud-ouest. Roi des Brini sourit. Goapic pouvait garder son cap, mais il préfère s'éloigner du Glas. Aurait-il fait cette manœuvre sans Fleur de Gwarés à son bord ?

— Je suis heureux que tu viennes avec nous, Arcturus.

Le garçon ramasse un petit fruit brun dans les feuilles et le tend à Roi des Brini.

— Tiens ! C'est une finiène, le fruit de l'arbre de fou. A quoi te fait-il penser ?

— A une petite main fermée.

— Tu sais comment on l'appelle maintenant, sur Bré ?

Les yeux d'Arcturus brillent de fierté.

— Non. Enès ne me l'a pas dit.

— La main-du-Nouada !

Arcturus regarde les branches au-dessus et soupire.

— J'aimerais tant avoir quelque chose de lui !

Roi des Brini hoche la tête.

— Notre première destination sera Qimïade où tu trouveras ce que ton père t'a laissé.

— Il y a beaucoup de choses ?

— Non. Et il y en a une que tu ne pourras pas encore utiliser. C'est son journal.

— Journal ? Qu'est ce que c'est ?

— Les façons de concevoir le monde sur Erth et sur Bré sont différentes. Les Brésis n'utilisent l'écriture que pour la magie et les inscriptions mortuaires. Les Erthiens ne lui attachent aucune importance religieuse ou morale et l'emploient pour tout ce qui concerne la vie. Un journal, c'est quelque chose sur quoi, chaque jour, tu écris ce qui s'est passé, tes réflexions, tes découvertes. C'est ce que Skinn a fait. Et ce journal est à Qimïade. Mais pour connaître les aventures de ton père, il faudra que tu apprennes l'erthien, comme ta mère l'a fait.

Arcturus est stupéfait.

— Ma mère écrivait aussi ?

— Non. Elle a su parler l'erthien très vite, mais il faut longtemps pour savoir le lire et l'écrire.

— Longtemps ?

— Deux ou trois ans…

Le garçon est déçu.

— Pourras-tu me le traduire ?

— Oui, je le pourrai. Mais rien ne remplace le plaisir du lecteur qui emporte son journal avec lui et peut le lire quand il veut, en choisissant le passage qu'il… Eh, j'y pense ! J'ai quelque chose ici qui appartenait à Skinn ! Et cela va te plaire ! Mais avant, jure-moi par la mer du Lagad, le volcan du Glas et le vent de Mézine que tu ne diras rien.

Le garçon se lève et déclare d'un air solennel :

— Par la mer du Lagad, le Glas et le Mézine, je jure de ne rien dire !

— Très bien.

Roi des Brini sort son épée du fourreau et la brandit.

— Voici Solution Brutale, l'épée du Nouada ! Celle qui a bu le sang de Krisan !

Les yeux d'Arcturus s'arrondissent de plaisir et la joie inonde son visage. Il gambade autour de l'arbre de fou en chantant :

— Solution Brutale, l'épée du Nouada ! Solution Brutale, l'épée du Nouada !

Revenu devant Roi des Brini, il tend la main.

— Puis-je la tenir ?

— J'ai peur que ce soit impossible… Solution Brutale n'est pas une épée ordinaire. Si quelqu'un d'autre que son maître veut la toucher, elle vibre et disparaît. Et c'est au péril de sa vie qu'on en prend possession. Je vais te raconter comment ton père l'a conquise et comment, moi-même, pour la gagner, j'ai failli mourir dans une noirceur plus profonde que la nuit la plus noire. Ecoute !

Quand Roi des Brini a terminé, Arcturus reste bouche bée un long moment. Il lève les bras et les laisse retomber.

— Ça alors ! Ce n'est pas possible ! C'est l'épée de Lughern ! Celle qu'il apporta quand les dieux de Don arrivèrent sur Bré. Enès ne te l'a pas raconté ?

— Non.

— Alors, tu ne sais pas comment les Brésis sont venus sur Bré ?

— C'est une longue histoire ?

— Oui, quand un poète la raconte. Moi je vais la résumer.

— Nous sommes très bien sous cette arbre, Arc, et j'ai hâte d'entendre ton récit. Mais le temps passe. Regarde, Marhvaur est déjà loin. Les autres ont dû s'arrêter pour le repas de midi. Tu n'as pas faim ? La nuit a été blanche et nous n'avons rien mangé ce matin. Je te propose de rattraper le convoi et de nous restaurer. Cet après-midi, en marchant vers le col, tu me raconteras l'arrivée des Brésis. D'accord ?

Arcturus balance la tête d'un air dépité, puis un brusque sourire éclaire son visage.

— Oui, tu as raison ! J'ai faim !

Ils se lèvent. Roi des Brini serre le garçon contre lui et regarde une dernière fois le lestre qui continue sa route.

— Au revoir, Fleur de Gwarés !

Imitant les adultes rassurants, Arcturus lui tapote le dos.

— Tu verras, nous irons à Qimïade tous les trois, et tu nous apprendras l'erthien.

— Réveille-toi ! Nous sommes arrivés !

Le fils du Nouada ouvre les yeux et regarde la toile du chariot courbée au-dessus de lui.

— J'ai dormi ?

— Tu n'as même pas fini les galettes que Kwir nous avait gardées. Flipène t'a laissé dans le chariot et a marché près des mirhivaur en les tenant par la bride.

Le garçon se redresse et regarde le cocher dételer ses bêtes. Roi des Brini lui donne un coup de coude.

— Dis-lui merci !

— Merci ? A un cocher ?

— Un jour, peut-être, dans une bataille, tu devras la vie à un cocher. Ne sois ni hautain ni familier avec ceux qui te servent. Respecte-les, tout simplement, et ils te respecteront aussi. Tu verras qu'il vaut mieux être aimé que craint.

— Ce n'est pas ce que dit Dour.

— Tu n'es plus avec elle. Remercie ce garçon, Arcturus.

Le fils du Nouada hésite. Roi des Brini lui donne un nouveau coup de coude pour l'encourager.

— Merci, Flipène.

Le Kerni ouvre des yeux ronds ; puis un sourire lui vient, il se redresse, et c'est en chantonnant qu'il finit son travail.

Le convoi s'est arrêté juste après le col, dans un paysage sans arbres, à une lieue des premières neiges, au bord d'un lac aux eaux grises. Dès qu'ils sont libres, les mirhivaur courent y plonger. Arcturus prend Roi des Brini par la main et l'entraîne sur la rive pour les regarder s'ébattre. Dans l'eau, on voit nettement leurs sabots se diviser et leurs doubles os, reliés par une membrane triangulaire, s'écarter depuis le coude et le genou pour former de larges palmes. La plupart du temps, pattes avant le long du corps, ils joignent leurs pattes arrière et se propulsent comme les poissons ; et quand parfois ils se servent séparément de leurs quatre membres, ils ressemblent à des hommes étranges coiffés d'un casque bombé orné d'une longue corne.

— J'aime regarder les mirhi. Ce sont les animaux les plus drôles de Bré ! dit Arcturus.

De l'autre côté de l'eau s'étend une longue prairie en faible pente.

— Viens ! Je vais te montrer les arbres perdues pendant qu'on dresse les tentes !

Après avoir contourné le lac, ils arrivent sur une zone aux limites imprécises, dont le sol est percé de trous bizarres, comme une succession de terriers verticaux, peu profonds, d'où partent dans la terre, et dans toutes les directions, une multitude de petits tunnels. Le garçon s'accroupit devant un de ces terriers.

— Tu vois, ici c'est la base du tronc, et ces trous sont creusés par les racines qui s'enfoncent.

— Ils n'ont jamais été bouchés ? C'est surprenant !

— Mais on ne peut pas les boucher ! Les arbres sont toujours là ! Elles vivent ! Les drwidhs mesurent régulièrement leur largeur et elles grossissent !... C'est vrai !

Roi des Brini, pour en avoir le cœur net, lance une poignée de terre qui disparaît sitôt qu'elle a franchi les limites fictives du tronc.

— Et si je tends la main, elle disparaîtra aussi ?

— Qui sait ? Essaie, on verra bien !

Arcturus éclate de rire.

— Non, tu ne risques rien. Les arbres font disparaître la terre mais elles ignorent les hommes. Regarde !

Il passe la main au-dessus d'un trou.

— Tu vois !

— Et si tu sautes dedans ?

— C'est interdit. Les drwidhs disent qu'on pourrait blesser les arbres. Oh, écoute ! On entend leur feuillage !

Il n'y a pas un souffle de vent et cependant c'est bien le bruissement lointain de frondaisons agitées par la brise qui leur parvient.

— Etrange, dit Roi des Brini. Toutes les arbres que j'ai vues en montant avaient perdu leurs feuilles.

— Talariante dit que celles-ci vivent ailleurs, sans doute dans le Bédaral, et qu'elles ne subissent pas l'influence des saisons.

— Tu en sais des choses ! Et combien y a-t-il d'arbres perdues ?

— Trois cent vingt-quatre depuis l'année dernière.

— Il y en a qui ont disparu ?

— Non, il y en a six nouvelles. Viens voir, je sais où en trouver une.

Sans hésiter, il conduit Roi des Brini jusqu'à un petit trou au fond duquel s'enfonce la trace d'une seule racine.

Le garçon tend les mains vers le trou et commence un chant :

— *Pousse petite arbre fière,*
petite arbre du Bédaral.
Au chant de ton feuillage
berce les âmes, berce les âmes…

— C'est Talariante qui chante ça ?

Arcturus rougit.

— Non, je viens de l'inventer.

— C'est très joli. Tu en as fait d'autres ?

— Oui…

— Je t'apprendrai à jouer de la harpe, et tu les chanteras.

— Mais je ne suis ni poète, ni musicien, ni barde !

— Oui ! Tu es un guerrier ! Je sais ! Pourtant, regarde ! Moi aussi je suis un guerrier. Cela ne m'empêche pas de jouer de la harpe et de chanter !

— Mais toi, tu n'es pas brési…

— Et toi, tu ne l'es qu'à demi ! Alors laisse vivre ta moitié erthienne ! En tant que Brési, tu es un guerrier, d'accord ! Mais en tant qu'Erthien, tu seras musicien, poète, médecin, écrivain et architecte. C'est du moins ce que j'ai l'intention de t'apprendre. Et je te l'apprendrai en erthien, comme cela nul n'y trouvera rien à redire !

La lumière commence à se retirer vers l'ouest du ciel. Des feux s'allument au bord du lac. Les deux amis rejoignent leur tente où Kwir les attend.

— On va bientôt servir le repas à la table du roi. Une suivante de Dour est venue pour vous y inviter.

— Je n'irai pas ! dit Roi des Brini.

Il voit l'embarras d'Arcturus.

— Tu es un guerrier brési et tu dois agir comme tel. Or l'indécision ne sied pas aux guerriers. Qu'est-ce qui t'embarrasse ? Tu ne sais si tu dois rester avec moi ou aller à la table royale ? Sans doute par peur de froisser Dour ? Alors considère d'abord ce que tu veux faire, toi, et non ce que les autres voudraient que tu fasses.

— Je veux rester avec toi !

— Bien. Considère maintenant ce que t'impose ton devoir de guerrier, et vois si les deux ne sont pas contradictoires.

— Je dois me rendre à la table royale pour dire à Morlude que je décline son invitation.

— Ah !… Je suppose que je dois en faire autant ?

— Oui.

— Et je suppose aussi que Dour sera là ?

— Elle a toujours été là jusqu'ici…

— Je ne veux plus la voir et je ne veux pas non plus manquer à mes devoirs. Veux-tu être mon messager auprès de Morlude ?

— Que lui dirai-je ?

— Rien que la vérité ! Le mensonge est l'ennemi du guerrier. C'est par la vérité que se gagne l'autorité ! Dis-lui pourquoi je ne veux plus voir Dour et ne crains pas d'affirmer que tu souhaites rester avec moi. D'ailleurs, n'est-ce pas ce que le Nouada lui-même t'a demandé ? Rappelle-toi : « Je sais que Myrdhinn est auprès de toi. Je souhaite que tu en fasses ton tuteur. » Ce sont ses propres mots.

Arcturus part tout feu tout flamme et sûr de lui, mais en approchant de la tente royale son cœur commence à battre. Les lits sont déjà occupés autour de la grande table ronde, sauf deux. Piwé, le portier, annonce son arrivée. Aussitôt, le regard sombre de Dour se vrille dans le sien.

— Décidément, tu n'es plus pressé de manger depuis que tu as reçu tes armes ! La possession d'une épée t'aurait-elle coupé l'appétit ? Et je ne vois pas Roi des Brini. Est-il malade ? Ou timide ? Veut-il nous fuir ?

Le cœur du garçon bat maintenant la chamade. Il pense très fort à son père, à son ami, à Regard d'Espérance, à ses armes… et se lance.

— Il m'a demandé d'être son messager auprès de toi, Morlude. Il te remercie de ton invitation qu'il ne pourra pas honorer.

Dour hausse les sourcils.

— Et pourquoi ne vient-il pas ?

— A cause de vous, ma tante.

— A cause de moi ?

— Votre attitude envers la Liwédie, ce matin, l'a choqué. Il m'a dit qu'il ne voulait plus vous voir.

Dour blêmit.

— Et pour le lestre ?

— Il le construira et quittera Kornok avec Regard d'Espérance dès qu'il sera fini. Mais, pendant tout ce temps, il ne veut plus vous voir.

— Et toi, garçon, demande Morlude aux dents de sable, mangeras-tu avec nous ?

— Je souhaite dîner avec Roi des Brini et dormir dans sa tente.

— Si telle est ta décision…

— Je souhaite aussi rester avec lui, à Kornok.

— Très bien.

— Je souhaite aussi partir avec lui quand le lestre sera fini.

Dour se redresse.

— Certainement pas !

Morlude la regarde, surpris.

— Pourquoi vous y opposeriez-vous ? Et au nom de quoi ? Ce garçon m'a l'air de savoir ce qu'il veut, et je n'ai quant à moi rien à redire au choix d'un guerrier en quête de gloire. Il ne fait d'ailleurs qu'obéir au Nouada, son père, qui a lui-même désigné Roi des Brini comme tuteur d'Arcturus devant nous, hier soir.

— Ce n'est pas le Nouada que nous avons vu, mais une image ! Qui vous dit que c'était bien lui ?

— Enès et Regard d'Espérance l'ont reconnu !

— Le témoignage de cette folle n'a aucune valeur !

— Enès n'était pas fou ! dit Talariante sur un ton qui n'admet pas de réplique.

Morlude aux dents de sable regarde Arcturus.

— Rejoins ton tuteur, garçon, et vis selon tes propres choix. Tant que tu respectes tes devoirs de guerrier, tu es libre d'agir à ta guise, maintenant… Dans mon royaume, tout au moins.

— Je me sens mieux ! En fait, tout s'est très bien passé. Morlude a contré tous ses arguments et Talariante a fini par la moucher un bon coup. Et voilà ! Je ne suis plus sous la dépendance de ma tante !

— Es-tu sous la mienne ?

— Non.

— Sous ma responsabilité ?

— Non plus. Tu ne réponds pas de mes actes. Je suis plutôt sous ton autorité. Une autorité librement acceptée, car, si j'ai bien compris les paroles de Morlude, les choix, désormais, m'appartiennent.

— Et il t'appartient aussi de les assumer. C'est en cela que tu es un homme libre.

Ils sont assis jambes croisées devant le feu et finissent leurs écuellées de ragoût.

— C'était très bon, Kwir, comme toujours, dit Roi des Brini.

Il fixe le Liwédi un moment, puis :

— Que vas-tu faire, maintenant ? Tu es béléric. Tu dois continuer tes études pour monter les autres échelons et devenir drwidh à ton tour. C'est ce qu'Enès aurait souhaité, je pense.

Kwir pose son écuelle dans l'herbe et reste quelques instants silencieux.

— Je voudrais rester à ton service.

— Je ne suis pas drwidh. Tu perdras ton temps.

— Il sera toujours temps de continuer plus tard. Tu m'as sauvé la vie dans le Krauss. Je considère que c'est la première de mes dettes. Je sais aussi en quelle estime Enès te tenait. J'ai pu apprécier ta façon d'agir pendant notre voyage, et en particulier comment tu nous as sauvés quand le Glas a vomi sa rivière de feu. Enès avait déjà renoncé. Sans toi, il ne serait jamais arrivé à Bilarbili. Et puis…

— Et puis ?

— Arcturus est né en Askol. C'est l'Enfant du Prodige, fils du Nouada, filleul d'Enès. Je ne doute pas de la gloire qui l'attend, d'autant plus que tu seras avec lui. Ne crois-tu pas qu'il me sera bien plus profitable de vous suivre plutôt que d'aller recevoir l'enseignement d'un drwidh sans être même sûr de devenir au moins Gwézène ?

— Sur quelle richesse vis-tu ? demande Arcturus.

— Gwér, mon père, possède trois cents ijens dans la vro de Dyngaro, au nord d'Askol. Il possède aussi un lorh où il élève le tomgwad. Je suis un homme libre, mais hors de la maison de mon père je ne peux vivre qu'au service de quelqu'un... à moins de devenir drwidh.

Le guerrier blond réfléchit.

— Je ne peux accepter ton offre, Kwir. J'en apprécie la valeur et tes qualités ne sont pas en cause. Mais je ressens comme une entrave le fait d'avoir quelqu'un à mon service.

Kwir baisse la tête. Puis il regarde Arcturus.

— Et toi, n'as-tu pas besoin d'un serviteur qui t'évite les soucis d'intendance pour que tu puisses te consacrer aux devoirs d'un guerrier ? Aucun de ceux qui portent les armes dans ce camp ne vit sans serviteur. Si je pars derrière un drwidh, il faudra de toute façon que tu trouves quelqu'un d'autre.

— Il a raison, dit Roi des Brini. Et tu ne trouveras pas mieux que lui.

Arcturus met la main sur les cheveux de Kwir.

— Je te prends à mon service, Kwir, fils de Gwér. Tu feras en mon nom les demandes afin de pourvoir à mon bien-être et à ma nourriture.

Le Liwédi se lève d'un bond et tend les bras vers le firmament.

— Je remercie Don, mère des dieux, et les jumeaux qu'elle eut avec le troisième Kenta d'avoir permis cela !

Puis, regardant le fils du Nouada :

— Je serai roi des serviteurs comme tu seras roi des guerriers, Arcturus !

Il ramasse écuelles et chaudron et part vers le lac pour les laver.

— C'est une bonne décision, je pense, dit Roi des Brini. J'ai confiance en lui. Fleur de Gwarés aussi sera contente…

Ils s'abîment dans la contemplation rêveuse des flammes. La nuit est douce et calme, seulement troublée par des bruits de conversations et de rires féminins.

— Elles se rapprochent, dit Roi des Brini. Je rentre dans la tente.

— Tu crois que Dour ?…

— Pourquoi pas ?

Un groupe de femmes apparaît. Elles s'arrêtent devant le feu pour échanger quelques mots avec Arcturus.

— Ton bel ami erthien n'est pas ici ? demande l'une d'elles.

— Roi des Brini ! Montre-toi ! Les plus jolies femmes de Kornok veulent te dire bonsoir !

Dès qu'il paraît, il se sent dévoré des yeux, mais, avec une ombre d'ironie dans le sourire, il les dévisage à son tour. Elles rougissent et leurs paupières s'abaissent. Une timide conversation s'engage à propos du temps, puis, après un dernier bonsoir, elles partent, riant trop fort et se retournant souvent.

Les deux amis restent auprès du feu pour l'assister dans sa mort. Kwir, sa tâche finie, vient s'asseoir près d'eux.

— Puis-je la voir encore ? dit Arcturus.

— Qui ?

— Solution Brutale !

Roi des Brini part la chercher dans la tente et la plante devant le feu.

— C'est une lame ancienne, dit le garçon. On n'en fait plus de cette forme renflée au milieu. Et la poignée avec cette tête d'animal ! Jamais un forgeron brési ne ferait ça ! Et puis regarde ! Elle n'est pas en dirdu ! Ce métal ne renvoie aucun reflet du feu ! Je suis sûr que c'est l'épée que Lughern apporta d'Andarta, la constellation au nord du monde.

— Andarta, dis-tu ? C'est étrange…

— Pourquoi ?

— Cela me rappelle le nom de l'animal représenté sur le pommeau. Enès m'a dit que c'était un artous. Il n'y en a pas sur Bré, m'a-t-il dit, mais il eut une vision, lors de ta naissance. Cet animal était debout près de toi, et il entendit ce nom.

— C'est vrai, dit Kwir. Il m'a raconté la même chose.

Arcturus exulte.

— Un animal d'Andarta ! C'est l'épée de Lughern ! Tu te rends compte ? Il ne reste plus qu'à trouver sa lance et le chaudron du Douéda ! Nous serons invincibles !

— Et si tu me racontais l'histoire de ces armes et de ce chaudron ?

Sans un mot, Kwir ajoute une bûche dans le feu et s'installe confortablement.

— Eh bien, dit Arcturus, Lughern vint avec les Donis qui ont vaincu les Du… Mais le mieux est de commencer par le début, quand notre planète ne s'appelait pas encore Bré. C'est Ero qui fit la première conquête.

— D'où venait-il ?

— D'une étoile nommée Niaule.

— Où se trouve-t-elle ?

— On dit qu'elle est perdue…

— Et qu'est-il arrivé à Ero ?

— Il rencontra trois femmes : Stér, Awèl et Bré.

— Elles étaient déjà là ?

— Elles avaient toujours été là !

— Bon. Et ensuite ?

— Ils étaient cinquante hommes et quarante-neuf femmes. Seul, Strud, fils d'Ero, était célibataire. Il choisit Stér comme épouse et donna son nom à la planète. Il y eut le premier défrichement, et le premier troupeau dans la plaine. Il y eut aussi le premier adultère quand la femme d'Ero le trompa avec son serviteur et le premier mort quand Ero le tua. Et c'est quand ils l'enterrèrent que jaillit le premier lac, du trou qu'ils avaient creusé. Ensuite, ils livrèrent la première bataille contre les Hurlinkou.

— Ils étaient déjà là aussi ? C'étaient des hommes ?

— Les Hurlinkou ont toujours été là, dit Kwir. On les appelle aussi les Du. Ce ne sont pas des hommes. Ils ont une jambe, un bras, un œil et proviennent de tout ce qui est obscur et chaotique dans les entrailles de Bré. Ils se considèrent comme les possesseurs de la planète et s'acharnent à lutter contre tout ce qui est lumineux.

— Eh bien, dit Roi des Brini, quand je regarde Solution Brutale et quand je pense à la façon dont je l'ai conquise, je ne peux m'empêcher de penser que je l'ai arrachée aux Hurlinkou !

Arcturus en reste bouche bée.

— Sûrement pas ! Comment auraient-ils possédé l'épée de celui qui les a vaincus ?

— Bon, alors qui a gagné la bataille ? Ero ?

— Non. Seules les femmes pouvaient se battre ! En trop petit nombre, elles ont été vaincues. Les Hurlinkou ont massacré tout le monde sauf Eréra, Arta et Arara, les trois filles d'Ero qui parvinrent à s'enfuir avec leurs époux.

Roi des Brini l'interrompt.

— Arta ?... Artous... Andarta...

Arcturus et Kwir se regardent.

— Je regrette l'absence d'Enès, dit le Liwédi. Il aurait certainement pu nous éclairer à propos de tous ces noms semblables. Les drwidhs ont une très grande science de l'origine des noms et de leur signification.

— Gardons cela pour plus tard, dit Roi des Brini, et laissons Arcturus continuer son récit.

— La planète resta longtemps sans habitants, jusqu'à l'arrivée de Némèt pour la seconde conquête. Ils étaient cinquante-cinq hommes et cinquante-six femmes. Ils rencontrèrent les trois femmes, Stér, Awèl et Bré, mais tous les hommes avaient déjà des épouses, si bien qu'ils les délaissèrent. Comme ils arrivaient dans la plaine défrichée par Ero, ils rencontrèrent l'armée des Hurlinkou. La bataille dura trois nuits. Seuls deux fils de Némèt, Lurh et Nian, survécurent. Ils obtinrent le droit d'enterrer leurs morts et couvrirent la plaine de piliers. Puis Lurh partit vers la constellation du Ki, au sud, et Nian vers celle d'Andarta, au nord.

— Mais je croyais que la constellation du nord s'appelait Bendèlrode ?

Arcturus se tourne vers Kwir.

— Les bardes disent qu'Andarta est derrière Bendèlrode, affirme le Kerni.

Une lueur passe dans les yeux de Roi des Brini.

— Derrière Bendèlrode… Nous verrons… Et ensuite, qui a succédé à Némèt ?

— Ce sont les fils de Lurh qui revinrent, au bout de six cents ans. Kern était leur roi. Quand ils rencontrèrent les trois femmes, Kern choisit Awèl et donna son nom à la planète. Puis il fonda Lanfal et divisa les terres en cinq royaumes. Il prenait Tuchenn pour lui et donnait les autres à ses quatre fils. Askol à Tan, Délienn à Déro, Korn à Tonn et le Cambro à Méné. Mais ce dernier disparut avec son armée, vaincu par les nerdud. C'est alors qu'arrivèrent les Donis !

Arcturus est debout ! Emporté par son récit, il mime ses paroles avec de grands gestes.

— C'étaient les descendants de Nian. On les appelle Donis parce que, pendant leur séjour au nord du monde, la déesse Don leur avait enseigné les arts divins qui les avaient changés en dieux ! Ils apportaient la pierre de Galloute, Lughern avait sa lance et son épée, et le Douéda son chaudron ! Pour vaincre les Hurlinkou, ils proposèrent une alliance aux fils de Lurh en échange de la royauté. Kern refusa. Une bataille eut alors lieu entre eux sur la plaine des piliers. Les Donis étaient généreux. Vainqueurs, ils laissèrent aux fils de Lurh le royaume d'Askol. Cependant, Nodon, le roi des Donis, avait été blessé à la cuisse dans la bataille. Pour le remplacer, et faire la paix avec les Hurlinkou, ils élirent Brao, qui était fils d'un Du et d'une Donie. Mais ce fut un mauvais roi, avare, incapable d'assurer l'abondance. Herrbaré parvint à guérir Nodon et les Donis chassèrent Brao ! Et lui, comme un demi-Du qu'il était, alla demander secours à Bélér, roi des Hurlinkou. Une dernière grande bataille eut lieu sur la plaine des piliers ! Les dieux étaient tous là ! Le Douéda, qui tuait les Du et ressuscitait les Donis, Herrbaré qui guérissait tous les blessés, Nodon, Pwell, Nertall, Riganveur, la Grande Reine et les jumeaux de Ma qui conduisaient leurs chars ! A la fin, Lughern Dornhir tua Bélér d'une pierre de fronde forgée par Gove dans le Glas. Les Hurlinkou vaincus durent accepter de rentrer sous terre. Les dieux dirigèrent alors la planète, sous l'autorité de Lughern, qui connaît tous les arts. Il instaura la royauté suprême et les fêtes.

Le garçon se rassoit.

— Ce fut un temps sans mort, sans guerre et sans famine, jusqu'à l'arrivée des fils d'Arta. Ils avaient erré d'étoile en étoile pendant des centaines d'années. Ils revinrent sous la conduite d'Ivine, leur roi. C'est lui qui rencontra les trois femmes. Il choisit Bré pour épouse et donna son nom à la planète. En remerciement elle lui offrit la royauté sur Bré, car c'était en elle que résidait la souveraineté. Ivine s'en fut trouver les Donis à Lanfal, et réclama la royauté. Mais Nertall, fils de Droug, le guerrier aux terribles colères, le tua. Les fils d'Arta envoyèrent alors Barna, leur drwidh, pour demander compensation aux Donis qui durent accepter le partage de la royauté. Les dieux abandonnèrent la surface de Bré aux fils d'Arta et se réservèrent le Bédaral, le ciel, Enez Aval et le fond des eaux. Ceci à condition que les fils d'Arta laissent Askol au fils de Lurh. Ce fut accepté. Lughern confia la pierre de Galloute aux deux fils d'Ivine, Domnori et Kernos, et c'est Domnori qu'elle désigna comme roi suprême. Son fils, Domnec, devint roi de Délienn et Kernos prit le royaume de Korn.

Roi des Brini hoche la tête.

— Les fils d'Arta devinrent les Domnis et les Kernis, les fils de Lurh devinrent les Liwédis, et tous prirent le nom de Brésis.

— Oui.

— Et alors, que devinrent le chaudron, la lance et l'épée ?

— On dit que les dieux les laissèrent, en des lieux secrets, pour lutter contre une nouvelle conquête.

— L'arrivée des fils d'Eréra ou de ceux d'Arara ? demande Roi des Brini, fier de montrer qu'il a bien écouté.

C'est Kwir qui répond.

— Les Domnis disent que les fils d'Arta étaient aussi ceux d'Eréra et d'Arara, et qu'ils s'étaient unis pendant leur errance. Les Liwédis disent que les fils d'Erera se rendirent sur Eri, la planète verte, et que les fils d'Arara peuplèrent Armaur.

— Alors, qui seront les nouveaux conquérants ?

— Je ne sais pas. Mais les bardes disent que seul celui qui réunira le chaudron, la lance et l'épée pourra les repousser.

— Et mon père a trouvé l'épée ! dit Arcturus.

Roi des Brini sourit.

— Rien ne prouve que ce soit elle !

— Ne m'as-tu pas dit qu'elle avait craché la lumière pour tuer la noirceur qui t'avalait ?

— Si...

— Tu vois bien que c'est elle !

Le guerrier blond prend Solution Brutale et la contemple, rêveur. Kwir se lève et fait le tour du feu pour aller se coucher dans la tente. Soudain, il lâche un cri de douleur.

— Qu'y a-t-il ? demande Arcturus.

— Je me suis piqué le pied.

Il se baisse et ramasse une boucle d'oreille. Arcturus examine le bijou, fait d'une feuille d'or repoussé, décorée de petites bosses formant des spirales.

— Ce n'est pas une femme sans goût, celle qui le possède, et ce n'est pas une petite richesse qu'elle a perdue.

Roi des Brini prend la boucle d'oreille.

— Attendons un peu avant d'aller dormir et nous saurons qui est cette femme de goût.

— Tu crois qu'elle va venir ?

— Nous allons voir. Comme à la pêche, il suffit d'attendre…

Alors que le feu n'est plus qu'îlots de braises dans les cendres, une ombre s'avance vers eux et une belle femme brune aux yeux noirs paraît dans les lueurs vacillantes.

— N'avez-vous pas trouvé un bijou que j'ai perdu ce soir en me promenant avec les femmes de Kornok ?

— Si, nous l'avons trouvé, dit Arcturus. Par chance, il est tombé juste devant la tente.

— Par chance, oui… ajoute Roi des Brini.

Il rend la boucle d'oreille à la femme avec un sourire amusé. Timidement, elle baisse la tête et, d'un geste frôleur, prend le bijou ; puis elle repart dans la nuit après lui avoir lancé par en dessous un regard admiratif.

— Qui est-ce ? demande Roi des Brini.

— Kahés, l'épouse de Mordrouz.

Le sourire de Roi des Brini s'efface…

Morlude aux dents de sable, en proie aux lassitudes amoureuses, s'endort dans le lit de la reine. Dour se blottit contre ce grand corps chaud et serre la main douce et violente qui la caressait tout à l'heure. Lasse aussi, elle a le temps, avant de sombrer dans le sommeil, de se dire que ses visions étaient fausses et qu'elle s'est trompée en croyant aimer l'homme aux yeux violets. Elle embrasse l'épaule de Morlude. La force de son époux la satisfait et son rôle de reine lui convient. Elle ne se sent pas le goût de tout quitter pour cet Erthien qui l'agace. Comme elle se retourne, son sein douloureux, gonflé de lait, appuie sur la couverture. Dour pense à Morganic, son fils né deux mois plus tôt, et à sa vie qu'elle a vue menacée par celle d'Arcturus. Que le fils du Nouada parte donc avec Roi des Brini ! Tant mieux ! Morganic vivra !

III

LA PLAGE DES SAFRONIS

Le lendemain, après un passage entre deux sommets enneigés, le convoi s'engage sur une route plus large et plus facile, qui descend doucement vers le nord, le long d'une vallée où, détour après détour, un joyeux ruisseau se change en rivière. Bien que Rotan se cache derrière une couverture uniforme de nuages gris clair, très élevés, l'air doux et l'absence de vent permettent d'enlever les bâches, et les voyageurs qui peuvent, sur cette route, rester dans les chariots ont tout loisir d'admirer, à l'est, sur la blanche Néméti, l'arête sombre et rectiligne qui sépare la face des drwidhs de celle des guerriers.

Autour d'eux, et à perte de vue vers le nord, ondulent des collines, crevées çà et là par des genoux de rochers, couvertes de fleurs charnues de la taille d'une petite main, sans tiges, aux pétales blancs et velus ressemblant à des quartiers de fruits étalés autour d'un cœur noir à facettes luisantes. L'air est imprégné de leur parfum, vif d'abord, puis suave, s'abandonnant à l'indolence chaude et sucrée, avec un arrière-plan d'épice et de résine. Pour mieux jouir de la beauté austère de ce paysage, Arcturus grimpe sur la ridelle du chariot et se cramponne aux arceaux qui soutiennent les bâches. Roi des Brini l'imite, amusé par l'enthousiasme de son jeune ami.

— J'aime cette route entre Bilarbili et Kornok ! Toutes ces

fleurs sont des keuzes. Elles ne poussent que sur les collines de Korn, pendant Mamgus, et c'est grâce à elles que les Kernis peuvent faire du medh.

— Selon quelle recette ?

— Elles sont butinées par de petits insectes, les safronis, qui en font une pâte rouge sombre, très sucrée, que nous appelons l'inihwek. Il suffit de le mettre à fermenter dans un mélange d'eau et de fort-d'avaleu.

— Du fort-d'avaleu ?

— De l'eau-de-vie ! Ça brûle ! Oh, regarde ! Voici le gué de la Riwèle ! Nous allons nous arrêter pour prendre le repas de midi pendant que les mirhi se baigneront.

En aval du gué, une retenue a été aménagée. Tandis qu'on dresse des tables, les animaux dételés courent se plonger dans l'eau. Arcturus va s'asseoir au bord de la rivière pour contempler leurs ébats, puis revient vers Roi des Brini, allongé dans le chariot.

— Je te propose que nous allions manger tous les deux à l'écart, au bord de la rivière.

— D'accord ! Et où irons-nous ?

— Il y a une plage, à moins d'une lieue, appelée la plage des safronis. La berge, en face, est percée de milliers de trous d'où elles partent butiner. C'est un spectacle merveilleux, paraît-il.

— Tu ne l'as jamais vu ?

— Non. C'est Talariante qui me l'a décrit.

— Eh bien, allons-y !

— Kwir ! Va nous chercher de quoi manger.

Le Liwédi part au triple galop vers les tables et revient bientôt avec un panier rempli de galettes et de fruits secs.

— Prends ta part et attends-nous ici, dit Arcturus. Si nous sommes en retard, fais patienter Flipène.

— Je suis prêt ! dit Roi des Brini.

— Attends ! Je prends mes armes !

— Est-ce bien utile ? Que risquons-nous là-bas ?

— Je ne pourrai pas m'en séparer, maintenant ! Et puis… je voudrais que tu me montres encore l'épée du Nouada. Et aussi… je voudrais bien essayer ton casque, pour voir comme mon père. Mais pas ici, pas aux yeux des moqueurs de la cour.

Roi des Brini sourit, ceint son baudrier, prend son casque d'une main, saisit le panier de l'autre, et ils partent le long de la Riwèle.

Ralentis par l'absence de chemin, ils mettent plus d'une demi-heure pour atteindre une boucle de la rivière, à l'intérieur de laquelle s'étend une plage de grossier sable granitique beige clair où brillent des morceaux de mica. Derrière, sous les keuzes, monte une légère pente qui s'achève par un petit tertre couronné de rochers rugueux. La Riwèle, dont la surface unie reflète la pâleur du ciel, a creusé la rive en face, formant un talus de terre brune percé de milliers de trous par où entrent et sortent des nuées d'insectes argentés dont les vrombissements et les bourdonnements évoquent une infinité d'archets jouant tous une note différente, plus ou moins fort, pour former une masse sonore énorme.

Arcturus écarquille des yeux émerveillés.

— La plage des safronis ! La plage des safronis !

Il court jusqu'au sable et le fait crisser sous ses pas. Puis il s'assoit et le caresse, le prend dans ses mains, l'examine, le goûte. Roi des Brini sourit, ému de retrouver en ce garçon des attitudes de Skinn enfant.

— C'est beau, ici ! dit Arcturus. On dirait que nous sommes les premiers à voir cette plage.

Il se lève et prend un air solennel pour aller vers la rivière.

— Je suis Ero imprimant le premier ses pas sur la terre de Bré !

Il se retourne pour contempler la rangée de creux et de monticules laissée par ses pieds, puis continue et s'arrête soudain.

— Quelqu'un d'autre est déjà venu !

Roi des Brini le rejoint. Difficile, dans ce genre de sable, de reconnaître une trace. Celui qui les a faites a le pied large, pèse lourd et ses enjambées dépassent celles d'un homme ordinaire.

— Que dirait Ero en voyant ces traces ? demande Roi des Brini.

— Que ce sont celles d'êtres habitant déjà Bré : Hurlinkou, yinn, ou... nerdud.

Le bruit des insectes leur interdit d'entendre un ennemi arriver. Arcturus regarde partout autour de lui.

— Rentrons ! dit-il. Nous mangerons dans le chariot.

Soudain, le bourdonnement change et se remplit de stridences. Le vol des safronis devient désordonné. Elles montent et descendent sans raison. Arcturus pâlit et s'affole. Il crie que c'est à cause d'un nerden et qu'il faut traverser la rivière pour fuir.

Roi des Brini le prend par les épaules et le secoue.

— Ne laisse pas la peur assombrir ton intelligence. Qui te dit que l'ennemi n'est pas de l'autre côté de la rivière ? Skinn a souhaité que son fils débarrasse Bré du Fléau. Tu vas commencer par en débarrasser la plage des safronis. Prends mon casque. Nous allons attendre ici. C'est un beau terrain pour un combat.

Le garçon a peur et sent son cœur battre à grands coups, mais il reste, fasciné par les couleurs étranges que le casque donne au monde et rassuré par la tranquillité de son compagnon qui attend, tête nue, l'épée à la main.

Un nerden d'au moins cinq coudées de haut sort de derrière le tertre et s'arrête au bord du sable. Il tourne sa tête verdâtre, montrant une grappe d'yeux opaques, puis l'autre. Son museau gris et pointu descend renifler le sable. Puis il se redresse et, faisant claquer sa lourde mâchoire, s'approche lentement.

— C'est ta lance qui le tuera ! dit Roi des Brini.

Cette voix calme rend sa détermination au garçon. Il ne tremble plus c'est même une sorte de pitié qu'il ressent pour cette créature qui va mourir sans avoir pu combattre réellement. Soudain, le nerden fonce. Une panique subite et folle paralyse Arcturus. Il entend Roi des Brini crier : « Il y en a un autre par ici ! » Un coup lui arrache la lance de la main, un choc terrible sur son bouclier le fait tomber en arrière. Hurlant de terreur, il s'enfuit à quatre pattes jusqu'à la rivière qu'il traverse à la nage. Sur l'autre rive il se retourne et son visage s'empourpre de honte.

Le bourdonnement est redevenu normal. Roi des Brini, qui a décapité les deux nerdud, le regarde en souriant.

— Aucun animal ne court aussi vite que toi sur quatre pattes ! Et avec un bouclier au bras par-dessus le marché !

— Tu te moques de ma frayeur ? dit le garçon.

— Ne le prends pas mal. Tout ceci restera entre nous. Et je trouve, au contraire, qu'en recevant la charge d'un nerden tu as montré un courage que je n'attendais pas. Reviens sur la plage, que nous puissions tirer les leçons de ce qui s'est passé.

Arcturus retraverse la Riwèle, tout heureux de sentir l'eau laver ses bragos des souillures de la peur. Arrivé sur le sable, il récupère sa lance et vient regarder les corps décapités.

Deux gros insectes gluants sortent de la bouche des nerdud, déploient leurs ailes et les laissent sécher au vent léger, puis, maladroitement, prennent leur envol vers l'ouest.

— Ton père et les Cavaliers Arbalètes les appelaient des lomanis.

Le bourdonnement change encore. Cette fois, il devient furieux. Un sombre nuage sorti du talus fond sur les lomanis. Deux éclairs verts et silencieux jaillissent, tuant les safronis qui tombent comme des grains de cendre. Mais d'autres arrivent, toujours plus nombreuses, qui s'agglutinent sur leurs proies et leur font perdre de la hauteur. De nouveaux éclairs jaillissent, trop faibles pour décourager les assaillantes. A la fin, les lomanis tombent sur la plage, couverts par un grouillement de corps argentés. Deux explosions enflamment les safronis, et presque au même instant retentissent trois hurlements, pas très loin, en trois points différents, comme des cris de fureur et de détresse.

— Qu'est-ce que c'est que ça ? demande Roi des Brini.

— Je ne sais pas, mais je préférerais fuir tout de suite.

De nouveau les trois cris retentissent. Ils se rapprochent.

Roi des Brini regarde autour d'eux. Les rochers, sur le tertre, lui semblent un bon refuge.

— Mets le casque, prends tes armes et suis-moi ! Je veux comprendre ce qui se passe.

Arrivé au sommet, Arcturus se tapit derrière les pierres. D'une main ferme, Roi des Brini le remet debout.

— Inutile de te cacher ! Les nerdud nous ont repérés depuis longtemps, avec un autre sens que la vue. En voici déjà un qui arrive. Cette fois, par contre, ils ne pourront pas nous prendre à revers et nous avons la protection des rochers. Le premier sera pour toi. Comment le vois-tu ?

— Le paysage est bizarre avec ton casque. Les keuzes sont vert pâle, les rochers ont un côté noir et l'autre orange. Le ciel est noir... Ça y est ! Le nerden ! Il est pourpre. Ses grappes d'yeux sont comme des braises dans la brise, rouge sombre avec des éclats jaunes. Il a une tache bleue sur le front.

— Son kasser... C'est intéressant... Quoi d'autre ?

— Je vois trois filaments bleus qui sortent de sa tête et qui vibrent comme des cordes de harpe très tendues.

— Comment sont-ils disposés ?

— Deux sur les côtés, un derrière ! Il est tout près, maintenant ! Il va charger !

— Calme-toi. Respire profondément. Vise-le avec ta lance, en haut du ventre. Ton bras ne sera pas faible. Tu ne fermeras pas les yeux au moment du lancer. Ta décision est prise. Tu vas tuer cet ennemi. Maintenant ! Vas-y !

Arcturus voit son arme, longue forme noire où sa main a laissé une empreinte rouge, décrire une courbe et percer la chair pourpre dans une éclaboussure jaune paille. Le nerden tombe, enfonçant encore le javelot dont la pointe ressort dans son dos. Il se relève pourtant et fait quelques pas vers les rochers.

— Frappe la tache bleue au milieu du front avec le plat de ton épée !

Arcturus sort de l'abri, mais l'adversaire est trop grand. Il grimpe sur un rocher et pousse un cri de défi. Le nerden vient vers lui, sans précipitation, restant hors de portée.

— Il doit renseigner les deux autres sur notre position et notre résistance aux rêves, dit Roi des Brini.

— Aide-moi à l'achever !

— C'est ton premier nerden ! Il te revient entièrement.

Le garçon examine le rocher de granite parcouru de fissures et, à coups de talon, parvient à en détacher un morceau qu'il soulève à deux mains et jette sur le kasser. Le nerden s'écroule. Poussant un hurlement de joie, Arcturus bondit et lui tranche la tête. Roi des Brini s'approche.

— Ce trophée sera plus précieux que tous ceux qui vont suivre. Voilà deux jours, en recevant tes armes, tu écoutais les paroles de ton père. Aujourd'hui, tu as fait le premier pas sur le chemin qu'il t'indiquait. Après cet exploit, te voici l'égal des Cavaliers Arbalètes. Mais, comme c'est souvent le cas, tu n'auras pas le temps de savourer cette victoire. Nous avons entendu trois cris et tu n'as tué qu'un nerden. Où sont les deux autres ? Que ferais-tu à leur place ?

— J'attendrais que nous quittions notre place forte pour attaquer par surprise sur un terrain plus facile.

— C'est sans doute ce qu'ils ont l'intention de faire. Ou bien, si nous restons ici, profiter de la nuit pour nous attaquer. C'est trop dangereux. Il faut les attirer sur notre terrain et il y a peut-être un moyen pour cela.

Le lomani sort de la gueule du nerden et déploie ses ailes. D'un coup de Solution Brutale, Roi des Brini le coupe en deux, provoquant une explosion sèche. La lame devient brillante, comme chauffée à blanc, puis un éclair jaillit de la pointe et pénètre dans le sol, ébranlant les rochers. Après un instant de stupeur, Roi des Brini regarde son épée. La lame mystérieuse est redevenue noire.

Deux hurlements éclatent, tout près. Arcturus récupère sa lance et suit son ami à l'abri. Les nerdud, cette fois, abandonnent toute prudence. Ils foncent. La lance siffle et stoppe le plus petit qui tourne sur lui-même et roule jusqu'au bas de la pente. L'autre s'écroule à l'entrée des rochers, foudroyé par un coup sur le kasser. Arcturus court vers le sien. Comme il arrive près de lui, le nerden se redresse et lui décoche un coup de griffes que pare le bouclier. Kanargann répond et brise le coude. Un autre coup, rapidement porté à la jambe, fait tomber le nerden. Le garçon en profite pour passer dans son dos et lui tranche l'autre patte à hauteur du genou, l'immobilisant pour de bon.

— J'en ai capturé un vivant ! Est-ce que quelqu'un l'a déjà fait sur Bré ?

— Autrement que dans un piège, non, je ne pense pas !

Arcturus part en gambades autour du nerden, faisant des jeux guerriers avec son épée. A la fin, tout à sa joie, il la plante dans le sol, ôte son casque, le lance en criant et s'écroule.

Quand il revient à lui, douloureusement arraché à la merveille du rêve, il voit, à travers la visière-infra, Roi des Brini qui le regarde avec un air moqueur.

— Plutôt que de tuer le nerden j'ai choisi de te remettre le casque, pour ne pas te priver de ton droit sur celui que tu as vaincu. Je sais que tu es jeune et je comprends ton enthousiasme, mais sois plus avisé la prochaine fois. Ne laisse pas l'ivresse de la victoire faire de toi l'égal d'un idiot pris de boisson !

Le garçon se relève et va décapiter le nerden.

— Comment ce monstre peut-il envoyer un rêve si beau ?

Un frisson de vent frais parcourt les keuzes.

— Que ferons-nous des lomanis ? demande le garçon.

— Nous allons les tuer ! C'est un bon moyen de savoir s'il y a d'autres nerdud par ici. Et je pense que la disparition de cinq d'entre eux sera perçue comme une menace dans le pays où ils retournent.

— Le Cambro ?

— On peut le supposer.

— Attention ! Il se passe quelque chose ! Les trois filaments sont devenus jaunes !

La tête du nerden explose. Roi des Brini entraîne Arcturus vers l'autre.

— Comment sont les filaments ?

— Il n'y en a plus.

Le lomani sort péniblement de la gueule. Avec la pointe de son épée, Roi des Brini lui pique le dos. Un éclair vert environne aussitôt l'être gluant. La lame émet une lueur brève puis un rayon du même vert sort de sa pointe et traverse le lomani qui explose.

Roi des Brini et Arcturus ont beau chercher partout, ils ne trouvent aucune trace, aucun reste, comme si les explosions avaient volatilisé les lomanis. Ils vont examiner l'endroit où sont tombés les deux premiers, victimes des safronis. Il n'y a sur le sable que des corps d'insectes calcinés.

Roi des Brini revient s'asseoir près du panier.

— Mangeons, puisque c'est pour cela que nous sommes venus. Et profitons de ce repas pour tirer, entre nous, les leçons de notre aventure. Tout d'abord, parlons de tes combats. Tu as affronté trois nerdud. Devant le premier, tu t'es enfui, ce qui était la pire des choses à faire, car je ne vois pas comment tu aurais pu, même avec ton casque, échapper à un nerden en marchant à quatre pattes. De plus, tu m'as mis dans une position dangereuse, avec deux adversaires au lieu d'un. La peur est ton pire ennemi, Arcturus.

— On dit tellement de choses sur les nerdud…

— Voilà ! Tu as eu peur de l'idée que tu as des nerdud. Si tu avais pris le temps d'étudier sans passion ton ennemi, tu aurais tout de suite compris que c'est un adversaire très facile à vaincre quand on est à l'abri des rêves et qu'on dispose d'une arme. Souviens-toi bien de cette première leçon. Etudie sans passion ni préjugés ton ennemi et frappe-le en connaissance de cause, sans faiblesse.

— Je m'en souviendrai.

— Le second nerden, tu l'as tué avec intelligence. Tu l'as d'abord gravement blessé. Nous manquons de connaissances sur eux, et peut-être que ta lance est passée tout près du cœur, si toutefois les nerdud en ont un. Cela rejoint notre première leçon. Si nous les connaissions mieux, tu l'aurais tué du premier coup. Quoi qu'il en soit, tu t'en es très bien tiré. Comme il était trop grand pour toi, tu as utilisé le terrain pour parvenir à tes fins. Et c'est grâce au rocher que tu l'as vaincu. Ce sera notre seconde leçon. Fais-toi un allié du terrain et attire ton ennemi sur celui que tu choisis.

— Je m'en souviendrai.

— Le troisième, tu l'as vaincu facilement, si facilement que tu as joué avec lui… et crié trop tôt victoire. Mais un ennemi n'est hors d'état de nuire que lorsqu'il a reçu le coup de grâce. Tu devrais pourtant le savoir, depuis le combat contre Maurvong. Sans toi, je serais mort pour avoir oublié cette dernière leçon.

— Je m'en souviendrai.

— Je voulais ajouter ceci : ne sois jamais cruel et ne fais pas souffrir par jeu. Ne sois pas non plus méprisant ou fanfaron. Respecte ton adversaire, c'est le meilleur moyen de le vaincre.

— Je m'en souviendrai.

— Bien. Maintenant, parlons des nerdud. Nous avons découvert aujourd'hui plusieurs choses. D'abord ces filaments bleus que tu as vus avec le casque n'existent pas réellement.

— Pourquoi les couleurs sont-elles différentes avec le casque ?

— Disons que tu vois la chaleur des choses, et que, comme pour le dirdu dans la forge, plus elles sont froides, plus elles sont obscures, et plus elles sont chaudes plus elles se rapprochent du jaune.

— Et le bleu ?

— C'est compliqué. Je ne sais pas trop comment t'expliquer... Quand on jette un caillou dans l'eau, il se forme à la surface des cercles qui s'élargissent à partir de l'endroit où la pierre est tombée. Eh bien, il se passe la même chose ailleurs que dans l'eau, disons... dans l'invisible, et c'est le point de départ de ces ronds que tu voyais en bleu.

— Je ne comprends pas ! Je ne voyais pas de cailloux !

— Dans l'invisible, on peut faire des ronds sans cailloux et se parler avec eux.

— Se parler avec des ronds ?

Avec l'index, Roi des Brini dessine un cercle dans le sable.

— En voici un tout seul. Il veut dire « oui ». Maintenant j'en dessine deux presque collés. C'est « non ». Un grand et un petit au milieu : « ennemi ». Petit, moyen et grand : « ami ».

— Tu veux dire que les nerdud se parlent comme ça ?

— Je pense, oui.

— Avec les filaments ?

— Les filaments et le kasser. Je crois que les filaments leur permettent de localiser leurs proies d'une manière très précise et de savoir toujours exactement où sont les autres nerdud. Ce qui les rend très dangereux, car nous avons pu constater qu'ils sont capables d'établir un plan d'attaque pour nous encercler.

— Et les lomanis ?

— Alors là, mystère ! De quoi sont-ils faits ? Où logent-ils dans la tête des nerdud ? D'où viennent ces éclairs verts ? Comment explosent-ils ? Où vont-ils quand ils s'envolent ? A toutes ces questions il faudra répondre si tu veux les vaincre... Quelque chose me trouble, Arcturus. Prends le cas de celui qui a explosé dans la tête. Qu'en penses-tu ?

— C'est un accident ou un suicide.

— A ton avis ?

— Suicide ! Il a pensé que même s'il parvenait à nous échapper les safronis ne lui laisseraient aucune chance.

— Cela voudrait dire que les lomanis ont conscience qu'ils vont mourir et sont libres de choisir leur mort. Maintenant, pense à l'autre, celui qui, sachant les mêmes choses, a tenté de sortir.

— Il a au moins essayé, lui !

— Cela voudrait dire que, comme nous, les lomanis vivent d'espoir...

Roi des Brini se relève.

— Il est temps de rejoindre les autres. Prenons les kassers et les pectoraux des nerdud. Tu en porteras toujours un sur toi, comme ton père et moi. Ce sera l'emblème de ton rang : tueur de nerdud. Nous rapporterons aussi la tête du premier que tu as tué. Il est dommage que nous ne puissions pas emporter un corps entier pour l'étudier...

Le convoi est parti depuis longtemps quand les deux amis reviennent au gué de la Riwèle. Kwir et Flipène les attendent près du chariot.

— Vous en avez mis du temps ! Je commençais à être inquiet. Et puis j'ai entendu des bruits au loin, comme des claquements de fouet. Que s'est-il passé ?

— J'ai tué deux nerdud ! s'écrie Arcturus. Regarde ! C'est la tête du premier !

Le Liwédi se tourne vers Roi des Brini, un air de doute sur le visage.

— Fais confiance à ce guerrier, Kwir. Ce n'est pas un vantard. Il en a tué deux. J'en ai tué trois. Nous suivons les traces du Nouada, son père !

Pendant qu'ils mettent leurs trophées dans le chariot, le cocher va chercher les mirhivaur et les attelle. Puis ils partent vers Kornok. A l'arrière, Arcturus fait le récit de leurs aventures à Kwir, et Roi des Brini constate non sans surprise qu'il avoue sa peur lors de sa première rencontre. Il comprend vite que c'est pour se glorifier d'avoir vaincu cette peur, « un ennemi bien plus fort que les nerdud ». Quand il a fini, Roi des Brini lui demande s'il ne voudrait pas marcher un peu avec lui derrière le chariot, et il en profite pour donner un autre conseil à son élève.

— Tu es un guerrier, Arcturus, pas un barde, et qui plus est, un barde qui chanterait sa propre louange. Si tu veux être cru, parle sans forfanterie de tes exploits. Laisse à d'autres le soin d'employer les mots flatteurs. Ne t'abaisse pas non plus par modestie. Dis la vérité, avec les mots les plus simples. Tu en tireras double avantage : ta parole ne sera jamais mise en doute et tes ennemis te craindront d'autant plus qu'ils sauront que tu n'es pas un vantard.

Le garçon rougit.

— Je m'en souviendrai.

— Alors, tu seras un grand guerrier. Redouté par tes ennemis, aimé par tes amis, respecté par tous. C'est bien ce que tu veux ?

— Oui ! C'est ce que je veux.

— Tu seras le champion de Bré contre le Fléau. Et je suis sûr que tu vaincras.

— Pour cela, il me faudrait plusieurs choses…

— Lesquelles ?

— D'abord, les autres talismans des dieux, pour être invincible !

— Et ensuite ?

— Un casque.

— Nous irons à Qimïade chercher celui de ton père. Il te revient. En attendant, je te donnerai ce soir quelque chose que j'ai dans mes bagages…

IV

KORNOK DES FALAISES

En fin d'après-midi, dans un paysage aride et plat, leur chariot rattrape le convoi. Les keuzes ont disparu avec les collines, mais leur parfum erre encore sur la nudité calcaire. Quand la route abandonne la rivière pour tourner au nord, Arcturus commence à scruter le paysage.

— Ça y est ! crie-t-il soudain. On voit le palais !

Roi des Brini cherche en vain la forteresse. Il faut que le garçon la lui désigne de l'index pour qu'il parvienne à distinguer les grises murailles basses, en haut d'une pente du même gris, trouée, déserte, encombrée par endroits de blocs délités, polie à d'autres, tel un vieil os nettoyé par des siècles de crachin.

La montée commence. Les chariots défilent devant trois dyns aux épais murs circulaires de pierres plates, disposés, semble-t-il, selon les possibilités du terrain. Plus haut, la vue se dégage vers l'ouest, montrant, loin en contrebas, l'embouchure d'une rivière et des maisons. Roi des Brini se rend compte qu'ils avancent vers le sommet d'une falaise au bord de laquelle s'appuie le rempart de la forteresse principale en forme de demi-cercle. Ce rempart est entouré d'un vaste champ de pierres dressées, plates, longues d'une à deux coudées, larges comme des bras, tranchantes et pointues, milliers de lames interdisant tout passage. La route le traverse et tourne à droite, le long du rempart, puis, après un virage serré à gauche, elle conduit entre deux murs jusqu'à la porte, au sud.

Au centre de la cour s'élève une coupole de pierre sertie de trois autres plus petites, équidistantes. A l'ouest, à la base du rempart, appuyés à lui, en faisant même partie sans doute, sont alignés des pignons aux toits de pierre pentus, comme une succession de triangles sortis de la muraille. A l'est, enchâssés dans des maisons semblables, un atelier de charron et une forge.

De l'autre côté des coupoles, au nord, la falaise est bordée par une denture de toits pointus, enserrant une maison plus imposante que les autres.

Dour, Morlude et les guerriers se dirigent vers les maisons du nord, au bord de la falaise. Les drwidhs vont à main gauche, sous le rempart de l'ouest.

Kwir décharge les affaires et Flipène, après un dernier signe du fouet, ressort du palais derrière les autres chariots.

— Où vont-ils ? demande Roi des Brini.

— Ils descendent à Kornok. Les mirhi ont bien mérité de retrouver la mer. Imagine-les au crépuscule, se jouant des vagues, dans la baie, gavés de viviou !

Rodal, un serviteur de Morlude, vient annoncer au fils du Nouada que le roi, considéré son nouveau rang, met une maison à sa disposition et le prie d'y recevoir son tuteur. Partageant avec Kwir le fardeau des bagages, Rodal les conduit jusqu'à la dernière maison à l'ouest, la plus proche de la rangée des drwidhs. Au moment où ils posent les baluchons dans la première pièce, qui sert de cuisine et de salle commune, un nœud lâche et la tête de nerden apparaît. Rodal ouvre des yeux ahuris. Roi des Brini, affectant de ne rien avoir vu, quitte la pièce; Arcturus le suit, surmontant son envie de hurler qu'il en a tué deux. A Kwir le soin de raconter les exploits de son maître en déballant pectoraux et kassers pour prouver ses dires. Cinq nerdud ! Rodal n'en revient pas. Il se hâte de sortir et court jusqu'à la porte du roi. Kwir sourit. Voilà un bruit qui se répandra vite !

Après la salle commune, la maison dispose de deux chambres, côte à côte, chacune ayant une fenêtre qui donne sur le vide.

— Laquelle veux-tu choisir ? demande Arcturus.

— Celle qui me permettra de mieux voir le port. Je pourrai surveiller d'ici la construction du lestre et l'arrivée de Fleur de Gwarés.

— Alors prends la plus à l'ouest.

Le guerrier blond pose la main sur l'épaule du garçon.

— Je suis fier de toi. Tu n'as pas chanté tes louanges au serviteur de Morlude. Tu verras que Kwir en a certainement dit plus que tu n'aurais osé, même dans tes pires vantardises !

Il part dans la salle commune et revient avec un objet noir et rond sous le bras.

— Je voudrais que tu me décrives le paysage que nous voyons depuis nos fenêtres, car un guerrier doit savoir où il est. Mais auparavant, je vais te donner ce que je t'ai promis sur la plage des safronis. Tu connais les Cavaliers Arbalètes, puisque tu naquis parmi eux. Pour affronter les nerdud, Taldir leur avait fabriqué des casques imperméables aux rêves, appelés casques dirduverre. En voici un pour toi.

Il tend l'objet au garçon qui le prend comme si c'était le casque de Lughern lui-même.

— Ce n'est pas un petit cadeau que tu me fais. Je ne sais que te donner en échange.

— Tu m'offres l'hospitalité. Ce n'est pas rien non plus. J'étais ton débiteur.

Arcturus coiffe le casque et le retire presque aussitôt, désemparé.

— On voit mal !

— Il n'est pas fait pour combattre dans une maison. Si tu le mets dehors, tu le trouveras efficace et facile à porter. Taldir était un artisan exceptionnel. Fabriquer cette merveille avec les pauvres moyens qu'il avait me remplit de respect.

— Et qui t'a donné ce casque ? Tu l'as trouvé à Qimïade ?

— Non. C'est tout simplement celui de Cam. Il ne le portait pas quand il s'est fait disparaître. Sa folie aura eu cette utilité : te fournir un casque dirduverre. Et maintenant, installons-nous dans nos chambres ! Après, tu me nommeras ton pays d'adoption.

A l'est, des nuages sombres, par de longues déchirures effilochées, laissent paraître un ciel verdâtre. A l'ouest capitonné de voiles gris, une plaie effilée, au ras de l'horizon, colore vaguement de rouge la succession des collines, qui se fondent peu à peu dans les ombres et la tendre épaisseur de l'air. Arcturus, accoudé au bord de sa fenêtre, nomme à Roi des Brini, appuyé au rebord de la sienne, le paysage qui entoure la baie de Kornok.

Tout en bas d'une forte pente, à main gauche, s'ouvre l'embouchure de la Pénorine, franchie par un pont de bois suffisamment large pour que deux chariots puissent y rouler de front. Au bord d'une longue plage, sur la rive opposée, s'étend le port, avec ses nombreuses maisons, deux chantiers navals, des bois flottés, de petits hangars, beaucoup de keuraks et de lestres, le tout dominé par la pointe du Ros, butte assez haute, escarpée du côté de la mer, couverte de brug mauve et surmontée d'un dyn. Après le Ros, une côte sableuse et basse continue jusqu'à une hauteur dont le pied se perd dans la brume.

— C'est la pointe du Moal, qui marque la fin de l'Aber sur la rive ouest, dit Arcturus.

A main droite, sous le sommet scintillant de la Néméti, la falaise, partie vers l'est, dessine une large courbe vers le nord pour descendre ensuite peu à peu et s'effacer, au loin, devant une montagne ronde et rose, le Méné, qui se dresse, en face du Moal, à la jonction de l'Aber et de l'embouchure du Douryen, fleuve issu des contreforts de la Néméti.

— Après être passé entre le Moal et le Méné, on arrive dans un large bras de mer, le Kanol, encore plus long que l'Aber, qui tourne vers l'ouest et conduit à la mer de Daoubenn. Comme tu vois, Kornok est très bien abrité, mais il faut connaître les courants et les marées pour y venir.

Juste devant eux, formant avec le Ros une sorte de détroit qui protège le port, se dresse un îlot nu, presque circulaire, dessus rond et parois verticales, que la houle couvre de cascades évoquant de longs cheveux blancs.

— C'est pour cela, dit Arcturus, qu'on l'appelle le Drwidh.

— A cause des cheveux blancs ?

— Oui, et de la tonsure aussi. Certains drwidhs, comme Talariante, se tondent le haut du crâne à partir des oreilles pour être plus près du ciel.

Roi des Brini regarde le pied de la falaise.

— Cela fait une belle hauteur !

— Ici, elle fait au moins trois cents coudées. Les Kernis ont essayé de la mesurer avec des cordes, mais ils ont dû renoncer à cause du poids !

— Eh bien ! Il vaut mieux éviter de s'approcher du bord ! Je vois pourtant un chemin là-bas, à droite, qui le longe. Ce n'est pas très prudent, non ?

— Les femmes du palais aiment bien s'y promener quand il fait beau.

— Et il n'y a jamais d'accidents ?

— C'est arrivé…

Le lendemain, Rod Nawatani, vingt et unième jour de Kerzu, commence par la première leçon d'erthien, pendant le petit-déjeuner. Alors qu'Arcturus cherche un mot, Kwir, qui beurre les galettes, lui souffle la réponse. Tuteur et pupille se regardent.

— Ce n'était pas la volonté du Nouada que tu apprennes l'erthien, Kwir, dit Roi des Brini. Mais je l'ai suffisamment connu pour savoir qu'il n'aurait pas refusé que tu le parles. De mon côté, voici ce que je pense : l'erthien peut nous permettre, à ton maître et à moi, d'échanger des messages incompréhensibles pour nos ennemis. C'est pourquoi je ne souhaitais pas que d'autres le parlent. D'un autre côté, je ne serai peut-être pas toujours là. Toi, par contre, tu es appelé à suivre Arcturus en toutes circonstances et il pourrait se révéler utile que tu comprennes l'erthien. Tels sont les éléments du choix. C'est au fils du Nouada qu'il appartient de décider s'il veut que tu l'apprennes ou non.

Arcturus prend son temps pour répondre.

— Je pense qu'il est bon que Kwir le parle aussi. D'une part pour notre sauvegarde mutuelle dans le danger, et d'autre part pour que je puisse continuer à parler erthien quand tu n'es pas là.

— Bien. J'ajoute alors ceci : Kwir va jurer, par le Douéda, le Gwados, la Stirépu et le feu de la Vronène, de n'apprendre l'erthien à personne d'autre, et de ne jamais le traduire à un Brési, quel qu'il soit.

Le Liwédi prête serment.

— J'en suis le garant, dit Roi des Brini. Que mon bras soit l'instrument de la justice du Douéda, comme il l'a déjà été sur Marhvaur.

Kwir frissonne en pensant à la fin de Broud. Mais il n'a pas le temps de répondre. Une voix appelle, au-dehors.

— Va voir qui est là et fais-le entrer si c'est un ami, dit Arcturus.

Kwir revient avec un Kerni habillé de bragos gris et d'une chemise verte.

— Tiens ? dit Arcturus. Goustad ! Que veux-tu ?

— Je viens chercher Roi des Brini. Dour souhaite le rencontrer pour voir avec lui comment organiser la construction du lestre.

Le guerrier blond répond d'une voix calme et ferme :

— Et moi, je ne souhaite pas rencontrer Dour. Qu'elle nomme un intendant à qui elle donnera ses instructions. Il me les transmettra et j'en tiendrai compte si c'est utile. Je l'attends ici. Mais qu'elle se dépêche ! J'ai l'intention de descendre à Kornok pour y prendre le repas de midi et d'aller ensuite visiter le chantier.

Après le départ du Kerni, ils continuent d'apprendre l'erthien jusqu'à l'heure du déjeuner.

— Il ne viendra personne maintenant, dit Arcturus.

— C'est sans importance…

Laissant la garde de la maison à Kwir, ils sortent du palais et commencent la descente vers le port. En passant devant le premier dyn, Roi des Brini voit le garçon mettre la main à l'épée.

— Que crains-tu ?

— C'est le dyn de Kadour, le père de Maurvong. Ses deux autres fils habitent là aussi.

— Et Kein ?

— Oui.

— Marche la tête haute, garçon. Sois sur tes gardes sans manifester de peur. Tout signe de faiblesse encourage l'assaillant. Et lâche ton épée. Il sera bien temps de dégainer si jamais ils sortent…

Au bout d'une demi-heure, après un cheminement sans autre difficulté que celles dues au relief et à la nature du sol, ils arrivent au pont de bois qui franchit la Pénorine.

Plat, onze pas de large et trente-trois de long, porté par quatre piles obliques plantées dans les berges, il évite, aux dires d'Arcturus, un détour de deux heures pour aller au premier gué. Roi des Brini admire en connaisseur.

— Bel ouvrage ! Il n'y en a pas à Camoghère, ni sur la Stirépu.

— C'est le seul pont de Bré. Les Domnis ont voulu en faire un à Lanfal, mais la Stirine l'a emporté à la première crue.

Le guerrier blond observe comment sont fixés les montants de la rambarde.

— C'est un travail de charpentier de marine.

— Vrai ! Ce sont ceux du roi qui l'ont construit, sous la direction de Koatal, le drwidh architecte de Kornok.

— Est-ce à lui que j'aurai affaire ?

— Oui. Il s'occupe aussi bien du chantier de Morlude que de celui de Dour.

— Alors, je suis sûr de faire un beau lestre.

Passé le pont, Arcturus entraîne Roi des Brini vers le port, une plage d'alluvions apportées par la Pénorine, où se mêlent arène granitique, sable, coquillages et petits galets de couleurs vives. La mer est basse. A chaque bout de la plage, sur laquelle sont couchés des bateaux, se dresse un chantier naval. Entre les deux, des maisons de pêcheurs dont les toits de pierre descendent jusqu'à terre, deux entrepôts, une forge, une tannerie et une auberge, long bâtiment de bois aux bas-côtés percés de nombreuses fenêtres.

— Eh bien ! dit Roi des Brini, si chaque fenêtre correspond à une chambre, il y a de quoi loger du monde !

— Elle est quelquefois pleine, quand tous les bateaux sont là.

Ils entrent et Roi des Brini est tout de suite frappé par la joyeuse ambiance qui règne dans la grande salle. Rien à voir avec l'austérité liwédie, à Dynépu ! Plusieurs tablées se sont regroupées autour de musiciens. On a empilé quelques tables et, sur l'aire dégagée, des chaînes de danseurs s'enroulent et se déroulent au rythme sourd des galoches sur la terre battue.

— Youhouhouuuuu ! crie Arcturus.

— Tu ne vas pas te joindre à eux ?

— Un guerrier ne danse pas avec les matelots !... Mais ce n'est pas l'envie qui me manque, ajoute-t-il à voix basse.

Un homme vient au-devant d'eux et salue Arcturus avec déférence. Puis, se tournant vers Roi des Brini :

— C'est Léghest mon nom ! Que l'ami du Nouada soit le bienvenu dans cette auberge que je tiens pour Morlude aux dents de sable ! Asseyez-vous ici, vous ne serez pas trop assourdis par la musique. Bouzellic a un peu bu et on ne sait ce qui dérape le plus sur les cordes : ses doigts ou son archet. Pour danser, ça va ! Pour manger, mieux vaut garder ses distances !

Pour la première fois depuis qu'il a posé le pied sur Bré, Roi des Brini voit des bancs au lieu de lits autour de la table.

— Je vais chercher vos plats, dit Léghest. Aujourd'hui c'est du poisson... comme tous les jours !

— Les nouvelles vont vite à Kornok, dit Roi des Brini. Moi qui pensais venir ici en inconnu !

Arcturus éclate de rire.

— Tu apprécieras cette auberge et tu prendras plaisir à y manger chaque jour du poisson différent.

— Je n'ose imaginer ce qu'en pensera Fleur de Gwarés !

— Elle n'aime pas danser. Je l'ai invitée, à Bilarbili. Elle a refusé à chaque fois.

— C'est une Liwédie !... Mais je crois qu'elle craint surtout d'être ridicule parce qu'elle ne sait pas danser.

— Je lui apprendrai en cachette, dans notre maison ! Tu joueras de la harpe et nous danserons dans la cuisine !

L'aubergiste revient avec un plat de poisson rose, posé sur des rouleaux de légumes gris-bleu, et deux bouteilles.

— Qu'est-ce que c'est, demande Roi des Brini, du medh ?

— Oh non ! Pas ici ! dit Léghest. C'est de l'avalic. Goûte-moi ça ! Tu n'en trouveras que chez les Kernis !

Un liquide pétillant et doré coule dans les bols. Roi des Brini le goûte.

— C'est très bon ! Avec quoi est-ce fait ?

— Avec des avaleu ! C'est pour ça que tu n'en trouveras qu'ici ! Les Domnis et les Liwédis gardent ces fruits pour les drwidhs. Quel gâchis !

— Et les drwidhs kernis ne disent rien ?

— Ils sont les premiers à en boire ! Ceux du Nord aussi, remarque, mais il faut croire qu'ils sont moins partageurs... ou plus hypocrites !

L'aubergiste s'en va répondre à l'appel d'une autre table. Roi des Brini sourit.

— Décidément, je crois qu'il faudra beaucoup de patience et de persuasion pour faire aimer cette auberge à Fleur de Gwarés !

Après le repas, ils se rendent au chantier de la reine. Deux hommes discutent devant la membrure d'un lestre en construction.

— Le grand maigre avec la chemise grise et la tonsure, c'est Koatal, comme tu t'en doutais, dit Arcturus. L'autre, avec sa bonne tête ronde et sa petite bedaine, c'est Anouide. Il est à Dour. Méfie-toi de lui, c'est un Kerni de l'intérieur.

— Ils sont différents des autres ?

— Ils portent une chemise verte alors que les Kernis de la côte sont en bleu.

— Et à part ça, pourquoi faut-il s'en méfier ?

— Ils fabriquent le medh ! Ça leur donne de l'importance ! Du moins, ils s'en persuadent ! Alors ils se prennent au sérieux et affectent de mépriser les plaisanteries des Kernis de la côte. Et encore, je ne parle pas de ceux qui produisent le medh matré !

— Qu'est-ce que c'est ?

— Le fin du fin ! Seuls le roi, la reine et quelques invités de marque y ont trempé leurs lèvres ! On dit que celui des dieux n'est pas meilleur. Je te laisse imaginer l'orgueil de ceux qui le fabriquent ! C'est tout juste s'ils ne se prennent pas pour des drwidhs ! La suffisance et la vanité les gonflent tellement que, par moquerie, nous teintons en vert les vessies avec lesquelles nous jouons à la velle.

Koatal les voit et leur fait signe d'approcher. Anouide apostrophe Roi des Brini.

— Dour m'a chargé de te dire qu'il n'était pas question que tu construises un lestre sans la consulter. Elle veut donner son accord préalable à toute décision et elle exige que tu ailles toi-même lui faire la description de ce que tu envisages.

— En ce cas, c'est une nouvelle demande qui ne correspond plus à celle que j'ai acceptée. Je m'estime donc dégagé de mes obligations envers Dour. Je ne construirai pas de lestre.

— Comment cela ?

— Tu rappelleras à Dour ses propres paroles, dont Arcturus fut, entre autres, le témoin. « Je te demande d'accepter mon hospitalité le temps de diriger la construction d'un nouveau lestre pour moi. » C'est clair, je pense. J'ai accepté de diriger la construction d'un lestre et non d'être dirigé. Si Dour ne tient pas parole, je n'ai pas à respecter la mienne.

Anouide lance un regard inquiet au drwidh.

— Roi des Brini a raison, dit Koatal. Si ce sont les paroles de Dour, et rien ne permet d'en douter, elle doit le laisser diriger la construction sans lui demander quoi que ce soit d'autre.

Roi des Brini donne à l'intendant une tape sur l'épaule qui lui arrache une grimace de douleur.

— Tu vois, Anouide, c'est toi qui es descendu pour rien. Nous resterons ici pour commencer le travail pendant que tu retourneras au palais porter ma réponse à Dour. Et à l'avenir, pour t'éviter ce trajet inutile, viens me voir chez Arcturus, dans une maison mise à sa disposition par le roi et non par la reine, ce qui est un manquement à la promesse d'hospitalité qu'elle m'a faite !

L'intendant a perdu sa superbe. Il hésite, puis soupire et s'éloigne.

— Les ennuis commencent pour lui ! dit Arcturus. La route qui grimpe au palais n'a déjà rien d'agréable, mais quand on la monte pour aller subir la colère de Dour, c'est pire !

— J'espère qu'elle te laissera construire ce lestre ! dit Koatal. Je t'attendais avec impatience car j'ai entendu beaucoup de bien de ton nouveau gréement. Avant hier, Marhvaur est sorti de la mer du Lagad en ne tirant qu'un bord, m'a-t-on dit.

— Je n'ai fait que parer au plus pressé. On peut l'améliorer encore. Comment travailles-tu quand tu veux construire un bateau ?

— Je fais d'abord un petit bateau identique au grand. Un pouce du petit vaut une coudée du grand. Il est donc douze fois plus petit car il y a douze pouces dans une coudée. Nous appelons ce petit bateau une vag. Et quand il y en a plusieurs, ce sont des bighi.

— Mais… n'est-ce pas interdit ?

— Interdit ?

— De représenter la réalité ?

Koatal sourit.

— On voit que tu as voyagé avec un drwidh liwédi ! Oui, c'est ce qu'ils disent là-bas, et c'est sans doute pour cela qu'ils ne font que des keuraks. Nous voyons les choses autrement. D'abord, une vag ne représente pas la réalité puisque le lestre n'existe pas encore. Ensuite, il ne faut pas confondre la réalité avec la création. Il est impie de représenter l'œuvre de l'Impossible-à-nommer. Mais un lestre n'est pas sa création.

— Alors vous gardez les bighi ?

— Bien sûr ! Heureusement qu'il ne faut pas tout recommencer à chaque fois !

— Puis-je les voir ?

Les deux hommes partent vers une maison de bois, au fond du chantier. Arcturus, resté seul, regarde la falaise qui domine le port, avec, tout là-haut, le palais. Il pense à la façon dont Roi des Brini a renvoyé les deux serviteurs de Dour et ne peut s'empêcher d'être inquiet. Son tuteur ne connaît pas la reine et ne mesure pas ce dont elle est capable.

Pendant qu'Arcturus remue ces pensées, au palais, Kahés vient inviter Dour à se promener au bord de la falaise. Les deux femmes sont amies et coutumières de ces sorties sans protocole, où elles peuvent se parler librement, partager des secrets ou simplement laisser libre cours à la moquerie et rire des autres sans retenue. Bien que le ciel soit gris comme la veille, le temps doux et l'absence de vent rendent la promenade agréable.

— De quoi parlerons-nous aujourd'hui ? demande la reine.

Kahés regarde l'Aber, le Drwidh, la Néméti, baignés de douce lumière. Elle remet en place ses mèches noires soulevées par la brise légère et tiède puis s'étire langoureusement.

— Il fait un temps à parler de l'amour, ne trouvez-vous pas ? Et je me demandais justement, avant d'aller vous trouver, s'il est possible de le susciter chez quelqu'un.

— Parlez-vous de l'amour ou du désir charnel ?

— Je parle de l'amour.

— C'est dommage, car il est facile d'allumer le désir avec des plantes. Mais vous n'avez pas besoin de cela, chère Kahés. Il vous suffit de paraître.

— Venant de vous, ce compliment me flatte !

Après un silence, la femme de Mordrouz reprend :

— Alors, il est impossible de faire naître l'amour chez quelqu'un ?

La reine regarde des oiseaux noirs, fins comme des javelots, se jeter du haut de la falaise et plonger dans la houle.

— L'amour est une grave maladie, mortelle parfois, qu'il ne faut pas considérer comme un jeu. Que voulez-vous faire ?

— Je voudrais me faire aimer d'un homme.

— Quelqu'un de Kornok ?

— Non ! Je ne voudrais pas risquer d'offenser Mordrouz. Il s'agit d'un homme que j'ai connu dans mon enfance, à Bri.

— Vous l'aimez ?

— Je ne l'aime plus ! C'est la vengeance qui m'amène à vous. J'ai trop souffert et, maintenant que je suis guérie, je voudrais qu'il endure la même chose, car non seulement il m'a dédaignée mais il s'est amusé de ma souffrance.

— Vous avez dû vivre des jours pénibles pour souhaiter cette vengeance.

— J'ai plusieurs fois cherché la mort. Ce sont les dieux qui m'ont sauvée.

— Je comprends… Peut-être puis-je vous aider.

— C'est vrai ?

— A condition que vous juriez par la massue du Douéda que vous n'en parlerez jamais à personne.

Kahés hésite un peu avant de se décider à prêter ce serment qui met en jeu sa vie et le sort de son âme.

— Par la massue du Douéda, je jure !

— Que les portes d'Enez Aval soient fermées aux parjures !

Après un silence déchiré par un sinistre cri d'oiseau, elle reprend :

— Il existe une préparation ancienne, connue de quelques

femmes domnies, qui pourra vous donner l'amour d'un homme. Mais il vous faudra beaucoup de prudence et de ruse. D'abord parce que la première gorgée seule compte. Si quelqu'un d'autre la boit, il sera trop tard. Ensuite parce que faire naître l'amour n'est pas le plus difficile. Il suffit de verser le liquide que je vous donnerai dans une coupe et de vous arranger pour que la personne de votre choix le boive. Non, le plus difficile est de vous faire aimer *vous*. Il faut que vous soyez la première personne qu'il verra quand il aura bu. S'il en regarde une autre, c'est elle qu'il aimera.

— Je serai là. On l'attend à Kornok dans les prochains jours. Il viendra me voir, comme à chaque fois, pour se moquer de moi et boire à ma beauté en m'observant d'un air ironique. Mais cette fois…

Dour ne peut s'empêcher de rire.

— J'aimerais bien être là pour voir sa tête ! L'effet est très rapide.

— S'il vous plaît, Dour, laissez-moi plutôt seule avec lui. J'aurais trop peur qu'il vous regarde la première !

— Eh bien, Kahés, nous voici à égalité dans les compliments ! Passez me chercher demain, en fin de journée, pour une autre promenade. Je vous donnerai ce que vous attendez.

Le Moal et le Méné ont disparu dans la brume qui avance lentement sur l'Aber. En fin d'après-midi, c'est le tour du Ros. Sur le chantier naval, les membrures luisent d'humidité. Roi des Brini retourne à l'auberge et trouve Arcturus attablé près d'un chanteur qui s'accompagne d'une petite harpe.

— Alors ? Où en es-tu avec les bighi ?

— Koatal m'a montré la vag de Neige-de-la-Néméti. Elle me

convient. Nous allons lui apporter quelques changements qui te surprendront.

— Lesquels ?

— C'est trop long à expliquer. Tu verras quand le lestre sera fini.

— Bon. J'attendrai... Que veux-tu faire, maintenant ?

— Je pensais dîner ici, mais nous ferions peut-être mieux de rentrer. Si le brouillard s'épaissit encore, nous ne retrouverons jamais le pont !

— De toute façon, Kwir a préparé le repas. Allons-y.

Le chanteur joue l'introduction mélancolique d'une nouvelle chanson. Les conversations s'arrêtent.

— Attendons la fin de celle-ci, chuchote Arcturus. Je l'aime beaucoup.

D'une voix douce, à peine voilée, le chanteur commence dans un silence chargé d'émotion.

La pluie tombe sur l'Aber
Depuis que mon amour est parti
Sur les vagues de la mer,
Loin des neiges de la Néméti.

Mon cœur gît dessous les keuzes
Depuis que mon amour est parti
Sur les vagues dangereuses,
Loin des neiges de la Néméti.

Quel réconfort trouves-tu,
Mon amour, mon bel amour parti,
Quel réconfort trouves-tu,
Loin des neiges de la Néméti ?

Penses-tu à nos caresses,
Mon amour, mon bel amour parti,
Penses-tu à nos promesses,
Loin des neiges de la Néméti ?

La pluie tombe sur l'Aber
Depuis que mon amour est parti
Sur les vagues de la mer,
Loin des neiges de la Néméti.

Roi des Brini sent l'auditoire au bord des larmes jusqu'à ce qu'une voix rompe le silence.

— Léghest ! Apporte-nous de quoi nous consoler ! Par Awéna, tu chantes trop bien, Merwan ! Je me souviens de mes voyages. J'ai eu tant de fois cette chanson aux lèvres !

Sans dire un mot, Arcturus entraîne Roi des Brini dehors. C'est à peine si l'on distingue les silhouettes des maisons. Ils se dirigent au jugé vers le pont puis montent lentement, craignant de perdre le chemin. Au bout d'une heure, alors que le faible jour s'assombrit encore, ils devinent un rempart à main gauche.

— C'est le premier dyn, dit Arcturus. Nous sommes sur la bonne voie.

Peu de temps après, surgit l'ombre d'une autre muraille, à main droite.

— Je me suis trompé, dit Arcturus. C'était le deuxième dyn. Voici celui de Kadour.

Deux formes imprécises, deux silhouettes assises au bord de la route, deux hommes qui se relèvent à leur approche. L'un, grand et maigre, longs cheveux noirs, longue barbe raide, tient trois javelots. L'autre, large d'épaules, tignasse rousse et barbe crépue, dégaine son épée.

— Nous t'attendions, Arcturus !

Le fils du Nouada veut sortir Kanargann. Roi des Brini retient sa main.

— Ce sont Dourghi et Maurghi, je suppose ?

— Le grand, c'est Dourghi. Kein lui ressemble.

— Reste là et laisse-moi faire.

Il s'avance vers les guerriers. Arcturus voit s'évaporer les milliers de gouttelettes déposées par la brume sur ses cheveux et sa zé.

— Laissez-nous passer ! Il y a eu assez de morts à Bilarbili. Kadour a besoin de ses fils.

Maurghi fait un geste de son épée.

— Ecarte-toi, étranger ! Nous avons attendu longtemps dans le brouillard pour venger la mort de Maurvong.

— Je ne m'écarterai pas. Laissez-nous passer !

Arcturus voit nettement un reflet rouge apparaître au-dessus du crâne de Roi des Brini.

Dourghi brandit un javelot.

— Décidément, c'est une manie chez vous deux de vous mêler de combats qui ne vous concernent pas ! Eh bien, tant pis pour toi !

Il lance son javelot, mais, d'un revers de bras si rapide que les yeux peuvent à peine le suivre, Roi des Brini le détourne et l'envoie se perdre sur la pente. Les deux autres javelots prennent le même chemin.

— Tu perds tes armes, Dourghi, et moi je perds mon temps !

Il bondit sur le Kerni, et, quand Maurghi arrive à la rescousse, il trouve son frère étalé sur le sol, l'œil gauche crevé, le bras droit cassé. Devant lui se dresse un guerrier aux cheveux blonds hérissés, au visage déformé, surmonté par une roue à trois branches, lumineuse et rouge, qui tourne lentement. Maurghi abat son épée. Une main de dirdu lui saisit le poignet et le broie, l'obligeant à lâcher son arme.

— C'est ainsi que j'ai vaincu Maurvong sur la plage. Mais, toi, tu ne pourras pas saisir une autre arme pour me frapper dans le dos !

Roi des Brini prend la main de Maurghi et la replie en arrière contre le poignet. Les os craquent. Le hurlement de douleur s'arrête net, interrompu par un coup de poing en pleine face. L'œil droit éclate. Maurghi s'effondre. Roi des Brini prend les deux hommes sur ses épaules.

— Suis-moi, Arcturus !

Il va jusqu'à la porte du dyn.

— Laissez-moi passer ! Je rapporte les fils de Kadour !

Dans la cour circulaire, une dizaine d'hommes armés entourent un guerrier gris de barbe et de cheveux, aux larges sourcils noirs.

— C'est toi, Kadour ?

— C'est moi ! Et toi, qui es-tu ?

— Je suis Roi des Brini, tuteur d'Arcturus !

Il jette les deux blessés qui viennent rouler aux pieds de leur père.

— Voici tes fils ! Garde-les près de toi quand Arcturus passera sur la route, sinon ce sont leurs têtes que j'enverrai rouler dans ta cour !

— Que leur as-tu fait ?

— Le bras cassé de Dourghi l'empêchera de lancer le javelot d'ici longtemps. La main de Maurghi ne pourra plus tenir l'épée. Les yeux crevés sont un souvenir de Gwiniel à ta famille. Puisque Kein est trop jeune pour répondre de ses actes, qu'elle en supporte le prix !

Les Kernis poussent des cris de rage et sortent leurs armes.

— Arrêtez ! crie Kadour. Il a le losca ! Vous ne pèserez pas lourd devant lui !

Le vieux guerrier lance un regard noir à Roi des Brini.

— Va-t'en ! Sors de mon dyn ! Tu ne seras jamais bienvenu ici !

Comme ils vont repasser la porte, Arcturus pousse un cri.

— Attention au-dessus !

Roi des Brini bondit en arrière. Une pierre plate, détachée du haut de la voûte, éclate à ses pieds. Le garçon en ramasse deux morceaux et lance le premier.

Quelqu'un ricane sur le chemin de ronde.

— Maladroit ! Que ferais-tu sans ton tuteur ?

Arcturus lance le second caillou. Cette fois, un cri de douleur suivi de geignements témoigne que la cible est atteinte.

— Tu n'es qu'un idiot, Kein ! Je ne te voyais pas mais je savais que tu ne pourrais t'empêcher de parler !

Roi des Brini prend le garçon par le bras et l'entraîne dehors. Quelques instants plus tard, ils sont invisibles, perdus dans la brume. En marchant vers le palais, Arcturus regarde la roue lumineuse qui pâlit et disparaît au-dessus de son ami.

— C'est donc cela, le losca ?

— Oui et non. Quand je l'ai pris à Regard d'Espérance, il me submergeait de force obscure. Je dirais même qu'il me possédait. Mon corps se déformait, je n'avais pas conscience des actes terribles que je commettais et cette possession s'achevait par un évanouissement. C'est d'ailleurs pendant une de ces pertes de connaissance que Regard d'Espérance a ordonné le losca dans mon corps. Maintenant, je reste lucide... Mais je n'ai pas l'entier contrôle de moi-même. De sombres idées surgissent et m'imposent leur violence.

— Comment peux-tu dévier les javelots ?

— Nous en avons déjà parlé. Je devine l'intention de mon adversaire.

Arcturus marche en silence.

— Nous irons d'abord à Qimïade, puis nous resterons en Askol. Il faut que je trouve une skaote pour lui prendre le losca.

— Eh ! Pas si vite ! Encore faudrait-il que tu puisses le prendre ! Ce n'est pas donné à tous !

— Comment le savoir ?

— Nous demanderons à Regard d'Espérance. Elle le sent.

Les gouttes froides cinglent les volets. Le vent s'est levé, emportant la brume et apportant une pluie serrée qui cache le port, le Ros et le Drwidh. Il fait sombre derrière les fenêtres closes. Après une matinée consacrée à l'erthien, en espérant une accalmie, Arcturus et Roi des Brini se résignent à descendre au port où ils arrivent transis et trempés. Koatal, pour les réchauffer, les entraîne à l'auberge. Et c'est devant des bolées d'eau chaude avec de l'inihwek et du fort qu'il montre la vag du futur lestre à Roi des Brini. Après quelques discussions, quand ils tombent d'accord sur la manière d'appliquer les dernières modifications, le drwidh commande une bouteille d'avalic à Léghest.

— Buvons à ce nouveau lestre qui servira de modèle à tous ceux qui le suivront. Comment l'appelleras-tu ?

— Je suppose que c'est Dour qui choisira son nom.

— C'est son droit.

— A propos de nom, qui est l'Impossible-à-nommer ? Enès ne m'a jamais parlé de ce dieu.

— L'Impossible-à-nommer n'est pas un dieu. Les dieux sont sa création.

— Parle-moi de lui.

— Pourquoi dire « lui » ? L'Impossible-à-nommer n'est ni mâle ni femelle.

— Si l'Impossible-à-nommer est unique, il ne peut y avoir de création.

— C'est juste. Après une éternité d'unicité, l'Impossible-à-nommer se divisa. Ce fut son seul acte de création. Chaque chose exista par son contraire. Le Rythme pouvait régler l'univers.

— L'univers serait donc la dualité manifestée de l'Impossible-à-nommer.

— Une trinité, car au présent s'ajoutèrent un futur et un passé. Mais, je t'en prie, n'allons pas plus loin. Bien que nous ne soyons pas sous une arbre de quel-est ?, j'ai répondu à tes questions parce qu'elles venaient de toi. Mais cette auberge ne convient pas à notre conversation. Si tu veux, quand le lestre sera construit, nous la continuerons dans le bois sacré, à moins que Talariante ne s'y oppose, car tu n'es pas drwidh.

— Pourrais-je le devenir ?

— Pourquoi pas ? si tu es libre.

— Que veux-tu dire ? Oui, je suis libre d'aller où bon me semble.

— Je veux dire sans engagements, que ce soit avec un homme ou avec un dieu.

— J'ai un engagement avec Dour.

— Ce n'est pas pour la vie.

— Je ne suis lié à personne de cette façon.

Evor, l'oiseau du souvenir, planait. Il se pose sur l'épaule de Roi des Brini et lui pique l'oreille. Une image naît dans l'esprit du guerrier. Le port de Rog. Regard d'Espérance qui se laisse couler…

— Homme ou dieu, as-tu dit ?

— Oui.

— J'ai consacré ma vie à la Grande Reine.

— Alors, tu es guerrier. Pour toujours. Les échelons des drwidhs ne sont pas pour toi.

Dès la première question sur l'Impossible-à-nommer, Arcturus est parti observer le temps à la porte. Il revient en grimaçant.

— C'est encore pire ! Dire qu'il faudra remonter au palais sous ce temps !

— Pourquoi ne restez-vous pas à l'auberge ? demande Koatal. Léghest se fera un plaisir de vous accueillir et vous ne regretterez ni le gîte ni le couvert.

— Kwir nous attend là-haut pour dîner.

Le drwidh appelle Léghest.

— N'y a-t-il personne qui monte au palais avant ce soir ?

— Si ! J'ai Takenn et Takad qui vont livrer du poisson. Oh ! qu'ils sont heureux d'aller là-haut de ce beau temps ! En tout cas, c'est pas la chaleur qui gâtera la denrée ! Ça console…

— Peuvent-ils prévenir Kwir que nous passerons la nuit ici ? demande Arcturus.

— Il peut même profiter du chariot pour venir vous rejoindre, si l'odeur du poisson ne le dérange pas trop.

— Bonne idée !

Le garçon se tourne vers Roi des Brini.

— En attendant, j'aimerais aller au dyn de Ros. C'est là que réside Gwaz, l'oncle de Gwiniel. Je voudrais savoir comment Kein s'est acquitté de la tâche que je lui avais imposée.

Dans le cabinet où elle s'isole pour chercher ses visions, la reine écoute la pluie. Plus question de promenade sur la falaise pour donner à Kahés, loin des regards trop curieux, cette fiole de verre bleu remplie d'un liquide transparent, posée sur la table parmi des flacons de toutes sortes. Comment faire ? Dour sait qu'on l'accuse d'intriguer en utilisant les drogues, ce dont elle s'est toujours défendue, sans convaincre malgré le manque de preuves. Pareille réputation entraîne le soupçon, et du soupçon vient qu'on est épié sans cesse. Qu'arriverait-il si quelqu'un la voyait remettre cette fiole à Kahés ? Et comment le faire sans être vue par une suivante ? T'isoler avec elle, dans cette pièce, paraîtra bizarre. Mordrouz le saura. Il interrogera Kahés. Que dira-t-elle au champion ? Le plus simple serait de renoncer. Mais Kahés est une bonne amie, sincère, une des seules femmes de Kornok sur lesquelles tu puisses t'appuyer. Ne déçois pas une confidente. Elle sait trop de choses, maintenant, pour que tu prennes le risque de t'en faire une ennemie.

La Blonde regarde la fiole et pousse un soupir d'ironie. De l'eau ! Tout simplement de l'eau ! Cette recette ne vient pas des femmes domnies. C'est une arme dont se servent les Rotanes pour arriver à leurs fins. Une arme indécelable car ce n'est pas le liquide qui compte, mais l'incantation et l'heure à laquelle on la prononce. En fait, c'est la fiole qui paraîtra suspecte. Si tu versais son contenu dans une autre bouteille…

Elle regarde autour d'elle.

… une bouteille de terre contenant du medh matré, comme celle-ci, qui se soucierait que tu l'offres à ton amie ?

Chauffant le goulot, elle fait fondre la cire qui l'obture, la recueille dans une coupelle, enlève le bouchon de bois, retire un peu de medh, verse le contenu de la fiole dans la bouteille et la cachette à nouveau, sans qu'on puisse rien déceler. Puis elle va dans sa chambre et appelle une servante.

— Bégarog ! Kahés viendra tout à l'heure. Nous devions sortir, mais bien sûr le temps nous retiendra ici. J'aimerais lui offrir du medh matré. Apportez-en deux bouteilles !

— Deux ?

— Voudriez-vous que je sois satirisée pour mon avarice, comme Brao des Hurlinkou ? Si c'est l'ivresse que vous redoutez, rassurez-vous, nous n'en boirons qu'une. Mais il est bon de montrer abondance et générosité dans la maison royale.

Bégarog revenue, Dour l'envoie chercher un gâteau et profite de cette courte absence pour échanger l'une des deux bouteilles avec la sienne.

Quand Kahés arrive, elle la reçoit dans la salle des femmes, où, comme Dour l'avait prévu, elles ne sont jamais seules. Bégarog et deux suivantes s'occupent d'elles, les contraignant à une conversation prudente et insipide.

— Pour nous réchauffer le cœur par ce terrible temps, je vous propose de boire un peu de medh. Mais pas n'importe lequel. Aimez-vous le medh matré ?

— Mordrouz me l'a vanté souvent mais je n'y ai jamais goûté.

— J'en ai fait chercher exprès pour vous. A mon amie la plus chère, je voulais, avec cette boisson sans pareille, prouver la chaleur de mes sentiments. Bégarog, ouvrez cette bouteille et servez-nous !

Dès la première gorgée, alors qu'un goût merveilleux se diffuse dans la bouche de Kahés, une douceur chaude, voluptueuse, envahit son cœur, trouble son corps et colore de joie légère ses idées.

— Qu'en pensez-vous ?

— Je n'ai jamais rien bu d'aussi bon ! C'est… divin !

— Ce sont pourtant des Kernis qui le font. Soyons fiers des artisans de notre royaume ! Bégarog, servez-nous encore !

En même temps que les parts de gâteau disparaissent les verres de medh. A la fin, Bégarog se penche vers Dour.

— Ouvrirons-nous l'autre bouteille ?

— Non. Ce serait trop. Mais apporte-la-moi.

Dour fixe les yeux brillants de Kahés.

— Cette bouteille est pour vous.

Puis elle ajoute en riant :

— Attention ! Choisissez bien ceux qui boiront avec vous ! On dit que cette boisson rend les hommes amoureux !

Kahés regarde la bouteille puis Dour. Celle-ci cligne des paupières en souriant. La brune prend la main de la blonde.

— C'est le plus beau cadeau qu'on m'ait fait. Je suis votre débitrice à jamais.

La montée vers le Ros est plus courte que celle qui conduit au palais. Elle est aussi plus agréable sous le beau temps, car au lieu de traverser de mornes grisailles, elle tourne parmi les touffes de brug mauve. Mais aujourd'hui, pour les deux guerriers ruisselants, elle n'a guère plus d'attraits que l'autre. Ils arrivent tremblants de froid au dyn de Gwaz.

Un homme sec et pâle, un peu voûté, les reçoit dans une pièce austère. Il est assis sur un fauteuil de dirdu, près d'un brasero dont les lueurs font frissonner les pierres nues des murs. Gwaz lève un œil noir et sévère.

— Je t'attendais plus tôt, Arcturus !

— Je suis venu dès que j'ai pu…

— J'attendais que tu ramènes Gwiniel ici le soir même de votre retour. Mais ce n'est pas toi qui es venu. C'est Kein…

— Mordrouz l'accompagnait ?

— Oui… et Talariante aussi. Je sais ce qui s'est passé à Bilarbili. Tu as laissé Gwiniel seul.

— Kein savait qu'il était sous ma protection.

— Kein paiera le prix… Et toi, qui as laissé Gwiniel seul, tu ne paieras rien !

— Je ne pouvais pas faire autrement !

Gwaz frappe le bras de son fauteuil.

— Tu n'avais pas à le laisser seul !

Roi des Brini intervient.

— C'est moi qui avais demandé à Gwiniel de…

— Qui es-tu, toi ?

— Je suis Roi des Brini, tuteur d'Arcturus.

— Ah oui ! Celui qui se prétend l'ami du Nouada ! Je ne t'ai pas invité, que je sache !

— Morlude a dit que je suis libre d'aller où bon me semble.

— Tu es ici dans mon dyn ! Et dans mon dyn il n'y a d'autre autorité que la mienne ! Va-t'en !

— Très bien !

Roi des Brini se dirige vers la porte. Arcturus hésite puis le suit. Avant de sortir, le guerrier blond se retourne et soutient sans ciller le regard de Gwaz.

— Pauvre malheureux ! Combien de fois as-tu laissé Gwiniel seul quand il était sous ta protection ?

Gwaz baisse la tête. Ses longs cheveux noirs tombent devant son visage.

— Allez-vous-en ! dit-il à voix basse.

La cour du palais, livrée à la pluie battante, est déserte. Zé rabattue sur la tête, Kahés, sous l'empire du medh, trouve l'audace d'aller vers la maison d'Arcturus, sans trop savoir ce qu'elle pourra dire à Roi des Brini pour l'inviter à boire avec elle. Et si le fils du Nouada est là ? Un sourire lui vient. Il ne lui déplairait pas que ce beau garçon l'aime aussi. Les yeux verts d'Arcturus… Qui pourrait y résister ? Kahés rit tout haut sous la pluie. Regardez-moi tous les deux et je serai à celui qui boira la première gorgée !

Comme elle arrive devant la maison, la porte s'ouvre et deux hommes sortent. L'un, qui porte un baluchon, est l'homme bleu passé au service d'Arcturus, l'autre est un Kerni inconnu.

— Garce de pluie ! dit celui-ci. Dépêchons-nous ! Takad va s'impatienter sur son chariot, et tu risques d'entendre des jurons à faire blanchir un Liwédi !

— Il faut bien que j'apporte à mes maîtres de quoi se changer ! Je ne veux pas qu'ils passent la nuit à l'auberge dans des affaires trempées !

— Alors cours mettre ton baluchon à l'abri dans le chariot, sinon tu ne sauras jamais s'ils préfèrent des affaires mouillées qui sentent l'homme ou des affaires sèches qui sentent le poisson !

Kwir renifle.

— Dormir à l'auberge ! Quelle idée !

Sans porter attention à Kahés, les deux hommes galopent vers la porte du palais. La jeune femme se redresse brusquement pour sauver un équilibre menacé par l'ivresse. Les commissures tremblantes de ses lèvres s'abaissent, et montent les larmes dans ses yeux noirs. A l'auberge ? Ils dorment au port ? Saisie par l'envie de descendre à Kornok, elle part en titubant un peu, mais la pluie pénètre ses vêtements, la glace, l'engourdit, la décourage. Telle une enfant perdue, elle déambule dans la cour et finit par se retrouver devant la maison d'Arcturus, serrant la bouteille de terre contre sa poitrine. Que faire du medh ? L'emporter chez elle ? Si Mordrouz le voit, il voudra le goûter. Non pas qu'il lui déplaise d'être aimée par lui aussi, mais s'il devient brusquement amoureux d'elle, hein ? il voudra savoir pourquoi ! Il posera des questions ! N'oublie pas que tu as juré de ne rien dire...

Kahés, impressionnée, regarde autour d'elle, craignant d'apercevoir dans la pluie l'ombre colossale du Douéda. Non, non, je ne dirai rien. Apeurée, elle pousse le battant de bois et rentre dans la salle commune. L'eau ruisselant de sa zé détrempée se mêle sur le sol à la flaque laissée par la zé de Takenn. Kahés écarte ses cheveux plaqués sur son visage et regarde autour d'elle. La pièce est sombre. Je vais cacher cette bouteille ici ! Non. Pas ici. Dans sa chambre ! Elle entre dans la pièce de droite et reconnaît un bouclier cerclé de rouge accroché au mur. La jeune femme, impressionnée, le caresse du bout des doigts, songeant à la beauté d'Arcturus, ce jeune guerrier qui n'a pas encore connu de femme.

Alors qu'elle passe dans l'autre chambre, on frappe à la porte. Kahés, dégrisée soudain, cherche un endroit pour se dissimuler et n'en trouve qu'un. Elle soulève les couvertures du lit, fait un trou dans la litière de radène, se couche dedans et rabat les couvertures sur elle. Une voix crie :

— Y a du monde à la maison ?

Une autre répond :

— Non. C'est vide. Qu'est-ce qu'on fait ?

— Laissons-les ici.

— Mais quand ils rentreront, ils ne sauront pas que ça vient de Morlude.

— On passera demain matin le dire à Kwir.

— Mais s'ils les ouvrent ce soir ?

— Mais, mais, mais !... Tu ne sais rien dire d'autre ? Qu'est-ce que ça peut faire ? Du moment qu'ils savent de qui vient ce cadeau. Ecoute ! Je ne retournerai pas avec elles. Si jamais on nous voit, on croira que nous voulons les garder pour nous.

— Tu as raison... Eh ! ça ne te dit rien de jeter un œil sur les affaires de l'Erthien ? Nous ferons peut-être de drôles de découvertes !

La voix est maintenant dans la même pièce que Kahés.

— Tiens ! Regarde ce truc dans une sacoche en cuir. On dirait une petite baguette de drwidh en or. Qu'est-ce que ça peut bien être ?

Il commence à sortir le nettoyeur de sa gaine.

— Range ça, imbécile ! Si tu touches à ses affaires, Roi des Brini comprendra tout de suite que les coupables sont ceux qui ont apporté le cadeau. Ça t'amuse de le mettre en colère ? Moi pas ! On dit qu'il a salement réglé leur compte aux fils de Kadour. Et eux, c'étaient des guerriers !

— Eh ! Regarde le lit ! On dirait qu'il y a quelque chose sous la couverture. Peut-être qu'il a caché un truc encore plus étonnant dessous ?

Il commence à soulever le tissu de laine. Kahés retient son souffle.

— Mais t'es aussi bête qu'un jao ou quoi ? Moi je rentre !

— Allez ! Rigole ! C'était pour te faire dire « mais » à toi aussi !

Les voix passent dans la pièce commune.

— On les laisse là ?

— Oui. Le mieux c'est de les mettre bien en vue.

La porte claque. Kahés attend un long moment, morte de peur, incapable de bouger. Quand elle se décide à sortir, sa lucidité est revenue. Elle comprend à quel point elle était inconsciente. Si on t'avait surprise ici… Et cette bouteille de medh ! Mordrouz saura bien que Dour t'en a fait cadeau. Que lui diras-tu ? Que tu l'as perdue en route ? Dans quel piège t'es-tu fourrée ?

Kahés vit sur la richesse du champion qui l'a achetée à son père. S'il la répudie, elle devra quitter Kornok pour devenir suivante chez une femme noble, dans un dyn éloigné. Pauvre folle ! Elle refait le lit et regarde la chambre. C'était un beau rêve. Etre aimée de lui. Le suivre dans ses aventures. Un rêve ? Plus que cela. La jeune femme écoute son cœur battre. Tu n'as pas eu besoin de philtre pour me le prendre d'un regard ! Voleur ! Tu me fais souffrir…

En essuyant ses larmes, elle revient dans la salle commune. Trois bouteilles de terre, cachetées, sont posées sur la table. Le cadeau de Morlude ! Kahés hésite au moins le quart d'une demi-seconde avant d'échanger sa bouteille contre une autre. Advienne que pourra ! J'espère que tu la boiras en belle compagnie, Roi des Brini ! Peut-être avec la Liwédie qui t'accompagnait à Bilarbili. C'est ce que je te souhaite, beau voleur !

Alors qu'elle va sortir, elle regarde une dernière fois la bouteille de Dour et, prise d'un remords, prend un couteau près du fourneau et trace une croix sur la cire du bouchon.

Sait-on jamais ?...

Au repas du soir, sous la grande coupole, Dour, qui n'a pas encore digéré son gâteau et dont le crâne est mis à mal par l'excès de medh, fait bonne figure devant les hôtes de Morlude pendant le temps qui convient à une reine, puis annonce qu'elle se retire. Vite, elle traverse la cour sous la pluie, accompagnée par deux suivantes, et rentre dans la grande maison. Alors qu'elles se dirigent vers la chambre, les trois femmes surprennent une conversation venant de la cuisine où mangent les serviteurs.

— Deux bouteilles de medh matré ! dit Bégarog. Une qu'elles ont bue à deux et l'autre qu'elle a donnée à Kahés ! Tu te rends compte ? Et la voilà qui se compare à Brao des Hurlinkou ! Jamais autant !

— Et pourquoi pas ? dit Goustad. Dour n'est pas avare et ne veut pas être comparée à lui.

— Brao était roi, pas reine !

— Peut-être, mais l'avarice d'une reine ternit la renommée du roi !

— Les seules choses comparables là-dedans, ce sont les Hurlinkou et les Domnis !

— De toute façon, dit Anouide, je ne vois pas pourquoi vous faites tant d'histoires. C'est sur sa richesse qu'elle prend le medh. Vous n'avez rien à y redire, Bégarog ! A mon avis, c'est votre pied bot qui vous rend mauvaise !

— Honte sur toi si tu te moques de mon infirmité ! Que les trois furies de la Grande Reine dévorent ton reste de virilité ! Ce n'est pas être mauvaise que dire la vérité ! On ne berne pas Bégarog aussi facilement que toi, gros benêt ! Qu'a-t-elle versé dans ta soupe pour que tu sois toujours à la défendre ?

— C'est ma maîtresse ! Je ne passe pas mon temps à dire du mal d'elle quand elle a le dos tourné, comme vous autres de la côte, qui ne respectez rien !

— Et vous, avec vos safronis, votre medh et vos habits verts, vous avez le cul tellement serré à force de vous croire supérieurs que vous devenez des gros sacs à merde !

S'ensuit un chahut de protestations et d'assentiments. Bégarog élève la voix pour le dominer :

— En tout cas, il y en a un qui vous a bien cloué le bec, à Goustad et à toi, c'est Roi des Brini ! Celui-là sera toujours bienvenu chez les Kernis de la côte ! Même le roi lui a fait porter du medh matré ! Ha ! Ha ! Il vous a rabattu le caquet, à vous et à la Domnie ! Tout le monde rit d'elle au palais pendant qu'elle boit des décoctions de crottes de jao, dans son cabinet, pour faire passer sa honte !

Dour, blanche comme la neige, mesure le ridicule d'une intervention. Elle retient ses suivantes, rouges de colère, qui voulaient entrer dans la cuisine, et les entraîne vers sa chambre. Les deux femmes, gênées, la déshabillent et la coiffent en silence. Quand elle est prête, Dour, qui a retrouvé son calme, leur sourit.

— Il n'est pas bon qu'une reine écoute les vomissures d'une servante et il serait encore pire qu'elle s'abaisse à punir celle qui profère ces ordures. Ce serait lui donner une importance qu'elle n'a pas et pourrait faire croire que ces calomnies sont vraies. Il est mauvais aussi que mes suivantes soient éclaboussées par la boue qu'on jette sur moi. Je veux que vous fassiez comme si vous n'aviez rien entendu. Il y a trop de distance entre cette souillon et vous. La seule attitude convenable est le mépris. Vous m'avez bien comprise ? Allez dormir, maintenant !

Une fois seule, Dour se jette sur le lit et reste immobile, les yeux fixés au plafond, sous l'empire d'une rage froide. Tu me paieras cela, Bégarog ! Et toi, Roi des Brini, pourquoi me fuis-tu ? Et pourquoi cherches-tu à m'humilier ? Que s'est-il passé ? Il est si facilement tombé sous mon charme, sur Neige-de-la-Néméti d'abord, puis dans la maison du banquet. Il était comme fasciné. C'est incompréhensible… J'ai cru qu'il m'aimait et j'ai mal mesuré son attachement pour la Liwédie… Me préférer cette fille ! Mais rira bien qui rira la dernière, mon bel Erthien. Je trouverai le moyen de te faire payer le prix de ma honte.

V

LE MEDH MATRÉ

PAR LA FENÊTRE de la chambre, Roi des Brini regarde, sous les rideaux de pluie, la Pénorine impétueuse mêler ses boues blanches aux sombres eaux du jusant.

Arcturus ouvre brusquement la porte.

— Léghest nous a préparé un bon déjeuner ! Viens vite ! Koatal et Kwir nous attendent.

— Finalement, je pense que nous serions mieux ici qu'au palais. Qu'en penses-tu ?

Arcturus ouvre des yeux ronds.

— Tu veux habiter à l'auberge ?

— Pourquoi pas ? Nous avons passé une excellente soirée, non ? Certainement plus intéressante qu'au palais !

— C'est vrai qu'avec Merwan et ses musiciens on ne s'ennuie pas ! Mais nous sommes des guerriers. Nous pouvons, à l'occasion, dormir dans une auberge par nécessité. Y demeurer, non.

— Ce serait mal vu par Morlude ?

— Il nous donne l'hospitalité, comme il le doit. La refuser serait une insulte !

Roi des Brini cherche des yeux le sommet de la falaise, invisible sous la pluie.

— Bon… Apprêtons-nous à une montée très humide, alors, car le temps ne changera pas aujourd'hui.

Il se retourne vers Arcturus qui attend à la porte.

— Prenons le déjeuner tranquillement. Rien ne presse. Nous partirons après, puisqu'il le faut. Mais, en ce qui me concerne, ce n'est pas de gaieté de cœur. L'air est plus pur ici que là-haut.

Morlude aux dents de sable entre dans la chambre alors que la reine donne le sein à Morganic. L'enfant se porte mieux. Il a pris du poids pendant que Dour était à Bilarbili, preuve qu'on a enfin trouvé une bonne nourrice, et, signe de meilleure santé probablement, il ne rejette plus le lait de sa mère.

Le roi s'assoit près de Dour et la regarde en souriant, sans rien dire, jusqu'à ce que le bébé s'endorme sur le sein. Une suivante l'enlève aussitôt des bras de la reine et s'apprête à partir, mais Morlude la retient par la manche et lui demande l'enfant.

— Je dois le changer, dit-elle.

— Laissez-le-nous encore un peu !

Il le tient d'abord à bout de bras, fier de son rejeton, puis le rend à sa mère.

— Gardez-le contre vous un moment. Rien ne remplace les liens maternels et ces moments de tendresse entre mère et fils.

Dour prend l'enfant et pose la main sur le genou du roi en signe de reconnaissance. Morlude enferme cette main dans les siennes et la presse doucement.

— Je suis venu vous faire part de ma satisfaction pour ce qui concerne Morganic, ma douce. Vos prévisions étaient justes. Il va mieux, beaucoup mieux même, d'après les drwidhs qui le disent hors de danger. Et maintenant, je ne doute plus de l'avenir glorieux que vous lui avez prédit. Vous y aviez mis comme conditions qu'Enès arrive avant le Gourodan-kus et que Morganic voie Beltan. Elles sont remplies. Arcturus a reçu ses armes et notre fils a retrouvé la santé.

Mais Beltan est encore loin, songe Dour.

— Je voulais aussi vous entretenir d'une chose qui me chagrine et ne peut plus durer.

Nous y voilà !

— Je regrette l'absence de Roi des Brini à notre table, et je trouve dommage que l'hostilité semble grandir entre vous.

Bégarog est dans la chambre, avec d'autres servantes.

— Pourrions-nous parler de cela sans témoins ? demande la reine.

Le roi regarde les femmes, surpris.

— Si vous y tenez...

— Sortez toutes ! Vous reviendrez quand le roi quittera la chambre.

Quand elles sont parties, Morlude interroge Dour.

— Pourquoi cela ? Attachez-vous de l'importance à l'opinion des esclaves ?

— Je ne veux pas parler devant elles des humiliations que je subis. Ce serait faire trop de plaisir à certaines qui ne se privent pas de rire de moi et de m'insulter dans ma propre maison.

— Si c'est le cas, il faut les châtier.

— Je le ferai...

— Vous m'avez dit que vous subissiez des humiliations ? Lesquelles ?

— Comment appelles-tu la manière dont Roi des Brini répond à mes demandes ? Il les rejette sur un ton méprisant et renvoie mes intendants comme des moins que rien ! C'est moi que Goustad et Anouide représentent et c'est moi qu'il humilie en s'adressant à eux !

Elle baisse la tête vers son fils.

— Mais ce n'est pas le pire...

Morlude soupire et rompt le silence.

— Quel est le pire ?

— J'ai entendu celles qui rient de moi se réjouir de la manière dont Roi des Brini me traite et dire qu'ils sont nombreux, au palais, à s'en réjouir aussi. Le roi lui-même, ont-elles ajouté, a envoyé des bouteilles de medh matré à l'Erthien !

— C'est un cadeau que je fais à tous mes hôtes, vous le savez très bien. Vous êtes de mauvaise foi si vous prétendez que je l'ai fait contre vous.

— Je ne fais que répéter ce qu'on dit !

Le ton cassant de Dour fait froncer les sourcils au roi. Il lâche la main blanche, se lève et commence à marcher de long en large.

— Puisque nous en sommes aux reproches et que vous le prenez sur ce ton, je vais vous dire les miens. D'abord, si vous aviez donné l'hospitalité à Roi des Brini, comme vous vous y étiez engagée, c'est vous qui lui auriez fait porter du medh. Je ne fais que suppléer à vos manques pour ne pas attirer la honte sur ma royauté. Ensuite, sans votre entêtement à vouloir la mort de Regard d'Espérance, vous n'auriez jamais eu à vous plaindre de Roi des Brini. C'est votre attitude incompréhensible qui a provoqué la sienne.

Il s'arrête et lance à Dour un regard froid qu'elle soutient sans ciller.

— On aurait pu croire que vous étiez jalouse d'elle !

— Je l'étais en effet !

— Ah !... Et qui était cause de cette jalousie ?

— Cette femme te plaisait trop !

Morlude serre les poings à s'en blanchir les jointures.

— Par Nertall, c'est trop facile !

Il frappe une étagère et la casse. Dour sursaute. Morganic pleure. L'huile d'une lampe brisée se répand doucement sur le parquet. Morlude recommence de tourner à grands pas dans la chambre.

— Vous avez tort de le prendre ainsi ! J'étais venu en ami

vous convaincre de changer d'attitude envers mon hôte. Encore une fois, vous m'obligez à employer un autre ton. Voici donc ce que je pense : il n'est pas bon qu'un homme qui tue trois nerdud et permet par ses conseils à un guerrier novice d'en tuer deux demeure au palais sans partager ma table. Il est encore plus inadmissible qu'un guerrier de cette qualité veuille quitter Kornok le plus vite possible ! A cause de vous !

— Il tue des nerdud et blesse tes guerriers ! Que dira Kadour si tu l'invites ?

— Il défendait votre neveu, je vous le rappelle, et ce faisant, remplissait son rôle de tuteur ! Vous préféreriez qu'Arcturus soit mort ?... Dès qu'il sera rentré, j'irai moi-même inviter Roi des Brini pour le repas de ce soir. Je lui dirai que vous reconnaissez vous être trompée à propos de Regard d'Espérance et que vous êtes sûre de son innocence. Il viendra donc dîner avec nous. Vous lui répéterez ces mêmes paroles et ferez la paix avec lui en lui offrant le medh.

— C'est une humiliation supplémentaire que tu m'imposes !

— Vous lui servirez à boire, vous dis-je !

Une lueur passe dans les yeux de Dour.

— C'est faire peu de cas de la fierté d'une reine. Laisse-moi jusqu'à demain soir, que je n'aie pas l'air de céder trop vite.

— Demain midi ?

— Si tu veux.

— Vous ferez la paix avec lui ?

— Je t'obéirai.

Morlude se radoucit.

— Cela est bon. Et vous verrez que les ragots cesseront aussitôt. Mais, attention, je ne veux pas que vous soyez boudeuse demain.

— Je ne le serai pas.

— Bon...

— Mais il m'en coûtera de sourire à celui qui me traite durement par l'intermédiaire de mes intendants.

— Roi des Brini n'est pas brési. Rappelez-vous, nous en avons parlé longuement, l'autre matin, avec Enès. Il ignore nos usages. Mais, pour vous être agréable, je lui dirai de mesurer ses mots quand il s'adresse à vos gens.

Sur ses paroles, il sort, pendant que Dour essaie de calmer son enfant qui pleurniche encore. Les suivantes ne tardent pas à revenir. L'une emporte Morganic, d'autres coiffent la reine et l'habillent. Une fois prête, elle les congédie et, sitôt seule, va dans son cabinet pour tenter d'avoir une vision. Mais elle est si furieuse qu'elle ne peut se concentrer suffisamment. Désemparée, Dour s'assoit sur le lit et regarde la fiole qu'elle destinait à Kahés.

— Morlude, imbécile ! Tu m'as laissé assez de temps pour en préparer d'autre ! Quant à toi, Roi des Brini, tu connaîtras le pire des tourments : aimer quelqu'un qui te déteste !

Avant de se rendre chez Arcturus, Morlude aux dents de sable va chercher Talariante dans la maison centrale de la rangée des drwidhs.

— Crois-tu que ma présence soit nécessaire ?

— Elle sera utile à défaut d'être nécessaire. J'espère que Roi des Brini cédera aussi facilement que Dour, mais je n'en suis pas sûr. Tu apporteras un poids supplémentaire à ma demande.

— Je trouve étrange que Dour ait accepté aussi vite.

— Moi aussi.

— Pourvu que cela ne cache rien... Ce délai qu'elle a demandé...

— Que pourrait-elle faire ? Non. Je pense qu'elle a compris

que c'était son intérêt. Elle a demandé un délai pour ne pas perdre la face. Trop de voix s'élèvent pour la dénigrer. C'est insupportable !

— La calomnie seule est insupportable.

— Que veux-tu dire ?

— Ce n'est pas dénigrer que dire la vérité. Ceux qui disent qu'elle manigance dans l'ombre ont raison. Pour des motifs qui m'échappent souvent, Dour tente sans cesse d'intervenir dans le cours des choses. Les moyens les moins avouables ne lui font pas peur, et je regrette que tu m'aies empêché d'examiner le breuvage qu'elle a donné à Regard d'Espérance.

— N'est-ce pas calomnier que d'accuser sans preuves ?

— Si tu m'avais laissé faire, nous aurions su la vérité. Cela aurait évité soupçons, ragots et calomnie.

— C'est humiliant d'être soupçonné sans cesse.

— Si la reine avait une attitude claire, elle ne subirait aucune humiliation. J'ai bien peur qu'un jour, à force d'intervenir dans le Rythme, elle en soit rejetée ! En attendant, allons chez Arcturus, et en courant si nous ne voulons pas être rincés !

Piwé, le portier, part devant eux annoncer le roi. Kwir leur ouvre.

— Entrez vite ! crie Arcturus. Ne restez pas sous la pluie !

Morlude et Talariante prennent place autour du brasero. Roi des Brini sort de sa chambre et vient les rejoindre.

— Je suis heureux de vous recevoir dans ma maison, dit Arcturus. Cela me permet de remercier Morlude pour le cadeau qu'il nous a fait porter hier. Je propose que pour nous réchauffer corps et cœur nous en ouvrions une bouteille sans plus tarder.

— J'accepte avec plaisir, dit Morlude. Ce temps froid me glace le sang !

— Décachette une bouteille et sers-nous du medh matré dans la corne, Kwir !

Le serviteur apporte une corne de jao remplie de liquide ambré.

— Au nouveau guerrier tueur de nerdud l'honneur de boire le premier ! dit Talariante.

Arcturus, rouge de fierté, prend la corne et la lève.

— Je bois au drwidh, au roi et au guerrier !

Regardant Roi des Brini, le garçon avale une bonne gorgée de medh et tend la corne à Talariante. Après le drwidh vient le tour du roi.

— Les jaos ne sont bons qu'à cela ! dit Morlude en passant la corne noire à Roi des Brini. Un animal aussi bête ne pouvait brouter que chez les Domnis !

Roi des Brini voit un nuage passer sur le front d'Arcturus.

— N'oublie pas que Lirn était domnie, dit-il.

Le roi éclate de rire.

— Je parlais des Domnis de Tuchenn, que sa mère a fui jusque chez les Liwédis !

Puis, se tournant vers Arcturus :

— Quant à toi, garçon, tu fais partie des Kernis maintenant. Nous t'avons pris comme l'un des nôtres et nous sommes fiers de tes exploits. A ce propos, n'as-tu pas un trophée à me montrer ?

Arcturus apporte la tête du nerden et laisse Roi des Brini expliquer comment il a fait preuve de courage pour l'attaque et d'intelligence pour la victoire.

— Il est dommage, dit le roi, que demain midi mes invités sous la grande coupole ne puissent profiter ni du trophée ni du récit.

Roi des Brini repasse la corne au fils du Nouada.

— Je ne peux pas m'y rendre.

— Toujours à cause de Dour ?

— Je n'ai pas changé d'avis à son sujet.

Talariante intervient.

— Et que ferais-tu si tu apprenais que, de son côté, Dour a changé d'avis au sujet de Regard d'Espérance ?

— Que veux-tu dire ?

— Je me suis entretenu avec elle ce matin, dit Morlude. Elle veut bien reconnaître son erreur et faire la paix avec toi.

— Comment es-tu parvenu à ce résultat ? Par la menace ?

— Elle a compris que son attitude à Bilarbili avait entraîné une situation ridicule qui lui vaut des critiques et ternit la royauté.

— Ce revirement est diplomatique. Elle pense toujours que Regard d'Espérance est une criminelle.

— Je crois que tu te trompes. Elle est assez intelligente pour comprendre qu'elle ne peut détenir la vérité contre tous. En fait, elle sait, depuis que Talariante l'a proclamé, que Regard d'Espérance était innocente. Mais il est difficile de dire qu'on a eu tort quand quelqu'un vient de mourir pour prouver que vous aviez raison.

— C'est vrai.

— A présent, la situation a changé. Les fils de Kadour ont attaqué Arcturus. Dour n'a plus à protéger la mémoire de Maurvong. Elle est donc prête à reconnaître publiquement, devant toi, qu'elle s'est trompée. Crois-moi, venant d'elle, c'est beaucoup !

— Je veux bien le croire !

— Et pour faire la paix avec toi, elle t'offrira le medh devant mes invités.

— Quand ?

— Demain midi.

— Laisse-moi jusqu'à ce soir pour donner ma réponse.

— Ta rancœur est trop forte.

— Peut-être... Laisse-moi le temps de l'apaiser avant de répondre.

Talariante prend la parole en choisissant un ton apaisant.

— C'est l'occasion ou jamais d'en finir avec cette brouille, Roi des Brini. Si tu viens, tu auras le beau rôle. Si tu ne viens pas, c'est Dour qui l'aura. Elle dira qu'elle a fait le premier pas et que tu l'as dédaignée, prouvant par là que tu cherches à l'humilier plutôt qu'à défendre Regard d'Espérance. Et songe aussi au retour de celle-ci. Ne vaudra-t-il pas mieux trouver une situation apaisée au lieu d'un conflit qui dresserait encore la reine contre ta compagne ?

— Tes arguments sont bons, et je les prendrai en compte pour me décider. Mais n'attendez pas de réponse immédiate. Je ne pourrai le faire que dans la soirée.

— Je ne vois pas ce qui te retient d'être sage.

— Un passé que je ne peux vous révéler intervient dans ma décision. Je dois peser beaucoup de choses…

Morlude se lève et soupire.

— A ce soir, donc ! Et puisse l'avenir l'emporter sur ton passé !

— Attendez ! dit Arcturus. Vous boirez bien encore de ce medh. Kwir ! ouvre-nous une deuxième bouteille !

Le Liwédi va dans la chambre de Roi des Brini, plus fraîche, où sont entreposées les bouteilles.

— Non, Arcturus, dit Morlude. Il est tard et je dois aller rendre justice avec l'esprit clair. Mais j'en boirai volontiers une autre ce soir, quand Roi des Brini m'annoncera sa venue, demain midi, sous la coupole.

Kwir sort de la chambre avec une bouteille décachetée.

— Tu l'as trop vite ouverte, dit le roi. Mais puisque tu l'as fait pour Talariante et moi, rebouche-la et mets-la de côté pour notre prochaine visite.

Roi des Brini raccompagne le drwidh et Morlude jusqu'à la porte.

— Vous êtes venus vous-mêmes pour me parler. J'y suis très sensible.

— J'aurais pu t'envoyer quelqu'un, mais je craignais que tu n'aies pour lui des paroles trop dures. Tu dois savoir que, selon notre usage, on s'adresse à un messager comme s'il était lui-même la personne qu'il représente. Je te dis cela pour qu'à l'avenir tu traites mieux les envoyés de Dour.

— Elle n'aura plus à se plaindre.

Quand ils sont partis, Roi des Brini revient s'asseoir près du brasero et reste silencieux, le front plissé, les yeux perdus dans le vide.

— Puis-je t'aider à prendre une décision ? demande Arcturus.

— Oui. J'y verrai peut-être plus clair si tu me donnes ton opinion.

— Talariante a bien parlé. Tu es en position favorable. A vrai dire, je pense que si tu mesurais combien ta victoire sur Dour est incroyable, tu aurais accepté l'invitation tout de suite, rien que pour faire plaisir aux Kernis demain.

— S'il ne s'agissait que de cela, j'aurais accepté, oui. Mais j'avais deux motifs de ne plus voir Dour. Le premier était son attitude envers Regard d'Espérance ; le second, sa ressemblance avec ma sœur Canawyr. J'ai peur, en la revoyant, de rallumer cette passion et de sombrer encore dans la folie, si bien qu'au lieu de me sentir en position favorable, comme tu dis, je me sens coincé.

— Si tu y vas, rien ne dit que la folie te prendra. Si tu n'y vas pas, les Kernis diront que tu n'es qu'un étranger méprisant.

— Et c'est ce que tu penseras aussi ?

— Si je ne connaissais pas ta passion pour Canawyr, c'est ce que je penserais, et ma sympathie serait pour la reine.

— Quelle attitude adopteraient les Kernis à mon égard ?

— Celle de gens offensés. Ils t'éviteront. Tu n'auras plus que mon hospitalité. Les autres maisons resteront fermées pour toi. Morlude ne l'a pas dit tout à l'heure, pour ne pas te froisser par des menaces, mais je suis certain qu'il te retirera sa protection et t'interdira de voyager dans son royaume. Nous devrons quitter Korn au plus vite.

— Sans attendre Regard d'Espérance ?

— J'espère qu'on nous laissera l'attendre…

— Tu n'en es pas sûr ?

— Avec son prestige, Dour va retrouver son influence. N'espère aucun cadeau. Et si nous ne sommes pas là quand Regard d'Espérance reviendra…

— Eh bien, je croyais avoir le choix, mais, en fait, je n'en ai guère.

— Non. Tu dois aller sous la coupole demain.

— Alors, nous allons prendre des dispositions pour le cas où la folie viendrait me visiter. D'abord, il n'est pas question que je quitte ta maison, même si Dour, au nom de l'hospitalité promise, veut me loger ailleurs. Ensuite, pour les soins, je ne veux rien prendre qui vienne de la reine. Seuls les drwidhs désignés par Talariante pourront venir. Je fais confiance à leur science pour me guérir. Mais mon meilleur médecin, ce sera toi. Redis-moi tous les jours que Dour n'est pas Canawyr et ne crains pas d'être brutal en me rappelant la mort de ma sœur, même si la souffrance que j'en aurai t'impressionne. Décris-moi les pires côtés de Dour et parle-moi de Regard d'Espérance, que tu nommeras Fleur de Gwarés. En elle, je pense, réside mon espoir de guérison. Fais en sorte que je tienne jusqu'à son retour.

— Tu me parais bien pessimiste ! Je crois que tu en sais assez sur Dour pour ne plus la confondre avec ta sœur.

— Je ne suis pas pessimiste. J'ai déjà failli mourir et je prends mes précautions, c'est tout.

— Comment étais-tu ?

— Je pleurais, je ne parlais plus et je me laissais mourir de faim. Cela pendant trois ans.

— Trois ans ? Sans manger ? C'est impossible !

— Il y a sur Erth d'autres façons de nourrir les gens que par la bouche.

— Trois ans…

— Oui. Ton père venait me voir tous les jours. L'amitié entre nous était si forte que sa présence m'a sauvé, sans aucun doute. Il recherchait aussi les assassins de Canawyr qu'il a fini par trouver.

— Il les a tués ?

— On ne tue pas, sur Erth. On enferme les criminels dans de grandes maisons d'où ils ne peuvent pas sortir… A propos d'Erth, j'ai plusieurs choses à te montrer dans ma chambre, sans témoin.

Comme si c'était tout à coup très urgent, Kwir annonce qu'il part au ravitaillement et sort, couvert de sa zé, un panier sous le bras.

— Ce garçon me surprend, dit Roi des Brini. Tu ne pouvais pas mieux choisir pour ton service. Je suis heureux de le savoir avec toi.

En fin d'après-midi, passée l'heure de la justice, ils se rendent à la grande coupole où le roi donne audience, assis sur le kator de Korn dont le dossier, semblable à une proue de lestre dressée, se termine par une corne de marhvaur d'une longueur étonnante. A droite du roi, Talariante, portant une zé de fin tissu blanc tenue par une agrafe d'argent et de nacre, domine l'assemblée, juché sur un trépied en dirdu orné de courbes vert-de-gris. Mordrouz est simplement assis sur les marches de l'estrade royale, aux pieds de Morlude aux dents de sable.

Le roi s'entretient avec un homme droit et sec, dont les cheveux entrelacés en tresse brune tombent jusqu'aux reins. Autour d'eux, guerriers et drwidhs hochent la tête d'un air soucieux. Piwé vient annoncer à Morlude que Roi des Brini, accompagné d'Arcturus, désire le voir.

— Qu'il vienne tout de suite ! Peut-être aurons-nous au moins une bonne nouvelle ce soir.

Pendant que le portier conduit ses hôtes jusqu'au pied du kator, le roi scrute les traits impassibles du guerrier blond, cherchant déjà la réponse à sa question.

— Alors ? Quelle est ta décision, Roi des Brini ?

— J'accepte ton invitation pour demain.

Un éclair de joie illumine les yeux bleu pâle du roi.

— Tu es un sage, dit Talariante. Tu ne pèses pas inutilement le pour et le contre.

— Arcturus m'a aidé par sa connaissance des coutumes kernies et de la vie au palais. Il a sa part dans cette décision.

Morlude sourit, découvrant l'ocre de ses dents.

— Qu'il en soit remercié ! C'est une bonne réponse que tu m'apportes, Roi des Brini. Elle va égayer cette soirée assombrie par les nouvelles que Karrec nous apporte de l'Ouest.

— Quelles nouvelles ? demande Arcturus.

L'homme à la longue tresse pose sur le garçon un regard fatigué où brûle une flamme sombre.

— Un euzvène monstrueux est sorti du lac Lor, aux limites de ma vro, et a rejoint la Pénorine. Il remonte maintenant vers les sources.

Devant la consternation générale et, plus particulièrement, celle qui marque les traits d'Arcturus, Roi des Brini demande des explications.

— Pardonnez-moi mon ignorance. Je vous vois attristés par des mots que je ne comprends pas. Qu'est-ce qu'un euzvène ? Et une vro ? Et pourquoi est-ce aussi terrible qu'un euzvène remonte vers les sources de la Pénorine ?

Talariante prend la parole.

— Une vro est un petit royaume dans le grand. Karrec est roi de la vro Belle où se trouvent les sources. Quant à l'euzvène, c'est un animal bizarre, formé de plaques ressemblant à des pierres tranchantes, impossibles à percer. La seule façon de s'en débarrasser est de le faire tomber en avant dans un trou. Du moins, c'est ainsi qu'on opère avec les petits. Pour celui qui nous occupe… Karrec estime sa taille à quinze coudées de long, dix de large et six de haut.

Roi des Brini hoche la tête.

— Il est impossible de creuser un trou de cette dimension dans le lit de la Pénorine.

— Tu as raison. Rien ne peut empêcher l'euzvène de la remonter jusqu'aux neuf sources, là où les mirhivaur se reproduisent. Leurs œufs vont éclore dans trois mois. L'abondance de Korn va subir une énorme perte car il fait sa nourriture de tout ce qui nage.

— L'euzvène progresse d'une lieue par jour, dit Karrec. Dans deux mois, il arrivera aux sources pour manger tous les gwidiles.

Arcturus éclaire son ami :

— Ce sont les petits mirhi, quand ils n'ont pas encore de pattes.

— Cela nous annonce des années sombres, dit Morlude.

Roi des Brini s'étonne.

— Des années ?

— Deux choses pourront faire cesser ce malheur : la mort naturelle de l'euzvène ou son retour vers le lac Lor. Nous ne pouvons rien faire d'autre que d'attendre et pleurer les richesses dévastées de Korn.

— Décris-moi l'euzvène, Karrec.

— Il ressemble à un gros rocher coupé en tranches verticales, de deux pouces d'épaisseur environ, dans le sens de la longueur.

Certaines se projettent en avant puis d'autres les rattrapent ou les dépassent. Il paraît lent, mais Hèr, un de mes meilleurs guerriers, est allé devant l'euzvène, sûr qu'il pourrait lui échapper facilement. En un instant le monstre était sur lui. Nous n'avons rien retrouvé. Pas même du sang dans l'eau.

— Tiens, tiens… Et comment se nourrit-il ?

— Il reste dans le courant, et tout ce qui passe entre ses plaques disparaît.

— Alors, on peut tuer cet euzvène.

— Comment ? demande Talariante.

— Par le feu ou par le poison.

— Nous avons déjà versé du poison dans l'eau devant des euzvènes. Sans résultat. Et je ne vois pas comment tu pourrais enflammer la Pénorine !

— L'eau non, mais sa surface oui ! Avec la même huile que vous brûlez dans vos lampes.

— C'est possible, en effet. Mais comment aller verser cette huile enflammée devant l'euzvène ?

— Que fait-il devant un obstacle, comme un rocher, par exemple ?

— Il le contourne.

— N'y a-t-il pas un endroit où la Pénorine devient étroite, des gorges, un passage surplombé par des rochers qu'on pourrait faire tomber pour obstruer momentanément le lit de la rivière ?

Talariante réfléchit.

— Il y en a plusieurs. Mais le plus propice me semble Dynlir. En ce lieu, la Pénorine traverse des amoncellements de granite rose, ruines de la forteresse de Lér, le dieu qui règne sur les ondes et protège les mirhivaur. Il serait facile, après s'être acquis sa bienveillance, de séparer des blocs pour les faire tomber dans l'eau.

Karrec fait la moue.

— Cela retardera l'euzvène mais ne l'arrêtera pas. Je l'ai vu disloquer des roches à coups de boutoir. En une nuit, le passage était libre.

— Une nuit ? Cela nous laisse assez de temps pour faire chauffer des chaudrons d'huile sur la berge et les transporter sur les rochers au-dessus de l'euzvène. Quand atteindra-t-il Dynlir ?

— Au train où il va, pas avant la fin de Tanik.

— Et combien de temps faut-il pour aller de Kornok à Dynlir ?

— Cinq jours en bateau jusqu'à Bri et ensuite trois jours de marche.

— Cela te laisse assez de temps pour boucher la rivière et aménager un chemin permettant un transport facile des chaudrons sur les roches.

Karrec se tourne vers Morlude.

— Je n'aurai pas assez d'hommes.

— Sois mon hôte et repose-toi le temps que nous réunissions ce qu'il faut pour cette expédition. Nous partirons ensemble. La présence de Talariante me semble nécessaire, cette fois, pour que Lér nous soit bienveillant, et celle de Roi des Brini pour diriger la lutte, si Dour, ce dont je ne doute pas, veut bien le laisser partir.

— Je ne pourrai pas quitter Kornok avant le retour de Regard d'Espérance.

— Elle sera reçue par Mordrouz qui gardera le palais pendant mon absence. Il me répondra d'elle, et je peux t'assurer que personne ici ne fera de mal à ta compagne.

Le champion se lève et vient poser la main sur l'épaule de Roi des Brini.

— Ne te fais aucun souci. Je la logerai dans ma propre maison et je me porte garant de sa sécurité. Kahés est de joyeuse compagnie. Regard d'Espérance ne s'ennuiera pas en attendant ton retour.

Roi des Brini, poussé par l'angoisse de revoir Dour, met les bouchées doubles et consacre la soirée à l'enseignement de l'erthien. Il a choisi d'apprendre un vocabulaire concernant les combats, le secours, les ruses, la fuite, les cachettes, l'alerte, les armes, le corps et les principaux sentiments. La facilité des Brésis, habitués à retenir d'oreille, le surprend agréablement et il s'endort satisfait par les progrès de ses élèves.

Le lendemain matin se passe en révision générale, puis vient l'heure de se rendre à l'invitation de Morlude aux dents de sable. Comme si c'était la dernière fois, Roi des Brini regarde sa chambre, ses vêtements erthiens sur le lit, son casque, sa harpe cassée, posée près de la nouvelle. Accrochée au cuir de sa ceinture luit la broche de Regard d'Espérance. Roi des Brini la saisit et la contemple. Tu seras mon talisman. Avec toi, je pourrai regarder Dour sans faiblesse et rester lucide. Fleur de Gwarés… où es-tu maintenant ?

Arcturus l'appelle.

Le temps de courir sous la pluie jusqu'à la coupole en serrant la broche très fort dans sa main et Piwé les conduit à leurs lits, sur l'estrade royale. Cette fois leur place est à la gauche du roi. A sa droite se tiennent Talariante, Dour et Mordrouz. La reine porte une robe de soie, noire comme ses yeux, dont les plis accrochent la lumière pour suggérer son corps. Un court manteau de laine bleu foncé, jeté sur la blancheur satinée des épaules, sert d'écrin à sa lumineuse chevelure. Mais plus lumineux encore est son sourire lorsque Roi des Brini entre sous la coupole. Il ne peut s'empêcher de la regarder, fasciné par cette beauté si vivante surgie d'un passé de douleur.

— Pense à Regard d'Espérance ! chuchote Arcturus.

Roi des Brini serre la broche à s'en blesser la paume. Ne la regarde plus. Concentre-toi sur les invités. Le brouhaha s'éteint quand il s'allonge sur le lit. Tous les yeux sont braqués sur lui, avec autant de curiosité que de respect. Certains étaient à Bilarbili et le connaissent déjà, mais il n'avait pas encore tué trois nerdud ni vaincu les fils de Kadour à main nue ! Morlude rayonne de fierté.

— Ils sont peu nombreux ceux dont la présence fait taire les Kernis ! C'est un exploit aussi grand que de tuer un nerden ! Cela prouve l'étendue de tes talents puisque tu les as déjà fait chanter à Bilarbili. J'espère d'ailleurs que tu voudras bien nous jouer quelques airs tout à l'heure !

— Avec plaisir. Ce sont des chants que j'ai appris sur Marhvaur. Ils me rappelleront Regard d'Espérance. J'en ai aussi entendu un très beau, il y a trois jours, et je l'ai appris.

— Lequel ?

— *Loin des neiges de la Néméti.*

— Tu connais cette chanson ? Pourrais-tu nous la chanter avant que le repas ne commence ?

— Avec plaisir !

— Qu'on apporte une harpe à Roi des Brini !

Il ne faut pas plus longtemps pour en trouver une dans l'assemblée qu'il n'en faudrait pour trouver une épée dans une assemblée liwédie. Roi des Brini l'accorde à son jeu et commence la chanson, avec un accompagnement que les Kernis n'ont jamais entendu. La belle voix mâle va parfois jusqu'au murmure, tant l'émotion est grande et communicative entre auditoire et chanteur, lequel reçoit comme récompense la densité du silence qui persiste après la dernière note.

— Comment peux-tu chanter aussi bien une chanson kernie ? demande Talariante.

— Je pense à mon amour parti sur un lestre, loin des neiges de la Néméti. C'est simple, comme tu vois. Cela prouve que je ne suis plus un étranger maintenant, puisque je partage cette émotion avec vous.

— Etranger ? s'écrie Morlude. De même que les Liwédis ont adopté le Nouada au point d'en faire l'un des leurs, nous t'adoptons comme l'un d'entre nous !

Une bordée de cris joyeux répond à cette annonce.

Le roi continue :

— D'ailleurs, n'as-tu pas choisi d'être kerni un jour, à Rog, en allant tuer quelques Domnis ?

— C'est vrai !

— Les Domnis n'ont pas de chance avec les Erthiens ! dit une voix.

— Elle s'est présentée pour ceux de Tuchenn, quand le Nouada était à Dournos ! répond une autre. Mais ces triples jaos l'ont chassé !

— C'est quand même une Domnie qu'il a aimée ! dit la reine.

C'est la même voix, pense Roi des Brini.

Les invités, se rappelant soudain que Dour est la sœur de Lirn, ravalent persiflage et raillerie.

La Blonde éclate de rire.

— Eh bien ! il me semble que je viens d'accomplir un exploit aussi grand que celui de Roi des Brini tout à l'heure ! J'ai fait taire une assemblée de Kernis prêts à se moquer des Domnis !

— C'est un exploit, en effet ! dit Talariante.

— Pourtant, je n'ai pas fait cette remarque pour vous clouer le bec mais pour vous montrer que les relations entre Erthiens et Domnis ne sont pas nécessairement mauvaises, contrairement à ce que vous auriez pu croire ces jours derniers.

L'assemblée retient son souffle tandis que Dour continue.

— En écoutant Roi des Brini expliquer pourquoi il avait chanté si bien tout à l'heure, j'ai compris à quel point mon attitude à Bilarbili a pu le blesser. Sans doute avais-je l'esprit un peu obscurci par les boissons de la nuit, ce matin-là. Je regrette ce malentendu entre nous, Roi des Brini, et je t'assure que ta compagne sera bienvenue à Kornok. J'espère qu'elle reviendra guérie, et, si ce n'est pas le cas, nous ferons tout pour la guérir. Mon plus cher désir est qu'elle ne me tienne pas rigueur de ce que j'ai cru bon de faire et que nous devenions les meilleures amies du monde.

— Je suis heureux de vous entendre parler ainsi, dit Roi des Brini.

— Je comprends aussi maintenant la rancune qui te poussait à traiter durement mes intendants.

— Je ne voulais pas vous offenser. Si je l'ai fait, c'était par ignorance de vos coutumes.

— En signe de réconciliation, j'offre ce medh matré. Buvons-le ensemble.

Elle se lève et Roi des Brini la regarde venir vers lui avec un sentiment nouveau de confiance et de tranquillité. Fleur de Gwarés a gagné. Tu n'éprouves d'autre émoi devant cette femme que l'admiration due à la beauté. Il presse doucement la broche dans sa main gauche et, sans peur, presque ironique, plonge ses yeux gris veinés d'améthyste dans la nuit infinie des prunelles de Dour.

Décachetant une bouteille, elle en verse le contenu dans une corne qu'elle tend à Roi des Brini.

— A la paix entre nous ! dit-elle.

— A la paix entre nous !

De nouveau, il cherche son regard, par bravade, et boit sans baisser les yeux.

Elle reprend la corne et va la tendre au roi. Alors qu'il boit, on entend le bruit d'un objet qui tombe sur l'estrade.

— La broche ! dit Arcturus.

Roi des Brini tourne vers lui un visage si triste que le garçon en est effrayé. Il montre l'objet du doigt.

— La broche de Regard d'Espérance est tombée par terre !

Son ami le fixe sans comprendre et murmure en erthien :

— *Canawyr, mon amour...*

Après avoir servi Talariante et Mordrouz, Dour apporte la corne à son neveu. Pendant qu'il boit, elle jette à Roi des Brini un regard triomphant. Mais là où elle pensait trouver l'amour brûlant qu'elle aurait méprisé, elle ne voit que des yeux perdus dans le chagrin et les larmes.

— *Canawyr, c'est vous. Vous êtes morte. Mon Dieu !*

La reine se tourne vers Arcturus.

— Que dit-il ?

— Je ne sais pas. Sans doute est-ce de l'erthien...

Roi des Brini prend la harpe et commence à jouer un air si triste que Dour sent sa gorge se nouer. La musique se développe, ample et lente, douloureuse et grave, poignante comme un adieu à la vie ; tandis que ses doigts pincent les cordes, le musicien fixe Dour sans vraiment la voir, comme s'il regardait quelqu'un derrière elle, loin, et des larmes, telles des coquilles translucides, traversent ses joues, laissant sur la peau une trace brillante où se reflètent les flammes des chandeliers.

Dour, bouleversée, ne peut s'empêcher de pleurer aussi, de même que chaque membre de l'assemblée. Quand la musique s'achève, les bras de Roi des Brini retombent et la harpe bascule sur le lit sans qu'il cherche à la retenir. Il baisse doucement la tête et demeure immobile.

Talariante vient à lui et l'examine, puis lance à Dour un regard soupçonneux.

— Je ne comprends pas ce qui lui arrive. Si nous n'avions pas tous goûté la même boisson, je dirais qu'il a bu quelque chose de mauvais.

Morlude intervient aussitôt.

— Il est injuste d'accuser Dour encore une fois. Tout le monde ici est témoin de son innocence, et cela prouve bien que ces bruits contre elle ne sont que ragots et calomnies que je ne tolérerai plus au palais !

La reine, comme si rien ne s'était passé, s'adresse au drwidh.

— Cela ressemble un peu à la maladie de Regard d'Espérance. Peut-être ont-ils attrapé un mal inconnu pendant le voyage. Souviens-toi de son récit sur l'une des Pédernézène, quand il a pris la sève de l'arvué pour soigner Enès.

— C'est possible…

Il prend la main du malade et la secoue.

— Roi des Brini ! Roi des Brini ! Réponds-moi, par Herrébar !

Sans bouger, le guerrier blond répond :

— *Mon nom est Myrdhinn et elle est Canawyr.*

— Je ne comprends rien à tes paroles ! Par Herrébar, m'entends-tu, Roi des Brini ?

Un murmure lui répond :

— Je m'appelle Myrdhinn…

Talariante pousse un soupir de soulagement.

— Il a parlé !

Un autre murmure :

— Roi des Brini… mort…

Puis :

— Canawyr…

Alors que Talariante va recommencer ses injonctions, Arcturus essuie ses larmes d'un revers de manche, se lève et vient ramasser la broche.

— Je sais de quoi souffre Myrdhinn. Mais je ne peux le révéler qu'à Talariante, Morlude et Dour.

VI

LES DÉFENSES DE PIERRE

DEUX JOURS ont passé. Deux jours de pluie, de froid et de pleurs pour Arcturus qui n'a pas quitté le chevet de Myrdhinn. Talariante a désigné Lar et Luz pour le soigner, le premier par incantations, le second avec les plantes. Mais les incantations, jusqu'à présent, n'ont pas libéré son esprit des rideaux qui l'obscurcissent et les plantes, utilisées en bains puisque le malade n'avale rien, sont restées sans effet.

Le fils du Nouada, aidé par Kwir, ne cesse de parler à Myrdhinn, en brési comme en erthien. Inutilement jusqu'ici. Suivant le désir de son tuteur, il lui a crié, le premier soir, que Canawyr était morte. *Depuis longtemps! Sur un autre monde! Morte, morte, morte!* Le résultat fut pire encore que celui qu'il redoutait. Au lieu d'obtenir une réaction violente, comme l'avait annoncé Roi des Brini, le garçon n'a fait qu'éteindre le semblant de lueur qui vacillait encore dans les yeux violets.

Depuis, c'est comme si Myrdhinn avait quitté ce corps, allongé sur la couverture, qu'on essaie en vain de nourrir.

Ki Nawatani, vingt-sixième et avant-dernier jour de Kerzu, vient de naître. Kwir écarte le rideau tendu devant la porte de Myrdhinn, traverse sans bruit la chambre et va lâcher la chaîne tenant relevé le volet de dirdu. La joyeuse clarté qui envahit la pièce réveille Arcturus assoupi au chevet de Myrdhinn.

Le garçon court à la fenêtre et s'adresse au malade.

— Si tu voyais comme le ciel est pur, ce matin ! Le Ros tout mauve est piqué de milliers de points brillants. Les fleurs de brug se sont ouvertes pour accueillir les rayons de Rotan, et chaque petite goutte d'eau que chacune d'elles tenait enfermée s'est mise à briller de joie ! La pierre de Kornok rend au ciel toute la pluie dont elle s'est gorgée. Les bords des falaises, couverts de vapeurs, sont comme ceux d'un chaudron rempli d'eau bouillante. Sur la tête du Drwidh, ces filaments de brume qui montent ressemblent à des cheveux ébouriffés. C'est drôle ! Et l'Aber aussi est couvert de brume. On dirait un nuage rose, tel qu'on en voit parfois depuis le col des Arbres-Perdues, quand on domine les nuées. Un nuage très plat et très fin, car j'aperçois un lestre qui s'en va, poussé par le reflux…

Le regard d'Arcturus devient vague soudain. Sa voix change et devient presque monocorde.

— *Il avance dans le nuage,*
Comme la barque des morts
Qu'aucun sillage ne suit.
Et, sans laisser de traces,
Paraissent et disparaissent
En cadence les rames
Du lestre.
Où t'en vas-tu, marin,
Brave marin kerni ?
Vers quels rivages perdus ?
Quel réconfort trouveras-tu
Loin des neiges…

Arcturus se retourne vers Myrdhinn, main sur la bouche, effrayé par sa soudaine mélancolie.

— Ne crains rien, dit Kwir. Il n'est pas plus sensible à la tristesse qu'à la gaieté.

Le garçon baisse la tête et s'essuie les joues. Kwir le prend doucement par le bras.

— Ton devoir n'est pas de te laisser mourir toi aussi. Tu devrais manger ce matin, et sortir.

— Je ne peux laisser Myrdhinn seul.

— Il est seul de toute façon, que tu sois là ou non.

— Je dois veiller sur lui.

— Je m'en occuperai facilement. Plus encore que Myrdhinn, tu as besoin d'air et de lumière. Reste dehors jusqu'à l'heure du grand déjeuner. Emplis-toi de force et de fraîcheur ! Change-toi les idées !

— Si Gwiniel était là…

— N'as-tu pas d'autres amis ?

— J'ai reçu mes armes trop tôt, Kwir. Je n'ai pas encore d'amis chez les guerriers et je n'en ai plus chez mes compagnons de jeu.

— On n'est pas guerrier trop tôt quand on tue deux nerdud le lendemain de sa prise d'armes !

— Le surlendemain ! C'est un homme que j'ai tué le lendemain !

— Et pas n'importe lequel !

— Non ! Maurvong aurait pu devenir champion de Korn !

— Alors, continue d'être un guerrier ! Ne laisse pas le chagrin t'affaiblir. Le Nouada aurait attendu autre chose de toi. N'as-tu pas souvenir de ce que disait Myrdhinn ? Pendant sa maladie, ton père venait le voir tous les jours. Et il ne laissait pas le chagrin ronger ses forces. Au contraire ! Il recherchait les assassins de Canawyr et les a trouvés.

— C'est vrai. Mais le désir de vengeance, en occupant l'esprit, éloigne le chagrin, et moi, je n'ai pas d'assassins à chercher.

— Il y a autre chose que des assassins qui devrait t'occuper l'esprit !

— A quoi penses-tu ?

— A Regard d'Espérance. A part toi, sur qui pourra-t-elle compter si par malheur Myrdhinn disparaissait ?

Le cœur d'Arcturus bat soudain plus vite. De nouveau, il regarde l'Aber par où Marhvaur arrivera.

— Tu as raison, Kwir. Je dois rester fort.

— Le déjeuner t'attend.

Le fils du Nouada, qui n'a rien mangé depuis deux jours, commence par grignoter quelques crêpes avec de l'inihwek, puis il avale trois grandes bolées de soupe de kol et finit par engloutir le ragoût de la veille que Kwir a fait réchauffer.

— Eh bien ! dit le Liwédi. Pour un qui n'avait pas faim !

Arcturus met sa zé.

— Je vais aller voir la vapeur danser sur les défenses de pierre, puis je descendrai à Kornok dire à Koatal ce que Myrdhinn m'avait confié pour lui. Je serai de retour à la sixième heure pour le grand déjeuner.

Il traverse la cour, ébloui par les reflets de Rotan sur les pierres lisses, laisse à gauche les coupoles fumantes et prend le passage entre les deux murs. Dehors, le spectacle est surprenant. Chaque lame de pierre dressée laisse échapper de fines boucles de vapeur épaisse qui s'enroulent et se déroulent, depuis le pied jusqu'à la pointe, pour monter ensuite, réunies, haut vers le ciel, telles de minces colonnes aux amples torsades mouvantes. Et dans ces milliers d'obstacles animés jouent les rayons de Rotan, éphémères traces filtrées, matérialisées, disloquées, en sorte que c'est la lumière elle-même, par superpositions d'estompes et de contrastes, de reflets imaginaires et de fondus délicats, dans toutes les nuances de rose, de gris, de bleuté, qui semble bouger et danser.

Le fils du Nouada marche lentement et s'arrête souvent, sur le chemin qui passe entre les défenses. A sa gauche, il voit les colonnes en contre-jour, et c'est le plus beau spectacle, le plus tranché, le plus fou, le plus étrange. A sa droite, il voit les colonnes éclairées de face, et c'est un subtil fouillis de lignes évanescentes, d'apparitions, de fantômes suggérés.

Un groupe de femmes, dont les cris émerveillés le font sourire, sort du palais et le rejoint alors qu'il est presque sorti des défenses. Ce sont les servantes qui s'occupent de Morganic. Elles sortent le bébé, sur les ordres de Talariante, pour qu'il se fortifie dans la lumière du jour, la chaleur de Rotan et le grand air des falaises.

Arcturus aime bien Morganic. Il a plaisir à jouer avec lui, le bercer, lui tirer ses premiers sourires, le faire tourner dans ses bras pour l'étourdir. Il demande à la nourrice de lui confier l'enfant, le temps d'une petite course autour des défenses. Puis, le bébé bien assis dans les bras, tourné vers l'avant de manière qu'il puisse voir devant lui, Arcturus part au trot, vers l'ouest, en imitant le roucoulement des mirhivaur. Arrivé au bord de la falaise, il s'amuse à trouver des mots d'enfant pour décrire le paysage à Morganic. Mais celui-ci commence à pleurnicher puis soudain se met à brailler comme un leué d'ijen. Arcturus, dépité, repart vers les femmes.

A peine a-t-il fait quelques pas, il voit deux hommes qui courent pour lui couper la route. Chacun d'eux porte un bandeau, sur l'œil gauche pour le grand brun, sur l'œil droit pour le rouquin aux larges épaules. Ils tiennent leurs javelots de la main gauche, et si Maurghi, le plus petit, porte un léger bouclier de cuir et de bois, le bras droit de son frère est tenu raide par des attelles.

Au lieu de s'affoler, le fils du Nouada se sent envahi par un calme porteur de lucidité, comme si quelqu'un le rassurait et lui soufflait ce qu'il doit faire. Le souvenir précis des leçons de Roi des Brini lui revient. Il examine le terrain qui l'entoure et l'état des deux hommes qui s'approchent.

A portée de javelot, ils s'arrêtent.

— Cette fois tu ne t'abriteras pas derrière ton tuteur ! crie Dourghi. Tu vas trouver la mort ici, Arcturus, au bord de la falaise ! Les pointes de nos armes te pousseront dans le vide !

— C'est Morganic, fils de Morlude aux dents de sable, que je tiens dans mes bras ! Pour épargner sa vie, que l'un d'entre vous le tienne pendant que je me battrai avec l'autre.

Les deux frères se consultent rapidement.

— Nous refusons ! répond Dourghi. Nous nous battrons ensemble contre toi !

— Alors, laissez les femmes venir le chercher ! Nous combattrons dès qu'elles l'auront mis à l'abri !

Cette fois le débat est plus long.

— Nous refusons ! Tu pourrais profiter de leur présence pour t'abriter derrière elles et t'enfuir !

Maurghi s'adresse aux femmes.

— Restez près du rempart ! Il ne sera fait aucun mal à l'enfant !

Arcturus dépose Morganic, emmitouflé dans sa zé, à l'abri dans les défenses.

— Je suis sans armes ! Il serait juste que vous combattiez à mains nues contre moi.

La réponse est immédiate.

— Nous refusons ! Les blessures infligées par ton tuteur nous donneraient le dessous ! Nous emploierons nos armes !

— Donnez-moi un javelot, qu'on ne dise pas que vous avez vaincu sans risque !

— Nous refusons ! Tu n'avais pas à sortir les mains vides ! Nous ne sommes pas responsables de ton imprudence !

— Alors n'utilisez pas vos javelots ! Combattez seulement avec vos épées !

Deux rires méprisants lui répondent.

— Nous refusons !

— Vous ne pouvez faire cinq refus de suite ! Ce Djir est sur les Kernis depuis que Kernos refusa cinq fois de donner du medh à la fille de Lér sur la plage des Oiseaux-Blancs !

Dourghi pousse un cri de rage. Mais, malgré qu'ils en aient, en grommelant les deux frères déposent leurs javelots.

— Tu auras le choix entre la falaise et nos lames ! crie Maurghi.

Comme ils s'approchent, l'épée à la main, Arcturus part dans les défenses. Faites pour couper les assauts et ralentir les assaillants, les offrant, empêtrés, aux tirs des défenseurs du palais, elles ne sont pas infranchissables. Il faut enjamber, se glisser de profil, bien estimer les espaces pour ne pas rester coincé, éviter les tranchants de pierre et les moignons de lames brisées par le temps. Les enfants du palais y jouent souvent et les connaissent bien. Le garçon progresse lentement, cerné par les vapeurs, vers la porte du palais. Dourghi, long et mince, parvient à le suivre. Maurghi perd du terrain. Ils comprennent vite qu'Arcturus va leur échapper. Dourghi apostrophe son frère.

— Rebrousse chemin et va jusqu'à la porte pour lui couper la sortie !

Dès que le guerrier à la rousse chevelure est parti, Arcturus oblique vers la falaise, suivi par Dourghi. Le garçon arrive au bord du précipice. Là, sur une largeur d'un pas, les lames de calcaire sont plus espacées, car aucun attaquant ne se risquerait sur un passage aussi dangereux. Sans regarder le vide, cramponné aux pierres à s'entailler les paumes, Arcturus parvient à sortir des défenses bien plus vite que Dourghi ne l'aurait cru. Il a le temps d'aller prendre les javelots et de revenir attendre la sortie de son adversaire. Là-bas, près de la porte, Maurghi, gêné par les entrelacs des volutes vaporeuses, finit par comprendre la situation et pousse un hurlement. Dourghi s'est arrêté, prisonnier des pierres. Arcturus le regarde froidement.

— Tu vas mourir comme ton frère, d'un javelot lancé par ma main ! Et cette fois, je sais où se trouve le cœur de mon ennemi !

La pointe de dirdu transperce la poitrine de Dourghi qui recule, bute sur un obstacle et, sans un mot, bascule dans le vide.

Maurghi arrive au triple galop, criant des insultes. Son bouclier, bien que léger, est solide. Un javelot se plante dans le cuir sans traverser le bois. Maurghi l'arrache et le lance sur Arcturus. Heureusement, son adresse de la main gauche ne vaut pas celle de la droite et l'arme survole sa cible, retombe plus loin, ricoche, glisse jusqu'au bord de la falaise et disparaît.

— Tu as rompu le Djir en utilisant un javelot, Maurghi ! Hors du Rythme, tu n'iras pas loin !

Le guerrier roux ne répond rien et les adversaires commencent à tourner l'un autour de l'autre. Maurghi, nerveux, irrésolu, incertain, roule des yeux fous, paralysé peut-être à l'idée d'avoir rompu le Djir.

Arcturus réfléchit aux possibilités qui s'offrent à son ennemi. Il faut qu'il charge, abrité derrière son bouclier, qu'il te bouscule, si possible en écartant ton javelot, et se découvre au dernier moment pour te porter un coup d'épée. Choisis ton terrain et déclenche l'attaque !

Le garçon s'arrête devant les défenses et baisse son javelot. Après une brève hésitation, Maurghi se lance, protégé par son bouclier, pour le faire tomber sur les pointes de pierre. Bondissant sur le côté, Arcturus tend le fût de son arme dans les jambes de Maurghi qui tombe sur son bouclier, ce qui lui évite de s'empaler sur les pierres mais découvre son dos. Une pointe noire lui traverse le poumon droit. Il se redresse pour se retourner. La même pointe le perce d'un flanc à l'autre. Le guerrier trébuche, s'éventre sur les défenses et reste sur le côté, tourné vers l'extérieur, tête pendante, suspendu par le bras droit à son bouclier posé comme un toit sur les pierres, tandis que ses entrailles, lentement, se répandent sur le sol. La main gauche, qui tient l'épée, dépasse entre les premières défenses. Arcturus pose le pied sur le poignet et arrache l'arme de dirdu aux doigts qui enserrent la poignée.

— Où sont-ils les trois frères qui faisaient la force et l'orgueil de Kadour ? Un guerrier de douze ans les a tués ! Vos têtes resteront sur vos épaules car vous êtes kernis, mais je garde en souvenir de ma victoire cette épée que j'accrocherai à ma porte !

Les femmes, qui s'étaient retirées sous le rempart pour assister au combat, arrivent en poussant des cris de joie. Arcturus va chercher Morganic et le prend dans ses bras. Il danse de joie, pousse des cris de victoire et s'approche pour montrer au bébé le corps de son ennemi.

— Regarde, Morganic ! Regarde celui que j'ai vaincu !

La pierre plate, taillée, tranchante, que les Kernis ont coutume de coincer entre bras et bouclier, glisse et tombe au creux du coude gauche de Maurghi, lui entaillant la peau. Le guerrier la ramasse et, dans un effort surhumain comme seuls ceux qui vont mourir peuvent en faire, il se soulève en tirant sur le bras droit et lance la pierre sur Arcturus.

C'est comme si un esprit mauvais la guidait.

Sous la grande coupole, le silence est pesant. Quelques sanglots étouffés, venus de la foule serrée sur le pourtour de la pièce, au lieu de le briser ne font que le rendre encore plus épais.

Morlude aux dents de sable, sombre, agité, est assis sur le kator, drapé dans les vagues d'une longue zé blanche. Ses cheveux dénoués, gris, raidis et ternis par la cendre, tels des coraux morts encadrent son visage fermé.

A sa droite, debout, immobile, impassible, nu, se tient Talariante, le front ceint d'un bandeau de cuir blanc noué derrière la tête, dont les pans, coupés en fines lanières, cascadent sur son dos. De la main droite, il tient une massue rouge. Son autre main s'appuie sur une roue écarlate à neuf rayons groupés par trois, sortant d'un moyeu vermillon orné par trois éclosions de courbes sculptées.

A gauche du roi, sur une chaise cachée par un drap blanc, est assise Dour, pâle, les traits tirés, le regard vide, sans pleurs. Un tissu, froid comme la neige de la Néméti au nord, lui couvre la tête, descend sur le cou, s'épaissit aux épaules, glisse le long du dos, s'entasse dans le giron et coule sur les jambes jusqu'au sol.

En retrait du drwidh, et le dominant d'une tête, se tient Mordrouz. Son corps nu a été blanchi avec les boues crayeuses de la Pénorine. Ses doigts sont fermés sur le fût d'une lance dont la pointe unique porte un motif incrusté de cuivre vert-de-gris représentant des vagues. A ses pieds, la tête de Maurghi, bouche figée en un sourire sarcastique, semble fixer le centre de la salle où, sur une estrade basse, est posé un petit keurak fait d'une peau de marhvaur albinos.

Le corps qui gît à l'intérieur disparaît sous les fleurs grises et noires débordant de la barque. Seule est visible la tête où luit la pierre sombre, au milieu du front, encastrée dans la peau blanche de Morganic.

Piwé vient vers le roi.

— Arcturus est à la porte. Il voudrait veiller Morganic et te demande de lever l'interdiction que tu lui as faite d'entrer sous la coupole.

Morlude lance au portier un regard furieux.

— S'il entre, il ne sera pas bienvenu !

Dour pose la main sur le bras de son époux.

— Laisse-le entrer. Arcturus aimait beaucoup Morganic. Il souffre d'être écarté de cette veillée funèbre.

— Il l'aimait ? Ha ! Quand on aime quelqu'un on ne s'en fait pas un bouclier contre les pierres de ses ennemis !

— Tu ne peux l'accuser d'avoir provoqué délibérément la mort de notre fils.

Morlude frappe du poing sur l'accoudoir du kator.

— Il en est responsable ! Par sa légèreté ! Au même titre que Maurghi !

— Il manque d'expérience. Ce n'est encore qu'un enfant !

— C'est un guerrier ! En neuf jours, il a tué deux nerdud et trois hommes. Ce n'est pas l'expérience qui lui manque, c'est l'intelligence ! Sa bêtise a causé la mort de mon fils !

— Le chagrin te rend injuste.

Le roi lance à Dour un regard mauvais.

— Vous prenez la défense de votre neveu… Oui, vous êtes bien de la même famille, vous avec vos fausses prédictions, et lui avec sa niaiserie. Où est le futur grand guerrier que vous aviez vu aux côtés d'Arcturus dans sa lutte contre les envahisseurs venus du ciel ? Il gît dans ce keurak blanc. Quelle confiance pourriez-vous encore attendre de ma part ? Je n'écouterai plus vos bêtises. D'ailleurs, s'agit-il de bêtises ou de mensonges ?

Dour, empourprée de honte, se tourne vers Talariante mais ne trouve en ses yeux que froideur et ironie. Elle baisse la tête. Oui, elle a menti. Que m'aurais-tu dit si je t'avais annoncé qu'Arcturus serait cause de la mort de ton fils ? Et voilà. Pour un mensonge qu'elle ne pouvait éviter, elle a perdu son crédit. Pourtant…

— Ces envahisseurs viendront et Arcturus est le seul espoir des Brésis ! dit-elle d'une voix ferme.

Morlude éclate d'un rire sinistre.

— Balivernes ! Vous essayez de le protéger. Moi, je ne lui vois pas un avenir aussi glorieux !…

— Que veux-tu dire ?

Par-dessus son épaule droite, le roi jette un regard à la tête coupée.

— Rien…

Dour se sent glacée soudain. Morlude continue, comme s'il se parlait à lui-même. Sa voix est basse et triste.

— … Rien d'autre que ceci : dans un mois, ce garçon ne sera plus dans mon royaume.

— Et pourquoi ?

Le roi semble hésiter. Sa mâchoire se crispe et ses yeux flamboient.

— Parce qu'il vous aura suivie ! La fête du Dourhlan marquera la fin de notre union. Vous partirez avec votre bien… Et d'ici là, je n'irai plus vous voir.

A cet instant, un drwidh vient dire quelques mots à Talariante qui s'avance aussitôt vers le keurak blanc.

— Le reflux commence ! dit-il. Nous devons maintenant descendre jusqu'à la Pénorine.

Six drwidhs soulèvent le keurak et suivent Talariante jusque dans la cour baignée de lumière. Un chariot blanc les attend, auquel il manque, devant, la petite roue qui tourne avec les brancards. Talariante confie sa roue à deux charrons qui la passent dans l'essieu et posent les clavettes. Le keurak, disparaissant presque sous les keuzes, est alors placé sur le chariot. On y attelle un marhvaur blanc que Talariante prend par la bride et conduit lentement hors du palais, à travers la cour toute luisante encore des pluies de la matinée. Mordrouz marche auprès de l'animal, la main gauche posée sur l'encolure. De chaque côté du chariot vont trois drwidhs. Morlude et Dour suivent en silence et derrière eux résonnent les pas de leurs familiers.

Dès que le cortège est sorti, Arcturus et Kwir montent sur le rempart et le regardent traverser lentement les défenses, puis s'arrêter devant le dyn de Kadour. Devant la porte, un homme embouche une longue trompe de dirdu recourbée dont il tire une sonnerie lugubre. Puis il crie :

— Sors, Kadour, fils de Dourgad ! Sors et viens accompagner Morganic dans son dernier voyage !

Rien ne bouge dans le dyn. L'homme recommence.

— Sors, Kadour, fils de Dourgad ! Sors et viens accompagner Morganic dans son dernier voyage !

Rien ne bouge dans le dyn.

— Sors, Kadour, fils de Dourgad ! Sors et viens accompagner Morganic dans son dernier voyage !

Sans autre résultat. Mordrouz, à son tour, s'avance, tenant la tête de Maurghi par les cheveux. Il la jette à l'intérieur du dyn.

— Sors, Kadour, fils de Dourgad ! Ou, par la Grande Reine ! ta tête roulera sur le sol de ton dyn comme celle de ton fils !

Le vieux guerrier paraît enfin, cheveux défaits, tête basse, torse nu, couvert de cendres, pitoyable, tenant contre son ventre la tête de Maurghi. Le champion de Korn le prend par le bras et le conduit près de Morlude. Le cortège repart sur la longue route qui descend à la Pénorine et à Kornok.

— Il est cher le prix de mon oubli, murmure Arcturus.

— De quel oubli parles-tu ?

— J'ai oublié la leçon de Roi des Brini. « Un ennemi n'est hors d'état de nuire que lorsqu'il a reçu le coup de grâce. » J'ai cru que Maurghi n'avait plus d'armes…

Kwir ne répond rien.

— J'aurais dû le tuer avant de le montrer à Morganic.

Le cortège funèbre descend la pente grise où passent rapidement les grandes ombres des nuages.

— J'étais trop sûr de moi, trop heureux d'avoir gagné. Je n'ai pas respecté celui que j'avais vaincu.

Le vent d'ouest soulève les boucles du garçon.

— J'ai été vaniteux…

Kwir se tourne vers lui.

— Tu n'as plus besoin de tuteur désormais, Arcturus. Tu sais tirer toi-même les leçons de tes actes.

Arrivé au pont, le cortège descend sur la rive de la Pénorine et l'attelage est conduit devant une fosse qu'une rigole obstruée par une vanne relie au fleuve.

Les six drwidhs descendent le keurak et le posent au bord de l'eau. Talariante appuie l'extrémité la plus large de sa massue sur le front du marhvaur.

— Tu conduiras l'âme de cet enfant dans le Bédaral où tu seras son guide et son protecteur. C'est la tâche que je t'assigne.

Et, tandis qu'il frappe légèrement le front bombé, Mordrouz, d'un seul coup de lance, perce le cœur de l'animal qui tombe dans la fosse, entraînant le chariot avec lui. Talariante lève sa massue.

— Ce marhvaur appartient à Lér et à lui seul, désormais. Nul ne peut y toucher, homme ou bête ! J'ai dit !

La vanne est soulevée. L'eau de la Pénorine emplit la fosse que trois drwidhs referment avec des panneaux de bois.

Mordrouz pousse Kadour jusqu'au keurak. Le vieil homme serre plus fort la tête contre lui.

— Je ne pourrai pas ! murmure-t-il.

Talariante lui pose la main sur l'épaule.

— Il faut qu'il en soit ainsi, Kadour. Ce prix effacera ta dette.

— C'était un guerrier. Il a droit à son pilier !

— Il n'y a pas de pilier pour un meurtrier d'enfant. C'est la loi de Korn !

— Tuez-moi plutôt ! Je ne pourrai pas.

— Si Mordrouz te tue maintenant pour ce refus, tu n'auras pas de pilier toi non plus.

Les épaules de Kadour s'affaissent. Des larmes tracent des sillons noirs sur ses joues maculées de cendres. Il se penche sur le keurak et y dépose la tête de son fils.

On attache un gros galet aux chevilles de Morganic, puis la barque est percée d'un petit trou à l'arrière et lancée dans la Pénorine. Elle s'éloigne rapidement, portée par le courant violent qui l'entraîne vers le crâne chauve du Drwidh.

Dour baisse la tête et chancelle.

Morlude aux dents de sable reste debout sur les galets, jusqu'à ce que l'esquif disparaisse dans la houle.

VII

LE VOILE DE DOUR

PENDANT TOUTE LA MATINÉE, la première de Tanik, les vents, descendus au suroît, poussent des troupeaux de lourds nuages blancs à travers les champs des éclaircies et couchent dans l'air tiède, autour des murs, les dansantes vapeurs nées des averses de la nuit.

Sous la coupole, tandis que mangent les hôtes de Morlude aux dents de sable, réunis pour le grand déjeuner, aucun chant, aucune musique ne résonne aux oreilles des Kernis si joyeux d'habitude.

Le roi repousse brutalement son écuelle qui va se briser au milieu du cercle des invités, éclaboussant les dalles avec la nourriture qui a refroidi dedans.

— Si je reste plus longtemps au palais, je vais devenir fou moi aussi !

— N'est-ce pas le moment de prendre une décision concernant l'euzvène ? dit Talariante.

— Tu as raison ! Nous partirons demain à la première heure pour aller le brûler de la manière indiquée par Myrdhinn !

— Et comment comptes-tu organiser cette expédition ?

Morlude réfléchit en grattant de la main sa barbe de deux jours.

— Qu'on prépare trois lestres pour accompagner celui de Karrec ! Talariante et Mordrouz viendront avec moi sur le premier. Kadour et Gwaz commanderont les deux autres parce qu'il faut des hommes d'expérience et d'autorité pour le succès de cette chasse. Enfin, puisque le tuteur n'est plus là pour faire appliquer son idée, c'est le pupille qui le représentera. Arcturus viendra donc aussi !

— C'est un traquenard !

Les regards se tournent vers Dour.

— Pourquoi dites-vous cela ? demande le drwidh.

— Il n'aura que des ennemis autour de lui !

— Je ne suis pas son ennemi !

— Pour quelle raison emmener Kadour, en ce cas ?

Morlude intervient sèchement.

— Kadour a payé le prix ! Il est bon maintenant qu'on sache que le passé est le passé. Vous la première ! C'est pour cela que je lui confie un lestre. Les Kernis doivent oublier leurs brouilles ! Connaissez-vous meilleur moyen que cette chasse, où ils devront unir leurs forces, pour leur faire retrouver et raffermir leurs liens ?

— Hier, tu désirais qu'Arcturus quitte Kornok, et aujourd'hui tu veux qu'il resserre ses liens avec les Kernis ?

Le roi baisse la tête. Les mots franchissent difficilement ses dents serrées.

— Hier était un sombre jour. Sombre comme la colère qui m'obscurcissait l'esprit… Je ne souhaite pas le départ de votre neveu. Il manquerait trop aux Kernis. Comment se priver d'un tueur de nerdud, sur les bords de la Pénorine ?

— Et… pour ce qui me concerne ?

Le roi hésite. Talariante lui lance un regard sévère.

— Pour ce qui vous concerne, je n'ai pas changé d'avis…

Dour a un sourire amer.

— Très bien… Mais je dirigerai le palais en ton absence, car je reste reine de Korn jusqu'au Dourhlan ! Et si tu n'es pas revenu d'ici là, notre union sera prolongée d'un an.

— Je serai au palais pour le Dourhlan, dit Morlude.

— En attendant, c'est la reine de Korn qui demande des garants pour son neveu, Arcturus, fils du Nouada.

— Que voulez-vous ? demande Talariante.

— Je veux d'abord qu'il voyage sur le lestre de Karrec !

— Ce sera un honneur pour moi et pour les marins de la vro Belle ! dit l'homme à la longue tresse.

— Je veux aussi que Mordrouz soit garant que rien ne sera tenté contre Arcturus par les armes.

— Je m'en porte garant, dit le champion.

— Très bien ! Talariante est témoin !

— Je le suis !

— Une dernière chose, drwidh : où ira Myrdhinn et qui remplacera mon neveu à son chevet ?

— Myrdhinn a souhaité rester dans la maison d'Arcturus et ce souhait sera respecté. Bréo, le plus élevé des drwidhs médecins, sera chargé des incantations et des bains qui lui sont donnés matin, midi et soir. Mais je crains, malheureusement, que ces soins ne soient de courte durée. Il n'a rien bu depuis quatre jours et, bien que sa peau, comme les feuilles absorbant la rosée, puisse boire directement dans les bains que nous lui donnons, nous ne pourrons retenir sa vie très longtemps. Une branche coupée, même arrosée, même plongée dans l'eau, dépérit très vite. Nous devons nous préparer à sa mort. Peut-être même devrons-nous l'ensevelir demain, avant de partir.

Le cœur de Dour se serre. Il va mourir par ta faute…

Le cœur de Kahés bondit. Il sera seul dans la nuit…

Aux alentours de la huitième heure, on frappe à la porte d'Arcturus. Le garçon, assis au chevet de Myrdhinn, entend Kwir parler avec un homme. Puis le Liwédi entre dans la chambre, les yeux brillants d'excitation.

— Qui était-ce ?

— Goustad ! Il venait annoncer la visite imminente de Dour !

Le jeune guerrier se lève d'un bond.

— Dour ? Ici ?

— En personne !

Après un instant de silence, le garçon se rassoit et soupire.

— Je ne sais si je dois me réjouir ou m'inquiéter… Qu'en penses-tu, toi qui reçus l'enseignement d'un drwidh ?

— Il y a autre chose…

— Quoi ?

— La reine voudrait que j'aille à Kornok.

— En quel honneur ?

— Koatal doit lui remettre une vag du lestre.

— Goustad ne peut aller la chercher ?

— Non. Et Dour dit qu'à part lui elle n'a confiance qu'en moi.

— Eh bien ! Que penses-tu de cela ?

— Je ne sais pas. Peut-être veut-elle garder le secret sur cette vag… Ou peut-être veut-elle que vous soyez seuls.

— Seuls ?

— Oui. Elle souhaite que j'y aille tout de suite.

— Que crois-tu qu'il soit bon de faire ?

— Avec ta permission, j'irai à Kornok.

Le garçon hésite. Kwir le rassure.

— Tu n'as rien à craindre. Elle vient chercher un soutien. Fais-lui bonne figure ! Il se peut que ce soit la seule alliée qui te reste.

— Bonne figure ? Après ce qu'elle a fait à Regard d'Espérance ?

A cet instant, on frappe de nouveau.

— C'est elle ! Va ouvrir… et laisse-nous !

Arcturus, qui a toujours vécu avec Dour, ne peut s'empêcher d'être encore ébloui et surpris par sa beauté. Elle porte une simple robe de soie prinvie, teinte en ocre rouge, sans manches, tenue à l'épaule par une broche composée d'une aiguille d'argent et d'un anneau de dirdu émaillé. Ses seins tendent la soie sur la gorge et forment deux plis tombant droit jusqu'au bouffant, provoqué par la taille étroite, que fronce une ceinture de lanières grises entrelacées. Le tissu, plissé pour épouser les hanches, glisse ensuite jusqu'aux chevilles, au plus près du corps, suggérant à chaque pas le ventre, l'attache de la cuisse, les plis de l'aine et le doux renflement qui les relie. Ses cheveux dorés sont cachés par un voile couleur d'ardoise humide qui fait ressortir la blancheur du visage et l'éclat du sourire. Son regard caresse Arcturus et elle tend vers lui ses bras clairs.

Le garçon ne bouge pas.

— Je n'espérais plus vous accueillir dans ma maison.

— Cher, très cher Arcturus, c'est un grand bonheur pour moi d'être ici !

Elle vient à lui et le serre dans ses bras.

— J'ai eu tort de me priver du plaisir de te voir. Nous nous sommes éloignés l'un de l'autre ces derniers temps, et j'en suis triste.

Elle lui passe la main sur la joue.

— Tu m'as beaucoup manqué.

Le garçon recule.

— Il ne tenait qu'à vous…

— Ne me repousse pas. Je suis venue faire la paix avec toi. Encore une fois, j'ai eu tort, je l'avoue, je le reconnais. J'en souffre, et si mon attitude a pu te blesser, je te prie de me pardonner. Oublions ces mauvais jours et retrouvons l'affection qui nous unissait.

Elle lui tend à nouveau les bras, avec un sourire timide et des yeux implorants auxquels Arcturus ne peut résister. Il étreint Dour qui l'étreint à son tour et pose la tête contre son épaule. Ils restent enlacés un long moment. Arcturus est très ému.

— C'est bon de vous retrouver si…

— Si ?

— Si… tendre.

Elle se serre encore plus contre lui.

— Il est si doux d'être tendre avec un joli garçon…

Arcturus regarde Dour dans les yeux.

— Et comme il est doux d'entendre ces mots d'une femme aussi belle que vous !

Elle lui offre son sourire le plus enjôleur.

— N'as-tu rien dans ta maison que nous puissions boire ensemble ?

— Mais si ! Accepteriez-vous de boire avec moi du medh matré ?

— Avec joie !

Ils prennent place sur des trépieds de dirdu. Le garçon décachette une bouteille et verse le medh dans la corne de jao. Quand le liquide ambré a parfumé la pièce, Arcturus tend la fine corne noire à sa tante.

— A vous la première gorgée, la plus pure, la plus suave, celle qui réjouit le cœur autant que l'amour…

Dour pose la main sur le bras du garçon pour retenir son geste.

— Mon mérite, désormais, est moins grand que le tien. Il serait plus juste que cette première gorgée soit pour celui qui a vaincu deux nerdud et trois guerriers.

— Cette pensée me flatte, mais je ne peux accepter de boire avant vous. J'aurais l'impression… de vous manquer de respect.

— Mon neveu chéri, tu dois cesser de penser de la sorte. Tu es un grand guerrier, promis à une gloire que nul avant toi n'aura connue. Je ne peux boire la première. J'aurais même dû te servir le medh. N'est-ce pas le rôle d'une reine que d'offrir à boire aux champions ?

— Je ne suis pas encore champion.

— Tu en as l'étoffe. Bois le premier, Arc. Je veux t'honorer ainsi et te prouver mon amitié. Et puis…

Elle se penche, offrant au garçon la chaude odeur de son corps.

— Je vais te paraître futile sans doute, mais tu sais ce qu'on dit quand on boit après quelqu'un dans la même corne ?

Elle s'approche encore et lui murmure à l'oreille.

— Je ne voudrais pas que tu connaisses mes pensées secrètes !

Elle pose un baiser vif sur la joue du garçon et se redresse en riant.

— Bois maintenant, bois fièrement, beau neveu !

Arcturus tend la corne vers le ciel et se lève.

— A la plus belle femme de Bré, celle qui fait battre les cœurs !

Il boit et se sent pénétré d'un doux bien-être. Dour prend la corne à son tour.

— Fait-elle battre aussi le tien, cette femme ?

Arcturus rougit légèrement. La chaleur du medh libère sa langue et il ose répondre.

— Glacé le cœur qui ne battrait pas devant votre beauté. Le mien n'est pas si froid.

Dour porte la corne à ses lèvres et regarde Arcturus dans les yeux.

— Je vais maintenant connaître tes pensées secrètes… à mon sujet.

Le garçon rougit encore. Dour sourit.

— Au plus beau guerrier de Bré, celui qui fait battre les cœurs !

Elle boit. Arcturus, submergé par une émotion qu'il n'a jamais connue, trouve la force de bredouiller :

— Fait-il battre le vôtre ?

— Il bat aujourd'hui, demain il ne battra plus. Ainsi sont les femmes. C'est quand il bat qu'il faut les prendre.

La reine regarde autour d'elle.

— Ne me ferais-tu pas visiter cette maison, que je sache comment mon neveu est installé ?

Elle désigne une des portes.

— Est-ce ta chambre ?

— Oui. L'autre est celle de Myrdhinn.

Dour prend Arcturus par le bras et l'entraîne dans la chambre. Arrivée près du lit, elle attire le garçon vers elle et glisse la main dans ses bragos.

— Voilà un secret que tu ne pourras pas cacher : ce pieu poussé entre tes jambes ! Je vais le faire durcir encore et c'est entre les miennes que tu le planteras !

Arcturus regarde l'Aber par la fenêtre. L'après-midi s'étire sur les collines, derrière Kornok. Le garçon se retourne et contemple Dour allongée, nue, plus émouvante que tous les paysages.

— Viens près de moi ! dit-elle. Passée l'ivresse des étreintes, il est un autre moment précieux : la tendresse et les mots que partagent les amants.

Elle se redresse, appuyée aux coussins.

— Pose la tête dans mon giron et laisse-moi caresser tes boucles… Arc, ce que nous avons fait aujourd'hui nous ne le referons jamais. Il n'y a pas d'amour entre nous, et si le désir nous vient encore, nous devrons le maîtriser. Je suis venue à toi pour parfaire ton éducation de guerrier. C'était une épreuve nouvelle, plus difficile peut-être que de combattre un homme. Car la force virile trouve dans l'amour un autre terrain pour briller, mais sous une forme différente. Une femme n'est pas un dyn qu'on prend d'assaut. C'est une conquête à faire par d'autres voies que la violence. Cette épreuve, tu l'as surmontée, Arc. Tu n'as pas satisfait ton désir en laissant le mien inassouvi. Bien sûr, je n'ai pu tout t'apprendre de ces jeux. D'autres femmes t'enseigneront d'autres choses. Mais la première fois restera mienne et c'est une reine qui t'aura initié.

Elle caresse la joue d'Arcturus qui lui prend la main pour embrasser sa paume. Dour la retire doucement.

— Nous devons parler d'autre chose, maintenant. Tu pars demain pour un dangereux voyage.

Arcturus redresse la tête.

— Partir ? Laisser Myrdhinn ?

— C'est la volonté de Morlude. L'expédition pour chasser l'euzvène quittera Kornok à la première heure d'Armaur Nawatouri. Et tu en seras.

Le garçon s'assoit sur le lit. Une larme roule sur sa joue.

— Je ne reverrai jamais Myrdhinn vivant...

— Sèche tes larmes et endurcis ton cœur. Ta vie de guerrier commence.

— Je laisserai Kwir avec lui pour l'assister jusqu'au bout.

— Kwir doit t'accompagner.

— Mais pourquoi ?

— Je suis inquiète, Arcturus. Cette expédition ne me plaît pas. Méfie-toi de Morlude. Il va chercher vengeance contre toi et il aura comme alliés Gwaz et Kadour...

— Gwaz et Kadour viennent ?

— Il y aura quatre lestres. Un pour Morlude, un pour Kadour, un pour Gwaz, un pour Karrec. J'ai obtenu que tu voyages sur le dernier. Ne monte jamais à bord des autres ! Morlude, Gwaz et Kadour s'entendront pour te tuer, j'en suis certaine. J'ai demandé à Mordrouz de se porter garant que rien ne serait tenté contre toi par les armes. Mais il peut aussi lui arriver malheur. Et si les autres ne peuvent te tuer par les armes, ils essaieront de maquiller ta mort en accident. C'est pour cette raison qu'il est bon que Kwir t'accompagne. Ne compte que sur lui.

— Et sur Talariante ?

— Il me déteste et tu es mon neveu… mais j'ai confiance en son impartiale justice.

Arcturus contemple Dour. Il pose à nouveau la tête sur son ventre.

— Quel bonheur d'être ainsi, après avoir cru que nous étions devenus ennemis !

Tournant un peu la tête, Arcturus pose ses lèvres sur le tendre mont où prend naissance la blonde et intime toison.

Elle passe la main dans les cheveux noirs et murmure :

— Je regrette mon entêtement. Si tu savais comme je le regrette !

Brusquement, le garçon se redresse et s'assoit sur le lit.

— Qu'y a-t-il, Arc ?

— Regard d'Espérance !

— Eh bien ?

— Je ne serai pas là quand…

— Quand elle arrivera ? Mais je serai là, moi. Ne t'inquiète pas. Elle sera reçue comme une sœur.

L'air embarrassé de son neveu la fait sourire. Un sourire amer.

— Tu n'as pas confiance en moi…

Des larmes coulent sur ses joues.

— Pourtant, je suis sincère !

Elle prend la main du garçon et l'attire contre elle.

— Arc, mon chéri, j'ai besoin de ta confiance. J'en ai tant besoin !

Il est dans ses cheveux, contre sa peau douce, dans l'odeur de l'amour. Elle le caresse et l'embrasse. Il étreint sa taille, submergé par le désir. Dour pousse un petit gémissement…

Ils se regardent, sérieux, muets, étonnés par leur frénésie. A la fin, Dour embrasse la main d'Arcturus et se dégage de ses bras.

— Il est temps que je m'habille pendant que j'en ai encore la force !…

Elle ferme les yeux et sourit.

— Je n'oublierai jamais ces moments, Arc. Ils seront entre nous comme un trésor secret.

— Je ne les oublierai jamais non plus.

— Comment te sens-tu ?

— Heureux. Léger. Lavé. Débarrassé de… je ne sais pas… d'une chose qui pesait sur moi.

— Ton enfance, hélas, que tu rejettes maintenant et que tu regretteras plus tard.

Dour prend son voile bleu sombre pour s'essuyer l'intérieur des cuisses.

— C'est ta puissance qui s'écoule de moi, dit-elle en souriant.

Arcturus la regarde, étonné, charmé par son impudeur innocente et perverse, ému par la complicité nouvelle qui les unit.

— Donnez-moi votre voile !

— Que veux-tu en faire ?

— Je le garderai en souvenir de ce jour !

— Prends-le, Arc, en gage de notre affectueuse alliance.

— Il me suivra partout !

— Ne l'emporte pas cette fois !

— Mais pourquoi ?

— Si Morlude le trouve…

Le garçon a un sourire amer.

— S'il le trouve dans mes affaires, c'est que je serai mort.

— Ne l'emporte pas, je te le demande.

Arcturus plonge ses yeux verts dans le regard de Dour. Par-dessus le calcul, il sent la tension, l'inquiétude, l'amour, et voit, dans un lit de lassitude, le chagrin coulant d'une blessure vive. Cette fragilité inattendue lui noue la gorge.

— Très bien. Votre voile restera ici.

Dour agrafe sa robe et vient presser une dernière fois ses lèvres sur celles de son neveu.

— Je ne te verrai pas demain. Il n'est pas bon qu'une reine assiste au départ du roi qui la répudie. Mais tu sauras que mes tendres pensées t'accompagneront, demain et tout au long du voyage. Tu es le seul homme qui compte pour moi.

Comme ils passent dans la salle commune, Arcturus surprend le regard que Dour lance vers le rideau de Myrdhinn.

— Voulez-vous le voir ?

Elle hésite.

— Je préfère garder de lui le souvenir de l'homme que j'ai rencontré à Bilarbili.

Arrivée à la porte, elle passe la main sur la joue du garçon.

— J'accueillerai Regard d'Espérance comme une sœur. Je t'en fais le serment.

— Je vous crois.

Dour se jette dans les bras d'Arcturus.

— Reviens-moi plus fort et couvert de gloire !

Elle étreint son neveu et sort.

VIII

L'AMOUR RÉVÉLÉ

DANS UN CIEL DÉGAGÉ, encore imprégné du froid nocturne, le globe entier de Rotan émerge des montagnes et l'ombre pointue de la Néméti, comme chaque matin à cette heure, atteint le sommet de la grande coupole.

Le cœur de Kahés bat fort tandis que, depuis les remparts, elle regarde la troupe défiler entre les défenses et s'éloigner lentement sur la pente. Enfin, l'occasion est arrivée ! Arcturus n'est plus là pour veiller le malade. Mordrouz est loin. La nuit prochaine, j'irai dans la chambre de Myrdhinn. Je saurai bien lui ouvrir les yeux pour qu'il me voie quand je lui ferai boire la première gorgée du medh. L'amour te sauvera, bel Erthien ! L'amour te rendra le goût de vivre. Elle s'assoit sur le bord du rempart pour contempler la beauté du matin sur l'Aber en rêvant au bel étranger qui lui souriait dans la nuit des arbres perdues.

L'ombre de la Néméti s'est éloignée vers le nord. Venant de la mer, des nues courent sur le monde. En bas, les quatre lestres avancent sur l'Aber, portés par le reflux, mus par l'unisson des rames.

Kahés, machinalement, se retourne. Dour est debout derrière

elle, silencieuse. Les robes se soulèvent soudain. Accompagné d'une bourrasque, un nuage aux sombres gris fondus passe, avec une traîne de pluie brune qui cache un moment les bateaux. Les deux femmes demeurent immobiles jusqu'à ce qu'ils réapparaissent, et les regardent atteindre le Kanol puis disparaître vers l'ouest. Dour pousse un soupir. Kahés lui prend la main.

— Votre tristesse vient des paroles du roi ?

— Vous faites allusion à l'annonce de notre séparation, je suppose. Eh bien, oui et non. Oui, car j'aime ce paysage, le site du palais, l'Aber, la Néméti. Non, car hormis quelques Kernis de ma suite et vous, Kahés, je ne regretterai personne ici.

— Je voudrais tant vous voir souriante et gaie.

— Comment l'être quand mon neveu va au-devant du danger, encerclé par la haine ?

— Mordrouz m'a parlé de vos inquiétudes. Il protégera le fils du Nouada. Soyez tranquille !

La reine serre son amie dans ses bras.

— Quel plaisir d'être seule avec vous !

— Oui. La dernière fois que nous l'avons été, nous marchions au bord de la falaise et nous parlions d'amour…

— Alors, que s'est-il passé avec cet homme qui venait de Bri ? Vous m'avez laissée sans nouvelles !

Kahés rougit un peu et baisse sur ses beaux yeux ses cils sombres.

— Il n'est jamais venu à Kornok.

Dour pâlit.

— Ah ! Et le medh ?

— Je me suis trouvée dans une situation embarrassante et imprévue, car le jour où cet homme devait venir, Mordrouz a su que vous m'aviez donné une bouteille et il a souhaité la boire avec moi le soir même.

— Qu'avez-vous fait ?

— Je n'avais pas le temps de vous demander conseil. J'ai dû improviser, faire semblant d'être maladroite et renverser la première coupe, en espérant que cela compterait pour la première gorgée. Ensuite, pour plus de sûreté, j'ai bu avant Mordrouz, en regardant le mur.

— Pour quel résultat ?

— Rien ne s'est passé !

— Vous avez fait preuve de ruse et d'adresse. Je vous félicite !

Dour sourit à Kahés. Tu mens, pense-t-elle. C'est la première gorgée bue qui compte, même si tu en as renversé avant, et la première personne regardée, même si c'est trois jours plus tard. Pourquoi mens-tu, ma belle amie ? Qu'as-tu fait de ce medh ?

Kahés joue avec la boucle de sa ceinture. Sans relever les yeux, d'une toute petite voix, elle demande :

— A propos de medh, une question me ronge depuis cinq jours. Mais j'ai peur de la poser, même à vous, mon amie la plus chère.

— Vous n'avez rien à craindre de moi !

— Je ne voudrais pas vous blesser.

— Pourquoi votre question me blesserait-elle ?

— Vous pourriez croire que je cherche à vous nuire. Mais cela n'est pas mon intention, par le Douéda !

— Quel sujet avez-vous si peur d'aborder ?

— Encore le medh matré...

— Que voulez-vous savoir ?

— J'ai entendu les paroles de Talariante après que Myrdhinn a bu la première gorgée dans la corne que vous lui avez tendue.

— Et alors ?

— N'y avait-il rien d'autre que du medh dans cette corne ?

Un froid glacé tombe sur les épaules de Dour. Elle se force à sourire.

— Que pouvait-elle contenir d'autre ?

— Peut-être... ce que contenait la bouteille que vous m'avez offerte ?

La reine éclate de rire.

— Pourquoi voudrais-je me faire aimer de Myrdhinn ?

— Quel meilleur moyen auriez-vous pu trouver pour faire la paix avec lui ?

Dour redevient sérieuse.

— Je vous l'ai déjà dit : l'amour n'est pas un jeu. Que m'apporterait l'amour de quelqu'un que je n'aime pas ? Ce serait gêne pour moi, embarras pour le roi, honte pour Myrdhinn et ridicule pour le palais. Aucun de nous n'a mérité cela, quels que soient nos griefs mutuels.

— Vous avez raison. Je vous prie de pardonner ma sotte question.

C'est au tour de la reine de prendre la main de Kahés.

— Vous êtes pardonnée. Je comprends vos interrogations et vos doutes. J'éveille trop de soupçons injustes, dans ce palais, pour m'étonner que ma meilleure amie s'y laisse prendre un jour ! Vous avez bien fait de m'en parler. Il faut dissiper les nuages avant qu'ils ne s'accumulent.

— Ma franchise est la preuve de mon amitié.

— C'est ainsi que je la comprends.

Les deux femmes descendent l'escalier qui mène à la cour.

— Qu'allez-vous faire aujourd'hui ? demande Kahés.

— Aller à Kornok, voir où en est la construction du nouveau lestre, puis j'irai manger à l'auberge en compagnie de Koatal pour voir comment sont reçus les hôtes de Morlude.

Dour, allongée dans sa chambre, se repose après la longue montée vers le palais. C'est du moins ce qu'elle a dit à ses suivantes.

En fait, elle a besoin de solitude. Troublée, elle pense aux paroles de Koatal alors qu'ils étaient seuls au bord de la Pénorine, devant le chantier naval, regardant la quille et les premières membrures du lestre en construction.

Tout avait commencé par une question anodine.

— Comment l'appellerez-vous ?

— Myrdhinn !...

Pourquoi ai-je dit cela ? Les yeux de Dour s'embuent. C'est sorti de moi comme un cri de... de remords. Remords. Ce mot résonne en elle, entre poitrine et ventre, dans le rayonnement d'une émotion nouvelle et croissante. Myrdhinn va mourir... Qu'ai-je fait ? Ce n'était pas moi que cet homme devait rencontrer, mais Arcturus. Voilà pourquoi ma mère m'a donnée à Morlude. J'ai eu tort de vouloir écarter Regard d'Espérance. J'ai eu tort... Myrdhinn serait devenu mon ami. Je m'en suis fait un ennemi et je l'ai plongé dans la folie.

Cette folie qui désespérait Koatal.

— Quelle perte ! disait-il. Quelle perte, pour Bré, pour nous ! Je construis un lestre que nous devrons manœuvrer sans ses conseils ! Et combien d'autres choses aurions-nous apprises ? Mais que lui est-il arrivé ?

Dour essaie de calmer son cœur. Ai-je bien fait de lui dire ? Canawyr. Sans parler du medh, bien sûr, elle avait expliqué la cause de cette folie. Canawyr, jumelle d'un autre monde, il meurt d'amour pour elle et c'est comme s'il mourait d'amour... pour...

Le drwidh avait écouté sans un mot. Puis il s'était accroupi au bord de l'eau, perdu dans ses réflexions. Dour s'était approchée. Sans cesser de regarder le courant, Koatal avait demandé :

— Etes-vous allée le voir ?

— Non.

Non, je ne suis pas allée le voir. Pourquoi ? Pourquoi ai-je refusé quand Arcturus me l'a proposé hier ? De quoi ai-je peur ?

Le drwidh avait continué. Il parlait doucement, mais c'était comme si la nature s'était tue autour d'eux. Aucun bruit ne couvrait ses paroles.

— Vous seule pouvez le sauver. Allez le voir. Il n'est peut-être pas trop tard. S'il croit que vous êtes Canawyr, il n'aura plus envie de mourir.

— Et qu'arrivera-t-il ?

— Ce qui doit arriver…

Dour porte la main à son cœur et la retire toute mouillée. Deux auréoles tachent sa robe. Du lait… Morganic ! La Blonde essuie des larmes. Mon petit… Ta mort était annoncée. Je l'attendais. Et je souffre ! Seule. Comme ils étaient froids, les Kernis de l'auberge ! Ils ont cessé leur musique dès que je suis entrée. Pas un ne m'a souri. Comme si le roi m'avait déjà répudiée. La vie d'Arcturus est en danger. La mienne aussi peut-être, et qui peut m'aider ? Kahés ? Dour sourit derrière ses pleurs. La pauvre !… Non, elle ne… Lui ! Lui seul peut tenir tête aux guerriers kernis ! Et cette horreur qui vient dans la nuit. Lui seul pourra aider Arcturus à la vaincre…

Dour prend un châle, sort de sa chambre et, longeant les maisons des guerriers, se rend chez son neveu.

Elle s'attendait à tout sauf à cette vision paisible. Myrdhinn semble dormir. Son bras droit pend et sa main molle repose sur le sol. La reine reste sur le seuil, retenue par une soudaine timidité. Il ne bouge pas. Doucement, elle vient s'asseoir au bord du lit, contemple son visage et s'émerveille de sa beauté, tout en s'effrayant des rides et des plis de douleur qui lui barrent le front.

— Myrdhinn ! Myrdhinn !

Il ouvre les paupières sur un regard terne. Comme ceux d'un aveugle, ses yeux cherchent sans voir et soudain se noient sous les larmes. Touchée, Dour le prend dans ses bras et appuie la tête blonde contre sa poitrine.

— Reviens-nous, Myrdhinn !

Elle passe un doigt sur ses lèvres brûlantes et desséchées. Il faut qu'il boive ! Elle examine la chambre sans rien trouver. Le medh ! Nous n'avons bu qu'une corne hier ! Elle repose doucement, presque à regret, sa tête sur les coussins et part chercher le medh dans la salle commune où elle trouve dans un coffre trois bouteilles : une vide, une ouverte qu'elle emporte, et une cachetée.

Myrdhinn n'a pas bougé. Elle le reprend dans ses bras, la tête au creux du coude, comme un bébé, pour essayer de le faire boire, mais il refuse et le medh coule sur son cou et sur les couvertures. Il émet de petites plaintes faibles et claires comme des vagissements qui troublent Dour. Elle porte la main à sa robe, presque machinalement, pour lui donner le sein, mais se ravise et se relève, un peu perdue. Une dernière fois elle regarde Myrdhinn, puis, tête basse, songeuse, retourne à la maison royale.

Après le repas du soir, Dour congédie ses suivantes et, dès qu'elle est seule, va dans son cabinet mélanger les plantes qui donnent la vision des arbres de vie, ou du moins qui devraient la donner, car depuis qu'elle est revenue de Bilarbili, elle a essayé tous les jours sans résultat.

Nue, elle invoque la Très Brillante, puis boit le breuvage et s'allonge sur le lit. Après une longue attente, son corps se couvre brusquement de sueur, se raidit, se cambre, retombe. Une douleur terrible lui broie les entrailles. Elle écarte les jambes et voit sortir entre ses cuisses le spectre blanc de Morganic. Il reste derrière les genoux de Dour, flottant, recroquevillé, mains prêtes à griffer, bougeant lentement les bras comme s'il voulait avancer dans l'air. Sa bouche rouge sang sourit férocement, découvrant des dents jaunes.

Au-dessus du ventre de Dour paraît peu à peu l'arbre d'Arcturus, toujours aussi vigoureuse. Le spectre pousse un cri rauque et grave. Dès que l'arbre est là, il se précipite sur elle pour la mordre et la griffer. Une branche est cassée. Du sang coule sur le tronc. Dour pousse un cri. Elle saisit la branche cassée, longue, droite, souple, et cingle le corps du fantôme qui se coupe en deux pour se reformer presque aussitôt. Dour frappe encore, avec le même résultat. La troisième fois, elle coupe le cou. Un hurlement lugubre s'échappe de la bouche. La tête part vers le plafond pour se dissoudre entre deux poutres comme une fumée dans la brise. Le corps flotte encore un peu, descend lentement, rase le sol et finit par former une flaque visqueuse qui disparaît entre les dalles.

Dour se laisse retomber, prise de nausées, secouée par les sanglots, cachant son visage dans ses mains. Quand elle ose à nouveau regarder, l'arbre d'Arcturus est toujours là. Mais la grande branche orgueilleuse qui dominait et cachait ses sœurs a disparu. Un sang vermeil coule de la cassure et se mêle à la teinte carminée du tronc.

Dour frémit et ferme les yeux. La mort… Elle comprend soudain à quel point elle aime Arcturus. Plus, bien plus que Morganic ! Tu n'es pas l'enfant de ma chair mais tu es mon fils. Elle songe aussitôt à leurs étreintes de la veille et à la jouissance qu'elle a ressentie. Oui, tu es plus que mon fils. Je t'ai tout donné de moi. Ne meurs pas, Arc.

Examinant les autres branches, Dour en remarque une, forte et tordue. Elle part vers l'arrière pour s'appuyer sur une arbre plus basse qui se divise sous son poids. Du côté gauche, cette arbre porte des rameaux noirs, couverts de lichen et de mousse grise, aux pointes desséchées. Du côté droit, les branches, toutes coupées, saignent, sauf une, rouge, plus large que les autres, qui longe la branche d'Arcturus.

Trois rameaux sortis de la branche d'Arcturus tendent vers la branche rouge trois objets : une épée, un chaudron, une lance. Trois rameaux sortis de la branche rouge viennent toucher les objets et, à partir de là, la branche devient dorée. Un peu plus loin, elle se divise en nombreuses brindilles couvertes de feuilles qui s'écartent, formant une couronne autour d'une pierre que reconnaît Dour. C'est un rocher cristallin, en forme de siège, dont le dossier est fêlé. De la couronne entourant la pierre tombent des feuilles d'or qui, dans leur chute, touchent des arbres desséchées. A leur contact, ces arbres reprennent vie et c'est comme une forêt qui renaît. Puis la vision disparaît.

La Blonde reste étendue, regrettant d'être éloignée de sa mère. Sul aurait pu lui donner des conseils et des explications. La pierre au milieu des feuilles, c'est la pierre de Lanfal, qui crie sous le futur roi suprême. Et les autres objets tendus par les rameaux d'Arcturus ? Que peuvent-ils être ? Les armes de Lughern et le chaudron du Douéda que les Donis apportèrent avec la pierre ? Comment interviendraient-ils dans le destin de son neveu ? Deviendra-t-il roi suprême ? En aidera-t-il un autre à le devenir ?

Toutes ces questions tournent, se mêlent, embrouillant les idées de Dour qui s'endort.

Elle s'éveille dans la nuit le cœur battant. Elle rêvait qu'elle donnait le sein à Myrdhinn. Un trouble profond l'envahit. Elle essaie de se rendormir. En vain. Son rêve l'obsède. Elle se lève, prend sa petite lampe à huile, enveloppe sa nudité dans une vaste zé noire et sort pour aller rejoindre Myrdhinn.

Elle le trouve tel que les drwidhs l'ont laissé après le bain du soir. Dans la faible lumière de la lampe qu'elle a posée à son chevet, il ne semble pas respirer. La peur affole Dour. Rejetant la couverture, elle découvre le corps de Myrdhinn. La poitrine large se soulève. Il vit. Il est beau. La jeune femme pose une main sur le cœur de l'homme livré à ses regards. Son trouble augmente encore. Elle laisse sa main glisser sur la peau douce, le ventre lisse, et soudain, submergée par l'émotion, rejette sa zé, prend Myrdhinn dans ses bras et lui donne le sein. Il tète doucement d'abord, puis, comme si un peu de force lui revenait, Dour sent la succion lui tirer le mamelon. Elle éprouve un grand bonheur quand le lait la quitte, comme une délivrance. Et l'amour éclate, clair, évident ! Je l'aime ! J'aime cet homme depuis que je l'ai vu le premier soir sur Neige-de-la-Néméti ! Myrdhinn ! Elle rit. Bois, mon chéri, bois mon lait ! C'est son amour qui coule dans la bouche de Myrdhinn pour le sauver, l'attachant à elle par un lien plus fort qu'aucun autre. Elle se sent fondre, comme si sa substance et son sentiment ne faisaient qu'un. Une extase de bonheur la saisit.

— Canawyr… murmure Myrdhinn.

Des larmes de joie inondent les yeux de Dour.

— Oui. Je suis Canawyr. Je suis revenue pour toi.

Une esquisse de sourire efface les traits douloureux sur le visage de Myrdhinn. Il s'endort paisiblement dans les bras de la jeune femme que l'émotion bouleverse. Elle lui baise les lèvres, trouvant le goût de son lait, et lui dit des mots tendres comme elle n'en avait même pas imaginé pour Morganic. Puis elle l'installe sur le dos et, assise près de lui, appuyée sur un bras, contemple celui qui lui fait connaître l'amour. Son cœur bat le rythme fou du bonheur qui l'étouffe. Je l'aime ! Je l'aime ! pense-t-elle tandis que des yeux elle se lance à la découverte de son corps, cherchant les ombres dans sa barbe, sur sa poitrine blonde, au bas de son ventre, comparant les différentes teintes de sa peau, dorée, blanche, hâlée, regardant la lumière ruisseler sur ses boucles.

Un coup de vent ouvre la fenêtre et tue la lumière. Je ne te vois plus, je te toucherai ! Dour caresse Myrdhinn des doigts, de la paume, du dos de la main, de l'intérieur du poignet, suit les courbes nerveuses des muscles, leurs rencontres, leurs enveloppements mutuels, leurs attaches. Les caresses épuisées, elle l'embrasse. Sur chaque morceau de peau elle veut poser ses lèvres et commence par le front, les yeux, les joues… Quand elle a baisé son corps entier, elle recommence avec la langue, pour le goûter…

— Canawyr…

Dour s'arrête. Il a parlé. Il m'appelle. Elle se rend compte soudain qu'il fait froid. Elle ferme la fenêtre et rallume la lampe.

— Canawyr…

— Je suis là, mon amour !

Les yeux de Myrdhinn sont ouverts, et, cette fois, elle y voit briller une toute petite flamme. Il me reconnaît. Les lèvres desséchées s'ouvrent et se ferment.

— Tu veux encore boire ? Il me reste un peu de lait, mon cœur.

Elle s'adosse aux coussins et le prend contre elle pour lui donner le sein. Pendant qu'il tète, il la regarde sans tristesse, comme étonné, et elle pleure de joie. Puis il ferme les yeux et, doucement, s'endort avec le mamelon dans la bouche.

En même temps que l'éclair illumine les murs, un énorme coup de tonnerre secoue la maison. D'autres suivent, presque aussi proches. Dour s'allonge près de Myrdhinn, pose la tête au creux de son épaule, tend un bras en travers de sa poitrine et ferme les yeux. Que tu es fort, mon amour…

Une faible lueur chasse la nuit de la chambre. Dour se redresse et regarde la fenêtre. Le jour point. J'ai dormi ! Elle se tourne vers Myrdhinn. J'ai dormi nue contre toi. Nue… Les drwidhs ! Ils vont venir pour le bain. Il ne faut pas qu'ils me trouvent ici ! Elle se lève et refait le lit, cherchant toute trace qui pourrait la trahir, puis s'enveloppe dans sa zé, baise les lèvres de Myrdhinn et sort après un dernier regard et une dernière parole tendre.

— Je reviendrai, mon plus aimé, je reviendrai et je te sauverai !

Dehors, le ciel s'éclaircit, découpant le triangle de la Néméti. Au lieu d'aller à la maison royale, Dour monte sur les remparts et vient s'asseoir au-dessus de la maison d'Arcturus. Elle sourit. A la brise fraîche, aux premiers oiseaux, à la goutte de divin enclose en toute matière. Ses pensées reconnaissantes vont vers la Très Brillante qui lui a fait don de l'amour. Elle se sent incluse dans le mystère de la naissance du jour. Les paroles d'une chanson de Dournos lui reviennent.

Quand on a trouvé l'amour,
Il n'est rien de plus beau,
De plus éblouissant,
Quand on a trouvé l'amour,
Que de voir,
Que de voir sur les eaux
Du lac Noir,
Le jour naissant.

IX

LE CHEVEU SUR LA ZÉ

Au milieu de celles des guerriers, la maison royale fait une saillie de six coudées vers la cour. Mitoyenne, appuyée sur ce qu'on nomme le « mur ouest » de la maison royale, se dresse la demeure de Mordrouz, première d'une série de neuf pignons qui s'achève par celui d'Arcturus, au pied du rempart.

Kahés, portant une zé sombre qui lui cache le visage, sort dans la nuit noire. Elle reste immobile un moment pour habituer ses yeux à l'obscurité, puis commence à longer les pignons. Arrivée à mi-parcours, elle aperçoit une ombre qui sort de la maison d'Arcturus. La jeune femme rebrousse aussitôt chemin et s'enfonce dans l'encoignure formée par sa demeure et la maison royale. Une ombre épaisse, à la démarche irrégulière, passe en grommelant et disparaît au coin du mur ouest. Kahés le longe et se penche. Personne. Elle a dû entrer dans la maison royale. Que faisait-elle chez Arcturus ?

Inquiète, la jeune femme court jusqu'au bout de la rangée. La porte s'ouvre sans bruit et elle se faufile à l'intérieur. Comme elle va ouvrir la boîte à braises et allumer sa chandelle de suif, elle aperçoit un faible rai de clarté sous le rideau de Myrdhinn. Kahés retient son souffle. Voici un autre mystère. Qui est là ? Un drwidh peut-être, qui veille le malade. Mieux vaut partir. Et si c'était seulement une lumière laissée pour la nuit ? Ne regarde pas,

Kahés. Pars ! Si c'est un drwidh… A moins… A moins qu'il ne soit mort et qu'on ait laissé cette lumière à son âme. Elle avance doucement vers le rideau de la chambre pour écouter. Un bruit de voix. Ne reste pas ici un instant de plus ! Elle écarte le rideau juste assez pour coller un œil à l'ouverture et voir de longs cheveux lumineux sur un dos nu penché au-dessus du lit. Le lit où elle s'était cachée. Ce souvenir l'effraie. Elle relâche le tissu et sort de la maison.

L'air vif apaise sa peur. Elle s'arrête. Dour. Ces cheveux étaient les siens. Que faisait-elle ? Kahés réfléchit. C'est pour un rite de magie qu'on se met nu, à ce qu'on dit. Est-elle venue tenter de sauver Myrdhinn par un sortilège des Rotanes ? Quelque chose que les drwidhs réprouvent ? Oui, c'est probablement cela. Elle connaît un moyen de le guérir, mais ce moyen doit rester secret. Mais alors, l'autre, tout à l'heure… Etait-elle venue pour aider Dour ? Ou bien pour l'espionner ?

Kahés revient sur ses pas. Dour ne va pas rester longtemps auprès de Myrdhinn. Ce serait trop dangereux. Il suffit d'attendre son départ. Où serais-je le mieux placée pour surveiller la porte sans risquer d'être vue par elle, ni surprise par quelqu'un d'autre ? Kahés examine les maisons des guerriers, celles des drwidhs… Le rempart, juste au-dessus de la maison d'Arcturus ! Elle court à l'escalier, le monte et vient s'asseoir sur le chemin de ronde, appuyée au mur pour se confondre avec lui.

Kahés attend. Une bourrasque soudaine et violente la fait frissonner. Que fait Dour ? Et si elle était sortie pendant que je montais l'escalier ? Comment savoir ? La lumière ! Peut-être pourrais-je voir la fenêtre depuis le rempart ? Elle va au bout de la muraille qui s'arrête, sans aucune protection, à l'aplomb de la falaise.

Allongée sur le chemin de ronde, Kahés avance au-dessus du vide. Tête. Epaules. Poitrine. Le volet de Myrdhinn est ouvert. Elle tend le cou. Il n'y a aucune lumière.

Elle s'appuie sur le rebord pour reculer. La pierre cède. Son bras droit part dans le vide, l'entraîne en avant, et elle se retrouve en équilibre, tout près de basculer.

Du gouffre monte le grondement des vagues.

Doucement, Kahés tend le bras gauche en arrière et trouve, à force de tâtonnements, un coin de pierre où accrocher ses doigts. Inondée de sueur, elle parvient à pivoter jusqu'à ce que l'épaule gauche touche le rebord, amène lentement son bras dans le prolongement du corps et se retourne d'un coup pour se retrouver allongée sur le chemin de ronde.

La jeune femme, prise de tremblements, éclate en sanglots nerveux et reste là, incapable de bouger. Ce sont les gouttes glacées d'une averse qui la remettent debout. Elle part vers l'escalier, descend les premières marches. La pluie redouble. Kahés veut protéger les braises. La boîte à braises ! Elle fouille les poches de sa zé. Rien !

Ce nouveau coup, au lieu de l'abattre, lui rend son sang-froid. La boîte est certainement restée au bout du rempart. Kahés retourne la chercher puis s'arrête, cinglée par la grêle, aveuglée, n'osant avancer trop loin. Un éclair lointain illumine l'Aber. La boîte est là, juste au bord. Kahés avance à quatre pattes. Pourvu que je ne la fasse pas tomber ! Un nouvel éclair lui permet de la saisir. Le dirdu est froid. Kahés secoue la tête, désespérée. Le couvercle s'est ouvert...

Aussi soudainement qu'elle est venue, la pluie cesse. Le rideau noir du nuage s'ouvre sur le spectacle des étoiles. Kahés regarde le toit juste en dessous. Il est là ! Il est là, seul ! Je n'ai plus qu'à lui donner le medh. Mais il faut qu'il me voie !

Elle court sur le rempart, descend l'escalier quatre à quatre, glisse sur une marche, tombe, se tord la cheville et repart en boitillant jusqu'à sa maison. A peine le temps de prendre d'autres braises, elle est dehors, marchant le long des pignons. Sa cheville commence à devenir douloureuse mais Kahés n'en a cure, excitée à l'idée de faire boire le medh à Myrdhinn. Arrivée devant la maison d'Arcturus, elle entre sans bruit.

La première chose qu'elle voit, dans l'obscurité, c'est un faible rai de lumière sous le rideau. Impossible ! Elle approche, grimaçant de douleur, et tout doucement écarte le tissu qu'elle referme aussitôt. Un coup d'œil lui a suffi. Dour donnait le sein à Myrdhinn ! Abasourdie, Kahés recule et veut se retourner. A ce moment, un coup de tonnerre fait vibrer la maison. La Kernie sursaute. Sa cheville affaiblie plie à nouveau. Elle a du mal à retenir un cri de douleur. Une souffrance atroce lui arrache des larmes dès qu'elle pose le pied par terre. Se mordant les lèvres, elle gagne la chambre d'Arcturus, illuminée par l'orage, et se laisse tomber sur le lit. Le mieux est d'attendre ici le départ de Dour, en espérant que la douleur diminuera et que je pourrai marcher.

Peu à peu, le tonnerre faiblit et va mourir au loin. Kahés, frissonnant de froid, enlève sa zé mouillée qu'elle jette au bas du lit et se glisse sous les couvertures pour attendre. La douleur s'estompe un peu. Après trop d'émotions, la fatigue, sournoise, lui ferme les paupières…

Un bruit de voix la réveille. Il fait grand jour ! Les drwidhs ! A côté, Bréo donne des ordres pour le bain. Kahés, comme elle l'a déjà fait dans l'autre chambre, se cache dans la litière et rabat les couvertures sur elle. Il n'y a aucune raison qu'ils viennent dans la chambre d'Arcturus, pense-t-elle. Mais aussitôt une autre pensée la fait trembler : Que leur dirai-je s'ils me trouvent ici ? N'aurait-il pas mieux valu rester sur le lit et prétendre que j'ai trouvé refuge là parce que je m'étais blessée en passant devant la… Ma zé ! Elle est restée au pied du lit ! Du côté de la porte ! Si quelqu'un entre, il la verra. On fouillera la chambre !

Elle s'extirpe à grand-peine de sa cachette, tant sa cheville la fait souffrir, et ramasse la zé sombre. Quelque chose brille sur le tissu. Un long cheveu doré… Une seule femme au palais possède la chevelure d'où il provient. Mais comment est-il arrivé sur ma zé ? Ce n'est pas celle que je portais quand j'ai rencontré Dour, hier. Kahés réfléchit. Ce mystère n'a qu'une réponse : le cheveu était déjà sur le lit et s'est collé à ma zé… Mais… que ferait un cheveu de Dour sur le lit d'Arcturus ? Est-ce que ?…

Oubliant les drwidhs et son mal, Kahés examine sans succès la couverture du dessus, qui est claire et bariolée. Par contre, celle qui recouvre la litière, unie, est en laine d'ijen rouge brun. En son milieu, la jeune femme repère un autre cheveu identique au premier. Dour aurait dormi dans ce lit ? Elle inspecte les coussins qui servent d'oreillers, d'un côté, de l'autre, et sous l'un d'eux trouve un voile de soie bleu ardoise qu'elle reconnaît pour l'avoir vu souvent sur la chevelure de Dour. Il porte des taches qui ne laissent aucun doute sur leur origine. Kahés hoche la tête, incrédule. Arcturus et Dour…

— Ha ! Ça alors, jamais autant ! crie-t-elle en se laissant tomber sur les coussins.

Sa voix qui résonne dans la maison la pétrifie. Atterrée, elle attend l'irruption des drwidhs. Mais rien ne vient. Tout est silencieux. Son cœur bondit. Ils sont partis ! Boitant et grimaçant, elle va dans la pièce commune et finit par trouver les bouteilles de medh dans le coffre. L'une, vide, ne l'intéresse pas. C'est l'autre, encore cachetée, qu'elle inspecte, cherchant la croix qu'elle avait gravée dans la cire.

Aucune trace. Kahés, fébrilement, fouille la salle commune et la chambre d'Arcturus à la recherche de la troisième bouteille. En vain. Assise sur le lit, elle essuie des larmes qui ne sont pas de douleur mais de détresse et de dépit.

Un nouvel espoir la remet debout. Il reste la chambre de Myrdhinn.

Impressionnée, elle entre doucement et s'approche du malade qui dort paisiblement. Son visage est reposé. Sa bouche esquisse un demi-sourire céleste. Le cœur de Kahés fond d'amour. Elle se penche et lui baise les lèvres. Quand elle se redresse, elle s'aperçoit qu'il la regarde, qu'il la fixe même, d'un regard inexpressif, sans joie ni colère, dépourvu de curiosité. Il prononce des mots incompréhensibles, d'un ton calme d'abord, qui ne tarde pas à monter pour devenir violent. Son visage devient écarlate. Il tente de se redresser. La sueur qui perle à son front s'assèche en un instant. L'air tremble au-dessus de lui. Une lueur sanglante l'environne. Kahés, effrayée, recule et quitte la chambre.

Aussitôt, Myrdhinn se tait. La jeune femme s'assoit dans la pièce commune et attend, cœur battant de frayeur et d'espoir. Elle a vu la troisième bouteille juste avant de sortir. Au pied du lit, dans l'ombre du côté opposé à la fenêtre. Mais elle ne peut dire si elle était cachetée. Après un long moment, Kahés veut se lever pour aller risquer un regard dans la chambre. Dès qu'elle pose le pied par terre, une douleur pareille à une lame enfoncée dans sa chair la fait blêmir et lui donne la nausée. Qu'importe ! A quatre pattes, elle va jusqu'au rideau, se dresse sur les genoux et regarde. Myrdhinn semble dormir. Kahés rampe vers la bouteille. Elle est décachetée, mais le bouchon de bois est encore dessus. Peut-être est-elle toujours pleine ?

Elle est presque vide. Le désespoir abat la jeune Kernie. Allongée sur les dalles de la chambre, elle pleure doucement, le visage caché dans un bras, et ne voit pas les étincelles courant sur le corps de Myrdhinn qui se réunissent au-dessus de son ventre. Elle ne voit ni la lueur sanglante qu'elles ont formée monter à trois coudées au-dessus de lui, ni cette lueur devenir lumière et former une roue à trois rayons qui tourne lentement, se déplace et fond sur elle.

Kahés pousse un hurlement rauque. Une brûlure crépitante lui parcourt l'échine, de la nuque aux fesses, la pénètre brutalement, lui incendie les entrailles, dilate son cœur et, par l'embrasement du sang, se répand partout dans son corps. Kahés geint, se tord, les nerfs ardents, prise entre jouissance et souffrance. Peu à peu, le crépitement abandonne le haut de son corps et se concentre sur la cheville blessée, en une force fourmillante qui lui secoue les os, les écarte, les joint, les réchauffe, étire les muscles, déplace les tendons. Kahés voit les étincelles rouges parcourir son pied, se réunir au bout du gros orteil et disparaître. Terrorisée, elle s'enfuit en courant.

Dans la cour du palais, elle s'aperçoit qu'elle ne souffre plus. Elle s'aperçoit aussi que sa zé est restée dans la chambre d'Arcturus. Tant pis ! Je n'y retournerai jamais ! Mais une pensée lui vient aussitôt : le lit est défait ! Et le voile ! Je n'ai pas rangé le voile ! Kahés parvient à se faire violence et retourne dans la maison. Tandis qu'elle range la chambre, elle essaie d'imaginer Dour et Arcturus. C'est impossible !... Ou alors... Ses yeux s'agrandissent. Elle met la main devant sa bouche qui s'est ouverte d'étonnement. Ils ont bu le medh ensemble, la tante et le neveu ! Oui, c'est cela. Et naturellement, Dour a bu la première. Par la Néméti, qu'ai-je fait ?

Kahés jette un regard inquiet autour d'elle. Que le Douéda me pardonne !

Pour signifier aux Kernis qu'elle est encore la reine de Korn, Dour préside chaque midi le repas sous la coupole. Mais les Kernis désertent la grande salle. Seuls deux hommes peu loquaces l'accompagnent : Birvi, le guerrier aux yeux vifs que Morlude a chargé de remplacer Mordrouz, et Glanglaw, second de Talariante, contraints par leurs fonctions d'être présents. Même

Kahés, qu'elle a invitée pour oublier le mépris des Kernis, n'a pas la conversation légère qui est sienne d'habitude.

— Qu'avez-vous donc aujourd'hui, chère Kahés ? Je vous trouve soucieuse.

— Je pensais à vous et à votre neveu.

— Et c'est cela qui vous rend mélancolique ?

— Il est triste d'être séparé sans avoir pu se réconcilier.

Dour sourit.

— Ne vous tracassez plus ! Nos adieux furent très affectueux.

— Est-ce possible ? J'en suis ravie !

— J'ai fait le premier pas en allant chez lui. Bien sûr, il m'a reçue froidement, mais j'ai su plaider ma cause et nous avons renoué nos liens. Cela me comble de bonheur, car j'aime Arcturus et je souffrais de notre éloignement. Moins pourtant que je ne souffre aujourd'hui d'être séparée de lui. Je suis inquiète. J'ai peur pour sa vie, vous le savez.

— C'est fou ce qu'il a changé en peu de temps. C'est un homme, maintenant.

Le regard de Dour se perd dans le vague.

— Un homme, oui !

— Séduisant.

— Et séducteur !

A cet instant Bréo entre dans la coupole et s'adresse à la reine.

— Je viens vous donner des nouvelles de Myrdhinn. Ce matin, il avait les traits si reposés que je l'ai cru délivré des souffrances par la mort. Mais j'ai pu constater en prenant ses pouls qu'il allait mieux. Celui du cœur indique un regain de force, celui du foie est stable, celui de l'estomac est réapparu. Quant au cerveau, il est très nettement marqué par une reprise.

Dour maîtrise sa joie et garde une apparence presque indifférente.

— D'où vient cette amélioration ?

— Je l'attribue à une incantation nouvelle que Lar a essayée hier soir, en désespoir de cause, car elle n'avait encore jamais servi pour une maladie de ce genre.

— C'est une bonne nouvelle. Nous souhaitons tous qu'il guérisse.

Le drwidh reste auprès d'elle et semble ennuyé.

— Quoi d'autre, Bréo ?

— Quelqu'un est venu dans la chambre de Myrdhinn, cette nuit.

— Ah ? Comment le sais-tu ?

Bréo montre une petite lampe à huile en dirdu, à l'anse parcourue de fines courbures.

— Nous avons trouvé ceci à son chevet. La connaissez-vous ?

Dour flaire un piège.

— C'est ma lampe de chevet.

Glanglaw intervient :

— De quoi s'agit-il, Bréo ?

— Comme nous allions baigner Myrdhinn, une servante de la reine est venue nous dire que sa maîtresse avait passé la nuit chez Arcturus. Nous avons effectivement trouvé cette lampe que la servante a formellement reconnue et qui n'était pas dans la chambre hier soir, j'en suis certain.

Glanglaw se tourne vers Dour.

— Elle ment ! dit la reine.

— Comment expliquez-vous la présence de cette lampe ?

— Je ne l'explique pas !

— C'est ennuyeux…

Kahés, rougissante, intervient timidement :

— Si tu permets, ô drwidh, je peux apporter un témoignage.

— Parlez, Kahés !

— Cette nuit, l'orage m'empêchait de dormir et je suis allée dans la cour. Quelqu'un est sorti de la maison d'Arcturus. Cachée dans l'ombre, je l'ai vu passer devant moi et rentrer dans la maison royale.

— L'avez-vous reconnu ?

— Non. Mais je peux dire que cette personne était grosse et qu'elle boitait.

— C'est Bégarog ! dit Dour.

Glanglaw regarde Bréo.

— Comment s'appelle la servante qui t'a prévenu ?

— Bégarog. Elle correspond à ce que dit Kahés. Grosse, avec un pied bot qui la fait boiter.

Dour se redresse, furieuse.

— C'est elle qui a porté la lampe dans la chambre de Myrdhinn !

— Il y a autre chose, dit Bréo.

— Quoi donc ?

— Nous avons trouvé hier soir, près du lit de Myrdhinn, une bouteille décachetée qui contenait encore un peu de medh matré. Elle n'était pas là le matin.

— Je n'y vois aucun mystère, dit Dour. C'est sans doute Arcturus qui l'a apportée dans cette chambre. Je suis allée lui faire mes adieux la veille de son départ et il m'a offert du medh. Nous n'avons pas bu la bouteille entière.

Je sais ce que je voulais savoir, pense Kahés. Elle a bu la première gorgée.

Bréo continue :

— C'est probable… Arcturus aurait alors tenté de faire boire du medh à Myrdhinn, que celui-ci a refusé car il en avait sur le menton et sur le cou.

— Je ne sais pas ce que mon neveu a pu faire…

— Autre chose encore, dit Bréo. Ce matin, il y avait une boîte à braises sur la table de la salle commune. Cette boîte n'était pas là hier soir.

— As-tu cet objet avec toi ? demande Glanglaw.

— Le voici.

— Le reconnaissez-vous, Dour ?

La reine l'examine et fait la moue.

— Non.

— Elle appartient peut-être à Bégarog, dit Kahés.

— Sans doute, dit Glanglaw.

— Certainement, ajoute Dour.

Bréo continue :

— Une dernière chose. Ce midi, j'ai envoyé Luz bassiner le visage de Myrdhinn. Il a trouvé la bouteille renversée au pied du lit et le medh répandu sur le sol.

La reine ouvre d'abord des yeux ronds, puis plisse le front et réfléchit.

— Peut-être Myrdhinn l'a-t-il renversée lui-même en bougeant.

— Il avait bougé dans le lit, effectivement, et c'est d'ailleurs bon signe. Mais la bouteille était hors d'atteinte.

— Cette fois, ce n'est pas Bégarog ! dit Glanglaw.

Après le repas, à la demande de la reine, les deux amies vont se promener au bord de la falaise, emmitouflées dans leurs zés pour se protéger du froid. Elles marchent lentement, sans rien dire, jusqu'à ce que la brune rompe le silence.

— Il a neigé cette nuit. Regardez ! Le pied de la Néméti est tout blanc !

— Oui. Il s'en est passé des choses, cette nuit…

— Que voulez-vous dire ?

— Vous êtes venue dans la maison d'Arcturus.

Comme Kahés, rouge de confusion, va se récrier, Dour l'interrompt.

— Je vous en prie, dites-moi ce que vous avez vu. N'ayez aucune crainte. Vous êtes mon amie. Vous venez encore de le prouver en accusant Bégarog. C'était très bien joué.

— Mais je l'ai réellement vue !

— Elle sortait de la maison d'Arcturus ?

— Oui. C'est ce qui m'a poussée à…

— Aller voir.

Kahés baisse la tête et avoue dans un murmure :

— Oui…

— Et qu'avez-vous vu ?

— Il y avait un rai de lumière sous le rideau. J'ai regardé. Vous me tourniez le dos, nue, penchée sur Myrdhinn.

— Vous êtes sûre que c'était moi ?

— J'ai reconnu vos cheveux.

— Et qu'avez-vous pensé ?

— Que vous faisiez un rite magique des Rotanes, pour sauver Myrdhinn, et que vous ne vouliez pas que les drwidhs le sachent.

La reine sourit.

— C'était une bonne déduction. Et ensuite, qu'avez-vous fait ?

— Je suis rentrée me coucher.

Dour soupire.

— Ne mentez pas, Kahés. J'ai reconnu votre boîte à braises. Et cette bouteille de medh ne s'est pas renversée seule. Vous êtes revenue. Pourquoi ?

— Je ne pouvais pas dormir. Je pensais à vous et je finissais par croire que j'avais rêvé. Je suis ressortie, mais, dans le noir, je me suis tordu la cheville. C'était douloureux. J'ai quand même pu marcher jusqu'à la maison. La lumière était toujours là. J'ai regardé une nouvelle fois. Vous étiez de face cette fois. Vous lui donniez le sein.

— Et ensuite ?

— J'ai voulu rentrer chez moi. Juste au moment où je me

retournais, un coup de tonnerre a éclaté. La peur m'a fait sursauter. Je me suis encore tourné la cheville et, cette fois, je ne pouvais plus marcher.

La reine regarde les pieds de Kahés.

— Vous êtes déjà guérie ?

— Quand vous saurez comment !...

— Alors, qu'avez-vous fait ?

— Je me suis allongée sur le lit d'Arcturus et j'ai dormi. C'est le bruit fait par les drwidhs qui m'a réveillée. Jamais je n'ai eu aussi peur de ma vie ! Heureusement, aucun n'est entré. Quand ils sont partis, ma cheville allait un peu mieux. J'ai voulu aller voir Myrdhinn. Mal m'en a pris. J'arrivais au bord du lit. Une lumière rouge, sortie de son corps, a bondi sur moi. C'était horrible !... Comme... comme si on me violait.

Kahés éclate en sanglots. Dour lui passe un bras autour des épaules.

— Ça me fouillait par le dedans, à l'intérieur, partout ! Je brûlais ! Ma peau était couverte d'étincelles rouges. Tout d'un coup, elles sont allées dans ma cheville, pour la triturer. Quand elles sont sorties de moi, le mal avait disparu et je me suis enfuie.

— Eh bien ! Quelle expérience, ma pauvre amie !

— Comment est-ce possible ?

— Avez-vous jamais entendu parler du losca ?

— Oui, par Mordrouz qui voudrait bien le posséder. Il dit qu'on doit aller chez les Liwédis pour cela.

— Il dit vrai. Myrdhinn l'a reçu à Camoghère et ce que vous avez subi en est une manifestation. Cet homme doit vivre, Kahés. Il est trop précieux pour les Kernis. Il sait beaucoup de choses que nous ignorons et peut vaincre tous nos ennemis. Voilà pourquoi je suis allée là-bas cette nuit. Les médecines des drwidhs étaient vaines. Sans la magie des Rotanes et sans mon lait, il serait mort aujourd'hui.

— Vous n'avez pas été attaquée par le losca ?

— Par chance, Myrdhinn me confond avec une autre femme qu'il a aimée sur Erth. Il faut qu'il continue à le croire. Elle s'appelait Canawyr. Myrdhinn a failli mourir quand elle est morte. Je lui ressemble beaucoup, et c'est ce qui a causé sa folie présente.

— Comment savez-vous cela ?

— Arcturus me l'a dit.

— Qu'allons-nous faire, maintenant ? Les drwidhs vont surveiller Myrdhinn.

— Pourtant, je dois continuer à le nourrir.

— Comment ferez-vous ?

— Je connais quelqu'un qui pourra nous aider… Du moins, je l'espère !

X

BRUNE DE BRI

Appuyé au pavois du lestre, le fils du Nouada regarde au loin la verte vallée de Bri encastrée dans les monts pâles derrière lesquels Rotan se couche. Eclaboussé par les embruns, il écoute les chocs de l'étrave sur les vagues et le vent sifflant dans les filins.

Un vent qui n'a pas toujours été de leur côté pendant ces cinq jours de navigation.

Au début, ils avaient ramé facilement, portés par le courant de l'Aber, équipage et guerriers assis aux mêmes bancs de nage, chantant d'une même voix les chansons à ramer. Alors que le triangle noir de la Néméti se découpait sur le disque de Rotan, ils avaient eu tout loisir de contempler le haut de la grande coupole par-dessus le toit de la maison royale et les remparts du palais dominant les eaux éblouissantes.

Aidés par la marée, ils étaient allés ainsi, joyeusement, jusqu'au Kanol, mais à peine les étraves tournées vers l'ouest, ils avaient dû souquer pour lutter contre le vent qui s'engouffrait entre les montagnes. La flottille avait mouillé pour la nuit dans une baie profonde.

Bré Nawatouri avait été le jour le plus pénible. Le vent les avait contraints à mouiller pour ne pas perdre, à l'inversion des marées, le peu de chemin parcouru pendant la matinée. Karrec faisait grise mine et commençait à craindre qu'ils n'arrivent à

Dynlir après le passage de l'euzvène. En fin d'après-midi, le vent mollissant, les bateaux étaient repartis pour tenter de sortir du Kanol avant la nuit. Sans y parvenir. Des nuages aux reflets pourpres et mauves s'amassaient sur les eaux grises. Il avait fallu gagner le premier havre venu et subir dans cet abri précaire les assauts des bourrasques, de la grêle, des vagues, dans les lueurs blêmes des éclairs et le vacarme du tonnerre. Toute la nuit, l'orage avait tourné au-dessus des lestres, empêchant les hommes de dormir.

Au matin, le vent était tombé, laissant place à une poisse brumeuse. Les muscles étaient raides et les paupières lourdes au moment de reprendre les avirons pour nager, démoralisés, dans un silence morose, car, ne voyant plus les rives montagneuses, ils ne pouvaient mesurer ni leur progression ni leur vitesse. Ce n'est qu'après la dixième heure du jour, quand la brise de nordet s'était levée pour balayer les brumes, qu'ils avaient vu derrière eux le sommet rond du Méln et la pointe du Limstra marquant l'entrée du Kanol. Sur les bateaux, avirons levés à la verticale, on avait poussé les trois cris de joie du bon vent. La brise était légère, mais suffisante pour gonfler les voiles.

Ils avaient navigué de nuit dans la mer de Daoubenn, croisant des bancs immenses de viviou lumineuses suivis par des troupeaux de mirhi sauvages. Arcturus, toujours sur ses gardes, avait évité de sortir seul sur le pont, et, cette nuit-là comme les jours suivants, Kwir était toujours derrière lui. Mais jamais, pendant la navigation tranquille qui avait suivi, les deux garçons n'avaient senti peser sur eux la moindre menace.

C'est peut-être Dour qui exagérait les dangers, pense le fils du Nouada. A portée de voix navigue le lestre de Kadour. Le vieux guerrier se tient près des avirons de queue. Son regard haineux se plante dans celui d'Arcturus qui le soutient fièrement, sans peur, longtemps, puis, lassé, crache ostensiblement dans l'eau par mépris et se tourne vers Bri.

Le port est proche. La brise de nordet qui a forci pendant toute la journée les portera jusqu'au rivage avant la nuit. Dour avait raison. Kadour veut ma mort. Je l'ai lu dans ses yeux. Et Gwaz ? Me hait-il à ce point ? Je ne pense pas. Cet homme est juste et mesuré. Le garçon regarde à tribord, cherchant le lestre gouverné par l'oncle de Gwiniel. C'est celui de Morlude qu'il voit, tout près. Le roi, debout à l'étrave, détourne la tête, mais Arcturus a eu le temps de lire dans ses yeux une haine aussi féroce que celle de Kadour. Il fixait mon dos comme un lâche qu'il doit être. Le vieux guerrier, au moins, m'a défié en face. Oui. C'est de Morlude que viendra le danger. Plus que jamais il faudra que tu te méfies, à terre.

— Amenez la voile ! crie Karrec.

Le lestre continue sur son erre et vient en douceur s'échouer sur la plage.

Dans le dyn de Bri, les guerriers mangent autour du haut roi de Korn. C'est Froud, roi de la vro Vri, qui les reçoit, et c'est la première fois qu'Arcturus est en présence de Morlude aux dents de sable depuis la mort de Morganic. Gwaz est resté dans sa tente, mais Kadour est là, près de Mordrouz.

Le repas commence sur un ton léger, par une discussion entre Froud et Morlude à propos de la vro qui est une des plus riches de Korn ; et pendant toute cette conversation, aussi bien le haut roi que Kadour évitent de regarder le fils du Nouada. Jusqu'à ce que Meudec, arrivé en retard et que personne n'a eu le temps de prévenir, s'étonne de ne pas voir les fils de Kadour.

— Sans doute sont-ils restés à Kornok pour veiller sur Morganic ? ajoute-t-il.

Le silence qui s'ensuit devrait l'avertir, mais le retard de

Meudec était dû à un léger abus du fameux avalic de Bri. Aussi continue-t-il, croyant sans doute être agréable à Kadour.

— Il ne pourrait trouver meilleure protection que tes fils !

— Tais-toi donc, triple jao ! dit Froud.

Trop tard. Les yeux de Morlude ne sont plus que deux fentes. Talariante pose une main sur le bras du roi pour le retenir. Mais il ne peut empêcher Kadour de sauter à bas de son lit, l'épée à la main, hurlant de rage et de douleur.

— L'un d'entre nous a pris mes trois fils et par sa faute Maurghi n'a pas eu de pilier ! Mais sa vue ne m'insultera pas plus longtemps !

Alors qu'il se précipite sur Arcturus, il s'étale sur le sol, assommé par sa propre écuelle.

Mordrouz élève la voix et chacun l'écoute avec respect et crainte, car on sait qu'il n'a jamais menacé en vain.

— Je suis garant que rien ne sera tenté contre Arcturus par les armes, sachez-le tous ici, et je n'ai jamais été garant inutile ! Cette fois c'est l'écuelle de Kadour que j'ai lancée, parce que je n'avais rien d'autre sous la main. La prochaine fois ce sera mon javelot !... L'agresseur fût-il haut roi de Korn !

Et, disant cela, il fixe Morlude qui baisse les yeux. Talariante veut calmer le champion.

— Ne t'emporte pas, Mordrouz !

— Ne dis rien, drwidh ! Je suis au bord de la fureur ! Un mot peut m'envoyer de l'autre côté, ce que vous regretterez tous, par la Grande Reine !

Poussant un cri terrifiant, il soulève son lit de dirdu et le jette au sol où il éclate en morceaux dans un fracas épouvantable.

— Nous avions décidé que ce repas serait sans armes ! Comment Kadour a-t-il pu venir ici en votre compagnie sans que vous sachiez qu'il avait son épée ?

Talariante emploie le ton de l'apaisement pour lui répondre.

— Le savais-tu, toi qui mangeais près de lui ?

— Je suis venu avec Arcturus et j'étais sûr qu'il n'avait pas d'arme ! Quand nous sommes arrivés, Kadour était allongé sur son épée pour la cacher.

— Il est venu en portant une zé roulée pour s'en faire un coussin. Il a dû cacher son épée dedans. Mais nous ne le savions pas, par le Douéda !

Ce serment apaise Mordrouz.

— Puisque tu le jures par le Douéda, je suis satisfait et je considère que Kadour n'avait pas de complices. Quoi qu'il en soit, il a rompu notre pacte en apportant une arme. Il n'est donc pas bon qu'il reste ici.

— Qu'on l'emporte, dit Talariante, et qu'on l'empêche de sortir cette nuit !

Le champion vient près d'Arcturus.

— Pour parer à la folie du vieux guerrier, le fils du Nouada dormira dans ma tente cette nuit ! Et les autres s'il le faut !

Le repas reprend son cours, silencieux au départ, puis, l'insouciance kernie aidant, les conversations repartent, la plupart ayant trait à l'Enfant du Prodige. Beaucoup de regards se tournent vers ce guerrier imberbe qui a tué les fils de Kadour, et les plus admiratifs sont ceux des femmes, tout particulièrement celui de Morzèda, l'épouse de Froud, brune et potelée, qui verse le medh aux invités. Arrivée devant le fils du Nouada, elle se penche pour le servir, permettant au garçon d'apprécier, par l'échancrure de sa robe, les charmes de sa poitrine.

— C'est un joli pays que le vôtre ! dit Arcturus.

— Il te plaît ?

— Oh oui ! Je n'ai fait que l'apercevoir, mais je brûle de le connaître mieux.

— Et qu'as-tu aperçu de lui ?

— Deux monts orgueilleux séparés par une profonde vallée.

Morzèda rougit légèrement et sa main tremble un peu. Elle plonge ses yeux clairs et candides dans ceux du garçon et lui sourit.

— Le plus beau, tout en bas de la vallée, c'est la plage de Bri au coucher d'Armaur. Tu ne le regretteras pas !

Puis elle part servir le voisin d'Arcturus, sans se pencher autant…

Dans la tente de Mordrouz, Kwir s'inquiète.

— Pourquoi t'habilles-tu ? chuchote-t-il.

— J'ai un rendez-vous de femme, répond Arcturus de la même façon.

— C'est un piège !

— Nul ne peut se soustraire à ce genre de rendez-vous. J'irai avec Kanargann.

— Il faudra bien que tu la poses à un moment ou à un autre, car c'est une autre épée que la femme voudra dans son fourreau. Laisse-moi t'accompagner pour veiller sur toi.

— Pourquoi ? Je n'ai rien à craindre d'elle.

— Es-tu sûr que personne, à part cette femme et toi, ne connaît ce rendez-vous ?

Arcturus réfléchit. Ses voisins de lit ont pu entendre sa conversation avec Morzèda. Celui de droite était Karrec. Celui de gauche Skréo, un guerrier de Gwaz…

— Très bien. Prends une des Cinq Etoiles. Nous allons partir avant l'heure du rendez-vous et repérer les lieux. Puis nous attendrons cachés pour nous assurer qu'elle est seule.

Les deux garçons se glissent sans bruit hors de la tente, dans laquelle Mordrouz émet un ronflement semblable au bruit des rouleaux marins raclant le gravier puis s'étalant sur le sable lisse.

Le demi-Armaur, dans un ciel sans nuages, leur permet d'avancer parmi les tendeurs et les piquets. Comme ils passent près de la tente de Morlude, ils entendent chuchoter. Arcturus fait signe à Kwir et ils approchent en rampant, à l'opposé de la porte. C'est la voix de Talariante.

— … tient sa force de Rotan et d'Armaur. Rotan est encore faible et si nous agissons par un jour nuageux nous augmentons nos chances de succès. Nous pouvons aussi attendre le coucher d'Armaur, mais dans six jours il sera plein et brillera toute la nuit.

Morlude lui répond.

— Alors, espérons que le temps nous sera favorable !

— Allons dormir, dit Kadour. La route sera longue, demain.

— Oui, dit Gwaz. Allons dormir.

Les deux garçons attendent, immobiles dans l'ombre, que les hôtes de Morlude soient partis, puis ils gagnent la plage, bordée par des dunes basses couvertes de buissons à l'abri desquels ils observent l'arc de sable. Armaur, descendu vers les collines, révèle, à l'ouest, les carènes et les mâts des bateaux. A l'autre extrémité, ses rayons obliques font reluire les feuilles sèches sur le toit d'une hutte basse. Les garçons s'en approchent. Arcturus retient Kwir par l'épaule.

— Si la femme est déjà là, il n'est pas bon que tu viennes avec moi.

— Et si ce sont des guerriers qui t'attendent ?

— Je ne les décevrai pas !

Il court vers la hutte, Kanargann à la main. Le Liwédi s'aplatit dans les buissons, tremblant, cramponné au fût de l'Etoile.

— Kwir !

Arcturus, au-dessus de lui, éclate de rire.

— Tu ne te protégeras pas de cette façon ! Je t'ai retrouvé en écoutant tes dents claquer. Cesse de trembler ! Il n'y a personne ici.

Le fils du Nouada regarde la plage dont le sable, sous l'effet des rayons d'Armaur, émet une faible et mouvante lueur bleutée, passant par zones du clair au foncé, qui couvre aussi les coques des lestres échoués, montant le long des mâts pour s'échapper, à leurs pointes, en longues flammes évanescentes et languides. Et, au pied de ces bateaux de feu, à chaque fois que les langues phosphorescentes des vagues viennent lécher la lueur bleutée, des milliers de petites étincelles vert-de-gris s'envolent, avancent avec l'écume et meurent quand elle se retire.

Arcturus bat des mains.

— La femme avait raison ! Le plus beau est tout en bas de la vallée !

Il pousse un cri de joie et part faire des sauts et des cabrioles sur la plage, bientôt transformé lui aussi en homme de feu. Mais sa joie se change en douleur. En proie à des démangeaisons atroces, il revient sur la dune et se roule, gémissant, dans le sable sec, devant un Kwir paralysé, terrorisé par le supplice de son maître et le tapage qu'il fait. Arcturus bondit soudain, se précipite vers les vagues et plonge. Des fontaines d'étincelles jaillissent de lui quand il se relève et le feu se rallume sur sa peau. Il doit plonger trois fois pour éteindre la douleur et les flammes.

De retour près de Kwir, il s'allonge à côté de Kanargann qu'il avait plantée dans le sable. Un fou rire le secoue.

— Ce n'est pas une petite brûlure que celle du feu de Bri !

Le jeune Liwédi regarde autour d'eux.

— Je t'en prie, cesse de faire du bruit ! Le camp est tout près. Tes ennemis vont reconnaître ta voix.

— Armaur est au-dessus des monts. Ils n'attaqueront pas avant son coucher.

— C'est de toi qu'ils parlaient dans la tente de Morlude ?

— Qui d'autre que moi tire sa force de Rotan et d'Armaur ?

— Ainsi, Gwaz et Talariante…

— C'est plus clair. Je n'ai plus à me fier aux uns en me défiant des autres. Ils sont tous contre moi.

— Sauf Mordrouz !

— Pour ce qui concerne les armes.

— Que veux-tu dire ?

— Il n'est pas garant de ma vie mais seulement que rien ne sera tenté contre moi par les armes. C'est peut-être lui qui me poussera dans un précipice !

— Tu dis cela d'un ton léger…

— A moi d'être prudent sous les nuages, de jour comme de nuit.

Il rit doucement et se relève en faisant une roulade en arrière. La lueur bleutée décroît sur la plage. Le sommet des collines commence à manger Armaur. Arcturus regarde derrière eux.

— La femme va venir. Par où va-t-elle passer ?

— D'où viendra-t-elle ?

— Du dyn.

— Aura-t-elle besoin du secret ?

— Certainement.

— Alors, elle suivra l'ombre, comme nous l'avons fait. Mais il y a plusieurs chemins possibles. Que veux-tu faire ?

— Restons ici, cachés près de la hutte. Laissons-la venir et assurons-nous qu'elle est seule.

— La voilà !

Une ombre approche, bien en vue, marchant au milieu du chemin puis sur le haut de la plage. Une zé lui couvre la tête. Arcturus observe sa démarche et renifle son parfum.

— Ce n'est pas elle. Méfions-nous !

Elle entre dans la hutte au moment où Armaur disparaît, plongeant les dunes dans l'obscurité. Les deux garçons attendent, silencieux. Leurs yeux, peu à peu, parviennent à distinguer les choses. Un chuchotis les alerte.

— J'y vais, dit Arcturus.

Il part, laissant Kwir dans les tourments de l'inquiétude. Le Liwédi perçoit encore quelques murmures, quelques éclats de voix étouffés, puis le silence menaçant de la nuit s'épaissit autour de lui. Cœur battant, gorge serrée, il attend, le menton appuyé sur les genoux pour que ses dents ne le trahissent plus. Il attend, interminablement.

— Kwir !

Sursaut, cri de peur. Fébrilement, il cherche le javelot. Un rire féminin, tout près, le rassure à demi.

— Où es-tu ? Je viens de la part de ton maître, pour te tenir compagnie pendant qu'il joue avec ma maîtresse.

Kwir n'ose pas se relever. Une ombre glisse entre les buissons et vient s'asseoir près de lui.

— Pourquoi ne m'as-tu pas répondu ?

— J'avais peur…

— Peur de moi ?

— Peur de tout. Je ne suis pas un guerrier. Je suis un simple serviteur qui a voulu aider son maître sans savoir qu'il en serait incapable. Quel secours pourrais-je lui fournir en cas de combat ?

Il soupire.

— J'ai eu si peur quand tu m'as appelé que j'ai mouillé mes bragos…

Une main se glisse dans la sienne.

— Viens te laver.

La jeune fille l'aide à se relever et, tenant toujours sa main, le conduit jusqu'à la mer. Au bord de l'eau, elle le débarrasse de sa zé.

— Enlève ta chemise !

Tandis qu'il s'exécute, elle se dévêt, permettant à Kwir de deviner un gracieux corps de brune, presque gracile, puis elle lui reprend la main, l'entraîne parmi les vagues et le pousse dans l'eau.

— Enlève tes bragos maintenant, que je les lave !

— Mais ce n'est pas la peine !

— Allez, allez !

Il sent des doigts agiles dégrafer sa ceinture. Ses bragos sont tirés. Il est nu, près d'une fille nue, pour la première fois de sa vie. Mais ce n'est pas ainsi qu'il avait imaginé cette première fois, dans l'eau, près d'une inconnue qui frotte, trempe, essore et jette ses bragos sur le sable.

— A ton tour maintenant, dit-elle. Je vais te laver aussi.

Les doigts agiles se glissent entre ses jambes. La jeune fille éclate de rire.

— Elle est toute petite !

— C'est l'eau froide, répond Kwir, piteux.

Des lèvres fraîches effleurent les siennes.

— Je sais, espèce de nigaud ! Ce n'est pas grave ! Viens, je vais lui rendre sa taille !

Dans les dunes, près de la hutte, les deux jeunes gens attendent, enlacés, emmitouflés dans la même zé.

— Alors ? demande Kwir.

— Pour une première fois, ce n'était pas si mal… Je suis contente. Tu n'es pas comme les autres. Ils ont aussi peur que toi, mais ne l'avoueront jamais et prétendent avoir connu des femmes quand ils sont encore puceaux. Ce ne sont que des vantards !

Elle caresse la joue de Kwir.

— Et puis il y a quelque chose d'autre.

— Quoi donc ?

— C'est la première fois qu'un homme me tutoie !

— Oh, j'avais complètement oublié vos usages !

— Ne change rien. J'aime beaucoup cela. D'autant que je ne suis pas kernie mais domnie. Chez moi on tutoie les femmes aussi ! C'est tellement joli !

— Je ne sais même pas ton nom, dit-il.

— Il n'est pas bon que tu le saches. Tu pourrais parler de moi, et je ne suis pas censée te connaître.

— Je ne t'oublierai jamais.

— Moi non plus, je ne t'oublierai pas.

— J'aurais tant voulu te voir au jour.

— Moi, je t'ai vu, hier soir. Tu as un joli visage bleu.

Un appel vient de la hutte.

— Kwir ! Nous rentrons !

Le jeune Liwédi donne un dernier baiser à la servante de Morzèda.

— Pour moi, tu seras Brune de Bri.

Dans sa chemise, avec laquelle ils se sont essuyés en sortant de l'eau, il met ses bragos, prend ce baluchon d'une main et l'Etoile de l'autre. Brune de Bri lui met sa zé sur les épaules.

— Tu as presque l'allure d'un guerrier, dit-elle en riant.

— Adieu, Brune de Bri !

— Adieu, Kwir des Liwédis !

Il tend la main pour caresser la joue de la jeune fille. Elle est mouillée.

— Tu pleures ?

— Dépêche-toi ! Ton maître t'attend !

Elle tourne le dos et part sur la plage.

Kwir, après quelques instants d'hésitation, se décide à rejoindre Arcturus près de la hutte.

— Alors, dit le fils du Nouada, la nuit a-t-elle été bonne pour le fils de Gwér ?

— Elle l'a été. J'ai appris trois choses. Il peut être bon

d'avouer sa faiblesse. Rien n'est plus doux que le jeu d'amour. Rien n'est plus rude que l'amour.

Arcturus pose une main sur l'épaule de son serviteur.

— Es-tu amoureux ?

— Quitter cette fille, c'est comme un renoncement.

— Alors, tu es amoureux !

— Et pour toi, est-ce la même chose ?

— Non ! Je quitte la femme sans regrets. J'ai appris trois choses, moi aussi : j'ai bien fait de venir, j'ai bien fait de rester, j'ai bien fait de partir !

Il éclate de rire en donnant une claque sur le dos de Kwir.

— Et autre chose encore : il y a plusieurs fourreaux pour une épée !

— Cesse de rire et de crier, je t'en prie ! Nous sommes trop près du camp !

Arcturus redevient sérieux.

— Bien ! Où serons-nous le plus en sécurité pour dormir ?

— Je ne comprends pas ta question. Chez Mordrouz, il me semble.

— Comment irons-nous jusqu'à sa tente ?

— Mais par le chemin !

— Bon. Maintenant, imagine que tu es un de mes ennemis. Tu as entendu ma voix sur la plage. Que ferais-tu ?

— Je viendrais t'attaquer, car, dans le noir, nul ne pourrait dire qui t'a tué, et j'échapperais ainsi à la vengeance du champion.

— Oui. Mais tu ne sais pas exactement où je suis, et le noir, qui semble t'avantager, rend ton attaque très risquée en terrain inconnu.

— Alors, je te tendrais un piège sur le chemin du retour.

— Voilà qui est mieux. Maintenant, suppose que tu apprennes tout d'un coup à quel endroit je me trouve.

— Je maintiendrais le piège et j'enverrais quelques guerriers en reconnaissance.

— Alors, ils ne tarderont pas. Mais il y a autre chose, que tu as oublié.

— Quoi ?

— Pourquoi ne pas te servir d'un appât pour m'attirer dans le piège ?

— Un appât ? Quel appât ?

— Tout simplement celle qui t'aura dit où je me trouve. Une jeune fille qui rentrait chez elle, par exemple.

A ce moment, un cri retentit dans la nuit.

Kwir est debout, le javelot à la main.

— Brune de Bri !

Arcturus le prend par le bras et l'entraîne au milieu des buissons jusqu'à l'entrée d'un chemin creux bordé par des murets de pierre et couvert de feuillages épais. Ils s'enfoncent dans l'obscurité complète, sur une douzaine de pas, puis Arcturus approche l'oreille de Kwir de sa bouche pour lui parler tout bas, en erthien.

— *La femme vient par ce chemin secret. Il conduit au dyn, de l'autre côté du camp. Allez dire à Mordrouz que je suis attaqué. Ensuite, menez-le sur le chemin de la plage et marchez à vingt pas devant lui en appelant la fille.*

Le jeune Liwédi s'accroche à son maître.

— *Je ne pourrai pas vous obéir. J'ai peur.*

— *Pensez à la fille ! Vous pouvez la sauver !*

Un nouveau cri leur parvient. Kwir serre les poings.

— *Je le ferai !*

— *Bon ! Donnez-moi le javelot et faites au plus vite.*

— *J'irai sans arme ?*

— *Elle me sera plus utile !*

Kwir donne l'Etoile et s'enfonce dans le noir, pour la plus affreuse et la plus terrifiante des courses.

Arcturus, quant à lui, s'installe confortablement dans l'ombre, à l'entrée du chemin, et attend.

— Faisons-la crier encore !
— Non ! Il a déjà entendu. Il ne mordra pas, c'est tout.
— Laisse-moi y aller.
— Seul, c'est trop risqué !
— Qui veut m'accompagner ?
Cinq ombres s'approchent.
— C'est trop. Nous ne serons plus assez nombreux ici. Partez à trois et soyez sur vos gardes !
Les guerriers s'évanouissent dans la nuit. Ceux qui restent s'organisent. Deux pour garder la fille et quatre pour surveiller les alentours. Le temps passe lentement. Les hommes s'impatientent. Tout est silencieux du côté de la plage.
— Ils n'ont rien trouvé.
— Alors, c'est qu'elle a menti.
— Elle a parlé trop facilement ! Je te l'avais dit !
Ils se tournent vers Brune de Bri.
— Cette fois, nous serons moins tendres !
L'un lui tire les cheveux, l'autre enfonce ses doigts dans la chair du bras.
— Où est Arcturus ?
Elle pousse un cri de douleur.
Une voix répond à ce cri. Elle vient du chemin qui mène au camp. La voix appelle encore, plus proche.
— Brune de Bri !
Un guerrier part et revient très vite.
— C'est le Liwédi !
— Il faut le prendre ! Lui, Arcturus viendra le chercher !
Deux des guetteurs se précipitent. Kwir les entend et s'enfuit.
— Ce sont eux ! crie-t-il.

— Qui va là ? rugit Mordrouz.

C'est le sauve-qui-peut. Les guerriers s'égaillent dans les dunes et disparaissent en un instant.

— Où es-tu, Brune de Bri ?

Elle se relève et vient vers Kwir.

— Ici !

Les deux jeunes gens tombent dans les bras l'un de l'autre. Mordrouz les rejoint.

— Qui sont ces hommes ?

— Je ne les connais pas. Ils ne sont pas de Bri.

— Que voulaient-ils ?

— C'est incompréhensible. Ils me faisaient crier pour attirer Arcturus. Je ne sais pas pourquoi il serait venu. Je ne le connais pas.

— C'est bizarre, en effet. Mais, dites-moi, vous connaissez bien Kwir, à ce que je vois. Pourquoi ne connaîtriez-vous pas Arcturus aussi ?

Elle baisse la tête. Kwir doit improviser.

— Nous nous sommes vus hier soir, et j'avais rendez-vous avec elle. Mon maître m'a accompagné pour me protéger.

— Ah oui ? Eh bien, tu as de la chance d'avoir un maître aussi attentionné, mon garçon !

— En fait, il voulait surtout voir la plage en feu au coucher d'Armaur.

— Qu'est-ce que c'est que cette histoire ?

— Il dit la vérité !

En deux bonds Arcturus est auprès d'eux.

— Ah, te voilà enfin, dit Mordrouz. Tu vas pouvoir m'expliquer ce qui s'est passé.

— C'est simple. Hier soir, Morzèda m'a vanté la beauté de la plage au coucher d'Armaur. J'étais près de Karrec. Il a certainement entendu et pourra confirmer mes dires. Voilà pourquoi j'ai accompagné Kwir à son rendez-vous de femme. Morzèda n'avait pas menti. Le spectacle de la plage en feu est un des plus beaux et des plus étranges de Bré. Après, nous sommes restés sur la dune à plaisanter. Les hommes que tu as mis en fuite ont dû nous entendre. Ils ont pris la fille qui venait de quitter Kwir, en pensant probablement qu'elle avait rendez-vous avec moi et que ses cris m'attireraient dans leur piège. Mais j'ai préféré envoyer mon serviteur te prévenir. Il a bravé les dangers pour cela et je lui suis reconnaissant d'avoir réussi. Comme je te suis reconnaissant d'être intervenu pour mettre ces ennemis en fuite.

— Qui étaient-ils ?

— Comment savoir ?

Pendant que les guerriers s'expliquent, Kwir et Brune de Bri s'étreignent.

— J'ai fait cela pour mon maître, mais aussi pour toi. Et, sans la pensée que tu avais besoin de mon aide, je ne sais pas si j'aurais eu le courage d'aller jusqu'au bout du chemin creux.

— Il est dommage que tu partes demain.

— Je reviendrai quand l'euzvène aura brûlé.

— Je t'attendrai, Kwir, et nous irons voir le feu sur la plage.

— Raccompagnons cette demoiselle jusqu'au dyn, dit Mordrouz, puis allons nous coucher. Il reste encore au moins quatre heures de nuit.

Plus tard, dans la tente, alors que retentissent les ronflements formidables du champion, Kwir chuchote :

— Qui étaient ces hommes qui ont maltraité Brune de Bri ?

— Nous le saurons demain !

— Et comment le saurons-nous ?

— Tu verras !

— Elle en a mordu un à la main. Et fort ! Sa bouche avait encore le goût du sang quand je l'ai embrassée.

XI

DYNLIR

LE LENDEMAIN, sitôt levé, Arcturus sort de la tente et observe le ciel dégagé par le vent de nordet qui ne faiblit pas. Le garçon sourit à Rotan.

— *Je te salue,*
mère aux boucles rouges,
aux boucles de sang,
roue géante reparue,
source de force,
bouclier rougi dans ta propre forge,
ruine de mes ennemis !

Autour de lui le camp se réveille. Kwir le rejoint.

— Il fait beau. Tu n'as rien à craindre aujourd'hui.

— Restons méfiants.

Déjà, on prépare les tables pour le déjeuner. Chaque troupe le prend avec son chef. Arcturus va trouver Mordrouz.

— Vais-je voyager avec Karrec ou avec toi ?

— Tu fais partie de la troupe de Karrec, mon garçon. Il considère ta présence comme un honneur. La lui refuser maintenant serait pris comme une injure. Ce serait aussi de ta part un aveu de faiblesse et un signe de couardise.

Arcturus et Kwir s'en vont rejoindre la table de Karrec. Le roi de la vro Belle fait une place à son invité.

— Alors, garçon, as-tu passé une bonne nuit ?

— Excellente !

— Que penses-tu de la plage de Bri, tout en bas de la vallée ?

— Morzèda disait vrai. C'est le plus beau !

— La plage de feu, hein !

— De feu, oui ! Et pas facile à éteindre !

Karrec éclate de rire.

— Tu me plais ! Quand nous aurons brûlé l'euzvène, pourquoi ne resterais-tu pas avec moi dans ma vro ? Rien ne t'appelle à Kornok, maintenant...

— Je dois retourner là-bas chercher Dour et Regard d'Espérance, la compagne de Myrdhinn. Ensuite, pourquoi pas ?

Le déjeuner s'achève dans la bonne humeur. De toutes les tables montent des chansons, sauf de celle de Kadour. Puis les tentes sont démontées et, quand elles sont chargées dans les chariots, la troupe de Kadour plie encore les siennes.

— Qu'arrive-t-il à tes hommes ? crie Morlude. Vous êtes toujours les premiers, d'habitude.

— Il me manque trois guerriers, ce matin.

— Où sont-ils ?

— Je ne sais pas.

Mordrouz cherche Arcturus et le voit, assis dans l'herbe, fourbissant les pointes des Cinq Etoiles. Le champion s'approche.

— Alors, garçon, tu as sali tes javelots, cette nuit ?

— Oh, non ! Ils sont propres ! Mais j'aime bien les faire briller chaque matin. Une façon de leur prouver mon attachement.

— Et ton épée ?

— Je la ferai briller aussi, tout à l'heure.

— Sa lame n'est pas tachée ?

— Tachée ? Par quoi ?

— Puis-je la voir ?

Arcturus fixe le champion ; un début de colère tremble dans ses yeux verts.

— La voir seulement ! Kanargann est mienne et j'ai juré devant le cadavre de Maurvong que je tuerai tous ceux qui voudraient la toucher !

Mordrouz lève les mains en signe d'apaisement.

— Très bien ! Je me contenterai de la regarder !

Arcturus dégaine Kanargann et fait miroiter sa lame droite en dirdu incrusté d'or et d'argent. Le champion l'examine attentivement.

— Et tu veux la fourbir encore ce matin ? Je n'ai jamais rien vu d'aussi propre !

— Ce sont des caresses ! Une épée a besoin de caresses pour donner le meilleur d'elle-même ! N'est-ce pas, Kwir ? C'est ce que Brune de Bri t'a enseigné cette nuit, non ?

Le Liwédi rougit et pique du nez.

— A ce propos, dit Mordrouz, n'avez-vous pas rencontré quelqu'un d'autre que cette jeune fille, sur la plage ?

— Sur la plage, non, répond Arcturus. Ailleurs, je ne dis pas !

— Ailleurs ? Où ?

— A l'entrée d'un chemin creux.

— Quel chemin creux ?

— Celui par lequel Kwir est parti te prévenir. Et moi, pendant ce temps, je me suis installé à l'entrée du chemin pour protéger mon serviteur. Je ne voulais pas qu'on l'empêche d'arriver jusqu'à toi.

— Mais pourquoi n'es-tu pas venu avec lui ?

— Parce que tu étais notre seul espoir de mettre ces hommes en fuite et de délivrer Brune de Bri ! Serais-tu allé à son secours si tu m'avais vu dans ta tente ?

— Ouais... Et qui as-tu rencontré, à l'entrée du chemin ?

— Trois hommes... A vrai dire, ce sont plutôt les trois hommes qui m'ont rencontré. Ce fut une surprise pour eux !

— Que leur as-tu fait, petit Hurlink ?

— Pourquoi ne pas aller le leur demander ? Ils doivent toujours être à l'entrée du chemin. Tu la trouveras facilement, au jour. Elle est à une douzaine de pas derrière la hutte… Des pas de Camoghère ! ajoute-t-il en riant, pendant que Mordrouz part vers la plage.

Karrec a entendu la conversation.

— Que leur as-tu fait ?

— Honte, j'espère !

Le retour des trois guerriers, traînés par Mordrouz, nus, ligotés ensemble au moyen de lanières découpées dans leurs zés, bâillonnés, maculés de terre, souillés par leurs excréments mutuels, cheveux coupés par touffes, provoque un certain émoi parmi les Kernis. Les moqueries ne tardent pas, accablant davantage les trois hommes, rouges de honte.

— Alors, Kalz, on préfère dormir à la belle étoile ?

— Hé, Mui ! Tu pouvais déjeuner avec nous ! Pas la peine d'aller chercher des racines dans les bois !

— Inutile, Bern ! Cette nouvelle coiffure ne te rendra pas plus beau !

Mais le pire est à venir pour eux. Mordrouz, au milieu de la troupe de Kadour, contient mal sa colère. Il jette par terre trois épées tordues, tire la sienne et tranche les lanières. Puis il attrape Bern et Mui par le cou, les soulève et, sans prêter attention à leurs râles, interroge Kalz, ou plutôt lui hurle au visage :

— Que vouliez-vous faire au fils du Nouada ?

Pétrifié, terrorisé, engourdi, Kalz ne peut même pas ouvrir la bouche pour répondre. Dans sa rage, le champion secoue Bern et Mui, leur disloque les vertèbres, leur broie le cou et les envoie morts au pied de leur chef. Puis il bondit sur Kalz pour l'étrangler aussi. Kadour se précipite et lui saisit le bras pour l'arrêter. Il reçoit un coup de poing au visage qui l'envoie s'affaler à plusieurs pas de là. Un guerrier, l'épée au poing, se précipite pour venger son chef. Mordrouz dégaine, pare le coup et fait voler la tête de son adversaire. Puis, laissant Kalz, bouche grande ouverte, se débattre sur l'herbe comme un poisson sorti de l'eau, le champion brandit sa lame et s'adresse aux hommes de Kadour.

— Si vous levez encore vos armes contre le fils du Nouada, c'est la tête de votre chef que je couperai. Immédiatement, soyez-en sûrs !

Cette menace est prise au sérieux car, pendant la journée qui suit, alors qu'ils avancent et tournent au pied de vertes collines couvertes de vergers, seul Karrec ose approcher Arcturus, pour parler de Kornok, du palais, et surtout de Dour qui semble l'intéresser beaucoup. De temps en temps, Talariante, en hochant la tête, lance au garçon un regard sévère auquel il répond par un sourire innocent. Il peut même dormir la nuit dans sa propre tente, établissant tout de même un tour de veille avec son serviteur, bercé par la toux gargouilleuse de Kalz et les gémissements de Kadour.

Le lendemain matin, au réveil, le vent est tombé. Des nuages hauts, effilochés, arrivent doucement par l'ouest. Arcturus les observe pendant la matinée, redoutant qu'ils ne s'épaississent. A midi, quand la petite armée s'arrête près d'un lac pour manger, Rotan se voile mais reste visible.

Alors qu'ils en sont à la fin du repas, un chariot léger traîné par deux mirhi paraît sur la route, venant vers eux. Karrec se lève.

— C'est un attelage de chez moi.

Effectivement, le cocher ralentit, se dirige vers les tables et s'arrête devant celle de la vro Belle. Un guerrier saute à terre et vient trouver Karrec.

— Vous êtes déjà là ! C'est inespéré !

— Quelles nouvelles, Duonte ?

— Mauvaises ! L'euzvène a brusquement accéléré. Il parcourt maintenant plus d'une lieue et demie par jour !

— Depuis combien de temps ?

— Depuis le premier jour du mois.

— Quand arrivera-t-il à Dynlir ?

— Il en est à peu près à cinq lieues.

— Dans trois jours il y sera !

Les Kernis se sont tus pour écouter. Talariante s'est approché.

— Combien de temps nous faudra-t-il pour rejoindre Dynlir ?

Karrec se tourne vers Duonte.

— Trois jours en marchant vite, dit celui-ci. Vous ne mettrez pas moins.

Il regarde les chariots lourdement chargés.

— Et vous devrez n'emporter que le nécessaire !

— Mais *c'est* le nécessaire ! s'écrie Talariante.

— Que faire ? demande Morlude. Y a-t-il un autre endroit aussi propice que Dynlir, plus loin ?

— Il y en a, répond Karrec, mais plus loin et plus difficile d'accès. Pour le coup, l'euzvène y arrivera le premier.

Le fils du Nouada regarde les Kernis se désespérer.

— C'est pourtant simple ! dit-il.

Morlude le regarde comme s'il venait de voir une immondice.

— Que nous importent les élucubrations de ta brillante intelligence !

Arcturus le regarde avec le même mépris.

— Mon intelligence me suggère de te dire ceci : débrouille-toi sans moi ! Laisse l'euzvène détruire tous les gwidiles, et les Kernis sauront enfin ce que tu es.

— Et que suis-je ?

— Un mauvais roi, si tu méprises les avis de tes guerriers !

Kwir est atterré. Morlude met la main à l'épée, mais Mordrouz vient près du garçon.

— Je suis son garant, même contre un haut roi ! Et j'ajoute que cette fois, il a raison contre toi !

— C'est vrai, dit Karrec. Tu dois écouter son avis !

Gwaz, à la grande surprise de Kwir, élève aussi la voix.

— Tu dois laisser parler ce garçon que tu as toi-même reçu parmi les guerriers !

Le roi, blême, se tourne vers Talariante, cherchant un soutien.

— Tu ne peux refuser l'avis d'un guerrier, dit le drwidh, ni préjuger la qualité d'un avis sans l'avoir entendu.

Morlude pousse un soupir exaspéré.

— Alors parle ! Nous t'écoutons !

Le garçon explique son idée, sur un ton calme, comme si rien ne s'était passé.

— Le plus important est d'obstruer la Pénorine pour empêcher l'euzvène de passer. Si les chaudrons et l'huile arrivent après, ce n'est pas grave. Vidons trois chariots et répartissons leurs charges sur tous les autres. Quatre hommes iront sur chaque chariot, guidés par Duonte qui prendra deux hommes avec lui, et ils devront se rendre à Dynlir le plus vite possible, pour établir un premier barrage avant l'arrivée de l'euzvène.

Les hommes se regardent.

— L'idée est bonne, dit Karrec.

— Et qui partira devant, d'après toi ? demande Morlude.

— La présence de Talariante est nécessaire pour obtenir les faveurs de Lér. Celle de Karrec aussi, pour que les guerriers de la vro Belle qui sont déjà sur place viennent à notre aide.

— Qui d'autre ?

— Mordrouz doit venir également.

— Il ne peut en être question ! Le champion reste avec le roi !

— Rien ne doit arrêter ou retarder ceux qui partiront devant ! Ils ne peuvent se passer de sa force !

— Le garçon a raison, dit Talariante. Mordrouz doit venir.

Arcturus continue :

— Que Talariante, Karrec et Mordrouz prennent chacun trois hommes et un chariot. Kwir et moi nous irons avec Duonte, car je ne resterai certainement pas ici sans Mordrouz !

— Je n'aime pas cette dernière idée, dit Morlude. En quel honneur partirais-tu ?

— Elle est bonne, au contraire, dit Talariante. L'absence d'Arcturus permettra aux hommes de Kadour d'arriver vivants à Dynlir. Et cela est bon, car nous aurons besoin d'eux là-bas !

Ces paroles résonnent désagréablement aux oreilles de Kwir. Il regarde son maître qui ne semble pas avoir perçu la menace et prépare déjà ses affaires. Les trois chariots sont déchargés. Les chefs choisissent leurs hommes. Avant que le Liwédi comprenne ce qui lui arrive, il se retrouve sur un banc, derrière Duonte, et les roues soulèvent la poussière du chemin.

En milieu d'après-midi, près d'un petit lac, ils font une brève halte pour permettre aux mirhi de nager. Karrec en profite pour féliciter Arcturus.

— Grâce à toi, nous avons une bonne chance de brûler l'euzvène. Tu n'as pas encore de barbe et tu donnes des avis d'homme expérimenté. L'enfance traîne encore sur ton visage et tu as déjà vaincu des hommes redoutés. Il est difficile de te considérer comme un guerrier quand on te regarde. C'est sans doute pour cela que le roi refusait ton avis.

— Il le refusait parce qu'il me hait, et voulait que je reste pour me tuer à son aise en l'absence de Mordrouz.

— Te tuer ?

Kwir observe le roi de la vro Belle. Il a l'air sincèrement surpris. Arcturus continue :

— Regarde le ciel. Il se couvre lentement de nuages. Demain, ils cacheront Rotan et Armaur. Celui qui tire sa force de leurs rayons s'affaiblira. Morlude voulait en profiter…

— Il a raison ! dit Karrec. Nous en viendrons à bout plus facilement !

Kwir est pétrifié. Arcturus, impassible, joue avec un brin d'herbe.

— Oui, dit-il, peut-être. Mais rien n'est certain !

— C'est vrai ! Même affaibli, nous aurons du mal.

— Sûr !

— J'espère que notre stratagème en viendra à bout !

— Je me le demande…

— Au départ de Kornok, j'étais confiant, et maintenant je suis comme toi. Plus approche le jour où nous devrons l'affronter, plus je doute de nos chances. C'est que je l'ai déjà vu à l'œuvre.

— Que faisait-il ?

— Deux énormes rochers laissaient un passage trop étroit pour lui dans la Pénorine. Il ne lui a fallu que deux heures pour les écarter !

— Nous devrons en tenir compte pour notre barrage.

— Oui. Les blocs devront se toucher.

Karrec regarde le fantôme de Rotan à travers le suaire des nuages élevés.

— Il est temps de repartir ! Attelez les mirhi, garçons !

Dès qu'il s'est éloigné, Kwir pousse un soupir de soulagement.

— Me voici rassuré. Ce n'est pas de toi que les autres parlaient dans la tente.

— Karrec parlait de l'euzvène. Les autres…

La route s'élève de plus en plus. Autour d'eux, les vergers ont fait place à l'herbe drue, d'un vert bleu, couvrant collines et vallons où des troupeaux d'animaux coniques laissent derrière leurs traînes laineuses de larges traces claires.

— Sans ces animaux, je pourrais me croire dans les collines d'Askol, dit Kwir.

— Ce sont des touzes. Leur laine vaut celle des ijens, à ce qu'on dit.

— J'en doute !

— Trouves-tu le tissu de ma zé moins beau que celui de la tienne ?

— Il est plus mou !

— Moins rêche, tu veux dire !

— Pfff !

La nuit descend et les quatre chariots avancent toujours. Bien que la pente augmente, la route est bonne et sans danger. C'est en fait une piste dans la prairie, sans ornières ni fossés, indiquant le chemin le plus court et le plus facile parmi les ondulations qui ont succédé aux collines. A la nuit tombée, le voile des nuages diffuse les rayons d'Armaur et permet d'avancer sans risque dans une mer de rosée argentée. Après une heure de marche nocturne, les mirhi commencent à donner des signes de fatigue.

— Pourquoi n'arrêtons-nous pas ? demande Kwir, apitoyé autant par les bêtes que par son ventre affamé.

— Il n'y a pas d'eau pour les mirhi, répond Duonte. Ne t'inquiète pas, nous ne tarderons pas à en trouver.

Le jeune Liwédi prend son mal en patience. Près de lui, Arcturus paraît endormi, allongé sur son banc. Il a soulevé la capote de façon que la lumière d'Armaur lui baigne la tête, et ses deux mèches blanches luisent dans sa chevelure sombre. Quel guerrier ! se dit Kwir. S'il avait le losca, qui pourrait le vaincre ?... Il pense à Regard d'Espérance... et cette pensée le fait rougir.

— Pourquoi me regardes-tu comme cela ? demande Arcturus.

— Je me demandais comment tu as vaincu les guerriers de Kadour.

— J'ai inventé une arme nouvelle : la pierre dans la zé.

— Je ne comprends pas.

— L'obscurité dans le chemin était complète.

— Oh oui ! Je n'ai jamais eu si peur !

— Ceux qui arrivaient ne me voyaient pas, mais moi je voyais leur silhouette devant les étoiles. J'ai mis dans ma zé une pierre du muret que j'ai fait tournoyer.

— Comme une fronde !

— Oui… Sauf que là, je n'ai pas lancé la pierre. Des crânes l'ont arrêtée avant. Leur solidité m'a surpris, d'ailleurs. Les hommes de Kadour ont la tête aussi dure que lui, ce qui n'est pas peu dire !

— Chut ! Ecoutez ! dit Duonte.

Un bruit leur parvient. Un bruit d'eau courant sur les roches. Le Kerni est heureux.

— La Diabelle, enfin !

Les chariots font halte devant un gué. On conduit les mirhi jusqu'à une large retenue aménagée en contrebas. Les quinze hommes s'assoient autour d'un maigre feu, et, pendant qu'ils mangent un repas froid, Talariante pose la question que tout le monde attendait :

— Sommes-nous encore loin de Dynlir ?

Karrec interroge Duonte du regard.

— Nous y serons demain dans l'après-midi, répond le guerrier. Mais il faudra partir à l'aube, car le terrain sera plus difficile. Nous quitterons la route de Pelle pour suivre le cours de la Diabelle. Elle prend sa source à Dynlir.

Mordrouz est étonné.

— Si près de la Pénorine ?

— Nous pensons que c'est une résurgence, dit Talariante.

— Et où va-t-elle ? demande Arcturus.

Cette fois, Karrec répond lui-même.

— Droit à la mer de Daoubenn, par un cours qui ne doit guère dépasser une dizaine de lieues.

— Nous sommes si près que cela de la mer ?

— Oui. Nous suivons depuis notre départ de Bri une route vers l'ouest parallèle à la côte.

— Pourquoi n'avons-nous pas longé la Diabelle depuis son embouchure ? Nous aurions gagné du temps !

— Malheureusement, elle s'engouffre juste après la retenue des mirhi dans une faille impraticable et se jette dans la mer entre des falaises qui n'offrent aucun mouillage. La route la plus rapide est celle que nous avons prise.

Talariante se lève.

— Il est temps d'aller prendre des forces ! Sommes-nous en paix ?

Les guerriers se regardent.

— Nous sommes en paix !

— Allons dormir, alors, et que les dieux nous protègent !

Les hommes vont se coucher, les uns dans les chariots, les autres dessous, et aucun d'entre eux n'a besoin de berceuse.

— Allez, paresseux, il est temps de te lever !

Arcturus ouvre les yeux.

— As-tu aussi bien dormi que moi ? demande Kwir.

— Beurk ! Une nuit entière de sommeil, sans bagarre, sans tour de veille et sans rendez-vous de femme ! C'est fade !

Le Liwédi pense à Brune de Bri.

— C'est vrai. J'ai préféré la nuit dernière ! Mais je me serais contenté du rendez-vous !

Il fait noir. Kwir a ranimé le feu. Les hommes ébouriffés viennent s'asseoir autour en bâillant. Ils déjeunent de quelques crêpes froides et boivent un bouillon chaud, puis vont se laver dans la retenue, à la grande joie des mirhivaur qui roucoulent et jouent avec eux. Peu de temps, car l'attelage les attend.

Dès le point du jour, ils se mettent en route pour un voyage pénible, au bord de la Diabelle. Il faut souvent marcher pour soulager les bêtes, pousser sur les chariots dans les passages difficiles et même les soulever quand les roues se coincent dans des rochers roulés par les crues, ou glissent de la rive herbue pour s'enliser dans le lit de la rivière. En ces occasions, la force de Mordrouz fait merveille, et, d'un regard, chacun remercie Arcturus d'avoir imposé sa présence.

La pause de midi est la bienvenue. Pendant que les mirhi pataugent dans la rivière, les hommes, étendus, somnolent. Ils n'auront pas le temps de s'endormir. Karrec les appelle déjà pour atteler les bêtes. Et la rude progression recommence.

A la sortie d'un amoncellement de roches où il a fallu porter un à un les chariots, le terrain devient plus plat et plus stable. Après une heure de marche, la piste s'éloigne des fantaisies de la Diabelle pour aller droit vers le sud. Duonte sourit et se dresse dans le chariot, montrant du doigt quatre tours à l'horizon.

— Dynlir !

On pousse des cris de joie dans les autres chariots, et les mirhi, comme s'ils comprenaient que le but est proche, pressent l'allure.

Arcturus regarde grossir ce qui ressemble aux ruines grandioses d'un palais dont les larges murailles fendues s'appuient à des tours de granite rose écroulé.

— Seul un dieu pouvait entasser ces blocs, dit-il.

— Pourvu que Lér nous soit favorable ! répond Kwir.

Avant d'arriver, il faut traverser la Diabelle qui n'est plus qu'un ruisselet au chant discret, puis les chariots longent vers l'ouest un formidable rempart, constitué de roches énormes aux formes arrondies, qui s'achève par une tour dont quelques morceaux, tombés alentour, évoquent des animaux fantastiques pétrifiés. De l'autre côté de la Pénorine, large d'une trentaine de coudées, se dressent une tour semblable et un autre rempart. La rivière pénètre par cette porte colossale dans le dyn, et coule, d'après ce qu'Arcturus peut en juger, au milieu d'un chaos de granite.

Les chariots font halte au bord de la Pénorine, et, après que les mirhi ont été conduits dans l'eau, Karrec invite la troupe à le suivre pour examiner les lieux. Mais Talariante regarde, à travers la couche nuageuse qui s'épaissit, où se trouve Rotan.

— Il serait bon de commencer par demander à Lér de nous être favorable et de nous accueillir dans ce qui fut son dyn avant que les Donis ne laissent la surface de Bré aux fils d'Arta. Nous aurons le temps, ensuite, de voir comment nous boucherons la rivière.

Ils se déshabillent tous et vont nager parmi les mirhi ; puis ils choisissent le plus beau des animaux et, debout dans la Pénorine, forment un cercle autour de lui. Talariante évoquant le dieu, roi des eaux, rappelle ses hauts faits. Le drwidh prononce ensuite sa demande, implorant bienveillance et soutien en échange du sacrifice. D'un coup de poinçon, il perce une artère dans le cou du marhvaur et, tandis que le sang vert clair se mêle au courant, il chante un hymne à Lér. L'animal, que sa faiblesse étonne, sent ses jambes ployer sous lui et s'abandonne au flot. Les guerriers brisent le cercle pour le laisser partir.

— Il est à Lér désormais. Que sa malédiction s'abatte sur tous ceux qui voudront le lui prendre !

Remonté sur la berge, Arcturus regarde le marhvaur, déjà mort sans doute, entrer dans Dynlir. Il dit à Kwir :

— L'euzvène boira le sang de cette victime et Lér le maudira !

— Voici Karrec, roi de la vro Belle ! clame Talariante. Qu'il nous mène dans le dyn du dieu, maintenant !

La troupe nue longe le rempart jusqu'à une brèche. Karrec regarde le drwidh.

— Je pense que nous pouvons passer par là. Mais je n'ai aucune idée de ce que nous allons trouver.

— Essayons toujours !

Les guerriers se regardent.

— Je passerai le premier ! dit Talariante.

Il grimpe sur un rocher et, sautant de l'un à l'autre, s'enfonce dans le dyn. Les hommes le suivent, silencieux, impressionnés. Ils avancent lentement, dans ce chaos de blocs parfois branlants, trouvant souvent le compliqué là où ils cherchaient le plus simple, obligés de revenir en arrière pour mieux repartir de l'avant, guettés par les failles, les crevasses ou les éboulements, quand ce n'est pas l'écroulement pur et simple d'un amas en équilibre instable. Trois d'entre eux ont été désignés pour garder en mémoire le meilleur chemin et ce n'est pas une mince affaire ! Les discussions sont vives et justifiées, tant s'offrent les possibilités. A la fin, en dépit des difficultés, la petite troupe arrive au-dessus de la Pénorine. Semblable à une gigantesque balle de fronde qui aurait éclaté en tombant là, un rocher rond, quadrillé de fêlures noirâtres, domine les autres. Il est facile d'y grimper pour voir le dyn dans son ensemble.

C'est une sorte de cirque, bordé par les remparts, que la rivière traverse tout droit, depuis les tours de l'ouest jusqu'à celles de l'est. Mais, si le granite n'est que chaos sur la rive nord, la leur, sur la rive sud il est disposé en neuf amoncellements séparés les uns des autres, pareils à des demeures en ruine. Devant le plus grand se dressent, au milieu de la rivière, deux piliers, reste d'un pont peut-être.

Les Kernis font grise mine. La Pénorine, sombre, n'a pas de berges bien définies. Tantôt elle rebondit sur la roche, tantôt elle coule dessous, sans qu'on puisse savoir jusqu'où elle s'étend, ce qui ne laisse pas d'inquiéter les hommes, car, si l'euzvène peut contourner le barrage en passant sous les rochers…

Talariante s'assoit sur les grains grossiers de la pierre rose et réfléchit en contemplant le dyn.

— Trois possibilités s'offrent à nous : construire le barrage entre les deux tours de l'est, pour interdire l'entrée du dyn, le construire dans le dyn, ou le construire entre les tours de l'ouest. Nous devons nous décider rapidement et ne pas faire d'erreur.

Karrec a déjà son idée.

— Je crains que, si nous barrons l'entrée, l'euzvène, après quelques tentatives pour passer, ne contourne le dyn. Puisqu'il a pu sortir du lac Lor pour gagner la rivière, je ne vois pas ce qui l'empêcherait de sortir de la rivière pour continuer sa route. Si nous barrons le milieu du dyn, rien ne dit qu'il ne pourra pas nous échapper sous les pierres. Cela présente aussi l'inconvénient de nous compliquer la tâche, car il faudra sans cesse traverser les chaos de rochers pour venir travailler. Nous perdrons trop de temps. Si nous barrons la sortie, nous sommes sûrs que l'euzvène restera prisonnier. Il ne passera pas sous les tours qui, vous l'avez vu, s'enfoncent droit dans l'eau, et restera jusqu'à ce qu'il renverse les rochers. Quand ils sont engagés dans une voie, ces animaux ne reculent jamais.

— Tu conseilles donc de faire le barrage à la sortie.

— Oui. On peut détacher des morceaux de tour.

Arcturus regarde les tours, à l'ouest. Elles sont hautes et difficiles à escalader. Il prend la parole.

— Je crois que Karrec a raison pour le milieu du dyn. Nous perdrons trop de temps. Mais je crois aussi que nous en perdrons beaucoup à grimper en haut des tours pour en détacher des morceaux. De plus, n'oubliez pas que nous devons verser de l'huile enflammée dans l'eau. Qui peut savoir quelle réaction aura l'euzvène à la première brûlure ? Que ferons-nous au cas où il irait chercher refuge sous les pierres, dans le dyn ?

— Que proposes-tu alors ? demande Talariante.

— Barrons l'entrée, mais juste après les tours.

— Et pourquoi ?

— Cela présente plusieurs avantages. D'abord, l'euzvène s'engagera dans le dyn jusqu'au barrage. Il y restera, puisque ces animaux ne reculent jamais, et ne pourra pas se cacher sous les tours. Ensuite, nous serons près du rempart que nous pouvons escalader facilement avec des échelles. Cela nous évitera les pertes de temps, d'autant plus que, pour barrer la Pénorine, nous devrons faire tomber des rochers à partir des deux rives.

— Le garçon a raison, dit Mordrouz.

— Je pense aussi, dit Talariante. Mettons-nous au travail.

Karrec a blêmi.

— Attendez !

— Qu'y a-t-il ? demande le drwidh. Tu as une meilleure proposition ?

— Avez-vous vu du bois par ici ?

— Non.

— Comment ferons-nous les échelles ? Et pour casser les rochers, il faut entrer en force du bois sec dans les fentes et le mouiller pour qu'il gonfle.

Le découragement saisit Talariante.

— Que faire ?

— Nous avons du bois sec et de quoi construire des échelles ! dit Arcturus.

— J'aimerais bien savoir où, dit Karrec.

— Démontez les chariots !

Un large sourire éclaire aussitôt le visage du roi de la vro Belle.

— Allons-y tout de suite !

La troupe repart, précédée par les trois guides, et, après un retour plus rapide que l'aller, rejoint l'herbe au pied du rempart. Les hommes courent aux chariots et commencent, sous les directives de Karrec et de Mordrouz, à préparer des échelles. Arcturus et Kwir travaillent ensemble.

— Crois-tu que nous arriverons à l'arrêter ? demande Kwir.

— Une chose m'inquiète.

— Laquelle ?

— N'as-tu rien remarqué d'étrange, dans le dyn ?

— Les formes des rochers ?

— Non.

— Je ne sais pas…

— Il n'y avait aucun oiseau !

XII

L'EUZVÈNE

IL N'Y A PAS EU de naissance du jour et les cœurs des hommes s'en ressentent. Il n'y eut qu'une pâleur derrière les nuages, comme le reflet blafard d'un spectre venu d'entre les morts remplacer Rotan et voler la force d'Arcturus. Parmi les rochers luisants de pluie, les hommes s'activent. Deux échelles ont été installées sur chaque rive. Un chariot transformé en barge permet de traverser la Pénorine en se halant par un filin tendu entre les deux berges. Au pied des échelles, à l'abri sous les bâches, des tas de planches attendent qu'on les enfonce dans le granite. Mais ce qui paraissait simple s'avère long et difficile, et cinq hommes de Karrec arrivés en renfort n'y ont rien changé. Aucun bloc n'a encore basculé dans la rivière. La pluie qui tombe depuis le début de la nuit a saturé l'air d'humidité, faisant gonfler le bois sous les bâches, et les pieux ont beau s'enfoncer dans les fissures, la roche résiste.

Alors que Talariante, Arcturus et Karrec s'entretiennent de ce qu'il convient de faire, Mordrouz arrive, l'air sombre, accompagné par deux guerriers.

— Tu crains, toi aussi, que nous ne puissions empêcher l'euzvène de passer ? dit le drwidh.

— Lag, un de mes hommes, a disparu.

Les yeux se tournent vers le fils du Nouada.

— Hé ! ne me regardez pas comme cela ! Je n'y suis pour rien !

— En es-tu bien sûr, petit Hurlink ? gronde le champion.

— Je ne pense pas qu'un de tes guerriers se risquerait à m'attaquer contre tes ordres. Et si tes guerriers ne m'attaquent pas, pourquoi veux-tu que je les tue ?

— Il n'empêche que tu es responsable de nombreuses morts, ces temps derniers !

— Bern et Mui ne l'ont pas reçue de mes mains !

— J'en ai assez de ton insolence prétentieuse. Méfie-toi ! Un jour, tu verras que je n'ai pas besoin d'armes pour te laisser dans un état pire que la mort !

Arcturus fixe le champion d'un œil étincelant de colère.

— Peut-être. Et peut-être aussi apprendras-tu un jour de mes armes qu'il n'y a pas pire que la mort !

Talariante intervient, cherchant dans sa gorge les inflexions de l'autorité calme.

— Il n'est pas l'heure de se quereller mais l'heure de comprendre. Depuis combien de temps Lag a-t-il disparu ?

— Depuis deux heures environ, dit un guerrier. Nous étions partis ensemble examiner les roches. Lag avait mal au ventre. Il est parti à l'écart, nous ne savons pas trop où avec cette pluie, et n'est pas revenu. Nous l'avons cherché en vain.

Arcturus a écouté ces paroles avec un très grand intérêt.

— N'étiez-vous pas sur la rive sud ?

— Si. C'est là que nous étions.

Mordrouz attrape le fils du Nouada par le bras et le soulève.

— Comment le sais-tu, si ce n'est pas toi qui l'as tué ?

— Lâche-le ! dit Karrec. Arcturus est avec moi depuis plus de deux heures ! Il n'est pas responsable de la disparition de Lag.

Le champion, à regret, laisse tomber le garçon. Celui-ci se relève et dit d'une voix douce :

— Il faut rappeler tous ceux qui sont sur la rive sud. Il y a quelque chose de mauvais là-bas !

Talariante est surpris.

— Pourquoi dis-tu cela ?

— Avez-vous vu des animaux courir autour des ruines ou des oiseaux voler au-dessus ? Où sont gurlazes, glazares, gades, glozards, golvans, grougousses, gwiadères et fraos que l'on voit d'habitude en des lieux semblables ?

Les autres se tournent vers la rive sud.

— Il a raison, dit Karrec. Nous n'avons entendu aucun chant ce matin.

— Qui était là-bas ? demande Talariante.

— Il n'y avait que nous, répond un guerrier.

— Bon. Enlevons les échelles !

Mordrouz n'est pas d'accord.

— Enlever les échelles ? Et Lag ? Rien ne dit qu'il est mort ! Nous ne pouvons pas l'abandonner !

Arcturus ricane.

— Tout à l'heure, tu m'accusais de l'avoir tué ! Maintenant, tu dis qu'il est vivant !

— Profite de ce que tu as encore un bec pour le fermer ! Sinon, il manquera bientôt un autre oiseau dans ce dyn !

— Au lieu de me menacer, tu devrais aller chercher Lag, puisque tu penses qu'il est encore vivant. C'est un de tes hommes !

Le champion regarde les sombres ruines dissoutes dans la pluie, de l'autre côté de la rivière.

— S'il était encore vivant, nous l'aurions retrouvé. Venez, vous autres ! Nous avons assez perdu de temps à discuter !

Les trois hommes s'éloignent.

— Korn devra bientôt se trouver un autre champion, murmure Arcturus.

Des cris de joie éclatent sur le rempart. Les autres chariots arrivent, apportant l'espoir à ceux qui s'épuisent sur les roches.

Mais le nombre ne change rien, et bien vite le silence retombe sur les Kernis trempés et glacés.

Vers la neuvième heure un homme arrive en courant le long de la rivière et vient parler à Karrec. La nouvelle se répand tout de suite. Dans une heure, l'euzvène sera aux portes de Dynlir ! On décide de concentrer les efforts sur un bloc énorme, branlant naturellement, au pied de la tour. Il est assez éloigné du bord, mais devrait rouler jusqu'à la Pénorine. Les essieux servent de levier aux uns, les autres poussent ensemble. Chaque espace gagné est calé. Le muscle bosselle la peau, les cheveux collent aux visages grimaçants, des chants scandent l'effort des corps groupés d'où montent des nuées de vapeur. Le rocher bouge peu à peu, offrant de meilleures prises. On finit par trouver comment le manœuvrer en poussant sur un côté puis sur l'autre. Les cales dégringolent soudain. Le bloc s'écarte, craque, bascule, roule, tombe dans l'eau et continue jusqu'à la rive opposée, projetant une vague puissante qui secoue les berges du dyn.

Quand la rivière a repris son calme, les Kernis constatent qu'elle n'est barrée qu'aux deux tiers. Et, maintenant qu'ils ont détaché le rocher, il n'y a plus rien qui puisse l'obstruer avant l'arrivée de l'euzvène.

Un bruit vient de l'aval. *Tchou, tchou, clong ! Tchou, tchou, clong ! Tchou, tchou, clong !*

— L'euzvène ! dit Karrec.

Talariante regarde le flot qui bute sur le nouvel obstacle, monte, s'incurve et coule bruyamment par l'ouverture.

— Passera-t-il ?

Le roi de la vro Belle fait la moue.

— J'espère qu'il n'aura pas sa largeur !

— Alors, nous avons gagné. Il ne déplacera jamais ce rocher.

— Détrompe-toi ! Il est venu à bout de blocs plus gros que celui-ci. Et puis il y a autre chose : comment ferons-nous pour le brûler si nous ne pouvons pas nous placer au-dessus de lui ?

— Il faut faire une passerelle entre le rocher et nous. De là nous pourrons verser l'huile.

— Oui. Au travail !

Tchou, tchou, clong !

Les hommes assis ou allongés sur le granite se relèvent. Les deux échelles de la rive opposée sont apportées pour servir d'armature. La barge est démontée pour les renforcer.

Tchou, tchou, clong !

Des cordes sont fixées sur les côtés pour maintenir la passerelle et deux piliers dressés pour la soutenir en son milieu par des haubans.

Tchou, tchou, clong !

Un énorme rocher noir, d'une forme qui rappelle celle d'un œuf, haut comme deux hommes, large de neuf coudées au moins, avance entre les tours.

Tchou, tchou, clong !

Il est fait de plaques verticales de deux pouces de large.

Tchou, tchou, clong !

Une plaque, une plaque, et toutes les autres. C'est ainsi qu'il avance.

Tchou, tchou, clong !

On a juste le temps de poser un plancher sur les échelles et de regagner la rive.

Tchou, tchou, bang !

Le rocher est ébranlé. Les Kernis regardent la passerelle secouée par le choc.

— Encore un coup et elle va se disloquer ! dit Mordrouz.

L'euzvène reste immobile, comme assommé. Puis deux des plaques vont doucement toucher le rocher. Les autres s'écartent, lui permettant de se déplacer sur le côté, par successions d'étirements, jusqu'à la rive opposée où il s'arrête un bref instant avant de revenir jusqu'au passage entre la berge et le rocher. Dès qu'il sent le courant s'engouffrer entre ses plaques, il s'élance. Le passage est trop étroit mais les hommes voient le rocher bouger.

— Il ne pourra pas ! C'est impossible, dit Morlude pour se rassurer.

Karrec pousse un soupir.

— Regarde bien. Le rocher a une forme allongée. Je suis certain que l'euzvène connaît exactement ses dimensions. En donnant ses coups juste au bout, il va le faire pivoter. Pour l'instant, le courant est contre lui. Mais quand il aura déplacé un peu l'obstacle, l'eau passera entre la roche et la berge, de l'autre côté. Tu verras que dans peu de temps la rivière sera son alliée.

— Alors, dépêchons-nous de faire chauffer l'huile ! crie Talariante.

L'aire dégagée par la chute du rocher, presque circulaire, légèrement inclinée, ce qui facilite l'écoulement de la pluie, est l'emplacement idéal pour allumer le feu. Et, pendant que résonnent les coups sourds de l'euzvène, on apporte les tonneaux d'huile et de résine qui, une fois vidés dans les chaudrons, sont démontés pour servir de combustible. Malgré la pluie, les flammes lèchent bientôt les fonds de dirdu.

Arcturus et Kwir regardent le rocher se déplacer sous les coups. L'euzvène s'arrête soudain.

— Il est peut-être fatigué, dit le Liwédi.

— Tu crois ?

— Ou il s'est blessé !

— Cela m'étonnerait ! A mon avis, il est plus dur que le granite.

L'euzvène donne deux nouveaux coups.

— Le rocher ne bouge plus, dit Arcturus. Quelque chose doit le bloquer, au fond.

Après un dernier essai, les plaques noires restent immobiles.

— Quelle puissance il a ! dit Kwir.

Plissant les yeux sous les gouttes, le fils du Nouada regarde les nuages désespérants.

— Et quelle puissance il aurait si Rotan brillait aujourd'hui !

— A ce propos, une chose me semble étrange…

— Laquelle ?

— Ne trouves-tu pas bizarre qu'il ait accéléré son allure juste au moment où Armaur et Rotan sont si faibles ?

— Non. C'est la période croissante d'Armaur. Il est naturel que ses forces augmentent aussi. C'est du moins ce que je ressens moi-même. Quant à Rotan, depuis mon anniversaire, son feu s'attise de jour en jour. Il est donc naturel que l'euzvène soit plus fort maintenant qu'il ne l'était quand Armaur décroissait.

En bas, l'euzvène commence à suivre lentement le rocher, le palpant avec ses plaques. A quatre coudées de l'extrémité qu'il frappait auparavant, il s'arrête. Une de ses plaques part vers l'arrière puis se détend et vient percuter la roche. Les deux garçons se regardent.

— Tu as entendu la même chose que moi ? demande Arcturus.

— Comme une plainte de la pierre.

— Il a trouvé sa faiblesse ! Allons prévenir Talariante !

Mais le drwidh les écoute à peine. Les chaudronnées sont bouillantes. Deux hommes franchissent la passerelle, portant le premier fardeau avec une perche appuyée à l'épaule. Arrivés sur le rocher, ils enflamment le mélange d'huile et de résine et le versent sur l'euzvène.

La surface de l'eau se couvre de feu qui se colle sur les plaques et s'insinue entre elles. L'animal frappe le rocher au même endroit. Une lézarde apparaît, s'élargit jusqu'au sommet, le granite s'ouvre et tout un bloc se sépare du rocher, entraînant les deux hommes dans les eaux enflammées.

L'un tombe derrière l'euzvène et pousse des hurlements de souffrance. Ses cheveux, sa barbe, ses vêtements sont en feu. En un instant il meurt, brûlé autant que noyé, sous les yeux horrifiés des Kernis. L'autre tombe devant l'euzvène et son sort est encore plus rapide. Des plaques se soulèvent et l'engloutissent.

Les Kernis n'ont pas le temps de s'apitoyer. Le bloc de granite est tombé en travers, formant une arche entre la berge, sous leurs pieds, et le bas du rocher. Mais, compte tenu de sa puissance, l'euzvène l'aura écarté en deux coups de boutoir.

— Versons-lui dessus un deuxième chaudron ! dit Morlude.

— A quoi bon ? répond Talariante. Il n'a rien senti au premier.

— On ne peut pas le regarder passer sans rien faire !

— Nous avons essayé. Ce qui était possible, nous l'avons fait. Il faut nous en remettre aux dieux, désormais.

L'euzvène s'étire vers eux et vient palper le bloc placé en biais. Arcturus l'observe attentivement. Une plaque reste appuyée sur la pierre tandis qu'une autre tapote la surface granuleuse. Puis l'animal se déplace et recommence. Il continue ainsi jusqu'à ce qu'il atteigne la berge, juste sous le fils du Nouada. L'arche est trop basse pour sa masse énorme. Il pousse mais, par bonheur, le haut du bloc s'est encastré dans une crevasse si bien qu'il est impossible de le faire tomber.

— Arrosons-le ! Jamais il ne sera aussi facile à atteindre ! dit Morlude.

Talariante hausse les épaules.

— Si tu veux ! Après tout, qu'avons-nous à perdre !

Le second chaudron de poix enflammée est entièrement versé sur sa cible, et c'est encore le spectacle étonnant de l'ondulation liquide en feu, piquée par la pluie, couverte de fumées obscures et grasses.

L'euzvène, dont les plaques sont couvertes de flammes, donne un coup qui fait trembler la rive. Les hommes reculent, apeurés. Seul reste Arcturus, allongé sur la roche. Il écarte ses cheveux mouillés pour mieux observer le second coup qui semble ébranler le dyn entier. Le granite résonne et tient. Après quelques instants d'immobilité, l'euzvène se déplace vers la rive sud et s'arrête au pied du bloc. Quelques palpations lui suffisent pour savoir où porter son effort. Un coup violent déplace la base de deux pouces vers l'avant. Un second coup et c'est une demi-coudée qu'il a gagnée. Le haut du bloc, encastré dans la crevasse, a bougé lui aussi.

— Le troisième coup sera le bon ! dit Mordrouz.

Talariante étend les bras.

— Que Lér protège les mirhivaur !

Comme impressionné par ce cri, l'euzvène se fige dans une longue immobilité. Puis ses plaques, lentement d'abord et de plus en plus rapidement, s'écartent et se rapprochent pour finir par se coller soudain les unes aux autres. Après un long moment, tandis que les plaques de la moitié droite demeurent soudées, celles de la moitié gauche se mettent en mouvement latéral et l'euzvène rejoint la rive opposée contre laquelle il vient se serrer, complètement refermé sur lui-même, semblable à un rocher parmi les autres.

— Il ne bouge plus, dit Talariante.

Morlude sourit.

— Tu vois ! C'est l'huile…

— L'huile ne lui a rien fait ! dit Arcturus.

Le roi se rembrunit.

— Qu'en sais-tu ?

— Je l'ai observé pendant qu'il frappait le bloc. Ses plaques étaient couvertes de flammes et il continuait comme si de rien n'était. Pendant que la peur te faisait reculer, je me suis même penché pour sentir la fumée. Il n'y avait aucune odeur de chair brûlée. Ces plaques sont insensibles au feu et l'euzvène lui-même ne sent rien, car il est au fond.

— Alors, comment expliques-tu qu'il n'ait pas continué ?

— C'est à Talariante qu'il faut demander cela. N'a-t-il pas invoqué Lér ?

Un sourire éclaire le visage du drwidh.

— Le dieu m'a entendu !

La pluie cesse, le temps d'une vague éclaircie avant la nuit, rendant à la Pénorine une surface lisse et transparente. Arcturus avance sur la passerelle, scrutant le fond en amont du bloc.

— Regardez ! Voilà ce que Lér a fait pour nous !

— Que vois-tu ? demande Talariante, gêné par les reflets du ciel.

— Un marhvaur !

— Un marhvaur ? Ce serait bien la première fois qu'un marhvaur arrêterait un euzvène !

— Oui, mais celui-ci est exceptionnel ! Il n'appartient qu'à Lér.

Sous la tente dressée pour le repas, dans la lueur des torches, les chefs de l'expédition commentent les événements du jour. De l'avis général, la situation est bien meilleure maintenant qu'elle ne l'était.

Talariante résume le sentiment des Kernis.

— Nous avons le temps de trouver un autre moyen de tuer l'euzvène. Tant que la victime de Lér sera bloquée sous le barrage, il ne bougera pas.

Morlude se tourne vers Arcturus, l'œil sarcastique et la lèvre méprisante.

— Un nouveau moyen, oui ! Car celui que nous a indiqué ton tuteur est à son image : folie des idées, mort pour les autres. Et ce ne sont pas ses guerriers qui ont perdu la vie tout à l'heure !

Les yeux d'Arcturus brûlent d'un éclat vert.

— Trouve un autre moyen si tu en es capable ! Nous verrons s'il est à ton image.

— Et quelle est cette image ?

— Bêtise et courte vue !

Morlude se lève, furieux. Arcturus, sans manifester la moindre peur, continue :

— Bêtise de vouloir changer de méthode, parce que c'est la seule qui puisse venir à bout de l'euzvène ! Courte vue parce que tu n'as rien appris cet après-midi. Est-il digne d'être roi de Korn, celui qui ne sait pas tirer les enseignements d'un échec ? Est-il digne d'être roi de Korn, celui qui déclare qu'une arme est inefficace alors qu'il n'a pas su l'employer correctement ? On peut regretter que tu ne sois pas allé toi-même verser l'huile sur l'euzvène. Nous serions débarrassés de ta suffisance une bonne fois pour toutes !

Morlude bondit vers Arcturus, mains tendues pour l'étrangler. Le garçon lui plonge dans les jambes. Le roi s'affale sur le lit qui se renverse avec lui.

— A moi, Mordrouz ! crie Arcturus.

— Morlude n'a pas d'arme ! Débrouille-toi pour payer le prix de tes paroles !

Morlude se relève et vient, lentement cette fois, vers son ennemi qu'il domine en taille et en carrure. Le garçon l'attend. Reculer ou fuir ? Jamais ! Ne subis pas ! Attaque ! Frappe-la au foie, cette outre pleine de medh ! Tête la première, il se lance. Deux bras solides l'arrêtent, le retournent, un coude passe autour de son cou et le serre. Il étouffe. Les tables, les lits, les visages deviennent rouges…

Arcturus lance ses mains en arrière, pouces tendus. Un cri aigu. Morlude lâche prise. L'un de ses yeux est fermé, l'autre pend sur sa joue.

Le garçon bondit vers le roi pour lui arracher l'œil. Une

poigne d'une force incroyable le saisit par les cheveux, le soulève et le tient en l'air, gigotant et poussant des cris de rage.

— Tu as oublié que je dois protection au roi ! dit Mordrouz.

Dans sa colère, Arcturus parvient à lui donner un coup de pied au visage. Le champion essuie d'un revers de main le sang sur ses lèvres.

— Tu vas recevoir la correction que tu mérites, sale petit Hurlink !

Le fils du Nouada ne s'évanouit qu'au cinquième coup.

Ce sont les soins de Kwir qui le ramènent à la vie. Il peut à peine ouvrir les yeux. Son corps entier est douloureux.

— Comment suis-je ? parvient-il à dire à travers ses lèvres gonflées.

— Tu es plus bleu qu'un Liwédi. Mordrouz a frappé chacun de tes muscles pour les paralyser.

— Quel temps fait-il ?

Le Liwédi hoche la tête, croyant à un délire.

— Pourquoi ne réponds-tu pas ?

— Il ne pleut plus mais le ciel est toujours couvert, si c'est ce que tu veux savoir. De toute façon, Armaur s'est couché, maintenant.

— Ah ? Je suis donc resté si longtemps de l'autre côté ?

— Longtemps ? Je ne pensais pas que tu reviendrais si vite ! En fait, je ne pensais même pas que tu survivrais à cette raclée…

— Porte-moi jusqu'à la rivière !

— Mais…

— Ne discute pas, Kwir, et remplis ton rôle ! Je suis un guerrier. Tu es mon serviteur. Porte-moi jusqu'à la rivière !

Le jeune Liwédi pose une zé sur le dos d'Arcturus.

— Enlève ça ! Emporte-moi nu !

Avec mille précautions, Kwir met son maître en travers de ses épaules. Il s'attendait à des gémissements de souffrance. Aucun son ne franchit les dents serrées. Dans la nuit noire, il prend un javelot pour s'en faire un bâton et se dirige au bruit vers la Pénorine.

— Arrête-toi ! dit Arcturus. Porte-moi de l'autre côté du dyn, en amont du barrage !

— C'est que… c'est loin !

— Il le faut.

— Tu crains l'euzvène ?

— Non. Il ne recule jamais. Je crains ce qui vient du marhvaur de Lér.

Kwir sonde l'obscurité du regard et pousse un soupir.

— Je vais essayer de te porter où tu veux. Cela risque d'être long, car je ne vois rien.

Aucune réponse. Le Liwédi secoue le bras de son maître. En vain. Paniqué, il hésite. La nuit le terrorise. Se souvenant du chemin creux derrière la plage, il pense aussi à Brune de Bri et au courage qui lui vint. En route ! Il faut sauver Arcturus !

Bien que son fardeau ne soit qu'un garçon de douze ans, le poids ne tarde pas à lui crisper le dos et les épaules. Il avance lentement, presque à tâtons, utilisant le javelot pour détecter les obstacles, car, bien que sa vue se soit adaptée à la nuit, il ne distingue rien. Rien, sinon une masse noire, à gauche, menaçante, énorme. D'un bras tremblant, Kwir pointe son arme. L'ombre ne bouge pas. C'est le rempart, idiot que tu es ! Il essuie sur son front la sueur qui lui coule dans les yeux et repart le long de la muraille obscure. Au bout d'une longue marche tranquille durant laquelle Kwir oublierait presque ses peurs, un grondement sourd venant des profondeurs du dyn lui fait dresser les cheveux sur la tête. Cette fois, c'est bien la voix d'un monstre. Le Liwédi observe la découpe du rempart. Il se trouve à hauteur de la brèche par laquelle Talariante les a entraînés dans le dyn, la première fois. Un nouveau grondement, peut-être lointain, peut-être proche, le sort de son immobilité. Sans écouter la douleur qui lui brûle dos, épaules et cou, sans même penser à son fardeau, il détale, tellement aveuglé par la peur qu'il ne voit pas la rivière et tombe dans l'eau froide.

Cette prise de contact brutale réveille Arcturus et rend un peu de lucidité à Kwir. Ils ont juste pied, mais son enfance marine a fait de lui un bon nageur connaissant les gestes qui sauvent ceux que le courant emporte. Il prend son maître sous les aisselles et, nageant sur le dos, l'emmène jusqu'à la rive sud. Son pied cherche le fond. La profondeur est toujours la même.

— Trouve-moi un endroit où je puisse rester assis dans l'eau jusqu'au menton, dit Arcturus.

— Il ne faut pas rester ici !

— Pourquoi ? Où sommes-nous ? Tu n'as pas fait le tour du dyn ?

— Si !

— Eh bien alors, que crains-tu ?

— J'ai entendu deux grondements en passant près de la brèche, au nord.

Kwir pousse un hurlement de terreur. Quelque chose vient d'émerger à côté d'eux. Arcturus éclate de rire. Un rire que la douleur arrête vite.

— Ne te mets pas dans un état pareil ! C'est un marhvaur, et bien vivant celui-là !

— Qu'est-ce qu'il fait là ?

— Tous nos mirhi sont là depuis notre arrivée ! Réveille-toi un peu !

— On dirait que l'eau te fait du bien. Tu retrouves ta hargne !

— Je la retrouverai encore plus, et mes forces avec elle, si je peux rester assis dans l'eau jusqu'à la naissance du jour !

Kwir longe la rive abrupte en remorquant son maître, jusqu'à ce qu'il trouve une plage où dorment des mirhi. La pente douce lui permet d'asseoir Arcturus, qui grimace à chaque mouvement, sur le fond sableux.

— Tourne-moi face au courant ! Là. Oui, comme cela. C'est bien. Laisse-moi, maintenant. Mais ne t'éloigne pas trop.

— Mes vêtements sont trempés. Je vais avoir froid.

— Froid ? Un Liwédi ?

— Il y a longtemps que je n'ai pas enduit mon corps avec la teinture de tomgwad.

— Alors va te coucher entre les mirhi. Ils adorent ça, réchauffer les hommes !

Resté seul, Arcturus boit longuement. Puis il s'adresse à la rivière en l'appelant par ses trois noms.

— *Je te salue, Penvidiga !*
Nourrice des gwidiles,
mère miroitante des mirhi !
Je te salue Flistra !
Rouge artère
au flot reflétant Rotan !
Je te salue, Pénorine !
Chant de la nuit,
poème du jour,
guérissante déesse !

Plongeant son visage dans l'eau, il lui donne ses pleurs. Il étend ses membres et le flot éteint sa douleur. Il boit et la pureté de l'onde nettoie ses peurs.

Jusqu'au matin, il reste ainsi. Jusqu'au matin maussade et sombre, écrasé sous le bouclier noir des nuages. Arcturus baisse la tête. Rotan, où es-tu ? Mes forces disparaissent. Lér ! Aide-moi et je sauverai les mirhi, les beaux mirhi qui traînent ton char sur les plaines marines ! Il veut bouger mais son corps ne répond plus à ses ordres. Suis-je déjà dans le séjour glacé des trépassés ? Un rideau de pluie arrive, transformant la rivière en surface rugueuse et terne.

— Kwir !

C'est un pauvre coassement, incapable de réveiller le Liwédi, qui franchit ses lèvres. La corne d'un marhvaur se dresse pourtant, là-bas. Arcturus le reconnaît. C'est une femelle qui tirait le chariot de Duonte. Comment l'appelait-il ?... Flour ? Oui, c'est cela !

— Flour ! Viens !

L'animal se dresse sur ses pattes et regarde vers lui, longuement, avant de s'avancer dans l'eau fouettée par la pluie. Arrivée près du garçon, Flour l'examine et le renifle, avec un ronron de gorge qui se transforme en roucoulement puissant jeté au ciel. Dans le troupeau, Flani, sa compagne d'attelage, se lève et lui répond.

Flour appuie la pointe de sa corne sur la poitrine du garçon, juste au-dessus du ventre. Flani vient se placer derrière et le pique au creux de la nuque. A l'unisson, elles émettent des sons graves dont les vibrations se transmettent par les cornes jusqu'aux os d'Arcturus. Il se sent parcouru d'ondes reposantes qui peu à peu détendent ses muscles et font disparaître toute crispation.

Le garçon bâille, les paupières lourdes ; sa tête penche vers l'eau. Les cornes le maintiennent et transmettent maintenant d'autres sons, aigus jusqu'à l'inaudible. Des picotements parcourent sa peau, suivis par une sensation de chaleur. Ses tempes battent. Une tache rouge grandit au fond de ses yeux. Comme s'il avait brisé une gangue, son cœur bat ! Arcturus veut se relever. Les mirhi posent une palme sur chaque épaule pour le retenir.

Flour présente sa corne devant son front. Le garçon détourne d'abord la tête puis, devant l'insistance de la bête, finit par se laisser faire. La pointe touche le milieu de son front. Il perçoit un bruit, comme celui d'une vague qui se retire, et se retrouve dans la nuit la plus sombre qui soit.

Il flotte, comme une bouteille vide sur les longues vagues d'une mer douce. Une soif irrésistible le pousse à boire. La bouteille se remplit mais ne coule pas. Au contraire, elle monte, monte !

Un choc terrible réveille Arcturus. Les mirhi balancent leur long cou au-dessus de lui. La corne de Flour est tachée de rouge à la pointe. Le garçon porte la main à son front. Un peu de sang se mélange à la pluie au bout de ses doigts. Il tâte la peau et trouve les lèvres insensibles d'une coupure profonde. Et c'est comme si… Oui. L'os est percé aussi ! Un petit trou rond de la taille d'une pupille qui s'ouvre à l'ombre. Il n'éprouve pourtant aucune douleur. Flour le fixe de son œil phosphorescent. Il lui semble comprendre ce qu'elle veut dire. Tu es guéri. Va dépenser ta force, maintenant.

Arcturus se dresse et regarde ses bras et ses flancs. Ils portent encore les marques des coups, mais ce ne sont plus que des traces jaunes. Le garçon s'étire et fait des mouvements. La souplesse revient vite. Il plonge les bras dans la rivière et soulève des gerbes d'eau.

— Bénédictions sur toi, Pénorine ! Bénédictions sur toi, Lér !

Il va se pendre au cou des mirhi.

— Flour et Flani, je vous aime !

Sur la berge, Kwir le regarde avec des yeux ronds. Arcturus court jusqu'à lui.

— Je suis guéri !

— Comment as-tu fait ?

— La déesse m'a lavé de toutes mes meurtrissures, et je ne

parle pas seulement de celles du corps. Le dieu m'a envoyé ses mirhi qui m'ont rempli de vie. Je suis un fils de l'eau, désormais. Un jour j'irai suivre les viviou avec les mirhi !

Deux roucoulements sonores lui répondent.

— Qu'est-ce que tu as au front ?

— C'est un marhvaur qui m'a fait cette blessure. Je ne sais pas pourquoi. Peut-être par maladresse. En tout cas, je ne sens rien.

— Il faut te soigner. Fais voir !... On dirait que l'os est touché !

— Laisse ! Je ne sens rien du tout ! Aide-moi plutôt à rendre grâce à la Pénorine et à Lér. Tu dois bien savoir comment faire, toi qui as suivi l'enseignement d'un drwidh !

— Malheureusement, je connais moins bien la Pénorine que toi. J'ignore les rites et les mots qui lui plaisent. Et j'avoue que je ne sais rien non plus de Lér. Enès avait peu d'occasions de s'adresser à lui dans le bois de Camoghère. Il vaudrait mieux que tu demandes à Talariante.

— Ah !... Je ne crois pas que je le ferai.

— Il faudra bien, pourtant. On ne peut rester longtemps sans remercier les dieux. Leur courroux est terrible !

— Je les remercierai autrement. Ils m'ont rendu mes forces pour que je débarrasse la rivière de l'euzvène et je vais le faire ! Qu'en penses-tu ? La Pénorine et Lér ne seront-ils pas plus satisfaits par ma victoire que par une cérémonie ?

Kwir lève le bras au ciel.

— Certes, ta victoire leur plairait ! Mais les rapports des hommes et des dieux sont l'affaire des drwidhs. Tu ne peux faire autrement que remercier la Pénorine et Lér par leur entremise !

Arcturus reste silencieux un moment, les sourcils froncés.

— Tu as raison. Je vais d'abord vaincre l'euzvène et ensuite, dès que nous serons rentrés à Kornok, je demanderai à Koatal de rendre grâce aux dieux pour moi.

— Le délai risque d'être un peu long.

— Il y a un drwidh à Bri. Je m'adresserai à lui dans un premier temps. Mais Koatal officiera aussi car il habite au bord de la Pénorine. Cela te convient-il ?

— Cela conviendra mieux aux dieux !

La pluie redouble. Arcturus, nu, frissonne et se frotte les bras. Kwir va chercher quelque chose au milieu des mirhi et revient.

— J'ai quand même apporté ta zé, cette nuit. Mais j'ai dormi dedans. Elle est mouillée des deux côtés.

— Ce sera mieux que rien ! Allons nous mettre à l'abri sous la tente !

— Il va encore falloir nager. Nous sommes sur la rive sud.

— Et si nous contournions le dyn par le sud ? Nous ne l'avons pas encore fait !

— Comment traverserons-nous la Pénorine en aval du barrage ? Tu m'as dit que tu craignais d'être empoisonné par ce qui venait du marhvaur de Lér.

— Le filin de la barge est resté fixé. Nous nous accrocherons à lui !

La tête de Kwir le fait éclater de rire.

— Tu verras, c'est facile !

En partant, le fils du Nouada se retourne pour lancer un dernier regard aux mirhi. Leurs yeux phosphorescents le fixent et il a l'impression d'entendre une mise en garde confuse. Attention ! Ne va pas dans les pierres. Nage dans la rivière mais ne va pas dans les pierres !

Le garçon regarde les tours d'aval, noyées dans les hachures de la pluie.

— Allons-y ! Nous observerons le rempart sans nous en approcher.

La muraille est plus haute que sur le côté nord. Dans la grisaille, il leur semble qu'elle est surmontée de créneaux gigantesques et irréguliers, pareils à des dents pourries et déchaussées. Ils la suivent, sur un terrain spongieux que la pluie couvre d'une mousse jaunâtre, jusqu'à ce qu'ils croisent deux rigoles parallèles remplies d'eau. Arcturus arrête Kwir.

— Ce sont des restes de fossés. Une route passait ici !

Il regarde le rempart.

— Approchons-nous un peu. Il doit y avoir une porte.

Le Liwédi hésite.

— Tu n'as pas l'intention d'entrer ?

— Sans armes, non !

Après quelques détours parmi des murs éboulés, les sillons s'arrêtent devant un amas de blocs énormes entassés entre deux colonnes monolithes colossales. Sur les pierres aux bords arrondis, mangées par des lichens verdâtres, les reflets du ruissellement dessinent de vagues traces d'arêtes droites.

Arcturus ouvre des yeux émerveillés.

— Tu te rends compte ? Lér est entré par là ! Entre ces colonnes ! Et peut-être Lughern y est-il venu aussi avec la Très Brillante !

Imitant le fier maintien d'un dieu sur son char, il s'avance vers le dyn. Kwir le tire en arrière.

— Retournons ! C'est trop dangereux ! N'approche pas la demeure des dieux !

A regret, en se retournant souvent, le fils du Nouada suit son serviteur.

— Je reviendrai avec mes armes… et celles de Myrdhinn.

Au moment de s'éloigner des rigoles, il s'arrête pour les examiner.

— Ce ne sont pas des fossés ! Ce sont des ornières laissées par le char de Lér. Quelle taille il avait !

Kwir, mal à l'aise, jette des regards inquiets au dyn, à la plaine, aux nuages, à l'herbe. Arcturus hoche la tête.

— Rentrons avant que tu ne t'évanouisses !

Ils suivent de loin le rempart, jusqu'à la rivière qui gronde en sortant des tours d'amont. Le filin est toujours là, balancé par le vent au ras des eaux agitées, sous une pluie si violente que les garçons ne voient pas la rive nord.

— Eh bien, dit Arcturus, ce n'est pas aujourd'hui que nous traverserons sans nous mouiller !

— Nous serons empoisonnés si nous essayons de passer !

— Le poison rentre par les oreilles, la bouche et le nez. Il suffit de tenir la tête hors de l'eau. Suis-moi !

Il se lance, pendu par les pieds et les mains. Kwir hésite encore.

— Accroche ta ceinture au filin ! crie Arcturus.

Le Liwédi se décide et rejoint son maître sur la rive nord, heureux et fier d'avoir surmonté l'obstacle.

— C'est fort, ce que j'ai ressenti ! J'en ai oublié ma peur !

— Tu doutes trop de toi-même parce que tu penses à ta vie, ce qui est le meilleur moyen de la perdre ! La peur ne change rien au danger. Elle t'empêche seulement de le surmonter.

— A propos, une question : la fuite est-elle honorable si l'adversaire est invincible ?

— Pourquoi me demandes-tu cela ?

— Parce que je te propose de fuir devant la pluie !

— Bonne idée !

Ils courent jusqu'à leur tente et se sèchent comme ils peuvent, car l'eau s'infiltre un peu partout. Arcturus commence à nettoyer ses armes.

— Où est Pelnij ?

Kwir qui tentait d'allumer un feu pour le déjeuner se relève d'un bond.

— Le javelot ! Je l'ai oublié !

— Oublié ?

— Je l'avais, cette nuit, quand je te portais. En passant devant la brèche, j'ai entendu un grondement qui m'a fait tellement peur que je l'ai lâché en m'enfuyant.

— Tu as pris Pelnij ? Sans ma permission ?

— Je n'avais pas la tête à réfléchir. Tu voulais aller dans la Pénorine, il faisait noir et j'avais peur, si tu veux le savoir ! J'ai pris la première arme que j'ai trouvée. Tu m'avais bien confié une Etoile à Bri !

— Tu as perdu ma lance !

— Oui ! Et je t'ai porté jusqu'à la Pénorine, dans la nuit, de l'autre côté du dyn ! Et ce matin, tu es guéri !

Il prend sa zé.

— Je vais le chercher.

Arcturus lui saisit les cheveux et le jette à terre.

— C'est à moi d'y aller ! Toi, tu gardes la tente et tu ne sors plus d'ici sans mon ordre ! Et si jamais tu touches encore mes armes…

Il met un pectoral de nerden, coiffe le casque dirduverre, suspend Kanargann à son baudrier et prend Gloire de Rotan.

— Je mangerai en rentrant ! Quelque chose de chaud !

XIII

LES ARMES D'ARCTURUS

MIDI EST PASSÉ depuis peu quand revient le fils du Nouada. Sans un mot, il pose ses armes et Kwir voit que Pelnij est de retour. Puis, toujours en silence, il boit une bolée de bouillon chaud, mange une galette et va se coucher.

— Talariante est passé, dit Kwir. Tu n'imagineras jamais à quel point il a été surpris de ne pas te trouver allongé ici.

Arcturus se tourne vers la paroi de la tente.

— Il voulait ton avis.

Un ronflement lui répond.

— Pour l'euzvène ! Ils ne savent pas comment faire.

Le ronflement, qui a diminué pendant les paroles de Kwir, reprend de plus belle. Le Liwédi sourit.

— Je crois que si tu sais y faire, tu obtiendras des réparations.

Arcturus ne bouge pas.

— Tu pourras en parler avec Talariante. Il a dit qu'il reviendrait après le grand déjeuner.

Le ronflement s'est arrêté. Kwir attend une réponse. Rien ne vient. Il s'approche de son maître. Arcturus dort, pour de bon cette fois. Son regard tombe sur le bouclier. Le métal porte une marque. Kwir s'accroupit. On dirait bien… un coup d'épée ! La pointe de la lance est-elle tachée ? A première vue, non. N'osant pas sortir Kanargann de son fourreau, il retourne envelopper les galettes dans un torchon et les mettre au chaud sous le petit brasero.

Des pas dehors. La porte est relevée. Talariante se penche et pénètre dans la tente.

— Tu n'es pas le bienvenu ici ! dit Arcturus, sans même se retourner. Si tu t'étais fait annoncer, comme le veut l'usage, j'aurais fermé ma porte !

Kwir, sidéré, se fait tout petit. Talariante prend son temps pour répondre.

— Ne refuse pas ma visite, garçon ! Je viens comme un ami.

— Est-il un ami, l'envoyé de ceux qui veulent me tuer ?

— Un drwidh est garant de justice. Aussi bien pour toi que pour les autres. Je ne suis d'aucun parti !

— Tu ne m'as pas défendu hier !

— Je n'avais pas à le faire !

— Tu n'as retenu Morlude que le temps d'avoir bonne conscience. Si tu avais été plus ferme, nous n'en serions pas là !

— Il est dans sa tente lui aussi, et plus atteint que toi !

— Ce sont les premières paroles agréables de cette matinée ! Une pointe de regret, pourtant. Morlude vit encore.

Talariante pousse un soupir excédé.

— Nous tenons une assemblée dans un quart d'heure.

— Tenez-la sans moi !

— Ta présence est nécessaire !

— Je n'irai pas !

— Nous avons besoin de tes conseils !

— Demandez ceux de Morlude !

— Le caprice ne sied pas au guerrier, Arcturus !

Un ronflement lui répond. Le drwidh baisse la tête et sort. Aussitôt, le fils du Nouada se lève et vient près de Kwir.

— Donne-moi quelque chose à manger ! L'après-midi promet d'être intéressant !

Les galettes à peine sorties sont dévorées avec une large tranche de viande salée. Après avoir englouti le bouillon de kol, Arcturus va s'asseoir sur un siège pliant, son épée nue en travers des genoux.

— Déplie une autre chaise et place-la en face de moi ! Karrec ne tardera plus, je pense.

En effet, quelques instants plus tard, des pas se font entendre, puis une voix annonce :

— Karrec, fils de Kleg, roi de la vro Belle, voudrait s'entretenir avec le fils du Nouada !

Un sourire moqueur fleurit sur les lèvres d'Arcturus.

— Fais-le entrer, Kwir !

Karrec marque une pause, pour s'habituer au manque de clarté sous la tente. Dès qu'il voit l'épée, son sourire disparaît.

— Je suis sans arme, dit-il.

— Et moi, je suis chez moi !

— Ce n'est pas ainsi qu'on reçoit un ami.

— Si j'avais des amis dans ce camp, je n'aurais pas souffert ce que j'ai souffert !

— Nous sommes tous d'accord pour reconnaître que Morlude a tort de se laisser emporter par sa rancœur.

— Tous ? Même Kadour et Gwaz ?

— Gwaz n'a-t-il pas pris ta défense l'autre jour, quand tu proposais de partir devant ?

— Et Kadour ?

Karrec ne répond rien.

— De quoi voulais-tu m'entretenir ? demande Arcturus.

— De l'euzvène.

— Je n'ai rien à dire à son sujet.

Après un long silence durant lequel, tête baissée, il semble contempler ses pieds, Karrec reprend :

— Les disputes entre les hommes sont une chose, la prospérité d'un royaume en est une autre. Je suis roi de la vro Belle. Les sources de la Pénorine et Dynlir sont sur mon territoire. Si nous ne parvenons pas à vaincre l'euzvène, la vro Belle sera maudite par Lér. Suis-je un mauvais roi ? Ai-je mérité d'attirer la ruine sur mon royaume ?

— Tu n'es pas un mauvais roi.

— C'est ton aide qu'il me faut pour sauver la vro Belle.

— Que donnes-tu en échange ?

— Fais ta demande. Que veux-tu ?

— Une chose.

— Laquelle ?

— Dynlir et tout ce qui s'y trouve.

Karrec en reste bouche bée.

— Dynlir ? Que veux-tu en faire ?

— Es-tu d'accord ?

— Eh bien, euh... oui !

— Jure-le par la massue du Douéda !

— Par la massue du Douéda, je jure que je te donne Dynlir.

— Très bien ! Allons à l'assemblée, maintenant !

Le fils du Nouada prend place dans le cercle et observe les visages. Surprise chez tous de le voir marcher sans soutien, soulagement chez Talariante, stupeur chez Mordrouz. Le champion regarde même ses poings en fronçant les sourcils. Le drwidh prend la parole.

— Tu es bienvenu ici, Arcturus ! Nous t'attendions pour entendre comment tu penses venir à bout de l'euzvène.

Le garçon se lève. En chemise et bragos rouges, il s'est rabattu les cheveux sur le visage pour cacher les traces de coups et ses yeux tuméfiés.

— D'abord, je souhaite que Karrec vous répète le serment qu'il m'a fait, pour que Talariante et vous tous en soyez témoins.

Karrec, à son tour, se lève.

— J'ai juré par la massue du Douéda que je donnais Dynlir au fils du Nouada.

Un murmure d'étonnement succède à ces paroles.

— En échange, dit Arcturus, j'ai accepté d'aider Karrec, et lui seulement, à tuer l'euzvène.

— De quelle façon ? demande Talariante.

— Avant d'en venir là, je voudrais ajouter ceci : ni Morlude ni Kadour ne seront bienvenus dans mon dyn ! Qu'ils restent dans leurs tentes !

Le drwidh hausse les sourcils.

— Peut-on se passer d'eux ?

— Nous n'avons pas besoin d'un haut roi pour chauffer de l'huile, ni d'un vieux guerrier pour la verser !

— Bien, garçon ! Tu es le maître dans ton dyn. Seuls ceux que tu invites iront t'aider à tuer l'euzvène. Et il est temps, maintenant, de nous dire comment !

— Avec l'aide de Lér ! Il a déjà répondu à ton appel, hier. Car le marhvaur du dieu n'était pas là quand nous avons fait tomber le rocher. Il n'était pas là non plus quand l'euzvène a détaché le bloc. C'est seulement lorsque tu as imploré la protection de Lér qu'il est venu s'encastrer sous le bloc et c'est à ce moment-là que l'euzvène s'est arrêté. Est-ce vrai ?

— C'est vrai ! répondent les Kernis.

— Maintenant, Talariante va demander à Lér de laisser la Pénorine emporter son marhvaur.

Ces mots provoquent des cris de protestation.

— C'est une bêtise ! dit Kadour. L'euzvène passera aussitôt et nous ne pourrons plus rien.

Arcturus le regarde froidement.

— Bêtise ? Qui est le plus bête ? Celui qui n'a pas encore parlé ou celui qui l'a déjà jugé sans savoir ce qu'il veut dire ?

Talariante se lève et, cette fois, use de la voix d'autorité.

— Laissez parler le fils du Nouada ! Par Lughern !

Dans le silence revenu, Arcturus continue.

— Tant que l'euzvène tiendra ses plaques serrées, nous ne pourrons rien contre lui. Il est semblable à un roc et restera comme cela jusqu'à ce que le pourrissement dégage le marhvaur de Lér et que le courant l'emporte.

Talariante l'interrompt.

— Qui te dit que le courant l'emportera ? Il peut très bien rester là jusqu'à ce que ses os soient débarrassés de toute chair, formant un barrage infranchissable.

— Infranchissable ? Pourquoi ?

— Parce que le marhvaur est à Lér. Tous ceux qui le touchent sont maudits par le dieu.

— Cela est-il valable pour les animaux ?

— Pour tous les êtres vivants !

— Alors, comment les mirhi remonteront-ils la Pénorine pour aller pondre dans les sources ? Et comment les gwidiles descendront-ils pour aller se transformer dans la mer de Daoubenn ? Seront-ils tous maudits en passant sous le bloc ? Ou bien s'arrêteront-ils devant les os du marhvaur par peur de la malédiction ?

— Evidemment, il faut qu'ils passent. Tu as raison.

— Bien. Donc, tant que l'euzvène tiendra ses plaques serrées, nous ne pourrons rien. Une fois le marhvaur dégagé, il bougera de nouveau. Mais nous ne pourrons rien contre lui tant que le niveau de la rivière sera le même. L'animal qui dirige les plaques est au fond. L'huile en feu passe au-dessus de lui. Si nous voulons le brûler, il faut faire un barrage.

De nouveau des murmures montent de l'assistance. Talariante les traduit :

— Un barrage ne servirait à rien ! Le temps que nous le fassions, l'eau montera et passera par-dessus.

— C'est pourquoi nous ne ferons pas un barrage en pierre. Nous construirons une vanne de bois, assez large pour aller de l'aire des feux au rocher, que nous ferons descendre contre le bloc, de façon qu'elle soit plaquée par le courant. L'eau va baisser brusquement en aval, et nous aurons juste assez de temps, pendant qu'elle monte de l'autre côté, pour verser de l'huile bouillante sur l'euzvène.

— Mais la berge n'est pas verticale, le rocher non plus. L'eau passera par les côtés.

— Elle passera aussi sous le rocher. Mais je pense que c'est sans importance. Ce qu'il faut, c'est arrêter le plus gros de la Pénorine un instant, être prêts, sur la passerelle, avec les chaudrons, et verser l'huile avant que l'eau ne déborde le barrage.

Cette fois, c'est un silence épais qui succède aux paroles du garçon. Gwaz le brise.

— Une question : qu'est-ce qui prouve que l'euzvène est toujours vivant ?

— Tu poses cette question parce que, tout en redoutant l'euzvène, tu te désintéresses de lui, ce qui n'est pas la meilleure façon pour le vaincre. J'ai passé la matinée à l'observer. Il a bougé deux fois. Très légèrement. Juste écarté une plaque.

Karrec se lève.

— Est-ce que quelqu'un ici a mieux à nous proposer ?

Aucune réponse.

— Alors, qu'attendons-nous pour construire cette vanne ?

Arcturus regarde le ciel bas. La pluie a cessé mais la masse des nuages avance vers l'est sans aucune rupture. A ses pieds, la Pénorine roule un flot plus puissant que la veille.

— Il reste au moins trois heures avant la nuit. Que faisons-nous ? demande-t-il à Talariante.

— Je vois dans la fin de la pluie un signe de Lér. La vanne est prête. La passerelle a été renforcée. Les chaudrons attendent qu'on les remplisse et qu'on les chauffe. Pourquoi ne pas en finir maintenant ?

— Un instant, dit Gwaz qui vient d'arriver. Pourquoi ce garçon porte-t-il une épée alors que Mordrouz exige que nous venions sans armes ?

Arcturus le toise.

— Je suis dans mon dyn ! Et dans mon dyn il n'y a d'autre autorité que la mienne ! Je porte les armes que je veux et Mordrouz n'a rien à y redire !

— Allons-y, dit Karrec. A toi de diriger les hommes, Arcturus. A Talariante d'invoquer les dieux.

— Remplissez les chaudrons et allumez les feux ! commande le fils du Nouada.

Les fûts sont vidés, cassés, leur bois enflammé sous les trois ventres de dirdu.

Talariante lève les bras.

— *O Lér, fils de Don, écoute ma demande !*
Aide-nous ce jour comme hier tu nous aidas !
L'euzvène est ton ennemi, ô Lér, fils de Don !
Nous voulons t'offrir sa vie.
Aide-nous à ouvrir la route des mirhi !
Donne-nous un signe de ton appui !

Sur la passerelle, ils sont plusieurs à surveiller le marhvaur du dieu. Rien ne se passe. Le drwidh regarde Arcturus.

— Lér est un grand dieu. Il ne répond pas à la première demande.

Peut-être aussi n'entend-il pas les prières aussi piètrement formulées, pense le garçon.

Le drwidh étend de nouveau les bras et réitère sa demande. Sans plus de résultat. A la troisième fois, les cœurs battent plus fort. Dans le silence qui suit, les veilleurs hochent la tête avec une moue désolée. Arcturus baisse la tête.

— Lér n'approuve pas cette façon de faire ! dit Gwaz.

Un énorme *plouf* répond à ses paroles.

— J'ai vu un rocher tomber dans la rivière ! crie quelqu'un.

Une vague vient se briser sur le barrage. Les hommes se penchent, sur la passerelle, scrutant les remous.

— Le marhvaur est passé sous le bloc !

Arcturus voit une forme imprécise partir dans les eaux grises. Talariante joint les mains et incline son front vers la pointe de ses doigts.

— Bénédictions sur toi, Lér ! Les Kernis sont tes enfants, les gardiens de tes troupeaux. Ils vénèrent la puissance de tes lames et la blancheur de ton écume.

Le fils du Nouada saute de joie, mains tendues vers le ciel. Puis il se tourne vers Karrec et Mordrouz.

— Préparons la vanne !

C'est une manœuvre difficile car elle est lourde et, comme on ne peut la poser à plat sur les rochers à cause de la passerelle, il faut la porter verticalement, ce qui limite le nombre de ceux qui la manipulent. Sans la force du champion, il aurait sans doute fallu renoncer à ce projet. On dresse deux pièces de bois croisées sur l'aire des feux et deux autres sur le rocher. Des cordes fixées de chaque côté de la vanne et passées dans ces gorges de bois permettent de la suspendre au-dessus de la Pénorine. Des filets, accrochés au bas de la vanne, sont remplis de pierres pour la lester.

Les Kernis se tournent vers l'euzvène. Il ne bouge toujours pas. Quelques gouttes tombent du ciel. On entend l'huile siffler dans les chaudrons. Une heure passe. Deux fois, déjà, on a rajouté du bois dans le feu. L'euzvène est immobile. Les guerriers regardent Arcturus.

— Essayons la vanne ! dit-il. Peut-être que le changement de niveau le fera réagir. Ne la descendez pas jusqu'au fond !

Le lourd panneau s'enfonce lentement. L'eau gicle sur les côtés, bouillonne sous le bloc, monte sur le bois, baisse autour de l'euzvène.

A cet instant, un guerrier arrive en courant et parle à Gwaz. Le vieux chef hurle :

— On a trouvé Skréo près de la brèche du rempart ! Sa tête est piquée sur sa lance !

Tous les regards se tournent vers Arcturus.

— Est-ce toi ? demande Talariante.

— Il avait Pelnij et m'a défié de venir la reprendre.

Avec un cri de rage, Gwaz se précipite sur le garçon et le pousse. Arcturus tombe en arrière dans la Pénorine. Heureusement, il reste assez d'eau pour qu'il ne se brise pas les reins. Il se relève dans le bouillonnement. L'euzvène, à dix pas de lui, n'a pas bougé.

Mordrouz éclate de rire.

— J'étais garant que rien ne serait tenté contre toi par les armes ! Gwaz n'en porte pas, cette fois ! Débrouille-toi, garçon ! Et j'ajoute que je ne suis pas mécontent de voir ton caquet se rabattre ! Tu n'es qu'un Hurlink prétentieux. Que l'euzvène te transforme en bouillie !

Un grondement de colère, une colère noire aveugle et terrible, jaillit de la bouche d'Arcturus. Il saisit un galet et le lance. Mordrouz se penche pour l'éviter. Quand il se redresse, Kanargann vole déjà vers lui. Atteint à l'aine, il chancelle et tombe en avant. Sa cuisse gauche se brise sous son poids. Arcturus avance dans les remous pour l'achever. C'est le moment que choisit l'euzvène pour écarter ses plaques. *Tchou, tchou, clong !* Mordrouz est englouti.

Le garçon est pétrifié.

— Kanargann !

L'euzvène continue jusqu'à la base du bloc.

— Fermez la vanne ! crie Arcturus, les larmes aux yeux.

L'eau coule toujours. Là-haut, Gwaz donne des ordres. Ses hommes partent en courant.

— Karrec ! Ferme la vanne ! hurle Arcturus.

L'eau baisse enfin. Il en a jusqu'aux mollets. Il va s'adosser à la rive sud, à l'abri derrière une saillie du granite.

— Versez l'huile !

Les hommes de Karrec ont pris les choses en main. Deux chaudrons sont prêts. Le premier est versé. L'euzvène, couvert de feu, serre ses plaques puis les ouvre en éventail. Le second chaudron le prend dans cette position. Une fumée noire et poisseuse monte, accompagnée d'une odeur nauséabonde. Mais déjà l'eau passe par-dessus la vanne et retombe sur l'euzvène. En quelques instants, Arcturus en a jusqu'à la taille. Les plaques se referment avec un claquement sec.

Là-haut, Kadour et ses hommes arrivent avec des armes. Aidés par ceux de Gwaz, ils apportent un chaudron enflammé qu'ils versent en courant d'un bout à l'autre de la passerelle, pour que la rivière soit en feu sur toute sa largeur. Le garçon se laisse couler et attend, accroché au fond, que le courant emporte l'huile. Quand il sort de l'eau, il voit les plaques de l'euzvène frapper l'arche. Le choc est terrible. Mais le bloc, retenu par le poids de l'eau contre la vanne, ne bouge pas.

Arcturus est en furie.

— Kadour ! Vieil imbécile ! Et toi, Gwaz, sombre crétin ! Vous avez gaspillé le dernier chaudron et l'euzvène est toujours vivant ! La seule chance de le vaincre s'est envolée !

Talariante secoue sa chaîne.

— Il a raison ! Il faut tuer l'euzvène !

— Tuons d'abord Arcturus ! Nous nous occuperons de l'euzvène après !

C'est Morlude, un bandeau sur l'œil, qui vient de parler. Il a répondu avec ses guerriers à l'appel de Gwaz.

— L'euzvène va se charger de lui, regardez !

Le monstre a fait demi-tour. *Tchou, tchou, clong !* Il part vers l'aval, s'arrête à hauteur d'Arcturus, se tourne vers lui. Le garçon brandit un petit tube jaune.

— Où est-il ? crie Morlude.

Les Kernis sont frappés de stupeur. L'euzvène était là et il n'est plus là !

Kadour saisit un javelot et veut le lancer contre Arcturus. Mais, au même instant, le coin de la vanne, sous l'arche, cède. L'eau s'engouffre d'un seul coup et sa puissance est telle que le bloc est arraché. La vanne part avec lui, entraînant les cordes, les pieux croisés, la passerelle. Les hommes refluent sur la berge.

— La Pénorine va le noyer ! dit Gwaz.

Le flot rebondit sur la rive opposée. Les remous submergent Arcturus, le prennent, l'emportent entre les tours. Sa main se tend, agrippe le filin. Il parvient à se hisser, s'entortille. D'un coup de couteau, il coupe les torons sous ses pieds. Le courant l'emporte à nouveau, accroché au filin, et le rabat sur la rive nord. Le niveau est si haut qu'il parvient à rouler sur l'herbe.

Sans prendre le temps de respirer, il court au pied de la tour et fait tomber les échelles. Il essaie de les soulever pour les jeter dans la rivière mais elles sont trop lourdes. Il court à sa tente. Kwir se lève, effrayé par l'allure de son maître.

— Prends les Cinq Etoiles et Pelnij. Nous partons !

— Mais tu…

— Ne perds pas de temps à discuter. Obéis-moi si tu veux vivre !

Arcturus met le casque dirduverre dans un sac et l'accroche à sa ceinture, puis, après un dernier regard à son bouclier, il sort de la tente et, suivi par Kwir, part en courant vers le nord.

— Où veux-tu aller ? crie le Liwédi.

Ils arrivent à une source. Arcturus hésite.

— J'espère que c'est la Diabelle ! Suivons-la !

Alors qu'ils ont parcouru un quart de lieue, des harz retentissent derrière.

— Ils ont lâché les koun de Morlude ! Dépêchons-nous !

— Ils vont nous rattraper !

Le ruisseau rejoint la route.

— C'est bien la Diabelle ! dit Arcturus.

Il hésite. Suivre le ruisseau ou la route, plus directe ? La pente n'offre aucune cache. Les harz se rapprochent, encouragés par des cris humains, plus lointains.

— Ils nous ont vus ! Courons sur la route !

Mais les koun sont plus rapides. Leur galop fait résonner la terre. Arcturus arrête sa course.

— Mets-toi derrière moi et prends Pelnij. Empêche-les de m'attaquer à revers.

Ils sont six. Le garçon les connaît par leur nom et les appelle. Désorientés, les koun ralentissent. Une Etoile siffle. Un ki tombe en avant et roule. Les autres s'arrêtent. Une deuxième Etoile fait son œuvre. Les quatre survivants reculent et se mettent hors de portée en grondant. Arcturus regarde ses javelots. Les cris se rapprochent.

— Partons ! dit-il, la mort dans l'âme.

Dès qu'ils ont tourné le dos, les koun reprennent leur chasse, mais de loin, et leurs harz sont maintenant destinés à renseigner leur maître.

Les fuyards retrouvent la Diabelle. La pente s'accentue. Le lit se creuse. En quelques instants, ils sont hors de vue.

— Marchons dans l'eau, dit Arcturus. Ils perdront peut-être notre trace.

Mais les harz de chasse ont repris et se rapprochent très vite. Entre deux parois rocheuses, Arcturus plante les trois Etoiles dans le lit de la rivière, pointe tournée vers les koun. Pelnij dans une main, son couteau dans l'autre, il attend leur assaut. Une corne sonne au loin. Le harz s'interrompt. Les koun paraissent, à une trentaine de pas, dans le crépuscule. Ils hésitent, tournent, tantôt grondant, tantôt gémissant, puis rebroussent chemin.

Le fils du Nouada reprend ses javelots.

— Morlude a trouvé ses koun morts. Il a rappelé les autres et va les tenir en laisse !

La fuite reprend, ralentie par la nuit. Les garçons essaient de se remémorer la route. Ils ont en tête les principales difficultés mais se souviennent mal des passages que les chariots franchissaient sans trop de peine. Ce sont surtout les cailloux qu'ils redoutent. Le lit de la Diabelle en est plein, ce qui les contraint à emprunter la route. Ils se servent des javelots pour sonder la nuit et marchent en se tenant la main.

— Ils ne peuvent aller plus vite que nous sans allumer des torches ! dit Kwir.

— Je ne crois pas qu'ils s'y risqueraient.

— Et s'ils le font ?

— Je regrette d'avoir négligé l'arc de Dour et la fronde d'Enès. Avec ces armes, je ne leur aurais laissé aucun répit !

Ils se heurtent à une avancée rocheuse qui ferme la route, les obligeant à marcher dans la rivière. Arcturus sonde le fond.

— Nous ne sommes plus très loin de l'endroit où la route quitte la Diabelle. Je vais leur laisser un souvenir !

Six coups de couteau. Il a coupé les javelots en trois parties.

Pendant qu'il appointe le bois, on entend les poursuivants qui se rapprochent. Kwir s'agite.

— Dépêche-toi !

Pointes de dirdu et morceaux de fûts effilés sont enfoncés un peu partout dans le lit et recouverts de gravier.

— Allons-y ! J'ouvre la route avec Pelnij !

Le fils du Nouada prend la main de Kwir. Ils n'ont pas fait plus de cent pas que des cris de douleur montent derrière eux.

— Le temps qu'ils trouvent tous les pièges, nous aurons doublé l'avance que nous avions tout à l'heure ! Marche dans l'eau pour égarer les koun ! Nous avons le temps. Nous sommes presque arrivés à la retenue des mirhi.

— Et que ferons-nous après ?

— Nous irons directement à la mer !

— Par les rapides ? La nuit ?

— S'ils nous suivent, nous n'aurons pas d'autre choix. S'ils abandonnent, nous attendrons le jour.

— Et que feras-tu à l'embouchure de la Diabelle, entre les falaises ?

— Nous aviserons !

La pente s'adoucit. La rivière tourne. Ils entendent un chuintement, devant.

— Le gué ! dit Kwir. Enfin ! Je suis mort de fatigue !

Un harz retentit loin derrière.

— Ils ont lâché les koun !

— Attends-moi ici ! dit Arcturus.

Il part sur la route de Pelle et revient sur ses traces.

— Traversons la retenue !

Ils nagent jusqu'à la digue par-dessus laquelle s'écoule le trop-plein et se laissent glisser de l'autre côté pour gagner, dans le lit de la Diabelle, l'entrée des gorges rocheuses.

— Reposons-nous ! dit Arcturus. Moi aussi, je suis épuisé. Si seulement Armaur brillait là-haut !

En réponse, des gouttes de pluie commencent à tomber.

Les koun arrivent au gué, humant les berges. Dès qu'ils trouvent la trace, ils lancent un harz terrifiant et partent au galop sur la route de Pelle. Leurs cris diminuent. Arcturus chuchote.

— Ils vont continuer. Puis, après avoir cherché, ils reviendront, penauds. Le vent vient vers nous. Nous sommes dans l'eau. Nous ne risquons rien.

Après les koun arrivent les hommes. Leurs voix portent dans la nuit.

— C'est le gué ! dit Karrec.

Une sonnerie de corne retentit. Un harz lointain lui répond.

— Il est parti sur la route de Pelle ! dit Morlude.

D'autres hommes arrivent.

— Comment va Talariante ? demande le roi.

C'est Gwaz qui répond.

— Nous l'avons laissé là-haut avec neuf hommes et les autres blessés. Il ne pourra pas marcher d'ici longtemps.

— Et Kadour ?

— Il arrive. Ce n'était qu'une égratignure.

— Voilà ce que c'est de courir devant comme un jeune homme.

— Cette chasse le rajeunit !

Un hurlement dépité provient de la route de Pelle.

— Ils ont perdu sa trace ! dit Morlude. Par Droug ! Nous ne le retrouverons jamais dans la nuit !

— Je trouve étrange que les koun perdent sa trace sur cette route ! dit Karrec. Elle ne suit aucun cours d'eau.

— Il a pu s'accrocher à une branche et grimper dans une arbre !

— Il n'y en a pas !

— Ce gamin nous a joués ! dit Gwaz. Il est revenu sur ses traces ! Il a dû descendre la Diabelle et couper plus bas pour prendre la route de Bri ! Rappelle tes koun !

Une nouvelle sonnerie retentit qui glace le sang de Kwir.

Des bruits de voix annoncent l'arrivée d'une autre troupe.

— Alors ? demande Kadour.

— Je pense qu'il a pris la route de Bri, répond Gwaz.

— Nous l'aurons ! Qu'attendons-nous pour le traquer ?

— Nous attendons les koun qu'il a égarés sur la route de Pelle. Il est inutile de songer à le rattraper sans eux.

Arcturus prend Kwir par le bras.

— Eloignons-nous. Ils vont venir jusqu'ici flairer les rives.

— J'ai froid ! Devrons-nous rester encore dans l'eau ?

— Nous n'aurons pas le choix. Il n'y a pas d'autre chemin que la rivière, dans ces gorges. Fais comme moi ! Bois et demande son aide à la Diabelle !

Ils reculent derrière un rocher qui coupe le courant. Le chahut des flots entre les parois les empêche d'entendre les voix de leurs ennemis. Kwir, appuyé au rocher, voit une vague lueur sur le visage de son maître.

— Ils ont allumé des torches ! dit celui-ci.

Le Liwédi se penche. Il voit des silhouettes qui marchent au bord de l'eau avec les koun. L'une d'elles s'avance et lève son flambeau.

— Ils vont nous trouver !

— C'est Gwaz !

Le fils du Nouada bondit. Kwir, pétrifié, voit le feu s'éteindre dans l'eau.

— Partons !

Arcturus prend la main de son serviteur et la descente des gorges commence. Le lit est encombré de galets, de rochers arrondis, les trous succèdent aux plages. Ils n'ont plus que leurs mains pour détecter les obstacles. Pieds, chevilles, jambes sont meurtris. La marche est lente. Ils se retournent souvent, mais, autant qu'ils peuvent en juger avec le bruit des eaux chahutées, la poursuite a cessé.

Le lit devient très étroit. Le niveau monte. Ils ont rapidement de l'eau jusqu'à la taille. Le courant menace de les emporter.

— Revenons en arrière ! dit Arcturus. Il vaut mieux attendre le jour pour se risquer dans ce passage.

Ils trouvent un rocher près de la paroi, sur lequel ils peuvent s'asseoir au sec. Gêné par ses bragos trempés, Kwir se lève pour les enlever et sa tête heurte quelque chose en surplomb.

— Une arbre ! Alors là ! Jamais autant, comme dirait Goapic !

Arcturus l'inspecte. Le tronc part presque à l'horizontale et se redresse ensuite.

— Elle pourrait nous servir de refuge, si nos poursuivants viennent jusqu'ici !

— Puis-je te poser une question ?

— Vas-y ! J'ai oublié ma colère contre toi. Une autre a pris sa place.

— Pourquoi nous poursuivent-ils ?

— Tout est de la faute de celui que je viens de tuer.

— Gwaz ?

— Oui ! Pelnij est rentrée par la bouche et ressortie par la nuque. Joli coup, non ?

— Mais pourquoi…

— Ce matin, j'ai trouvé Skréo près de la brèche. Il avait ma lance. Je lui ai demandé de la rendre. Il m'a répondu de venir la prendre. C'est ce que j'ai fait. Gloire de Rotan a reçu sa première blessure et Skréo sa dernière. Il t'intéressera certainement de savoir qu'il avait une trace de morsure à la main droite.

— Brune de Bri ! C'était lui ! Mais que s'est-il passé ensuite ?

Arcturus lui raconte la fin de Mordrouz et celle de l'euzvène. Kwir émet un sifflement.

— L'arme de Myrdhinn ! Enès lui avait fait jurer de ne plus l'employer.

— Il me l'a confiée en me faisant promettre de ne l'utiliser qu'en dernier recours, après avoir tout tenté. J'ai tenu ma promesse, je crois. Elle est contre ma poitrine et je fuis devant mes ennemis !

Ils se dressent sur le rocher. Un grondement grossit en amont. Les garçons grimpent sur l'arbre, rampent jusqu'aux branches et s'accrochent. Le grondement devient énorme.

— La retenue ! crie Arcturus. Ils l'ont vidée !

— Espérons que nous serons assez haut !

Le premier flot passe juste sous eux et vient frapper les parois. Le rétrécissement l'arrête, le soulève, le renvoie. Une monstrueuse vague de retour frappe l'arbre et l'arrache. Les branches les protègent au début. Elles frottent sur les parois et freinent, mais le courant pousse les racines. Les branches cèdent les unes après les autres, plient, se rabattent, formant une cage qui emprisonne les garçons accrochés aux moignons, menacés de la noyade à chaque fois que le tronc tourne sur lui-même.

Pendant des siècles ils descendent, toussant, crachant, ne sachant plus s'ils sont dehors ou dedans. Le défilé les rejette. Ils tombent, sans pouvoir se libérer, dans des rapides furieux où les rochers affleurent. Les heurts sont violents. Le tronc bute sur un obstacle, part de travers. Arcturus pousse un cri. Il a senti son os craquer entre le coude et l'épaule. La douleur le projette au bord de l'évanouissement. Kwir sent sa prise faiblir et se cramponne à lui.

— Arc ! Ne lâche pas ! Pense à Regard d'Espérance ! Tu es son seul espoir !

Le vacarme s'apaise. Le courant les entraîne dans des eaux

plus calmes. Les odeurs changent. La mer n'est pas loin. Kwir parvient à écarter une branche de son côté pour stabiliser le tronc.

— Hisse-moi sur le tronc, murmure Arcturus. J'ai le bras droit cassé.

Après plusieurs essais, le Liwédi renonce.

— Je n'y arrive pas ! Il faudrait couper les branches avec ton couteau.

— Je ne peux pas le prendre !

Kwir essaie de replier la branche pour faire tourner le tronc en sorte que son maître se retrouve dessus. Il est trop empêtré dans le bois cassé pour y parvenir. Arcturus parvient à passer son baudrier dans un moignon et retombe en sueur.

— Il nous faut de l'aide.

Kwir ouvre des yeux ronds. De l'aide ! Il imagine les falaises qui doivent les dominer. A part les oiseaux et… Evor se pose sur son épaule. Il revoit l'Aberépu, le lestre, les bleilles…

Quelque chose fait du bruit derrière lui. Il se retourne. Un œil phosphorescent le fixe dans la nuit.

— Un dentu !

Un autre œil s'allume à côté du premier, puis un autre, et c'est tout un troupeau qui les regarde. Arcturus est secoué par un rire nerveux.

— Ce sont des mirhi ! Nous sommes sauvés !

— Des mirhi sauvages ! Que vont-ils faire de nous ?

— Ils vont nous conduire dans un refuge !

Kwir sent un corps se serrer contre lui, sous l'eau, et frissonne de peur. Bientôt, la chaleur émanée de ce corps le réconforte. Il pense à la nuit passée entre les mirhi au bord de la Pénorine et, pour la première fois depuis qu'ils ont quitté la tente, se sent en sécurité.

Ils avancent ainsi dans la nuit, glacés par les ondées, réchauffés par les mirhi, jusqu'à ce qu'un jour livide et sinistre transpire des nuages. Kwir peut enfin voir Arcturus. A chaque fois que son bras est secoué par les vagues, une grimace de douleur réprimée crispe son visage marqué par les coups, et des gouttes de sueur perlent à son front. Le Liwédi regarde les branches qui l'enserrent et commence à les écarter.

— Sois patient ! dit Arcturus. Nous arriverons bientôt. Tu me soigneras sur l'île.

— Comment sais-tu que nous allons vers une île ?

— Les mirhi me l'ont fait comprendre.

— Les mirhi ?... Ah ! Oui, oui, bien sûr ! Les mirhi !

— Tu verras ! C'est un îlot avec, à l'est, une plage couverte de débris. A l'ouest, survolés par les oiseaux, se dressent trois rochers bleus appuyés à une petite colline dénudée au pied de laquelle, côté nord, coule une source.

Kwir préfère ne pas répondre et continue à écarter doucement les branches pour ne pas provoquer un changement brutal dans le comportement de l'arbre. Un marhvaur lève la tête et roucoule en regardant devant. Des oiseaux volent, là-bas. On les voit très bien, au-dessus de trois rochers. Une colline apparaît derrière. Kwir éclate de rire.

— Tu connaissais déjà cette île !

— Non. Je ne suis jamais venu ici, par le Douéda ! Je t'ai dit la vérité tout à l'heure.

— Comment les mirhi pourraient-ils parler ?

— Ils ne parlent pas. Ils emploient des images. C'est comme si c'était dans ma mémoire. Je commence à pouvoir faire la différence entre ce qui vient d'eux et ce qui est en moi. Ils vont nous conduire à l'est, sur la plage, à l'abri du vent et des vagues.

Les mirhi nagent plus vite et, en peu de temps, ils abordent sur le sable encombré de goémon et de bois mort blanchi par le sel.

Kwir se dégage et vient secourir son maître.

— Sais-tu faire les attelles ? dit celui-ci.

— J'ai vu Enès en poser. Je crois que je pourrai en faire autant. Il suffit de prendre l'écorce de l'arbre. Nous avons de la chance : c'est une arbre de mare. Son écorce est très solide.

— Une arbre de mare ? L'arbre de la défaite... Espérons que ce n'est pas un mauvais signe.

— Seul un drwidh pourrait nous le dire en lisant les feuilles. Mais elles sont tombées depuis Harsaw et tu ne trouveras aucun fruit sur les branches pour le manger en signe de défaite.

— Nous avons pourtant fui...

— Enès a dit un jour à Cam que la fuite n'est honteuse que si elle est définitive. Te connaissant, je suis sûr que tu n'en resteras pas là.

— Kadour et Morlude connaîtront le même sort que Gwaz !

— Pour cela, il faut que je te pose une attelle !

— Oui ! Fais vite !

Le Liwédi regarde autour de lui.

— Je n'ai rien pour couper l'écorce !

— Prends mon couteau dans ma ceinture.

— Tu ne me le reprocheras pas ensuite ?

Arcturus soupire.

— Tu pourras toucher mes armes sans ma permission, désormais. Tu t'en es montré digne.

Dans l'écorce, Kwir découpe deux morceaux et de fines lanières pour les attacher. Puis il tente de réduire la fracture. Son inexpérience fait souffrir mille morts à son patient, mais il parvient à remettre l'os en place. L'attelle posée, Arcturus, qui n'a pas lâché une plainte, se laisse retomber en arrière.

— Quand nous serons sortis d'ici, tu iras prendre des leçons avec les drwidhs d'Herrbaré !

Puis il s'évanouit.

Kwir se relève et regarde autour de lui.

— Quand nous serons sortis d'ici !

La vue s'étend très loin. Il voit de façon précise les falaises monter, vers l'ouest, jusqu'à une pointe et, vers l'est, disparaître à l'horizon. Et partout les vagues gris-bleu aux reflets glacés. Un roucoulement retentit. Des mirhi buvant à la source lui rappellent qu'il a soif. Il les rejoint et se désaltère. Un marhvaur vient le caresser de l'encolure. Kwir jette un regard à la mer, vers le nord, et ses cheveux se dressent sur sa tête.

Une voile, là-bas ! Une voile qu'il reconnaîtrait entre mille. Marhvaur ! Un feu ! Il faut faire un feu ! Le garçon court à la plage et entasse des épaves mouillées par la pluie. Désespérément, il cherche son briquet. Perdu ! Arcturus doit avoir le sien dans sa ceinture ! Il fouille, fébrilement, en jetant des coups d'œil à la voile qui avance vers l'ouest. Enfin ! le voilà ! Mais la vessie qui le contenait s'est percée. La mèche de toile brûlée est mouillée. Il essaie quand même de battre la pierre. Les étincelles meurent, meurent, sauf une. Le bout de la mèche rougeoie ! Kwir l'approche du goémon et souffle. Une trace noire bordée de rouge palpite et s'élargit. Un peu de fumée blanche !

Une ondée passe, violente... Désespéré, Kwir cherche le lestre. Il est caché par un rideau de pluie. Le garçon court jusqu'à l'arbre et attache sa zé à la plus longue branche qu'il peut trouver. La voile reparaît. Mais comme elle est loin ! Il balance son drapeau jusqu'à l'épuisement. Marhvaur continue sa route. La coque disparaît dans les vagues, puis la voile, rapidement, est mangée par l'horizon.

Kwir s'accroupit sur le sable et se prend la tête dans les mains.

XIV

RETOUR À BRI

GOAPIC sort de la tente, à l'avant du lestre, se frotte les yeux et se gratte la barbe en bâillant. Bourjine tient son poste, le bras posé sur l'aviron de queue. Le ciel est gris, mais, cette fois, après des jours de calme ou de vent debout, la brise les porte vers Bri. Alors qu'il inspecte le pont du regard, il aperçoit Regard d'Espérance, à tribord, près de son second, assise sur le banc fabriqué pour elle par les matelots. Sa joue gauche repose sur ses bras croisés appuyés au pavois, et la zé d'Arcturus couvre ses épaules bleu pâle.

Goapic s'approche de Bourjine.

— Comment va Marhvaur ?

— Bien. Nous serons à Bri dans la journée.

— Enfin !

Il regarde la jeune Liwédie enfermée dans sa folie.

— J'ai hâte d'aller voir Tonn avec elle !

— On dirait qu'il y a un léger mieux.

— Ah bon ? Et c'est seulement maintenant que tu le dis ?

— Mais ?... Je...

— Alors ? Pourquoi dis-tu qu'il y a un mieux ?

— Elle a parlé ! Juste avant ton réveil !

— Et qu'a-t-elle dit ?

Bourjine pousse un gloussement.

— Elle est loin d'être guérie ! Mais quand même, elle a gardé la mémoire des noms. On passait au large d'un îlot, et au moment où il disparaissait à l'horizon, elle a dit exactement ceci : « Il y avait Kwir là-bas. »

Goapic en reste bouche bée.

— Kwir ? Ah, ça ! Jamais autant !... Mais, dis donc, nous pourrions peut-être lui en faire dire plus et lui rendre la mémoire !

Il vient s'appuyer au pavois près de Regard d'Espérance et lui parle doucement.

— Vous avez vu Kwir ?

La jeune femme garde les yeux tournés vers le sud-ouest, perdus au-delà de l'horizon. Le Kerni continue :

— Allait-il bien ?

A sa grande surprise et à sa grande joie, Regard d'Espérance lui répond, sur un ton monocorde.

— Il agitait une zé au bout d'une branche.

Goapic se retourne vers Bourjine et lui fait un clin d'œil.

— Et il était seul ?

— Non. Arcturus était allongé sur la plage.

— Arcturus ? Il dormait ?

— Il avait une attelle au bras gauche.

Le marin en reste pantois. Il regarde la jeune femme qui ne manifeste aucune émotion.

— Et qu'avez-vous vu encore ?

— Il y avait Kwir là-bas.

— Et d'autres personnes encore ?

Mais Regard d'Espérance se cache le visage au creux du coude gauche et ne répond plus. Goapic revient près de son second. Le lestre fend les vagues. La côte apparaît, droit devant, vers le sud-est.

— C'est bizarre, la folie, dit Bourjine.

— Ouais... C'est la folie, quoi...

Ils regardent les voiles bien bordées, bien gonflées, le sillage bien droit, les collines de Bri bien nettes.

— A quoi penses-tu ? demande Goapic sans tourner la tête.

— Et toi ?

— Qu'est-ce que Kwir pourrait bien faire sur cet îlot avec Arcturus ?

— Oui. C'est ce que je me demandais aussi.

Ils se regardent.

— Va réveiller les autres ! dit Goapic.

Dès que l'équipage encore ensommeillé est sur le pont, il commande la manœuvre. Marhvaur vire de bord et part au plus près dans la direction indiquée par Bourjine.

Au bout d'une heure de navigation, les trois rochers apparaissent devant. Pachpi et Flemm, à l'étrave, commentent.

— Les rochers sont bleus.

— Oui, comme les Liwédis !

— C'est peut-être pour ça qu'elle a pensé à Kwir !

— Et les oiseaux qui les survolent ? Ils lui ont fait penser à qui ? Arcturus ?

— Pourquoi pas ? C'est quand même un drôle d'oiseau, non ?

— Pour venir s'échouer sur ces rochers avec Kwir, ce serait plutôt un drôle de marhvaur !

— Il a déjà des mèches qui s'illuminent, il ne lui manquait plus qu'une corne !

Flemm ne répond rien, occupé à scruter l'îlot. Il prend soudain le bras de Pachpi.

— Eh, dis donc ! Il y a quelque chose qui bouge sur la plage !

L'autre met la main en visière sur son front.

— Oui, on dirait bien !

Ils se taisent et, tout à coup sérieux, se tournent vers Regard d'Espérance, indifférente.

Quand Marhvaur est assez proche pour qu'on puisse reconnaître Kwir, ce sont des regards admiratifs que reçoit la Liwédie. Et quand Arcturus vient se joindre à Kwir, ces mêmes regards se chargent de respect et de crainte. Mais elle n'y prête aucune attention. Pas plus qu'elle n'en prête aux manœuvres qui précèdent l'arrivée. La vitesse est réduite, le fond sondé. A une encablure de la plage, on mouille la pierre. Deux keuraks sont mis à l'eau.

Kwir tombe dans les bras de Bourjine, pleurant et riant. Vite, il embarque, comme s'il avait peur qu'on reparte sans lui. Arcturus est plus calme. Avant de monter dans le keurak, il va vers la source. Trois mirhi marchent à sa rencontre. Il les caresse, leur parle longuement. Les bêtes roucoulent en hochant la tête et partent au galop dans la mer, soulevant de grandes éclaboussures, avant de plonger pour disparaître bientôt, vers le nord, où les attendent les lumineuses viviou.

Sur le lestre, Kwir est accueilli par des paroles chaleureuses alors que les matelots ne savent trop comment s'adresser au fils du Nouada. Le garçon, de son côté, imbu de sa noblesse, les regarde à peine et n'a d'yeux que pour la belle Liwédie, insensible à tout, qui continue de fixer les vagues. Pendant que Marhvaur reprend sa route et que Kwir s'occupe de leur installation, Arcturus vient s'asseoir près d'elle, intimidé comme jamais il n'aurait cru l'être devant une femme. Il pense à Morzèda et revoit Dour dans sa couche. La chaleur en son cœur est différente. Etre assis près de Regard d'Espérance suffit à son bonheur. Serais-tu resté assis sans rien faire près des deux autres ?

L'indifférence de la jeune femme lui donne le courage de parler.

— Je suis très heureux de vous revoir.

A part les cheveux dans le vent, rien ne bouge sur le visage de Regard d'Espérance. Arcturus lui pose la main sur le bras.

— Je vous protégerai comme l'aurait fait Myrdhinn. Vous n'aurez plus rien à craindre de qui que ce soit.

— Même de Dour ? demande Goapic.

Le garçon se retourne. Le marin tient l'aviron de queue juste derrière lui.

— Pourquoi dis-tu cela ?

— Promets d'abord de m'écouter sans colère.

Arcturus lui lance un regard furieux et se lève, prêt à punir l'insolence d'un matelot non libre. Puis il se ravise. Cet homme était l'ami de Myrdhinn. Il est aussi celui de Regard d'Espérance. Ne néglige pas ses paroles et deviens son ami si tu peux.

Il sourit à Goapic, blême de peur.

— Par Lughern, je promets de t'écouter sans colère.

Le marin pousse un soupir de soulagement.

— Je préfère te voir comme ça !

— Alors, que voulais-tu me dire ?

— Regarde la sculpture de proue !

L'arche et la pointe de bois ont été arrachées.

— Vous avez essuyé une tempête ?

— Non. Pas une tempête. Une attaque ! Mais commençons par le début. Depuis que je navigue, je n'ai jamais mis aussi longtemps pour passer Pénkorn ! Vingt et un jours ! Tu te rends compte ?

— Combien de temps mets-tu d'ordinaire ?

— De Bilarbili à Kornok, deux neuvaines au plus ! Mais là ! Jamais autant ! A peine sortis de la Saé, des vents contraires. Et la pluie ! Impossible de savoir où nous étions. Tu n'as jamais fait ce voyage ?

— Non. Je suis toujours passé par le col des Arbres-Perdues.

— Sur des lieues et des lieues, la mer est pleine d'îles basses, d'écueils et de hauts fonds. Les courants sont violents et les lames viennent de partout. On ne peut naviguer sans visibilité.

Pas question de continuer la nuit. Et le jour, si la pluie ou le brouillard te prennent, tu ne peux plus gagner le large sans courir au naufrage. Une seule chose à faire : mouiller devant, mouiller derrière, et attendre. Après deux jours passés à louvoyer sans avancer beaucoup, la pluie nous a pris. En plein dans les rochers. Cinq jours ! Quand elle a cessé, calme plat pendant trois jours ! Neige-de-la-Néméti nous a rattrapés à ce moment-là. Facile, avec tous ces rameurs ! Nous étions au milieu des cailloux, la marée montait et le courant était très fort. Neige-de-la-Néméti venait droit sur nous. J'ai vu le sourire du capitaine, debout à la proue. Il se cramponnait déjà en prévision du choc.

— Pourquoi souriait-il, cet idiot ?

— Le lestre de la reine a un éperon de dirdu sous l'étrave. Comme une grosse corne de marhvaur.

— Pour quoi faire ?

Goapic regarde Arcturus, surpris par sa naïveté.

— Des gentillesses ! Il éventre ton bateau, se retire, et tu coules.

— Et qu'est-il arrivé ?

— Ce n'est pas pour me vanter, mais je l'ai jouée fine. Au dernier moment, j'ai coupé le filin de la pierre de proue. Le courant nous a fait reculer. Neige-de-la-Néméti a manqué Marhvaur, et toute la rangée d'avirons à tribord a percuté notre étrave. Ils ont été cassés ou arrachés. Les rameurs devaient être dans un sale état ! Les derniers ont essayé de lever leur aviron et c'est comme ça que notre sculpture de proue a été brisée.

— Et après ? demande Kwir qui vient d'arriver.

— Sans avirons à tribord, le lestre de Dour a été pris dans les courants et s'est déchiré sur les écueils. Il a coulé.

— Et son équipage ?

— Perdu... Sauf le capitaine qui s'était accroché à une roche que la marée recouvrait peu à peu.

— Et qu'as-tu fait ?

— Je lui ai fait coucou quand il a été emporté !

Arcturus hoche la tête.

— Je comprends ce que tu voulais dire à propos de Dour. Cette attaque n'aurait pas eu lieu sans son ordre.

Kwir ouvre des yeux ronds.

— Vous voulez dire que…

Goapic hausse les épaules.

— Je ne vois pas pourquoi le capitaine de Neige-de-la-Néméti m'aurait attaqué de son propre chef. Je le connaissais bien et nos relations étaient bonnes, malgré sa tendance à péter plus haut que son cul depuis que Dour lui avait confié son lestre.

— Et qui était-ce ? demande Kwir.

— C'était Bak, mon frère…

Un long silence succède à ces paroles. Arcturus sourit.

— Tu n'as pas le pardon facile !

— Qui veut donner la mort doit s'attendre à la recevoir…

— Comment s'est déroulé votre voyage ensuite ?

— Aussi mal qu'il avait commencé ! Vents contraires, brouillard, pluie. Finalement, c'est un beau succès pour Marhvaur d'avoir passé Pénkorn aussi vite.

— Et pourquoi fais-tu route vers Bri au lieu d'aller à Kornok ?

— Je voudrais aller voir Tonn, qui fut mon maître quand j'ai commencé mes études pour être drwidh.

— Tu veux les reprendre ?

Goapic éclate de rire.

— Oh non ! Très peu pour moi ! J'aime trop cette putain de mer ! Non… J'étais avec Dour quand elle préparait la potion qu'elle a donnée à notre passagère sur la plage de Bilarbili. J'ai tout retenu par cœur. Pas un matin, pas un soir sans que je me sois récité les couleurs, les odeurs, les proportions des ingrédients et l'ordre dans lequel Dour les a mélangés. Et cette leçon, je l'ai apprise à Bourjine et à Plinn. Je suis sûr que la reine est responsable de la folie de Regard d'Espérance. Tonn trouvera un antidote.

Arcturus baisse la tête. Dour, Dour ! Est-ce la même femme qui lui a fait connaître la joie des caresses et des étreintes ? Il regarde sa zé sur les épaules de la Liwédie. Pourquoi cet acharnement contre elle ?... A cause de Myrdhinn ?...

— Et vous, demande Goapic, comment êtes-vous arrivés sur cet îlot ?

L'équipage vient écouter le récit d'Arcturus qui ne cache rien, pas même l'emploi du nettoyeur contre l'euzvène. Quand il a fini, Goapic lâche l'aviron de queue et se laisse tomber sur le pont. Il secoue la tête, les yeux perdus dans le vague.

— Roi des Brini, mort !... Alors là !... Alors là !...

Mail essuie une larme. Flemm est secoué par les sanglots. Tous les autres sont consternés. Bourjine reprend la barre.

— C'est un grand malheur, dit-il en regardant la Liwédie. Plus que jamais il faut trouver l'antidote à la drogue de Dour !

Goapic relève la tête.

— Nous avons promis à Roi des Brini de la protéger. Cette promesse tient toujours, par le Douéda ! Elle ne retournera pas à Kornok tant que Dour y sera !

— Nous irons à Kornok avec elle, dit Arcturus, et Dour devra s'expliquer !

— Elle s'en sortira encore !

— Pas cette fois ! Pas avec moi !

Goapic le fixe un moment.

— C'est vrai que tu n'es pas commode non plus ! Tu m'as dit que je n'avais pas le pardon facile, mais tu n'es pas mal dans ton genre ! Si j'ai bien compté, entre les fils de Kadour, Skréo, Gwaz et Mordrouz, ça fait six. Il ne fait pas bon être ton ennemi !

Bourjine siffle dans ses dents.

— A propos de Mordrouz, les Domnis de Tuchenn vont apprécier sa mort. Le repas du Dourhlan a lieu dans quatorze jours. Leur champion peut venir demander tribut.

— Il n'aura jamais le temps, répond Goapic. Il faut au moins dix jours pour aller de Morimor à Lanfal. Et avec le vent que nous avons, il nous en faudrait bien cinq pour aller à Morimor. Gozu connaîtra la nouvelle trop tard.

— En tout cas, il faudra faire attention, à Bri. Morlude a sûrement envoyé des coureurs devant pour prévenir Froud. Nous arriverons sans doute avant eux, mais de peu. Arcturus et Kwir ont intérêt à se cacher pendant notre escale.

Les regards se tournent vers la côte. Les deux collines de Bri sont bien visibles, avec la verte vallée qui mène à la plage.

— Peut-être que je reverrai Brune de Bri ! murmure Kwir.

C'est en fin de journée que Marhvaur s'échoue sur le sable, à côté des lestres qui amenèrent la troupe de Morlude. Avant de descendre dans la cale, Arcturus a regardé le ciel gris.

— Ce n'est pas cette nuit qu'Armaur allumera le feu autour des bateaux !

Regard d'Espérance est allongée sur sa couchette, immobile, les yeux ouverts, les bras nus posés sur la zé qui couvre son corps, mains jointes sur le ventre. Il ne fait pas chaud dans les cabines.

— Regarde ! dit Kwir. Elle frissonne. Sa peau n'est plus très bleue. Il faudrait trouver du tomgwad.

— Comment se présente-t-il ?

— C'est un onguent. On mélange la teinture à de la graisse de mato.

— De la graisse de mato ? Beurk ! C'est dégoûtant !

— Pas du tout ! Il faut tuer le mato avant la fin de Haw, quand il s'apprête à passer Mamgus dans un trou. Sa graisse est presque translucide et pénètre dans la peau sans laisser aucune odeur.

— Eh bien ! Et il reste encore des matos en Askol ? Ce doit être une véritable hécatombe !

— Mais non ! En Askol nous n'avons pas besoin de cela. Il suffit de verser un peu de teinture dans un bain. C'est pour ceux qui voyagent que nous préparons l'onguent. Il est facile à transporter dans une outre.

— Une outre... Oh, mais attends ! Il me semble que j'ai vu quelque chose comme cela dans ses affaires, à Bilarbili.

Les deux garçons fouillent un peu et Kwir trouve ce qu'il cherchait.

— Il y a de quoi faire, dit-il. Je vais commencer par moi, si tu n'y vois pas d'inconvénient.

Arcturus regarde le sac de peau et le trouve bien petit.

— Je n'en vois aucun si tu m'assures qu'il en restera assez pour elle après.

— Assez ? Il en restera suffisamment pour une douzaine de personnes !

— Bon ! Alors, vas-y !

Le Liwédi commence à s'enduire méticuleusement, avec délice, de la tête aux pieds, et, peu à peu, sa peau prend une teinte bleu foncé, unie, satinée, qui fait ressortir ses yeux couleur de bois clair. A la fin, il ne reste qu'une petite partie du dos qu'il n'a pu atteindre.

— Tu veux que je finisse le travail ? demande Arcturus.

— Je n'osais pas te le demander.

— Donne-moi cet onguent.

— Attends ! Surtout, ne le touche pas avec tes doigts. Tu te brûlerais. Il faut que tu te serves d'un chiffon.

— Pourquoi me brûlerais-je ?

— J'ai été habitué au tomgwad tout petit. On en a mis une goutte dans mon premier bain. Et ainsi pendant un mois. On en a mis deux le mois suivant, trois le mois d'après, jusqu'à ce que je supporte la dose qu'il faut pour ne plus avoir froid : douze gouttes dans un bain.

Arcturus ne peut s'empêcher d'effleurer l'onguent avec son index. Il ressent aussitôt une vive brûlure, qui persiste bien qu'il s'essuie le doigt sur ses bragos. Suivant les conseils de Kwir, il prend un chiffon et finit d'assombrir le dos de son serviteur.

— Enfin ! dit le Liwédi. Je n'ai plus froid ! Si tu savais comme c'est bon d'être indifférent aux morsures de Mamgus !

— Je veux bien te croire ! C'est même un gros avantage que vous avez sur les autres Brésis ! Un avantage dont je veux profiter, moi aussi !

— Comment feras-tu ?

— Comme un bébé ! Nous trouverons bien le moyen de délayer cet onguent. Dans un an je serai bleu comme toi !

Kwir soupèse l'outre.

— Après tout, pourquoi ne pas essayer ?

Il se tourne vers Regard d'Espérance.

— En attendant, c'est à son tour.

Alors qu'il va soulever la zé, Arcturus lui prend le poignet.

— Tu veux dire que tu vas l'oindre… comme tu as fait pour toi ?

— Mais, oui ! Comment veux-tu que je fasse autrement ?

— Sur tout le corps ?

— Sinon, c'est inutile !

— Et… devant aussi ?

— Ah ! Tu crains qu'elle ne soit offensée par des attouchements irrespectueux ? Alors, écoute ! Je respecte cette femme pardessus tout. C'est grâce à elle que nous sommes arrivés à temps pour ton anniversaire et c'est grâce à elle que nous sommes tous les deux sur Marhvaur. Oui, je vais toucher les parties intimes de son corps, mais il n'y aura rien de mauvais dans mes gestes. Je serai comme un drwidh qui soigne une malade. Peu lui importe qu'elle soit belle ou laide. Mais peut-être est-ce ton propre regard sur son corps et le trouble que tu en éprouves qui te gêne. En ce cas, pourquoi n'irais-tu pas t'allonger en attendant que j'aie fini ?

Arcturus rougit et baisse la tête.

— Tu as raison. Cette femme m'intimide, et je ressens pour elle quelque chose... que je ne peux pas expliquer. Si tu veux tout savoir, je ne crains pas que tu lui manques de respect.

— Alors qu'est-ce que tu as ?

— Je suis jaloux, voilà !

Kwir sourit.

— Tu l'aimes, hein ?

— C'est la compagne de Myrdhinn !

— Je crois qu'elle aura bien besoin de toi, maintenant. Il n'est plus là et Dour nous attend à Kornok. Je ne sais pas pourquoi elle en veut à ce point à Regard d'Espérance, mais je peux te dire que, si tu ne la protèges pas, la plus belle des Liwédies trouvera la mort au bout du voyage.

Arcturus serre les poings. Ses yeux lancent des éclairs.

— Je la protégerai et Dour devra rendre compte de ses actes.

Kwir prend le bouchon et referme l'outre.

— Attendons le retour de Goapic. Il aura peut-être l'antidote et Regard d'Espérance pourra s'oindre elle-même.

Le fils du Nouada pose la main sur le bras glacé de la jeune femme.

— Non. Fais-le ! J'ai confiance en toi. Je vais m'allonger à côté.

Une douleur fulgurante réveille Arcturus. Il s'est tourné sur le côté droit, appuyant sur son bras cassé. Cœur battant, le garçon, proche de l'évanouissement, se remet sur le dos. Dans l'obscurité, il écoute la respiration régulière de Kwir. Une clarté rougeâtre vibre sur les cloisons.

— Le feu !

En un instant il est debout et sort dans la coursive. La source lumineuse est dans la cabine de Regard d'Espérance. Il entre. La jeune femme est debout, nue, les bras écartés. Elle tourne lentement sur elle-même, en une sorte de danse. La lumière vient d'elle, enveloppant tout son corps de lueurs pareilles à des braises sous la brise. Ses yeux ouverts sont vides. Pourtant, elle s'arrête quand Arcturus entre dans la cabine, et reste tournée vers lui. Elle prononce quelques mots sans suite :

— Ne te fie pas à son âge. N'es-tu pas une guerrière... et une skaote ?

La lueur devient plus intense. Il semble au garçon qu'elle se concentre au-dessus du ventre. Des étincelles crépitent le long des cheveux roux.

— Ne te fie pas à lui. N'es-tu pas une skaote ?

Une ombre vient s'interposer entre Regard d'Espérance et Arcturus. Kwir tire son maître en arrière, lui arrachant un cri de douleur. Un trait de lumière, sorti du ventre de la jeune femme, frappe la cloison de la coursive et défonce les planches, juste à l'endroit où se trouvait le fils du Nouada.

— Il ne faut pas rester ici, dit Kwir. On ne peut pas lutter contre elle.

Ils courent jusqu'à l'échelle et montent sur le pont.

— Demande l'hospitalité à l'équipage dans la tente.

— Dormir avec les matelots ? Moi ?

— Roi des Brini l'a fait !

— Et comment cela s'est-il terminé ?

— Oui. Tu as raison. Je redescends chercher ta zé. Je ne risque rien, je pense. Il semble que c'est à toi qu'elle en veut.

— Mais pourquoi ?

— Elle est folle. Ne cherche pas d'autre motif.

— En tout cas, c'est spectaculaire ! Aussi beau que le feu sur la plage !

— Mais plus dangereux ! Bon. Tâche de trouver une place sur le pont, je vais chercher ta zé.

Resté seul, Arcturus pense à Regard d'Espérance nimbée de lumière. La source du losca. Quelle puissance ! Mais il ne sera pas facile de lui prendre…

Kwir est déjà de retour avec une couverture et la zé.

— Elle s'est recouchée. La lumière a disparu.

Des pas sur le sable. Quelqu'un monte à bord.

— Qui va là ? demande Arcturus.

— C'est moi, Goapic !

— Alors ? Que dit Tonn ?

— Sa maison est vide. J'ai attendu pour rien. J'irai demain, au jour, demander aux autres drwidhs où je peux le trouver. Mais, au fait, pourquoi êtes-vous sur le pont ? Vous seriez mieux dans la cabine !

Arcturus fait le récit de son agression par la skaote. Le marin reste silencieux un long moment.

— Ça m'ennuie de te dire ces choses, Arcturus, mais il vaut mieux que tu les connaisses avant de risquer ta vie encore une fois. Le losca se prend, mais en fait, c'est elle qui le donne. Le fils d'un chef prinvi en a fait la triste expérience. Il a voulu le lui ravir, il en est mort. Et ce n'est pas Roi des Brini qui l'a tué. C'est elle !

D'une voix douce et froide, Arcturus lui répond :

— Si je comprends bien, tu m'accuses d'avoir voulu lui prendre le losca de force ?

— Pourquoi t'aurait-elle attaqué, sinon ?

Kwir intervient.

— Arrête, Goapic ! J'étais là ! Regard d'Espérance a attaqué mon maître sans raison.

— Ah bon ?

— Je suis un guerrier, dit Arcturus. Je ne force pas les femmes et je n'admets pas qu'on m'en accuse !

— Jamais, depuis notre départ de Bilarbili, elle n'a émis la moindre lumière. Il s'est bien passé quelque chose !

— C'est peut-être le tomgwad, dit Kwir.

— Quoi ? Tu lui as mis du tomgwad ?

— Oui.

— De toute façon, cela n'explique pas pourquoi elle s'en prend à ton maître.

Arcturus continue, de sa voix douce :

— Tu as tort de ne pas répondre à mes paroles, Goapic. Je suis resté calme parce que tu étais l'ami de Myrdhinn et aussi parce que tu cherches à défendre Regard d'Espérance, ce qui me plairait beaucoup si tu ne mettais pas mon honneur en cause. Je te répète donc, pour la dernière fois, que je ne force pas les femmes et que je n'admets pas qu'on m'en accuse, même si cette accusation ne vient que d'un marin non libre.

Kwir, pétrifié, ose à peine respirer. Il devine que son maître a déjà son couteau à la main. Goapic pousse un gloussement.

— C'est un mauvais marin, celui qui laisse tout dessus quand la tempête menace. Je cargue la voile, mon gars, et je retire toutes mes paroles. Mon intention n'était pas de mettre ton honneur en cause. Je dois devenir fou, moi aussi, quand il est question de Regard d'Espérance.

— Bien. Restons-en là. Je vais dormir sur le pont, à l'avant. Seul.

Kwir ne peut s'empêcher de manifester sa réprobation.

— Mais tu ne peux pas rester seul avec ce bras cassé. On ne sait jamais ce qui peut arriver !

— J'ai dit seul !

Le Liwédi prend Goapic par le bras et l'entraîne vers la tente de l'équipage.

— Tu l'as échappé belle, chuchote-t-il.

— Oui, j'en ai l'impression.

— Ta vie ne tenait qu'à un fil. Arcturus est un grand guerrier. Ne te fie pas à son âge… Hé, c'est justement ce que Regard d'Espérance a dit tout à l'heure.

— Ah ?

— Oui. Arcturus m'a réveillé en criant au feu. Je suis aussitôt descendu de ma couchette. La coursive était illuminée par des lueurs rouges. Mon maître était debout devant la porte de Regard d'Espérance. Je me suis approché. Elle s'est tournée vers lui et a dit : « Ne te fie pas à son âge. N'es-tu pas une guerrière et une skaote ? » Puis la lumière a commencé à se concentrer sur son ventre, et j'ai compris qu'elle allait l'utiliser. Elle a encore dit : « Ne te fie pas à lui. N'es-tu pas une skaote ? » Et j'ai tiré Arcturus par le bras au moment où elle frappait.

— Et sur quel ton disait-elle ça ?

— La seconde fois, elle a presque crié. Mais la première, elle a parlé sur un ton… un peu sentencieux, un peu autoritaire… Maintenant que tu me le demandes, je dirais qu'elle parlait comme… Enès.

— Enès ! Que s'est-il passé avant qu'il disparaisse ? C'est énervant, à la fin ! J'ai hâte de voir Tonn demain.

— Allons dormir. La nuit nous apportera peut-être des réponses.

Le lestre est silencieux. Arcturus doucement se relève, monte sur le pavois et saute. Le sable est plus proche qu'il ne l'aurait cru. Etalé à plat ventre, il grimace. Mais qu'est-ce qu'un bras cassé pour le fils du Nouada ? Serrant les dents, le garçon se relève. La hutte est là-bas, au plus profond de l'obscurité. Le vent vient derrière lui. Et si on avait laissé un ki pour la garder ? Le garçon part vers le dyn pendant une centaine de pas, puis tourne à gauche et, lentement, progresse parmi les buissons et les dunes. Quelque chose d'encore plus obscur que la nuit l'empêche d'aller plus loin. Le chemin de la reine. Il suffit de le suivre pour arriver au but.

La fraîcheur du vent sur son visage lui signale qu'il est arrivé à la plage. Il avance doucement jusqu'à la paroi tressée de la hutte. Aucun bruit. Arcturus hésite. Entrer ? Non. Mieux vaut attendre près de la porte. Si Morzèda vient, Brune de Bri la précédera pour s'assurer que la voie est libre. Il s'allonge contre la paroi et attend.

Des grondements rauques et sauvages le réveillent. Le garçon sourit, reconnaissant les cris de plaisir de la reine. Ils s'arrêtent soudain. Puis, après un bref silence, il entend la voix de Morzèda.

— Déjà ?

— J'ai beaucoup voyagé, aujourd'hui ! Le message était important !

— Tu veux dire que ta fatigue est plus forte que ton désir ?

— Ce sont deux choses différentes…

— Allez, va dormir, sac vide !

Arcturus se fait tout petit. Il entend des pas qui sortent de la cabane et s'éloignent. Puis Morzèda, à la porte, imite l'appel du toud. D'autres pas, rapides et légers, s'approchent.

— Il est parti, dit la reine.

— Ce n'était pas un bon cavalier !

— Si ! Mais les Kernis sont ainsi. Il suffit que meure un

champion pour qu'ils perdent leur virilité ! Bon. Je rentre. Nous nous verrons tout à l'heure.

— Oui.

Brune de Bri renifle.

— Vous avez de la peine à cause de cette nouvelle ?

— Oui.

— Moi aussi. Le fils du Nouada fut un bel amant.

Morzèda s'éloigne vers le chemin. Le garçon ne bouge pas. Il entend Brune de Bri s'asseoir et les reniflements se changent en sanglots, des sanglots d'enfant perdue. Arcturus attend que la reine se soit suffisamment éloignée pour approcher de la jeune fille et murmurer :

— Brune de Bri !

Elle pousse un cri et se relève d'un bond.

— Qui es-tu ? Seul un fantôme connaît ce nom !

— Je suis bien vivant ! Touchez ma main !

Il attrape sa menotte, froide et mouillée de larmes.

— Vous voyez, ma main est chaude ! Chassez la peur et réjouissez-vous plutôt. J'ai une bonne nouvelle : Kwir est vivant lui aussi.

— Tu es Arcturus ?

— Oui. La nouvelle de la mort de Mordrouz est vraie. Gwaz aussi est mort, non ?

— Oui. C'est ce que Flao nous a annoncé.

— C'est lui qui visitait la plage, cette nuit ?

— Oui.

— Qu'a-t-il dit encore ?

— Morlude aux dents de sable sera ici après-demain. Il rentre avec Talariante, blessé au pied, et cinq autres guerriers porteurs d'une blessure semblable.

— Mon piège était bon !

— Où êtes-vous cachés ? Flao disait que vous aviez été noyés dans la Diabelle !

Arcturus hésite. Peut-il avoir confiance en cette jeune fille ? Ses pleurs, tout à l'heure, lui font penser que oui.

— Jurez-moi de ne le dire à personne, par les dieux que jure votre tribu !

— Je n'ai pas de tribu ! Je suis une esclave enlevée...

— Alors jurez par la massue du Douéda !

Sans hésiter, elle répond :

— Par la massue du Douéda, je le jure !

— Nous sommes sur le lestre arrivé aujourd'hui.

— Avec une drôle de voile ?

— Celui-là, oui. Voulez-vous voir Kwir ?

— Ma maîtresse m'attend. Si j'arrive en retard elle me questionnera, et si je ne rentre pas elle va lancer ses gardes à ma recherche.

— Je vais vous raccompagner.

Arcturus n'a pas lâché la main de Brune de Bri dont les larmes l'ont ému plus qu'il ne pensait. Il se laisse guider par ses pas habitués au chemin.

— C'est pour Kwir que vous pleuriez tout à l'heure ?

— Pour lui, pour toi et... pour le rêve que j'avais fait.

— Quel rêve ?

— Partir avec vous. Pardonne-moi cette audace, fils du Nouada, mais je me disais que peut-être, au retour, tu me rachèterais pour me donner à Kwir.

— Votre sort est-il si rude ?

— Vivre à côté de Morzèda n'est pas de tout repos. Sa soif n'a pas été apaisée, cette nuit. C'est pour cela qu'elle m'attend...

— Ah !... Quel âge avez-vous ?

— Je ne sais pas. Entre neuf et treize, d'après ma maîtresse. Je suis réglée depuis l'année dernière.

— Vous avez été enlevée ?

— Il y a trois ans, lors d'une expédition des Kernis en territoire domni. Mes parents habitaient au bord de la mer de Daoubenn.

Cette mer dont les vagues bruissent derrière eux. Arcturus découvre une détresse qu'il n'avait jamais imaginée, le sort des esclaves n'étant jusqu'à présent pas même inscrit au rang de ses soucis.

— Vos parents étaient-ils libres ?

— Non. Mais en fait, ce n'étaient pas mes vrais parents. Ils m'avaient trouvée.

Brune de Bri s'arrête.

— Nous sommes au début du chemin qui conduit au dyn. Il vaut mieux que je monte seule. Je ne voudrais pas qu'on te voie.

— Bien. Je suppose que la nuit prochaine Morzèda reviendra dans la hutte ?

— Chaque nuit, un homme !

— Bon. Nous serons là, Kwir et moi. Vous pourrez rester avec lui le temps que votre maîtresse restera dans la cabane. Je vous garderai.

Elle lui presse la main, et retire aussitôt la sienne, effrayée sans doute par son geste.

— Seigneur Arcturus… Pourquoi fais-tu cela pour une esclave ?

Le garçon est embarrassé.

— Pour Kwir, sans doute. A moins que ce ne soit tout simplement parce que vous êtes la seule qui nous a pleurés. Ou… parce que, moi non plus, je n'ai pas connu mes parents. A vrai dire, je ne sais pas. Tout cela se mélange.

— Je n'étais certainement pas la seule à te pleurer.

— Alors disons que vous étiez la seule à pleurer Kwir. C'est important pour moi.

— Demain, les badauds iront voir votre lestre. Je descendrai pendant le repas de midi, le seul moment où Morzèda n'a pas besoin de moi. Je porterai une robe brune et, par-dessus, une zé tricotée de laine blanche. Peux-tu le dire à Kwir ?

— Je lui dirai.

— Merci.

— Une question avant de partir. De quelle couleur sont vos yeux ?

— Bleus.

— A demain, jeune fille des Domnis !

— A demain.

Arcturus a senti une telle joie dans ces mots qu'il en est bouleversé.

— Encore une question. Comment vous appelez-vous ? Kwir sera heureux de l'apprendre.

— Je m'appelle Brune de Bri. C'est le seul nom qui compte pour moi, désormais.

Sur le pont de Marhvaur, balancés par le flot de la marée haute, les deux garçons attendent. Les matelots ont hissé les voiles sous prétexte de les sécher. Pour la même raison, ils ont pendu la tente à l'étai, accroché dans les haubans des couvertures et, lessive faite, étendu un peu partout leur linge. De quoi permettre aux garçons de voir sans être vus. Goapic n'est pas très confiant. Il passe son temps à grommeler, assis à l'avant, pendant que ses matelots font des épissures. N'y tenant plus, il se lève et vient trouver Kwir.

— Il vaut mieux que tu descendes dans la cale. Ce lestre est à Morlude ! Si jamais on te voit, c'est la mort pour nous tous ! Tout ça pour une fille ! Jamais autant !

Arcturus essaie de le rassurer.

— Moi vivant, il ne vous sera rien fait !

— J'espère que tu vivras longtemps, alors !

Le visage du garçon s'assombrit.

— Plus longtemps que Morlude aux dents de sable !

Le marin en reste bouche bée. Ne sachant plus que dire, il retourne à l'avant pour guetter une jeune fille avec une zé blanche parmi les habitants de Bri qui descendent jusqu'à la plage, attirés par le gréement de Marhvaur.

— Regarde ! dit soudain Arcturus.

Kwir se redresse d'un coup.

— Elle est là ? Tu l'as vue ?

— Mais non ! Je parlais d'autre chose ! Regarde le pont !

— Oui. Et alors ?

— Tu ne vois rien ?

— Non…

— L'ombre des couvertures ! Rotan est en train de percer les nuages !

Tout un jeu de lignes et de surfaces chaudes et froides se dessine sur le bois, cassé par les reliefs du pont et les objets qui s'y trouvent. Arcturus rampe jusqu'à un triangle lumineux et offre sa tête aux rayons chauds. Kwir le regarde en souriant. Rotan est avec nous ! Dans la chevelure noire de son maître, la couleur de ses trois mèches dorées devient plus intense, au point qu'on croirait les voir briller. Arcturus a fermé les yeux. Son visage est si calme, si lisse, tellement semblable à celui d'un gamin heureux et innocent. Est-ce bien lui qui courait vers Gwaz, il y a deux nuits ? Kwir jette un coup d'œil à Goapic. Que fait Brune de Bri ? Le marin tourne la tête vers lui et cligne de l'œil. Le Liwédi se met à genoux le long du pavois et, soulevant le bas d'une couverture, cœur battant, ouvre grand ses yeux.

Quelqu'un est là, au bord de la plage, portant une robe brune et une zé blanche. Kwir est déçu. Ce n'est pas Brune de Bri. Pourtant, l'enfant maigre aux joues creuses reste là, regardant

Marhvaur de ses grands yeux bleus cernés. Son regard fouille le lestre, minutieusement, avidement, et, soudain, rencontre le regard de Kwir. Son visage prend une autre expression, passant de l'inquiétude à l'espoir. Elle esquisse un petit signe discret de la main. Le Liwédi se rassoit sur le pont. C'est elle ? Il n'en revient pas. J'ai dû me tromper. D'un mouvement brusque, il se remet à genoux. Trop vite. Il bascule, accroche la couverture, la fait tomber, se retient au pavois et finit par apparaître aux yeux de tous. La fille, sur la rive, a un sourire joyeux. Kwir lui répond par un sourire stupide et plonge sur le pont.

Le temps de compter le bruit de cinq pas, Goapic est là.

— J'ai toujours pris les Liwédis pour des gens sérieux jusqu'à l'ennui. J'avais tort, sans doute. Ou alors tu es un cas unique ! Tu t'es passé au tomgwad hier pour être plus facilement repéré, tu as fait tomber la couverture pour être plus facilement remarqué, tout ça pour te donner en spectacle devant une trentaine de Kernis. Je ne sais pas s'ils sont bien capables d'apprécier la chance qu'ils ont…

— Je suis désolé…

— Ta petite amie aussi. Elle est encore là. Comme tous les autres, d'ailleurs. Ils attendent la suite du spectacle ! Veux-tu que je t'annonce pour qu'ils connaissent le nom de celui qu'ils ont vu faire le pitre à bord de Marhvaur ?

— Arrête, Goapic ! dit Arcturus. Kwir n'est pas coutumier des bêtises. Ne l'accable pas pour une fois qu'il en fait une.

— Une bêtise ? C'est comme ça que tu appelles ce qu'il vient de faire ? Parmi ceux qui remontent vers Bri, combien vont aller dire à Froud que j'ai un Liwédi à bord ? Dès que la mer aura baissé, des guerriers vont venir, avec ce jao de Meudec à leur tête. Il voudra voir l'homme bleu. Et qu'est-ce que je ferai ? Demain, Morlude sera là. Tu ne pourras pas nous défendre avec un bras cassé. Il nous reste un jour à vivre. Seule, Regard d'Espérance échappera au massacre. Mais pour combien de temps ? Si tout cela est le résultat d'une simple bêtise, alors réjouissons-nous qu'il n'ait pas commis une connerie ! Nous serions déjà en train de frire dans l'huile bouillante !

A ce moment, Regard d'Espérance paraît, nue de la tête aux pieds, traverse le pont sans les voir et va s'installer sur son banc.

— As-tu un endroit pour nous cacher ?

— Dans la soute, entre la cloison et l'étrave. Mais ce n'est pas confortable !

— Tant pis. Nous irons nous y cacher quand Meudec viendra. Tu lui diras que c'est Regard d'Espérance qu'on a vue.

— Connaissant l'œil aiguisé des Kernis, j'ai peur que ça ne marche pas ! Les trente qui étaient là vont faire une description précise de Kwir.

— Il suffira de persuader Meudec. Ce ne sera pas trop difficile, je pense. Tu lui diras qu'elle est folle et que parfois elle sort de sa prostration pour faire des choses bizarres. Tu ajouteras qu'elle est sous la protection de Morlude. A quelle heure la prochaine marée ?

— Basse à la première heure de nuit, haute à la huitième.

— Nous partirons cette nuit.

— Ce sera reculer pour mieux sauter.

— Je suis un guerrier, Goapic. J'ai vos vies en charge. Tu dois m'obéir. Comment est le vent ?

— La brise faiblit, mais nous en aurons assez.

— Quand pourras-tu voir Tonn ?

— On m'a dit ce matin qu'il ne rentrerait pas avant la onzième heure.

— Alors, attendons…

Sur le pont, tout est clair, prêt à la manœuvre. Rotan se couche derrière les collines dans un ciel dégagé. Sous la tente de l'équipage, la discussion est vive.

— Il y a une autre possibilité, dit Goapic.

Arcturus le regarde froidement.

— Laquelle ?

— Marhvaur et son équipage sont à Morlude. Il s'est engagé à protéger Regard d'Espérance…

— Tu veux donc attendre le retour de Morlude, comme te l'a ordonné Meudec ?

— Meudec est un guerrier, comme toi. Pourquoi obéir à l'un plutôt qu'à l'autre ? Nous sommes ici dans le royaume de Bri, après tout ! Si nous attendons Morlude, il prendra Regard d'Espérance avec lui sur son lestre. Quant à nous, au lieu de risquer notre peau, nous aurons droit aux félicitations de notre roi. Et, puisque Tonn est toujours absent, je parlerai à Talariante. Il trouvera l'antidote. Nous lui raconterons la tentative d'abordage de Neige-de-la-Néméti et il saura que faire de Dour. Finalement, cette voie ne présente que des avantages.

— Tu veux nous livrer à Morlude ?

— Non. Vous pouvez partir cette nuit. Il y a des keuraks de mer, ici. Kwir sait s'en servir. Pourquoi ne pas tenter de rejoindre Tuchenn ? Gozu accueillerait certainement le fils du Nouada !

Le garçon baisse la tête.

— Peut-être as-tu raison, après tout. Je vous fais courir trop de risques.

— Meudec n'était qu'à moitié convaincu, tout à l'heure. A mon avis, Froud voudra fouiller Marhvaur demain.

— Bon. Peux-tu nous fournir des vivres et de l'eau pour la traversée ?

— Bien sûr !

Arcturus regarde Kwir.

— Tu saurais nous emmener à Tuchenn ?

— Je crois que oui.

— En combien de temps ?

— Il faut garder le cap au nord, dit Goapic. Avec ce vent, vous serez en vue de la côte en trois jours. Et vous arriverez à Morimor en cinq ou six.

— Bon. Reste le keurak. Sa disparition va réveiller les soupçons de ceux qui disent avoir vu Kwir.

— Nous maintiendrons notre affirmation. C'est Regard d'Espérance qu'ils ont vue.

— J'ai une autre idée pour expliquer la disparition du keurak. Nous nous servirons de Brune de Bri.

Kwir est sidéré.

— Comment ? Brune de Bri ?

— Préparez des vivres pour trois. Elle vient avec nous.

— Mais... mais on va l'accuser !

— Quelle importance ? On croira qu'elle est retournée chez elle. Une fois rentrée à Tuchenn, elle se moquera de ce qu'on dit d'elle à Bri ! Et nous serons remerciés pour avoir libéré une Domnie de l'esclavage kerni.

— Tu parles sérieusement ?

— Mais oui ! On dirait que tu n'es pas content ? Cela devrait te ravir au contraire !

— L'idée d'Arcturus est très bonne ! dit Goapic.

Le fils du Nouada écarte un pan de la tente.

— La nuit est tombée, ne perdons pas de temps. Dans moins d'une heure, Armaur va se lever. La plage s'enflammera et cela durera jusqu'à l'aube. Si nous voulons être discrets, il faut partir avant. Nous irons attendre Brune de Bri de l'autre côté de la pointe, après la hutte.

La nuit est encore noire. Devant le keurak gréé, chargé, dont la voile claque, Arcturus et Kwir font des adieux rapides et assez froids à l'équipage de Marhvaur. Goapic n'est pas très fier de lui, mais il les regarde partir avec soulagement dans la clarté des étoiles.

Kwir s'en tire très bien et double rapidement la pointe. Derrière, le rivage est obscur.

— Que faisons-nous ? Il peut être dangereux d'accoster.

— Attendons qu'Armaur se lève. Regarde, les étoiles s'effacent à l'est. Cela ne tardera plus.

Kwir file un peu vers le large et choque les écoutes, se laissant dériver au gré du jusant. Arcturus est confortablement installé, allongé sur les vivres, les pieds posés sur le bord du bateau.

— Tu n'avais pas l'air enchanté de prendre Brune de Bri avec nous, tout à l'heure ! Quel changement ! Tu as déjà renoncé à cette fille ?

— Ne parle pas si fort, je t'en prie ! Les voix portent très loin, sur la mer.

Le garçon reprend, plus doucement :

— Alors ? Tu n'as pas répondu !

— C'est que... En fait, je ne l'avais jamais vue. Enfin, juste dans la lumière des étoiles. Mais, ce midi, j'étais... euh... j'étais...

— Déçu ?

— Oui ! Elle n'est pas du tout comme je l'imaginais ! Non mais, tu l'as vue ? C'est encore une petite fille ! Elle a l'air malade, en plus ! Et maigre !

— Tant mieux ! Elle tiendra moins de place dans le keurak et se contentera de peu.

— Pas sûr ! Elle doit être affamée !

— Je pense qu'elle mange à sa faim chez Morzèda. C'est la souffrance qui la rend comme cela.

— Ah ? La souffrance ?

— Tu verras qu'elle n'hésitera pas un instant à monter avec nous, même sachant que tu ne l'aimes pas. Elle n'a qu'une idée : fuir Bri.

Armaur émerge, dévoilant une côte rocheuse et quelques petites criques où reluit du sable lisse. Ils se dirigent vers la première et tirent le keurak le plus haut qu'ils peuvent. Par précaution, Kwir amarre un filin à un rocher. Puis ils partent vers la cabane.

Quand ils arrivent, la plage est en feu, parcourue de frémissements bleus. Les mâts, tels des flambeaux, lancent de longues flammes qui se déplient mollement. Les garçons s'approchent de la hutte en restant le plus possible dans l'ombre. Tout est silencieux.

— Allons nous poster où nous étions la première fois et attendons. Brune de Bri saura nous retrouver.

Après être resté un long moment allongé dans la lumière d'Armaur, Arcturus commence à s'endormir. Kwir le secoue.

— Tu devrais te mettre quelque chose sur les cheveux. Tes deux mèches blanches brillent. On va nous voir !

Le fils du Nouada met une main au-dessus de sa tête et regarde le reflet lumineux dans sa paume.

— *O mon père Armaur !*
Lumière dans la nuit,
Lumière dans les idées.
Force des eaux,
Force du sang,
Clarté dans les ténèbres.

Une petite voix les appelle, tout près. Les garçons lui répondent et Brune de Bri les rejoint.

— Nous partons maintenant, dit Arcturus.

— Ma maîtresse va venir. Je dois lui dire que la voie est libre.

— Laissez donc Morzèda vivre un peu dans l'inquiétude ! Nous partons sans attendre.

— Mais je n'ai rien.

— Plusieurs jours de navigation nous attendent. Vous aurez une couverture, le boire et le manger. Vous n'avez besoin de rien d'autre.

— Où allons-nous ?

— A Tuchenn, dit Kwir.

— Non ! dit Arcturus. Nous allons à Kornok !

— Mais pourquoi ?

— Je ne laisserai pas Dour à Morlude.

— Mais ?...

— J'en ai assez de t'entendre discuter, Kwir. Ou tu restes ou tu viens ! Si tu viens c'est à Kornok !

Il part avec Brune de Bri, et Kwir ne se fait pas prier pour les suivre. Après un dernier regard au feu sur le sable, ils rejoignent le keurak. Il flotte, mais l'amarre a tenu. Les trois jeunes gens se lancent sur la mer de Daoubenn.

Pour qu'il puisse le remplacer quand il dort, Kwir enseigne à son maître les rudiments qui lui permettront de tenir l'aviron de queue tant que le temps sera beau. Pour l'instant, la brise est douce et constante. Il suffit de suivre, vers l'est, la côte que l'on voit très bien à tribord, masse d'ombres et de surfaces claires, comme cette longue griffure blanche sous un épais trait noir. Le fils du Nouada se lève dans le keurak.

— Vous connaissez cette plage, Brune de Bri ?

— Non.

— Il y a un port !

— Je n'ai jamais entendu parler d'un port aussi près de Bri !

— Je vois pourtant des keuraks qui se dirigent vers lui.

La jeune fille se lève à son tour.

— Ce sont des bateaux domnis !

— A quoi le voyez-vous ?

— Ils sont plus larges à l'avant, et plus bas.

— Que feraient des keuraks domnis si près de Bri ?

— Que faisaient les bateaux kernis si près de Tuchenn, quand j'ai été enlevée ?

— A quelle heure ont-ils attaqué ?

— Au petit matin, alors que nous étions encore dans le sommeil.

— Demi-tour, Kwir ! Nous retournons à Bri !

— Tu veux prévenir Froud ?

— Non. Je ne préviendrai pas ceux qui me cherchent pour me tuer. Je retourne sauver Regard d'Espérance !

— Le retour sera plus long. Nous avons le vent debout, maintenant. Il faudra tirer des bords.

— Les Domnis devront en faire autant, je suppose ? Donc nous arriverons avant eux. Pourvu que Marhvaur ait encore assez d'eau pour appareiller, c'est tout ce que je demande !

— Tu refuses de me croire ?

— Pourquoi faudrait-il que je croie quelqu'un qui veut nous entraîner dans une aventure qui finira mal ? Pars sur ton keurak !

L'équipage est derrière Goapic, avec des gaffes et des harpons. Arcturus baisse la tête. Que pourrait-il contre eux avec son bras cassé ? Ils ont la partie belle. Même si c'est un guerrier qu'ils tuent, Morlude les félicitera. Kwir deviendra esclave et Brune de Bri sera brûlée dans un panier avec les criminels.

— Fais au moins ceci : recule suffisamment ton lestre pour

qu'il soit encore à flot à marée basse. Quand les Domnis arriveront, il sera toujours temps de fuir !

— Tu y tiens, à cette histoire !

Le garçon ne répond pas et laisse le marin ruminer ses doutes.

— Et si c'était vrai ? dit Bourjine. Ça ne coûte rien de culer.

— Ouais !

— Regardez l'écoutille ! dit Mail.

Venue de l'intérieur, une lueur dessine l'ouverture.

— Tiens ! dit Goapic. Regard d'Espérance vient te chasser de Marhvaur.

— C'est pourtant pour elle que je suis revenu.

Le lestre à flot n'est plus envahi par les flammes bleues de la plage. Cette fois, quand la skaote sort de l'écoutille, c'est une clarté rouge qui éclaire tout le pont. Arcturus est pétrifié par sa beauté. Bras tendus, elle marche doucement vers lui, les yeux clos, et sourit à quelque chose d'intérieur.

— Il doit être nu ! dit-elle de sa voix monocorde.

Arcturus n'ose pas bouger.

— La Grande Reine l'exige !

Subjugué, le garçon ôte sa chemise et laisse tomber ses bragos. Regard d'Espérance avance et touche l'attelle.

— Il doit être nu !

Arcturus fait signe à Kwir. Il a peine à retenir ses cris quand les liens sont défaits et qu'il doit prendre le bras cassé dans son autre bras pour le serrer contre lui. Regard d'Espérance commence à trembler, son front se plisse. La lumière diminue autour d'elle. D'une voix différente, elle parle :

— Arcturus a besoin de toi !

— On dirait Enès ! murmure Kwir.

Regard d'Espérance continue :

— Il en a appris assez avec sa tante, il est temps qu'il découvre autre chose !

La lumière se rassemble sur le ventre de la jeune femme.

— C'est un guerrier. Ne te fie pas à son âge !

La lumière descend plus bas.

— N'es-tu pas une guerrière et une skaote ?

Sans que rien ne puisse l'annoncer, elle vient sur Arcturus et l'étreint. Le garçon lâche un gémissement de douleur. Elle lui serre le bras avec une force telle qu'il ne peut se libérer. En même temps, il sent la chaleur de son ventre se transmettre au sien et, malgré la souffrance, il se durcit. Sa conscience descend là, dans cette épée dilatée, dans cette ardente lance de Lughern. La skaote passe une jambe derrière lui, et d'un coup de talon l'enfonce en elle. Il sent une vague chaude l'envahir, monter au cœur, se répandre, battre dans son crâne, caresser ses os. Alors qu'il commence à reprendre son souffle, un second coup de talon amène une autre vague, brûlante, qui fonce au cœur, explose, cogne dans son crâne, tord ses os. Un troisième coup envoie une vague encore plus violente. L'air crépite autour d'eux, une mousse épaisse coule de la bouche du garçon, des rayons rouges sortent de ses boucles, ses muscles sont secoués comme si des boules roulaient en eux, disparaissant ici, renaissant ailleurs. Au moment où il va s'évanouir, un quatrième coup de talon lui arrache un hurlement de folie. Il sent ses os brûler, son corps gonfle, s'étend, craque. Son cerveau pousse ses yeux, ses organes écartent les côtes. Il renverse la tête et de sa bouche ouverte où flottent ses poumons jaillit un trait lumineux qui part dans les étoiles. Il demeure ainsi, comme mort, bien que ses membres subissent encore des déformations brutales. Regard d'Espérance relâche son étreinte. Le garçon glisse lentement. La lumière ne luit plus que faiblement autour d'elle. Les étincelles s'étiolent. Elle ouvre des yeux vides et desserre encore les bras. Mais Arcturus, au lieu de glisser, se rattrape à son épaule, se redresse, la saisit par la taille et s'enfonce en elle une cinquième fois, en hurlant de rage. De lui jaillit un flot de semence, aussi puissant que le losca, qui brûle Regard d'Espérance, lui arrachant un cri de douleur. Elle le repousse, il tombe et reste immobile sur le pont. Les soubresauts s'apaisent en son corps.

Kwir vient se pencher sur lui et cherche son pouls. Il ne trouve rien.

— Mon maître est mort…

Les yeux se tournent vers Regard d'Espérance. La dernière étreinte a éteint toute lumière en elle. Les mains posées sur le ventre, un pli de douleur au front, la jeune femme se balance d'arrière en avant. Armaur éclaire la mer devant elle.

— Le chemin de lumière, dit-elle.

Puis elle reste silencieuse.

Après un long moment, Goapic secoue son hébétude.

— Brune de Bri, voulez-vous la laver ?

— Oui. Je vais le faire. Où sont ses affaires ?

— Dans sa cabine. Nous allons vous aider à la descendre.

— Donnez-moi d'abord quelque chose pour l'essuyer.

Mail revient avec un linge propre.

— Nous avons bien fait de faire la lessive ce matin !

Pendant qu'on la descend, Goapic vient s'accroupir près de Kwir, en pleurs, qui tient la main d'Arcturus.

— Alors, maintenant qu'il n'est plus là, tu peux me dire la vérité. Il a inventé cette histoire de Domnis pour que je vous emmène à Kornok.

— Non. Nous avons vu les Domnis ! Mais cela n'a plus d'importance maintenant. Que Marhvaur soit brûlé, que Regard d'Espérance soit prise, violée, étranglée, je m'en fiche. Je n'irai ni à Tuchenn ni à Kornok ! Je ferai un bûcher pour mon maître et je sauterai dedans !

— Eh ! Attends ! Ne prends pas les choses comme ça !

— Laisse-moi !

Goapic se relève.

— Bon ! On va appareiller, les gars ! Cap au large. Nous verrons ensuite quelle direction sera la meilleure.

Des cris retentissent sur le rivage. Les marins voient Meudec et une douzaine de guerriers que les flammes bleues retiennent. Mais la marée monte toujours, et l'espace en feu se rétrécit de plus en plus.

— Arcturus est à bord avec son serviteur ! Ils ont été vus et reconnus ! Vous avez aussi une esclave fugitive ! Livrez-les-nous !

Goapic se penche vers Meudec.

— Ils sont montés par surprise ! Arcturus est mort ! Dès que la mer aura noyé le feu sur la plage, vous pourrez venir les chercher ! En attendant, comme la mer monte, nous allons lever la pierre et nous approcher de vous !

Il se retourne vers Kwir.

— C'est la seule chose à faire. De toute façon, ça ne change rien pour toi. Mourir comme ça ou autrement... Hé ! Mais regarde-moi ça !

Les deux mèches blanches d'Arcturus émettent des pulsations lumineuses, puis ce sont les trois mèches dorées qui commencent à briller. Trois bras rouges en sortent qui se courbent et s'unissent pour former une roue sanglante au-dessus de sa tête. Le garçon se relève, regarde autour de lui, lentement, et, d'un seul bond, saute sur la sculpture de proue brisée pour s'y accroupir, bras pendants, tel un oiseau sinistre.

— C'est lui ! crient les guerriers ! Tu as menti, il n'est pas mort !

— Il l'était ! Méfiez-vous, c'est un fantôme qui le possède !

Des rires lui répondent. Ils s'arrêtent quand le garçon saute sur la plage. Il court dans le feu et, derrière lui, le sable est noir. Il va, il vient, moissonnant les flammes. La plage retourne à l'obscurité. Les guerriers s'inquiètent. Certains reculent. Trop tard. Il saute vers eux et d'un coup recrache toutes les flammes. Ils roulent, se tordent, hurlent, incapables d'éteindre le mal qui les lacère et les ronge.

Arcturus plonge dans la mer, dans une gerbe d'étincelles vertes, pendant que Goapic ordonne de nager à culer. Dès que Marhvaur peut manœuvrer, il fait hisser les voiles et le lestre part vers le large.

Kwir, les yeux fous, agrippe la chemise de Goapic et le secoue.

— Et mon maître ? Il faut attendre mon maître !

D'un coup de poing, le marin l'étend sur le pont.

— Plus loin nous serons de lui, mieux ça vaudra ! Ton maître est mort, mon gars. C'est un monstre que nous avons vu. Aucun homme ne pourrait faire ce qu'il a fait avec le feu !

XV

RETOUR À KORNOK

Le soir du cinquième jour après leur départ de Bri, Marhvaur, porté par la marée, poussé par un léger vent arrière, grand-voile à bâbord et foc à tribord, arrive au bout du Kanol. Devant lui, le Méné, tout rose de couchant, domine la surface nacrée du Douryen. Vers le sud, les marins commencent à découvrir les eaux noires de l'Aber, dans l'ombre du Moal.

Brune de Bri, assise à côté de Regard d'Espérance, lui parle doucement, décrivant le paysage et les sentiments qu'il lui inspire. Goapic les regarde. Il est content de la petite. Elle ne rechigne pas au travail, et depuis qu'elle s'occupe de leur passagère, il trouve celle-ci moins triste. Quant à Brune, elle rayonne. Son regard a changé. Ses joues se sont remplies. Le marin hoche la tête. Qu'est-ce qui l'attend à Kornok ? Quelle fable pourra-t-on raconter aux drwidhs pour expliquer sa présence à bord ? Il ne peut s'empêcher d'être inquiet. Dommage... Sans elle, Kwir serait mort sans doute. Un vivant sans âme, pense Goapic. Tout le contraire de son maître. Celui-là, c'était un drôle de gaillard !... Il regrette encore de ne pas l'avoir cru. Peut-être que Regard d'Espérance ne serait pas montée, si...

Goapic soupire.

Avec des *si* !...

— Regardez derrière ! crie Bourjine.

L'équipage, ébloui par le brasillement de Rotan sur l'eau

calme, regarde quelque chose qui se rapproche rapidement, au milieu du Kanol.

— Qu'est-ce que c'est que ça ? demande Goapic.

— Je n'en sais rien. On dirait un bateau, non ?

Il faut attendre pour en être sûr. Flemm, qui possède la meilleure vue, est monté sur le pavois. Mail le retient par les bragos.

— C'est un keurak, les gars ! Un keurak sans voile ! La mer bouillonne autour de lui !

Goapic ne peut le croire.

— Tu es sûr que ce n'est pas le char de Manawydhan, fils de Lér ? Seul un dieu peut avancer si vite sans voile !

— C'est peut-être Manawydhan, mais il navigue en keurak !

La barque légère se rapproche. On voit la mer s'agiter autour d'elle. L'écume saute. On dirait qu'il y a du vent juste où le bateau se trouve, qu'il transporte avec lui la brise qui le pousse. Pourtant, le mât est nu.

— Bon sang, dit Goapic, ce sont des mirhi ! Il y en a tout un troupeau ! Regardez, on voit leurs cornes !

Flemm trépigne, au risque de tomber à l'eau.

— Quelqu'un est allongé dedans ! Je vois des pieds qui dépassent !

Une silhouette se lève dans le keurak et fait un saut périlleux en avant suivi d'un autre en arrière. Puis le personnage grimpe au mât et reste en équilibre à la pointe, sur un pied.

— Jamais autant ! dit Goapic. Le fils de Lér ne se livrerait pas à ces pitreries !

Le keurak les rattrape et passe à bâbord. Arcturus saute, court le long du gui et se retrouve sur le pont.

C'est la stupeur et la crainte dans l'équipage. Le garçon sourit pourtant et ne semble pas animé par la rage destructrice qu'on attendrait d'un spectre. Brune de Bri la première s'approche et lui touche le bras droit.

— Je suis heureuse de te revoir vivant et guéri !

— Moi aussi, je suis content de vous voir vivante. Si vous étiez restée à Bri, où seriez-vous maintenant ?

Goapic s'avance, tremblant un peu.

— Je te croyais mort, possédé par un fantôme. Voilà pourquoi je ne t'ai pas attendu. Je voulais protéger Regard d'Espérance !

Arcturus ne répond pas.

— Nous avions tous peur de toi ! continue le capitaine.

— Tous ? Même Kwir ?

— Il est devenu fou. Sans Brune de Bri, je crois qu'il aurait mis fin à ses jours.

Le guerrier regarde la jeune fille et lui sourit.

— Morzèda ne viendra plus jamais vous réclamer. Je vous prends à mon service et, dès notre arrivée à Kornok, nous irons voir Koatal. Bientôt, vous serez une femme libre !

La petite se retient tant qu'elle peut et finit par éclater en larmes. Elle court se réfugier près de la Liwédie.

Arcturus tourne les yeux vers Goapic.

— Nous en profiterons pour montrer Regard d'Espérance au drwidh. Tu lui chanteras ta chanson sur la potion de Dour. Et nous verrons avec lui ce qu'il convient de faire de la reine. Nous disposons au moins de deux jours avant l'arrivée de Morlude. C'est assez pour que tout soit réglé quand il arrivera.

Goapic a oublié sa peur. La bonne humeur d'Arcturus le rassure.

— Comment sais-tu tout ça, mon gars ? Je veux dire, que Morzèda est morte et que Morlude est vivant ?

Le sourire disparaît sur le visage du guerrier.

— Ne m'appelle plus jamais « mon gars » !

Goapic blêmit.

— Excuse-moi. J'ai prononcé ces mots machinalement... Je

me rends compte maintenant qu'ils étaient trop familiers. Mais tu n'avais rien dit jusqu'ici et...

— Je suis un guerrier libre sur ma richesse. Tu es un marin non libre sur la richesse du roi. Restons-en là et nous serons bons amis. Et cela est valable pour vous tous !... Maintenant, j'aimerais voir Kwir !

— Il est couché dans sa cabine.

— Allez le chercher ! Il est temps qu'il profite de Rotan ! Et qu'il vienne seul ! Il n'est pas si faible au bout de cinq jours pour ne plus pouvoir aller sur ses jambes ! Les temps qui nous attendent ne seront pas pour les pleurnicheurs !

Ces dures paroles étaient inutiles. La joie donne des ailes au Liwédi et c'est tout juste si ses pieds touchent l'échelle pour monter à l'écoutille.

— Tu es vivant !

Les mains d'Arcturus lui étreignent les épaules.

— Plus que toi, à ce qu'il semble !

— Mais j'avais tant de chagrin ! Je croyais que Regard d'Espérance t'avait tué !

— Elle a essayé. Je l'ai matée. Regard d'Espérance n'est plus une skaote !

Dans le silence qui suit ces mots, Marhvaur arrive à l'entrée de l'Aber. Bourjine borde l'écoute et vire à tribord. La vitesse augmente tout de suite, mais, dès que le lestre entre dans l'ombre du Moal, l'allure se réduit et, bientôt, les voiles pendent, déventées.

— Attendons la Sine, dit Goapic. Le Kanol est bien chaud et l'Aber est froid. Tout ce qu'il faut pour qu'elle souffle cette nuit. Nous pourrons louvoyer à la clarté d'Armaur.

Le fils du Nouada regarde la grand-voile.

— Combien de temps comptes-tu mettre pour arriver à Kornok ?

— L'Aber est sans danger. Je le connais bien. Si la Sine se lève, nous y serons demain matin.

— Et si elle ne se lève pas ?

— Nous mouillerons pour attendre le prochain flot et nous ramerons.

— Quand, le prochain flot ?

— Le reflux va commencer dans peu de temps. La mer ne remontera donc pas avant la septième heure de la nuit.

— Trop tard ! Nous devons arriver avant le jour. Je ne veux pas que Dour nous voie venir de loin. Préparez le plus de filins que vous pourrez. Les mirhi vont nous tirer.

Sans qu'Arcturus ne dise un mot, les animaux reviennent près du lestre, tirant toujours le keurak. Le guerrier fait préparer de larges boucles au bout des filins et descend dans la barque de peau. Les plus puissants des mirhi passent leur corne et leur cou dans les boucles. Puis le keurak est amarré au cul de Marhvaur et le fils du Nouada remonte à bord.

— Cinq filins, c'est peu !

— C'est tout ce que nous avons, dit Goapic.

— Ils se relayeront.

Les cordages se tendent. Le lestre glisse lentement puis prend de la vitesse.

— Ça alors ! dit Flemm. Si nous avions eu ces bestiaux quand nous étions en panne le long des côtes d'Askorn, nous aurions fait moins d'efforts !

— Ouais ! répond Mail. C'est mieux que les avirons !

Arcturus éclate de rire.

— Vous ramerez pourtant ! Les mirhi seuls ne pourront pas vaincre le reflux !

Les matelots dépités regardent leur capitaine, qui soupire et se résigne à exprimer leur mécontentement.

— Tu veux qu'ils prennent les avirons ?

— Deux de chaque côté, oui.

— Eh bien… Cela m'ennuie beaucoup de te dire ça, mais…

— Mais ?

— Eh bien… Je ne crois pas que ce soit une bonne idée !

— Pourquoi ?

— Parce qu'ils sont fatigués par tous ces jours de mer et qu'ils ont besoin de se reposer ! De plus, comme tu l'as dit tout à l'heure, ce lestre est à Morlude et j'en ai le commandement. C'est donc à moi de décider de ce que mes hommes ont à faire !

Arcturus le fixe dans les yeux. Ses prunelles flambent.

— Tu refuses de m'obéir ?

Les hommes courent chercher des harpons et des gaffes et reviennent se ranger derrière leur capitaine. Mais, cette fois, Arcturus ne baisse pas la tête. Il les dévisage, leur faisant baisser les yeux, puis éclate de rire.

— Je pourrais vous tuer tous très facilement. Mais cela ne résoudrait rien. Je vous rappelle que nous voulons trouver un remède pour Regard d'Espérance et faire payer à Dour ce qu'elle a fait. Si nous arrivons dans la matinée, Dour nous verra depuis le palais au moins trois heures avant que nous ne soyons au port. Que croyez-vous qu'elle fera ?

Ils ne répondent rien. Certains regardent la Liwédie, d'autres les avirons… Arcturus continue :

— Si nous arrivons dans la nuit, nous aurons le temps d'aller voir Koatal et nous prendrons la reine à son réveil, avec à nos côtés Regard d'Espérance qui aura retrouvé son sens.

Goapic se retourne vers ses hommes en écartant les bras, d'un air de dire : Vous voyez ! Il a raison ! Sans un mot, les quatre matelots vont chercher les avirons, se mettent à poste, et, malgré le flot qui s'inverse, Marhvaur progresse dans les premières suies de la nuit.

Arcturus est à la proue, allant d'un filin à l'autre.

— Puis-je me permettre une question ? lui demande Bourjine.

— Que veux-tu savoir ?

— Ce que tu as fait à Bri, après notre départ.

— J'ai rencontré des mirhi et je suis allé avec eux manger des viviou.

— Pourquoi te moquer de moi ?

— Je dis la vérité, par Lughern !

Bourjine est écœuré.

— Eèèèrh ! Tu as mangé des viviou ?

— Ce n'est pas très bon mais j'avais tellement faim ! Les mirhi m'ont ramené à Bri avant l'aube et m'ont aidé à cacher le keurak dans une crique.

Le guerrier parle assez fort pour que tous l'entendent, et tous l'écoutent, sauf Regard d'Espérance.

— Ensuite, j'ai attendu le petit jour, caché dans les rochers. Les Domnis sont arrivés comme un essaim de safronis. Ils sont montés sur les lestres, massacrant ceux qui les gardaient, pour abattre les mâts et percer les coques. Ensuite ils ont attaqué Bri et pris facilement le dyn, sans défenseurs depuis que Meudec avait roussi sur la plage.

Dans l'obscurité grandissante, Arcturus cherche Brune de Bri des yeux.

— Je pense que la soif de Morzèda a été plus qu'assouvie, cette fois. Et son tempérament dut plaire aux Domnis car ils se sont attardés dans le dyn. A midi, ils triaient encore les Kernis qu'ils emmèneraient en esclavage et ceux qu'ils laisseraient pour témoigner de leur force. Ce qu'ils n'avaient pas prévu, c'est le retour de Morlude ! Une nouvelle bataille allait commencer quand les Domnis ont brusquement abandonné Bri et se sont repliés vers leurs bateaux. Ils étaient commandés par un homme qui s'est retourné, avant d'embarquer, pour crier : « Nous nous reverrons dans treize jours, Morlude ! Et tu connaîtras le prix de la mort de Mordrouz ! » J'en ai conclu que c'était Gor. Mais je n'en suis pas sûr car je n'ai jamais vu le champion de Tuchenn.

— Avait-il un gros nez rond et un visage bosselé ? demande Brune de Bri.

— Oui. Avec des sourcils épais et noirs.

— C'est bien lui.

— Voilà. Les Domnis ont préféré attendre le Dourhlan. Ils pensent obtenir dix fois plus de Morlude sans avoir à se battre.

— Qu'as-tu fait après ? demande Kwir.

— J'ai attendu un peu, assez pour apprendre que Froud était mort en voulant combattre et que le cœur de Morzèda n'avait pas tenu. C'est surtout cette dernière nouvelle qui attristait les guerriers ! Après, j'ai rejoint mon keurak et je suis parti jouer avec les mirhi.

— Et tu n'as pas eu envie de combattre aux côtés des Kernis ?

— Non ! Et si les Domnis n'avaient pas rembarqué si vite quand Morlude est arrivé, je me serais joint à eux. Les Kernis me pourchassent, Bourjine, et ma mère était une Domnie de Délienn.

Quand la marée se renverse, ils ont progressé de trois lieues, d'après Goapic. C'est la septième heure de la nuit. L'équipage part se reposer. Les mirhi traînent toujours le lestre, mais leur tâche est beaucoup plus facile, et c'est vers la dixième heure que les hommes de quart voient reluire le crâne du Drwidh dans la clarté d'Armaur. Bientôt Marhvaur entre dans le port. Arcturus jette un regard au palais. C'est sa maison, là, au bout. Myrdhinn y est mort… Le lestre arrive devant le chantier naval. Les charpentiers ont bien travaillé. La coque est finie et les mâts sont dressés. Goapic n'en revient pas.

— Deux mâts ! Dis donc ! Ceux qui navigueront là-dessus auront de la chance !

— Cela te plairait ?

— Oui ! Mais ce bateau est à la reine !

La pierre est mouillée. Les mirhi se détellent d'eux-mêmes et vont s'allonger sur le rivage.

— Alors, dit Goapic, on l'emmène ou on la laisse ?

— Laissons-la dormir. Nous reviendrons avec l'antidote.

Ils descendent en compagnie de Mail dans un keurak et débarquent près des mirhi. Arcturus court vers eux et les caresse, puis les trois hommes se dirigent vers la maison de Koatal.

Félu, son aide, vient leur ouvrir, les yeux gonflés de sommeil.

— Que voulez-vous ? Oh ! Arcturus ! Enfin, tu es revenu ! Entrez ! Je vais prévenir mon maître !

Quelques instants plus tard, Koatal est là. Il a pris le temps de se passer de l'eau sur le visage et de se peigner. Il sourit.

— Je suis content de vous voir ! Toi, Arcturus, parce que tu es le seul qui puisse encore sauver ce qui peut l'être, et toi, Goapic, parce que tu vas pouvoir m'aider pour le nouveau lestre. Certains auraient attendu le jour, mais vous avez bien fait de venir me voir dès votre arrivée.

Arcturus lui répond :

— Nous sommes venus si tôt pour deux raisons qui se rejoignent. La première et la plus urgente est qu'il faut soigner Regard d'Espérance. La seconde est que nous portons de très graves accusations contre Dour, et que je souhaite qu'elle soit jugée avant le retour de Morlude.

Koatal s'assoit, jambes croisées, sur une couverture et invite les autres à en faire autant, autour du foyer central où brûle un feu de tourbe.

— Si vous me racontiez tout depuis le début ?

— A toi, Goapic, dit Arcturus.

Le marin se racle la gorge.

— A Bilarbili, Dour a préparé une potion. Elle l'a fait boire à Regard d'Espérance qui, depuis, a perdu la raison.

— C'est la Liwédie qui accompagnait Myrdhinn ?

— Oui.

— Comment est-elle, maintenant ?

— Comme quelqu'un qui vit sans son esprit.

— Il y avait peut-être une drogue dans la potion, mais pour guérir votre amie je dois savoir laquelle.

— Ecoute bien, dit Goapic. Tu sais que j'ai été l'élève de Tonn. J'ai retenu par cœur tout ce que Dour a fait devant moi. Je vais te le réciter.

A la fin de sa litanie, Goapic se tourne vers Mail qui hoche la tête en signe d'assentiment. Koatal réfléchit.

— Je ne suis pas assez versé dans la médecine des lousew pour être sûr de guérir la Liwédie. C'est à Luz qu'il faudrait s'adresser. D'après ce que je vois, Goapic, ton matelot connaît aussi la recette de Dour. Pourquoi ne monterait-il pas au palais avec Félu ? Je suis certain que Luz trouvera l'antidote. Au point du jour il sera ici pour guérir votre amie. En attendant, vous me raconterez ce qui s'est passé sur Marhvaur et dans la vro Belle, et moi, je vous dirai où nous en sommes à Kornok.

Arcturus est surpris.

— Mais le temps presse ! Si nous attendons le lever du jour, Dour va voir Marhvaur et elle nous échappera !

— Elle ne nous échappera pas, rassure-toi ! Et elle ne verra pas non plus le lestre dans le port.

Félu se met une zé sur le dos et part avec Mail.

— Alors, dit Koatal, qui commence ?

Goapic le premier raconte son voyage et le naufrage de Neige-de-la-Néméti.

Le drwidh en a les larmes aux yeux.

— C'était un si beau lestre ! Le plus fin jamais sorti des chantiers de Kornok ! Dour en est responsable, sans aucun doute ! Mais, après tout, c'est sa richesse qui a disparu. Par contre, elle a ordonné de couler Marhvaur, qui est au roi, et elle a voulu faire mourir une femme libre. Comme tu le disais, Arcturus, c'est très grave !

Goapic a une moue amère.

— Et nous faire mourir, nous, c'est bénin ?

— Je voulais dire que son but était de tuer Regard d'Espérance. C'est cela qui compte pour nous. Es-tu satisfait, Goapic ?

— Oui, oui !

— Bien. Arcturus peut-il me faire son récit, maintenant ?

— Mais certainement !

Le fils du Nouada ne cache rien au drwidh, ni l'emploi du nettoyeur, ni sa victoire sur la skaote, ni comment les mirhi l'ont guéri dans la Pénorine. Koatal est sidéré.

— Par la Grande Reine, tu m'apprends des nouvelles qui m'effraient ! Mordrouz mort… Gor va venir nous réclamer un butin au repas du Dourhlan. Pourvu qu'il ne demande pas…

— Il ne demandera rien ! dit Arcturus.

Koatal regarde le guerrier avec des yeux étonnés.

— Pourquoi dis-tu cela ?

— Il n'y a qu'un homme ici capable de l'en empêcher ! C'est moi ! Et Morlude aux dents de sable devra en tenir compte.

— Je ne doute pas de tes capacités nouvelles, mais tu ne pourras pas prendre la part du héros lors du repas du Dourhlan. Tu devras attendre le Branvode.

— Ne devient-on pas champion quand on tue un champion ?

— C'est l'euzvène qui a tué Mordrouz !

— S'il avait été moins rapide, c'est moi qui l'aurais fait ! Je suis l'auteur de sa mort.

— Tu poses un cas difficile. Talariante seul peut y répondre.

— C'est la Grande Reine qui le fera quand je prendrai la part du héros.

— Tu veux t'en remettre à son jugement ?

— J'ai plus confiance en elle qu'en Talariante !

Koatal sursaute, indigné.

— Oh !... Abstiens-toi de parler ainsi, ou je ne pourrai plus faire appel à toi pour nous aider !

— Vous aider à quoi ?

— A ramener Myrdhinn à la raison !

Le visage d'Arcturus s'illumine. Goapic pousse un cri de joie.

— Il est vivant ?

— Oui. Au palais.

Le fils du Nouada se lève d'un bond.

— Allons le voir !

Koatal n'a pas bougé.

— Assieds-toi ! Quand tu sauras ce qui s'est passé, tu seras moins enthousiaste.

Inquiet, le fils du Nouada obéit au drwidh.

— Après votre départ pour la vro Belle, Dour est venue me voir, et je lui ai conseillé de jouer le rôle de Canawyr auprès de Myrdhinn. Je ne voyais que cette médecine pour faire oublier à ce fou son désir de mourir. Il semble que cela ait réussi, puisque le malade a accepté de se nourrir. Une nourriture particulière. Dour lui a donné son lait en secret.

Son lait, pense Arcturus. J'en ai bu aussi...

Koatal continue :

— Les drwidhs ont aussitôt noté un mieux, et tout allait bien, mais Bégarog, une de ses servantes, a épié Dour et l'a dénoncée aux drwidhs. Ils l'ont soupçonnée de vouloir du mal à Myrdhinn et lui ont interdit de retourner le voir. Elle est donc revenue me demander de l'aide. Tu connais Glanglaw ? J'ai dû argumenter longtemps pour qu'il accepte de laisser Dour donner le sein à

Myrdhinn. Il prétendait que l'amélioration était due à une incantation mais je crois surtout qu'il avait peur de Morlude ! Enfin, l'état du malade empirait de nouveau et il a dû se résoudre à donner son accord. Cependant, sa méfiance était telle qu'il a voulu surveiller la reine pendant qu'elle donnait le sein à Myrdhinn. Et pour éviter tout maléfice, toute magie des Rotanes et je ne sais quoi d'autre, on a transporté le malade, avec toutes ses affaires, y compris son épée, sous la coupole. La première fois, rien ne s'est passé. Myrdhinn était trop faible. A la seconde, il a ouvert les yeux et, quand il a vu les drwidhs, le losca l'a saisi. Mélangé à sa folie, ce fut terrible ! Glanglaw et Bréo s'en sont sortis avec de la chance. C'était le septième jour de Tanik. Depuis, Myrdhinn vit enfermé avec Dour sous la coupole. Seule Kahés peut aller les voir et leur apporter des vivres.

Arcturus ne peut réprimer un sourire.

— Je suppose que ma tante ne doit guère apprécier cet emprisonnement.

— Détrompe-toi ! Elle aime le fou qui la retient. Je suis monté pour essayer d'amadouer Myrdhinn, sans y parvenir, comme tu t'en doutes, mais elle m'a parlé à travers la porte. Tu es le premier à qui je répète ses paroles. Elle m'a dit : « Je l'aime. Je suis Canawyr maintenant, et je l'aime comme jamais je n'aurais cru qu'on puisse aimer »... Voilà où nous en sommes. Qu'en penses-tu ?

— Je pense qu'il sera difficile d'organiser son jugement.

— Sûr ! dit Goapic. J'ai vu plusieurs fois Roi des Brini emporté par le losca et je plains ceux qui voudront lui enlever Dour !

— Qu'allons-nous faire ? dit Koatal. On ne peut les abandonner dans la coupole jusqu'à la fin de leurs jours ! C'est en toi, Arcturus, que réside notre dernier espoir. Tu es le fils de son ami. Il était ton tuteur.

— Plus que jamais, il faut que nous guérissions Regard d'Espérance. Quand il la verra, il retrouvera peut-être la raison. Il l'aimait.

Goapic acquiesce.

— Ça oui !

Koatal regarde la fenêtre. Le jour point. On voit les mâts du nouveau lestre.

— Luz ne va plus tarder.

Il va ouvrir la porte, scrute la descente et fait quelques pas dehors pour mieux voir le pont.

— Les voilà !

Arcturus et Goapic le rejoignent.

— Allons à leur rencontre ! dit le capitaine. J'ai hâte de savoir ce qu'ils ont trouvé.

Mail et Félu, qui porte un panier rempli de sachets, suivent Luz dont les longs cheveux noirs, drus et brillants, tombent librement sur les épaules. La vapeur de leurs haleines se teinte des prémices de l'aurore.

— Alors ? demande Koatal.

— Rien de nouveau là-haut ! répond Luz.

— En tout cas, dit Mail, j'en connais une qui ne s'ennuie pas ! Du milieu de la cour on les entendait ! Elle s'est drôlement réchauffée, la Domnie !

Arcturus lui lance un regard glacé qui n'échappe pas à Goapic.

— Tais-toi donc, sacré bavard ! Tu veux finir comme Broud ?

— Je parlais de la potion, dit Koatal à Luz. Sais-tu ce qu'elle a préparé ?

— Oui, si ce que m'a dit Mail est exact. J'aimerais que Goapic me le confirme.

Quand le marin a fini sa récitation, Luz sourit.

— Je crois que nous allons pouvoir guérir cette femme ! Allons sur Marhvaur, c'est le mieux. Je préparerai l'antidote sur place. C'est le genre de chose qu'il faut boire tout de suite.

Brune de Bri les accueille sur le lestre. Les autres, épuisés par les avirons, dorment encore. Elle accède à toutes les demandes de Luz et lui prépare feu, bol, eau chaude, cuiller. Tout est propre, net et brillant. Koatal n'en revient pas.

— Ton bateau est très bien tenu, Goapic !

Le marin montre Brune qui trotte partout.

— C'est à cette jeune fille que nous le devons.

— Je voudrais te voir tout à l'heure à son sujet, dit Arcturus au drwidh.

— Bien. Mais chaque chose en son temps !

— Nous sommes prêts ! dit Luz.

Ils descendent dans la cabine de Regard d'Espérance, mais, quand le drwidh veut lui faire boire son breuvage, elle se raidit et refuse. Luz est déçu.

— Je ne veux pas risquer de le renverser !

— Laissez-moi essayer, dit Brune de Bri d'un ton décidé. Je crois qu'elle a peur de vous. Retirez-vous dans la coursive, je vais lui parler.

D'où il est, Arcturus ne voit que la main crispée de Regard d'Espérance. Sous l'effet des paroles de la petite, les doigts bleus se détendent. Puis la main avance sur la couverture quand Brune soulève la jeune femme. Ils l'entendent boire.

— Trois gorgées suffiront ! murmure Luz.

Ils demeurent à l'écoute, et leur silence est seulement perturbé par Kwir qui se lève dans la cabine voisine et les rejoint. Soudain ils entendent la voix de Regard d'Espérance.

— Qui… qui es-tu ?

— Je suis votre amie. Et d'autres amis sont là qui veulent vous voir.

Goapic et Kwir entrent. Le premier geste de Regard d'Espérance est de couvrir sa nudité avec une zé. Elle est bien guérie ! pense le marin. La Liwédie est heureuse de les voir et leur prend la main. Mais, quand Arcturus entre à son tour, elle commence à trembler.

— Qu'avez-vous ? demande Goapic.

— C'est Arcturus ! Il est… ce que voulait Enès !

Ses yeux s'agrandissent et elle hurle :

— Enès !

Puis elle éclate en sanglots. Brune la prend dans ses bras et la berce, tandis que Kwir se penche vers elle.

— Enès était mon maître, tu le sais ! Nous sommes liwédis tous les deux et nous l'aimions. Je voudrais bien savoir comment il a disparu. Tu es la seule qui puisse me le dire. Comment il est parti ?

Et la jeune femme, toujours secouée par les sanglots, leur raconte les derniers instants d'Enès. Goapic est hors de lui.

— Cette sacrée saloperie de glandouille ! J'aurais dû lui planter un harpon entre les yeux !

— Bien, dit Koatal. Elle a retrouvé son sens et nous savons comment Enès a disparu. Il reste une chose à faire, raconter à Regard d'Espérance tout ce qui est arrivé depuis qu'elle était malade. Le mieux est que Kwir s'en charge. Luz restera auprès d'elle et lui dira ce qui se passe au palais. En attendant, Arcturus, retournons chez moi tous les deux.

Félu a remis des morceaux de tourbe dans le feu. La fumée bleue monte vers le trou dans le toit, trou lui-même protégé, à l'extérieur, par un petit toit de chaume posé sur des poutrelles verticales dont la hauteur est réglable de l'intérieur.

— Tu voulais me parler de Brune de Bri, dit Koatal.

— Cette jeune fille est une esclave. Elle a été enlevée par les Kernis chez les Domnis de Tuchenn. Elle appartenait à Morzèda.

— Bien. Et que veux-tu ?

— Morzèda est morte. Je souhaite prendre la fille à mon service.

— Pour l'instant, c'est une fugitive.

— Je ne dirais pas cela. Nous l'avons embarquée avec nous quand nous avons fui l'attaque domnie. Elle n'avait pas le choix.

— Effectivement, elle ne s'est pas enfuie seule. On peut considérer que tu l'as sauvée lors d'une attaque imminente et que, sans toi, elle serait restée près de sa maîtresse pour mourir. Ceci d'autant plus facilement que cette maîtresse ne nous contredira pas.

— C'est donc une esclave à prendre ?

— Disons oui !

— Alors, je la prends, et je plains ceux qui s'y opposeraient.

— Tu fais un nouveau rapt par la force, en quelque sorte ?

— C'est ce que je fais !

— Bien. Elle est à toi. Je le dirai à Glanglaw et Morlude en sera prévenu.

— Bon. Maintenant qu'elle est à moi, je voudrais en faire une femme libre sur ma richesse.

Koatal hausse les sourcils.

— Et quelle richesse as-tu ?

— Celle d'un champion. Morlude devra passer par mes exigences ou il subira celles de Gor.

— Je te trouve bien décidé, garçon. Es-tu si sûr de toi ?

— Tu m'appelles garçon parce que je n'ai pas encore de barbe. Mais j'ai déjà maté une skaote ! Toute sa puissance est en moi, Koatal ! Et pourtant je ne la possédais pas encore quand j'ai tué deux nerdud, un champion et cinq guerriers de valeur, dont Gwaz. J'irai demain prendre possession de son dyn au sommet du Ros. De même, je prendrai tout à l'heure possession de la demeure de Mordrouz, et Kahés deviendra ma concubine !

A cela j'ajoute que Dynlir est à moi ! Enfin, et ce n'est pas le plus petit mérite, qui d'autre commande aux mirhi par la simple pensée ?

— C'est impressionnant, en effet. Et que feras-tu ensuite ?

— J'irai dans chaque royaume, au repas du Branvode, et je prendrai la Part du Héros.

Le drwidh en reste bouche bée.

— Tu veux devenir champion de tous les royaumes ?

— Dans trois ans je le serai ! Je veux que chaque royaume se mette en quête des talismans des dieux. Et quand nous les aurons, nous attaquerons les nerdud et nous serons invincibles !

Koatal reste un instant plongé dans ses pensées.

— Nous voilà bien loin de Brune de Bri ! Pourquoi tant d'intérêt pour cette jeune esclave ?

— Pour avoir trop senti les complots et la trahison, j'ai besoin d'être entouré par des gens de confiance. Cette fille est intelligente et courageuse. Si je la rends libre, elle ne me trahira jamais !

— Malheureusement, je ne peux prendre seul cette décision. Il faut l'accord de Morlude.

— Bien, ô drwidh. Je rajouterai cette demande aux autres quand il reviendra.

— Peut-on connaître ces demandes ?

— Pardonne-moi, mais je préfère me taire.

— A ta guise.

Les deux hommes restent silencieux. Félu leur apporte un bouillon chaud et des crêpes. Quand ils ont terminé le repas, le drwidh offre une bolée d'avalic à son hôte.

— Ma présence là-haut n'est pas utile. Je vais rester ici avec l'équipage de Marhvaur. Nous examinerons la vag que j'ai construite selon les indications de Myrdhinn. J'espère qu'ils sauront me conseiller pour les voiles et les manœuvres.

— Tu peux leur faire confiance. Ils maîtrisent le nouveau gréement de leur lestre.

— Ce sont des marins comme eux qu'il faudrait pour le nouveau bateau… J'ai peur qu'un équipage inexpérimenté…

Le fils du Nouada sourit.

— Si je demande le nouveau lestre et l'équipage de Marhvaur à Morlude, me promets-tu de m'aider dans les jours qui vont venir ?

Koatal sourit à son tour.

— Je vois que tu as été à bonne école avec Dour !

— Soutiendras-tu mes réclamations ?

— Je les soutiendrai.

— Bien, ô drwidh. Je vais partir, maintenant. Ah ! une dernière chose. Peux-tu remercier pour moi Lér et la Pénorine qui m'ont sauvé de la mort ?

— Je le ferai demain, en ta présence, à la huitième heure du jour, quand la mer sera basse.

— Il est temps pour moi d'aller chercher les autres. J'ai hâte de revoir Myrdhinn !

Regard d'Espérance est assise seule sur son banc et contemple la baie de Kornok. Arcturus vient s'asseoir près d'elle.

— C'est une belle matinée sur ce beau paysage !

La jeune femme tourne la tête vers lui. Son visage est sérieux, sévère même.

— Voici donc celui qui a maté la skaote !

— Comment vous sentez-vous ?

— Mal. Je ne voulais pas cela, et je ne l'aurais jamais fait si j'avais été consciente. Maintenant je suis vide. Et ma vie est vide aussi.

Ses yeux brillent. Des oiseaux-lances plongent tout près du lestre.

— Je voudrais revoir Camoghère...

— Nous partirons après le Dourhlan et vous reverrez Camoghère. J'ai moi aussi envie de connaître les Cavaliers Arbalètes !

Le regard de la jeune femme s'adoucit. Elle sourit timidement.

— Ils seront si heureux de te voir !

Elle s'attriste aussitôt.

— De te voir, toi ! Moi...

— Ne vous désespérez pas avant d'arriver. Nous verrons bien. Vous serez avec moi, de toute façon, et nul ne vous fera de mal.

— Je serai avec toi, oui... C'est ce qu'Enès voulait, sans doute...

Arcturus regarde le palais, au bord de la falaise, et se lève.

— Nous devons partir.

Mais la Liwédie ne bouge pas.

— A mots couverts, il m'a demandé de te donner le losca. J'ai très bien compris et j'étais révoltée par cette demande. C'est peut-être pour cela que j'ai voulu te tuer...

— Je suis vivant, vous êtes guérie. Essayons d'oublier.

— Je ne me sens pas guérie. Sans doute parce que j'ai toujours senti le losca en moi... Jamais je n'aurais dû le perdre.

Elle baisse la tête et murmure :

— La Grande Reine est avec toi. Tu es devenu très puissant, bien plus que ton père ! Bien plus que tu ne l'imagines.

— J'aurai besoin de vous pour maîtriser cette puissance.

Regard d'Espérance prend la main d'Arcturus et se lève.

— Je serai là. Allons au palais, maintenant ! Il me reste cette épreuve à affronter.

Guerriers et drwidhs sont rassemblés dans la cour, à distance respectueuse de la coupole. Kahés est là, qui regarde Arcturus avec un air pitoyable et soumis.

— Que vais-je devenir, maintenant que Mordrouz est mort ? Je vivais sur sa richesse !

— Ne crains rien. Je prendrai possession de sa maison tout à l'heure, et tu resteras dedans.

— Et quel sera mon rôle ?

— Celui de concubine.

Un sourire efface aussitôt l'inquiétude sur les traits de la jeune femme. Tout en lançant au guerrier des regards qui en feraient rougir plus d'un, elle décrit Myrdhinn et Dour en bonne santé physique, ce que personne dans la cour ne met en doute, car Mail n'a pas menti sur la qualité sonore de leurs ébats.

— Et leur santé mentale ? demande Kwir.

— Canawyr les a rendus fous tous les deux ! Dour se prend pour elle et Myrdhinn se croit sur Erth, dans un royaume étranger, avec sa sœur. Je joue le rôle d'une amie de Canawyr et, chaque jour, je leur apporte nourriture et boisson à midi.

Le fils du Nouada ne veut pas attendre l'heure du repas. Il entraîne Kwir, Goapic et Regard d'Espérance vers la porte et frappe.

— Ouvre-moi, Myrdhinn ! C'est Arcturus qui est là !

Les bruits cessent à l'intérieur. Après un moment, une voix répond en erthien.

— *Qui est dehors ?*

— *Je suis le fils de Skinn Mac Dana !*

— *Skinn ? Il n'a pas d'enfant !*

Le bruit d'une conversation leur parvient, puis c'est la voix de Dour qui parle brési, cette fois.

— Arcturus, est-ce bien toi ?

— Je suis revenu !

— Où est Kahés ?

— Elle est là ! Voulez-vous lui parler ?

— Oui !

Kahés approche, intimidée.

— Je suis là, Canawyr !

— Est-ce bien mon neveu qui est là ?

— C'est lui, je le jure par la massue du Douéda !

Un silence, puis :

— Pourquoi un serment aussi grave ?

— Euh… parce que j'ai peur que vous ne me croyiez pas, et je voudrais tellement que vous ouvriez à votre neveu !

— Hum ! Morlude et Talariante sont là !

— Non ! Arcturus est rentré avant eux, avec des nouvelles incroyables !

— Pourquoi ne jurez-vous pas qu'ils ne sont pas là ?

— Par la massue du Douéda, je le jure !

Nouveau silence.

— Quelles nouvelles apportes-tu, Arcturus ?

— J'ai tué Mordrouz !

— Je vais ouvrir, mais tu dois savoir que Myrdhinn tient Solution Brutale !

— Je ne crains pas l'épée de mon père !

La porte s'entrouvre. Arcturus pousse le battant, attrape Dour par le bras et la tire à l'extérieur. Un hurlement retentit sous la coupole. Myrdhinn paraît, nu, furieux. L'air vibre autour de lui. Regard d'Espérance dégrafe sa zé, s'avance, tenant ses seins dans ses mains, et les offre au guerrier. La roue lumineuse qui naissait s'éteint. Solution Brutale glisse de ses doigts. Il fixe la jeune femme, sourcils froncés.

— Bleunjote ?

Dour est à côté, belle, étincelant de colère.

— Canawyr ?

Goapic et Kwir lui sourient.

— *Je vous connais.*

Arcturus le regarde.

— *Ce sont les yeux de Skinn !*

Il regarde la cour du palais, la Néméti, le ciel.

— *Où suis-je ?*

— Tu es dans le palais de Kornok, dit Arcturus, chez les Kernis de Bré. Ce jour est Bré Nawatani, vingt-deuxième de Tanik.

— Bré… Camoghère…

Il fixe de nouveau Regard d'Espérance et, cette fois, une lueur s'allume dans ses yeux.

— Fleur de Gwarés ! Oui, je me souviens maintenant ! Fleur de Gwarés… Je t'ai lavée à Bilarbili. Tu es partie sur Marhvaur. Oui. Ta broche me perçait la main… Et je te retrouve guérie ! C'est un beau jour que ce vingt-deuxième de Tanik !

Regard d'Espérance ferme les yeux de bonheur. Dour lance des regards mauvais à son neveu. Myrdhinn s'anime soudain.

— Alors ?… Tu peux nous le dire, maintenant ! Qu'est devenu Enès ?

Goapic ne peut s'empêcher de répondre.

— Il a pris les reflets d'Armaur pour un chemin et s'est avancé dans la mer comme un benêt ! Cette saleté de glandouille l'a emporté !

— L'euzvile ! Bien sûr… et Armaur. Enès avait raison. Nul ne peut échapper à la malédiction d'un drwidh.

Il prend la main de la Liwédie.

— Je suis content de te voir guérie !

— C'est pour cela que nous sommes ici, dit Arcturus. Regard d'Espérance n'était pas malade. Elle était sous l'emprise d'un philtre.

— Préparé par qui ?

— La vérité va te blesser, mais il faut que tu saches que nous n'accusons pas à la légère. Nous avons la preuve que c'est Dour qui l'a préparé. Tu dois aussi savoir que, pendant le voyage de Marhvaur, Neige-de-la-Néméti a essayé de le couler. Ce ne pouvait être que sur l'ordre de Dour. Elle voulait la mort de Regard d'Espérance.

— Dour ? Et où est-elle, maintenant ?

— Mais ici !

Myrdhinn éclate de rire.

— Tu te trompes ! C'est Canawyr qui est ici !

Il va vers la blonde et la prend dans ses bras.

— Je l'ai retrouvée, Arcturus. Jamais plus on ne me l'enlèvera !

Glanglaw se décide à intervenir. Il donne à sa voix des intonations calmes et apaisantes.

— Rappelle-toi ton arrivée à Bilarbili. T'en souviens-tu ? Cette femme qui t'a accueilli sur le bateau, qui était-ce ?

— Dour ! Euh… non ! Ah ! Je ne sais plus !

— Et quand on a donné ses armes au fils du Nouada, cette femme qui plaisantait, assise près de toi, qui était-ce ?

— Dour ?…

— Et cette femme qui t'a versé le medh avant que tu sombres dans la folie ?

Myrdhinn se penche vers Dour et la regarde longuement.

— Qui es-tu ?

— Je suis Canawyr. Dour est morte.

— C'est un peu facile ! dit le drwidh. Vous êtes encore la femme de Morlude jusqu'au Dourhlan et vous devrez répondre de vos actes !

Cette fois, il a oublié de contrôler sa voix, et le ton haineux agace Myrdhinn. Il ramasse Solution Brutale.

— Dour est morte ! Canawyr vient de vous le dire !

— C'est elle, Dour, dit doucement Arcturus, et elle doit être jugée.

A cet instant, une sorte de sifflement répétitif se met en branle sous la coupole.

— Harpe du Cygne ! crie Myrdhinn. Il se passe quelque chose là-haut !

Il rentre, tirant Dour par la main. Arcturus est le seul qui ose les suivre dans la grande salle en désordre où les plats s'entassent sur les tables. Myrdhinn prend sa ceinture et l'effleure. Le sifflement s'arrête. Il se coiffe de son casque et fait coulisser une petite porte sur le côté, derrière l'oreille droite. Soudain, ils sont environnés de points lumineux de toutes tailles et de toutes couleurs, les uns groupés, les autres isolés. Autour de certains tournent d'autres points tout petits. Des nuages aux formes étranges les englobent ou les séparent. Arcturus lève la tête. La salle est remplie de ce spectacle merveilleux. Captivé, il ne voit pas Regard d'Espérance et Brune de Bri qui se glissent près de lui.

Au milieu des autres clignote un gros point rouge. Trois étincelles tournent lentement autour, deux qui se touchent presque et une plus éloignée. Et puis là, près d'un autre point de couleur bleue, deux coudées au-dessus, palpite une braise minuscule. Elle va vers le gros point rouge, et elle va vite ! Les petites étincelles ont à peine bougé qu'elle a déjà fait la moitié du parcours.

Soudain, les points s'effacent. Seule reste la petite braise qui grossit et se transforme en trois fuseaux percés de petits trous lumineux alignés.

Dour pousse un cri de terreur et se cache le visage dans les mains pour pleurer. Myrdhinn la regarde, l'air étonné.

— Pourquoi pleures-tu ?

— Ils sont immondes ! dit-elle d'une voix hachée par les sanglots. Répugnants ! Ils veulent nous tuer ! Tous ! Tous les Brésis !

Myrdhinn referme la porte de son casque. Les fuseaux disparaissent.

— Dans deux ans ils seront là !

— Que pouvons-nous faire ? demande Arcturus.

— Préparez-vous à les recevoir.

— Nous aideras-tu ?

— Je ne serai plus là. Je pars et j'emmène Canawyr.

— Où irez-vous ?

— Je quitte Bré, Arcturus. Nous serons tout à l'heure sur Harpe du Cygne, très loin dans le ciel.

— C'est ton lestre des étoiles ?

— Oui.

— Ne peux-tu pas t'en servir pour attaquer les fuseaux ?

— Harpe du Cygne n'est pas un lestre de combat.

— Ah !... Faut-il vraiment que tu partes ? Ta force et ton savoir vont nous manquer.

Myrdhinn montre Dour qui sanglote encore.

— Vous ne me laissez pas le choix.

Arcturus pense à Morlude, aux drwidhs, à l'équipage de Marhvaur, à Regard d'Espérance.

— Elle ne nous le laisse pas non plus !

— Tu vois... Nous devons partir... As-tu mon nettoyeur ?

— Oui. Je m'en suis servi contre l'euzvène. Je ne pouvais pas faire autrement.

— Garde-le ! Et prends cette boîte ! Tu la reconnais ? C'est l'image que ton père a voulu te laisser. Il suffit d'appuyer ici pour le revoir. Je te laisse aussi ce petit cylindre d'argent. Porte-le toujours sur toi. Il provient de la ville natale de Skinn et protège du malheur.

Myrdhinn enlève son casque et le tend au jeune guerrier.

— Il est à toi !

— Ce sont des cadeaux de roi !

— Le plus précieux est à venir. Pour mener à bien tes combats et pour que le premier des talismans soit en ta possession, je te donne Solution Brutale.

— L'épée de Lughern !

— Ce fut celle de ton père et la mienne. Je l'ai conquise dans un combat difficile au péril de ma vie. Elle m'appartient. Je puis donc en disposer. Je la donne en cadeau à l'Enfant du Prodige, Arcturus, fils de Lirn et du Nouada !

— Je saurai m'en montrer digne !

— Nous allons voir !

Il tend la poignée au jeune guerrier qui s'en empare. Aussitôt, l'épée se met à vibrer, secouant le bras qui la tient. Arcturus fait appel au losca. Il le sent dans les veines de son poignet et dans ses muscles. Ses doigts deviennent comme une énorme mâchoire. Il serre, serre la poignée. Des lignes rouges sortent de sa main, s'étendent, suivent les tranchants de la lame et se rejoignent à la pointe. D'autres lignes les relient, en travers cette fois. Et ce réseau lumineux étreint l'épée, la tend comme un ressort, jusqu'à ce que les vibrations s'apaisent.

Un flux noirâtre s'écoule alors de la lame qui devient brillante, jaune, blanche, d'un éclat insoutenable. La brûlure est atroce, mais Arcturus ne peut pas lâcher la poignée. Du sang ! Donne-lui du sang pour l'éteindre ! Dour et Myrdhinn sont là, devant ! Juste un geste ! Il voit leurs veines battre et grossir. Il sent le liquide épais qui les gonfle. Tue-les ! Ils vont partir ! Quelle importance, qu'ils continuent à vivre ? Donne-moi leur sang ! Horrifié, il se retourne. Son regard tombe sur Brune de Bri. Ce n'est qu'une fugitive, une esclave inconnue ! C'est pour cela qu'elle est venue ! Pour mourir ! Donne-la-moi ! Donne-moi son sang ! La tête de l'artous, sur le pommeau, irradie. Arcturus hurle de douleur et s'avance vers la petite, le regard fou. La Liwédie s'interpose. Et celle-là ! Elle est vide, inutile ! Son sang éteindra mon feu ! Enfonce ma lame dans son cœur !

— Ce n'est pas ainsi que je veux percer son cœur ! crie Arcturus.

Il abaisse la pointe de Solution Brutale et se pique le pied. Une goutte rouge disparaît dans le métal ardent. Eclat et chaleur diminuent aussitôt.

Le fils du Nouada regarde l'épée qui se refroidit dans sa main, bien que sa lame reste brillante. Il desserre son étreinte. Les vibrations ne reprennent pas.

— Elle est à toi désormais, dit Myrdhinn.

Arcturus est surpris par le regard de Dour qui exprime admiration, amour, fierté. Il brandit Solution Brutale, éclairant les pierres de la coupole.

— O Lughern ! Je trouverai aussi ta lance ! O Douéda ! Je trouverai ton chaudron ! Je réunirai ces talismans à la pierre de Galloute, et nous vaincrons ceux qui viennent dans la nuit !

Ayant revêtu sa tenue chatoyante et mis sa ceinture, Myrdhinn prend Dour par la main et marche vers la porte. Il s'arrête devant Regard d'Espérance et Brune de Bri blotties l'une contre l'autre.

— Canawyr part avec moi, Fleur de Gwarés. J'ai longtemps fui mon amour et je l'ai retrouvé.

La Liwédie lui lance un regard dur.

— Honte sur toi, Myrdhinn Dale ! Tu romps l'injonction du scrape avant le Dourhlan !

— Les coutumes de Bré sont un carcan pour moi. Je veux être libre.

— Que dis-tu ? N'es-tu pas déjà un homme libre ?

— Tu ne peux comprendre…

— Je comprends que tu veux aussi rompre le distaol d'Enès et te mettre hors du Rythme !

Myrdhinn hausse les épaules.

— Garde la dépouille de la vran. Elle est pour toi.

Il regarde Brune.

— Qui es-tu, toi qui as les yeux couleur du ciel d'Erth ?

Elle sourit.

— Je suis au service d'Arcturus.

— Je connais ce sourire, dit Myrdhinn, comme à lui-même.

— Et moi je connais ces yeux, murmure Dour.

Elle regarde Arcturus et semble vouloir lui parler, puis se ravise et suit Myrdhinn qui l'entraîne dans la cour. Les guerriers et les drwidhs, agglutinés devant la porte, reculent.

— Ecartez-vous encore ! crie Myrdhinn.

Un bruit dans le ciel fait lever les têtes. Une boule descend, s'arrête en chuintant à une dizaine de coudées du sol et finit doucement son trajet pour venir se poser juste devant Myrdhinn. Elle tient sur trois pieds et ressemble, vue de côté, à un énorme chaudron, assez grand pour cuire un troupeau de touzes.

— Voici donc Harpe du Cygne, dit Arcturus.

— Non ! C'est Argotère. Mon keurak, en quelque sorte. Harpe du Cygne est beaucoup plus grosse. Aussi grosse que le nouveau lestre ! Tu vois, Fleur de Gwarés, j'ai respecté le distaol d'Enès. Argotère n'est pas hors du Rythme !

Arcturus regarde sa tante monter. Elle se retourne et lui lance un regard chargé d'amour.

— Adieu, Arc ! Prends soin de cette petite aux yeux bleus !

— Adieu, Canawyr !

Myrdhinn, à son tour, monte.

— Adieu Myrdhinn !

La porte se ferme. Argotère s'élève doucement, puis de plus en plus vite, devient un point, un point minuscule, et disparaît.

XVI

LE DOURHLAN

Le chanteur Merwan, à la fenêtre de l'auberge, regarde Arcturus assis sur le sable devant la Pénorine.

— Il est descendu trois jours après son arrivée. Depuis, il habite ici, lui dit Léghest. On a dit que c'était pour attendre les bateaux de Morlude, mais n'empêche que ça fait deux jours qu'ils sont arrivés et Arcturus dort toujours à l'auberge.

— Il se plaît ?

— Certainement ! Il reste tard dans la salle, à écouter la musique. Mais, pour moi, il y a autre chose.

Merwan se retourne vers l'aubergiste.

— Ah ! ah ! Et quoi donc ?

— Je le vois souvent regarder là-haut et soupirer.

— Et que regarde-t-il, d'après toi ?

— Sa maison.

— Alors là, tu m'auras tout fait ! Tu prétends qu'il est descendu ici pour passer son temps à soupirer après sa maison ?

— Mais non ! Attends ! Kwir m'a dit que c'est la Liwédie qui habite là, maintenant.

— Quelle Liwédie ?

— Ah oui, c'est vrai que tu n'étais pas là ! Elle est arrivée avec Arcturus il y a sept jours, et ils se sont arrêtés ici pour boire un bouillon chaud avant de monter au palais. Elle est belle ! Tu verrais ! Bleue, mais belle !

— Et alors, après deux nuits, brouille. Elle renvoie Arcturus qui, depuis, se languit d'amour.

— Ça n'a pas dû se passer comme tu dis parce que, les deux premières nuits, il est resté avec la jolie Kahés.

Le chanteur siffle d'admiration.

— Il n'a pas dû s'embêter !

— A mon avis, non !

— Celle-là, elle a un regard !

— Ouais, et tout ce qui va avec ! Les promesses de ses yeux, elle a de quoi les tenir !

Merwan regarde le guerrier qui n'a pas bougé.

— Si je comprends bien, Arcturus a essayé de se changer les idées avec la blanche, mais en fait il aime la bleue.

— Je crois bien, oui. Quand on n'a plus d'appétit et qu'on écoute surtout les chansons tristes... Et pourquoi n'est-il pas remonté au palais après avoir réglé son compte à Kadour ?

— Ça s'est passé ici ?

— Juste devant ! J'ai tout vu !

Merwan vient s'asseoir à une table.

— Alors, raconte-moi ça !

— Tu prends une bolée avec moi ?

Sans attendre la réponse, Léghest verse le liquide pétillant et s'installe en face de Merwan.

— Les bateaux sont arrivés il y a deux jours, en début d'après-midi. Arcturus est descendu pour les attendre et il a mangé à l'auberge. Je me souviens, il portait un arc avec un carquois et des flèches. Tiens ! Il l'a posé là, dans le coin.

— Un arc ? J'en ai entendu parler mais je n'en ai jamais vu.

— Il avait aussi une fronde. A la fin du repas, Kwir m'a demandé un sac et ils sont allés chercher des galets dans la Pénorine.

— Et puis les lestres sont arrivés...

— Deux ! Les Domnis ont cassé les autres à Bri.

— … et Kadour était là.

— Oui. A l'étrave du sien, comme toujours, prêt à sauter le premier. Dès que ses pieds ont touché le sable, Arcturus est sorti. Si tu avais vu leur tête, sur les bateaux ! On aurait dit qu'ils voyaient un fantôme. Mais Kadour n'avait pas l'air d'avoir peur. En voyant l'arc, il s'est moqué du garçon. « Tu ne sais pas t'en servir ! il disait. Tu n'es qu'un pantin ridicule ! » Aussitôt après, il recevait une flèche dans le nombril ! Pendant qu'il essayait de l'arracher, Arcturus a crié : « Je ne t'ai pas tué du premier coup pour que tu saches que je sais aussi me servir de ceci ! » Il a fait tourner sa fronde et Kadour a reçu le galet en plein front. On a entendu le bruit jusqu'ici ! C'était incroyable ! Ça s'est enfoncé dans la tête et j'ai vu des jets de cervelle sortir de ses oreilles ! Beuh ! rien que d'y penser j'en ai mal au cœur.

— Remets-nous deux bolées, ça ira mieux !

— Bonne idée !

Les deux hommes écoutent le chant de la mousse qui retombe dans les bols.

— Et ensuite, dit Merwan, les autres sont venus féliciter le fils du Nouada ?

— Pas vraiment ! Il y avait cinq guerriers de la tribu de Kadour. Ils sont descendus et ont commencé à insulter Arcturus. Il a repris son arc et les a tous tués. Du premier coup, cette fois. Alors, évidemment, les autres, sur les bateaux, sont devenus beaucoup plus calmes. Talariante est venu parlementer, puis les guerriers de Gwaz sont descendus et ont déposé leurs armes devant lui. Les autres en ont fait autant.

— Et Morlude ?

— Il devait avoir la trouille, parce qu'il ne voulait pas descendre du lestre.

— La trouille ? Tu ne sais plus ce que tu dis ! C'est le roi de Korn !

— On voit bien que tu n'étais pas là ce jour-là ! Si tu avais vu le fils du Nouada, tu me comprendrais. En plus, Morlude avait un bandeau sur l'œil gauche et il paraît que c'est Arcturus qui l'a crevé. On comprend sa méfiance !

— Alors, comment est-il sorti de son lestre ?

— Talariante et Arcturus ont discuté longtemps. Puis Koatal est venu se joindre à eux. A la fin, Morlude a consenti à descendre. Il est monté au palais sans dire un mot.

— Et comment a-t-il pris le départ de Dour ?

— Takad et Takenn, qui vont là-haut tous les jours, m'ont dit qu'il a tout cassé, puis il s'est enfermé dans les appartements de la reine et n'a pas reparu depuis. On n'est même pas sûr qu'il assistera au festin du Dourhlan !

A ce moment, une sonnerie retentit au-dehors. Léghest et Merwan sortent de l'auberge. Un grand keurak domni, mû par huit avirons, passe devant le Ros. Un homme, debout à l'avant, tient dressée une longue trompe et sonne un deuxième coup quand ils entrent dans le port. Un troisième fait vibrer les mâts quand ils passent devant le nouveau lestre, et, quand le sable crisse sous l'étrave, un quatrième coup se perd dans les échos multiples de l'Aber.

Arcturus, sans arme, vient à la rencontre du Domni qui saute le premier à terre. C'est un homme aussi grand que Mordrouz, mais plus noueux, plus maigre, dont les os bossuent la peau. Il est vêtu de rouge brique et porte une zé noir et blanc. Ses longs cheveux châtains sont séparés en quatre tresses. Sa barbe et ses moustaches sont tressées aussi. Il regarde Arcturus et sourit.

— Qui es-tu, garçon ? Les Kernis ont-ils tant perdu avec Mordrouz qu'ils n'ont plus que des enfants à envoyer au-devant des guerriers domnis ?

— Je m'appelle Arc.

— Arc ? C'est un nom peu courant.

— Ma mère était une Domnie de Tuchenn.

— Heureusement qu'elle n'était pas liwédie ! Tu t'appellerais Fronde !

Les hommes de Gor éclatent d'un rire gras, car le fronde est un parfum utilisé par les efféminés. Arcturus rit avec eux.

— Oui, tu as raison ! J'ai de la chance ! En plus, je serais bleu !

Gor tape sur l'épaule du garçon.

— Tu me plais ! Je sens que nous allons bien nous entendre !

— Je vais te conduire au palais, où le festin a lieu. Les drwidhs, le roi et les guerriers t'attendent là-haut, sous la coupole.

— Bien. Allons-y ! Mes hommes nous suivront.

Gor prend ses armes, et la troupe se met en route.

— N'est-ce pas un kaletir que tu portes ? demande Arcturus.

— Si. C'est notre arme préférée.

— Puis-je le voir ?

Gor lui tend l'objet, forgé dans une seule pièce de dirdu. C'est un cube de la taille d'un poing, au bout d'un manche d'une coudée de long, percé à son extrémité pour laisser passer une boucle de cuir. Arcturus le soupèse et regarde comment il est équilibré.

— C'est une belle arme. Comment l'utilisez-vous ?

— On peut le lancer, mais c'est dans le combat rapproché qu'il donne le meilleur de lui-même.

— Est-il supérieur à l'épée ?

Le champion reprend son kaletir.

— C'est différent. Il faut tenir serrée la poignée d'une épée pour porter les coups. Par contre, tu ne serres pratiquement jamais la poignée du kaletir. Tu te passes la lanière autour du poignet et tu le fais tournoyer comme ceci, en souplesse !

Il fait des moulinets devant lui et sur les côtés.

— C'est impressionnant ! dit Arcturus. Le coup doit être terrible !

— Il y a différentes façons de frapper. Avec une surface plate, tu écrases. Avec une arête, tu brises. Avec un coin, tu défonces. Un coin dans la tempe, c'est la mort !

— Et je suppose que vous avez tout un art du combat, comme à l'épée.

— Oui ! Le jeu est de prendre le bouclier adverse de vitesse. C'est un art, comme tu dis, un art de mouvements qui donnent de l'élan au kaletir sans dévoiler à l'adversaire où sera porté le coup. L'un de mes favoris est de me retourner brusquement et de frapper en revers.

Arcturus est émerveillé.

— On m'a souvent vanté l'adresse des guerriers domnis, et je vois que c'était la vérité. Quand je pense que j'ai la chance d'être initié par le plus grand d'entre eux ! Mes camarades de jeu vont mourir de jalousie !

— Décidément, tu me plais, garçon ! Tiens, regarde ce mouvement ! On l'appelle « la parade de la vran ». Et celui-ci « la vran se cache derrière le nuage ». Maintenant, « la glissade sur l'aile »...

Et ainsi, tout en marchant, Gor, admiré par le garçon, encouragé par ses hommes, exhibe ses talents et nomme les mouvements. Quand ils arrivent devant les défenses de pierre, le champion s'arrête.

— J'en avais entendu parler, dit-il, mais je les imaginais plus importantes !

Quand ils entrent dans la cour déserte, les Domnis, impressionnés, se taisent.

— Voici donc le palais des rois de Korn ! dit Gor. Il manque de couleur ! Si tu voyais celui de Lanfal ! Et où se trouve la salle des banquets ?

— Sous la coupole. Suivez-moi !

Après le grand jour, il faut habituer les yeux à la pénombre pour voir la disposition de l'assemblée. Morlude préside le cercle, sur son lit, au sud. A sa gauche, Talariante, Koatal, Bréo, Luz et les autres drwidhs ; en face, les guerriers ; à sa droite, les artisans. La place de Mordrouz, à côté du roi, est vide. Gor y est conduit par Piwé, dans un silence hostile. Ses hommes se rangent derrière lui, pendant qu'Arcturus vient se placer près de Birvi qui lui a réservé un lit.

Talariante se lève avec difficulté. L'un de ses pieds est enveloppé dans un gros pansement.

— Ce jour du Dourhlan est celui de la déesse. Très Brillante, Grande Reine, Ana, Bré, Awéna, tous ces noms pour celle qui peut épouser tous les dieux. C'est à la Grande Reine, aujourd'hui, que les Kernis s'adressent tout particulièrement. Qu'elle nous aide ! Que l'obscur devienne clair, que le bon soit séparé du mauvais. C'est l'attente du royaume en ce jour !

Morlude se redresse sur son lit. Arcturus le trouve amaigri. Ses cheveux sont gras et il ne semble pas très sûr de son équilibre.

— Qu'on apporte la Part du Héros et qu'on en finisse avec ces simagrées !

Sa voix surprend les Kernis. Elle n'est pas précise et sèche comme d'habitude. Guerriers et drwidhs se regardent.

Deux hommes apportent le chaudron fumant et viennent le placer au centre de l'assemblée. Gor descend de son lit.

— Moi, Gor, fils de Gorré, champion de Tuchenn, je prends cette Part du Héros puisque votre royaume est sans champion.

Le garçon qui l'a accompagné se lève en face de lui.

— Tu ne prendras rien ! Cette part est pour moi, Arcturus, fils de Lirn et du Nouada.

Gor frappe la table avec son kaletir.

— Le fils du Nouada, hein ? Tu t'es moqué de moi ! Et pourquoi la Part du Héros irait-elle avec toi ?

— Je suis champion de Korn.

— Tu ne l'es pas ! hurle Morlude.

— Je le suis parce que j'ai tué Mordrouz !

— Tu ne l'as pas tué ! C'est l'euzvène qui l'a fait.

— L'euzvène m'a privé de ma victoire !

— Tu n'es pas champion de Korn !

Birvi s'est levé.

— Honte sur toi, Morlude, si tu préfères donner la Part à un Domni plutôt qu'à l'un d'entre nous !

Des approbations fusent de partout. Talariante secoue sa baguette.

— C'est la vérité seule qui compte ! Nous avons assez dépensé d'arguments dans cette discussion stérile ! Arcturus désire s'en remettre au jugement de la Grande Reine. C'est d'elle que viendra la vérité, maintenant ! Que la Part du Héros aille au champion de son choix !

Gor a pris une lance à quatre pointes et son kaletir. Il saute au milieu des tables et s'avance vers le chaudron. Arcturus bondit lui aussi. Au bras gauche il porte un petit bouclier rond en dirdu doublé de trois couches de cuir à l'intérieur. Quand il sort Solution Brutale du fourreau, l'éclat de la lame étonne les convives.

— Quelle est cette épée ? demande Gor.

— C'est Solution Brutale, l'épée de Lughern !

— L'épée de Lughern est trop bien cachée pour toi ! Comment pourrait-elle se trouver dans les mains d'un garçon de ton âge ? Voilà bien les Kernis ! C'est tout ce qu'ils trouvent à m'opposer, ce menton sans barbe ?

A peine ces mots ont-ils retenti qu'Arcturus, en un saut incroyable, bondit par-dessus le chaudron, retombe à côté de Gor, tranche une de ses tresses en lui entaillant la joue et, d'un autre bond, revient à sa place. Avec un lacet de sa chemise, il se fixe la tresse au menton.

— Ce sera ma barbe pour aujourd'hui, Gor !

— Et voici ta lance !

Les quatre pointes volent vers Arcturus. Mais il a déjà bougé avant qu'elle quitte la main de Gor et, d'un coup si rapide qu'on peut à peine le voir, Solution Brutale coupe le fût. Les deux morceaux rebondissent sur les dalles avec fracas.

— Ce n'est pas une lance qu'il me faut. C'est un kaletir !

— Viens le chercher !

Le Domni s'arme d'un bouclier ovale. Arcturus avance vers lui. Le kaletir trace une courbe surprenante et frappe le bouclier rond.

— « Le vol nuptial » ! dit Arcturus.

Nouvelle attaque du Domni. Le dirdu frappe le dirdu.

— « La vran rase l'étang » !

Le kaletir vole ainsi de nombreuses fois, selon des courbes complexes et différentes. Toujours il frappe le bouclier et toujours Arcturus annonce le nom de l'attaque. Gor finit par perdre patience et tente le revers de bras. C'est ce qu'attendait le fils du Nouada. Dès que le mouvement commence, il fait un pas. La lame brillante glisse entre les côtes, le long des vertèbres, perce le cœur et ressort noire sous le sternum. Gor s'écroule. Sa tête vole au milieu des Domnis horrifiés. Arcturus a déjà bondi sur une table devant eux.

— Racontez à Gozu ce que vous avez vu et dites-lui que j'irai à Lanfal au Branvode prendre la Part du Héros ! Partez, maintenant ! Vous êtes sous ma protection jusqu'à ce soir. Si votre keurak est encore là cette nuit, c'est la mort pour vous aussi !

— Que ferons-nous de Gor ? demande un guerrier domni.

— Emportez-le. Et emportez aussi sa tête. Qu'il soit enseveli sous son gwirano. Je ne garderai de lui que son arme.

— Sois remercié pour ce geste !

— Une question, Domni : sais-tu qui a forgé ce kaletir ?

— C'est Gobdu, à Lanfal.

— Il n'en a que plus de valeur pour moi…

Une fois la troupe sortie, Arcturus revient au chaudron, prend la Part du Héros et se tourne vers Talariante.

— Alors, acceptes-tu le jugement de la Grande Reine ?

— Comment ne pas l'accepter ? Il est clair. Ta victoire ne souffre aucune discussion, cette fois. La Grande Reine l'a montré. En ce jour du Dourhlan, au palais de Kornok, Arcturus, fils du Nouada, est champion de Korn !

Des cris de joie montent de l'assemblée. Birvi lève sa timbale de medh et tous boivent au champion. Celui-ci se tourne vers Morlude aux dents de sable.

— Et toi ? acceptes-tu ce jugement ?

— Tu es le nouveau champion, dit le roi d'une voix sourde.

— Que me donnes-tu pour avoir épargné à Korn le versement du tribut ?

— Que veux-tu ?

— Trois choses.

— La première ?

— Que Brune de Bri devienne une femme libre sur ma richesse.

— Qui est Brune de Bri ?

— Une esclave qui m'appartient.

Le roi est secoué par un rire sonore.

— Voilà un cadeau qui ne coûte rien ! Eh bien, c'est accordé. Les drwidhs en sont témoins. Quelle est la deuxième chose ?

— La richesse de ma tante.

— Autrement dit ?

— Autrement dit, tout ce qui était à Dour.

— C'est beaucoup, ce que tu demandes.

— Oui, mais je ne prends à personne. Ce cadeau ne coûte rien aux Kernis. A toi, je ne dis pas, si tu pensais t'approprier les richesses de la reine.

Les drwidhs et les guerriers regardent Morlude, et leurs yeux sont durs. Il soupire.

— Je te l'accorde. Quelle est la troisième demande ?

— Marhvaur et son équipage.

— Jamais ! Marhvaur est à moi !

Cette fois, les regards deviennent méprisants.

— C'est la seule chose que je demande sur ta richesse, dit Arcturus. Veux-tu dire que tu es un roi avare ?

Talariante essaie d'intervenir.

— Tu ne peux refuser un cadeau sur ta richesse au champion de Korn !

Morlude regarde le haut drwidh. La flamme d'une lampe éclaire ses yeux rougis.

— C'est toi, Talariante, qui me donnes cet avis ? Toi qui me conseillais d'emmener Arcturus avec nous dans la vro Belle pour le faire mourir loin de Kornok ?

— Il ment ! dit Talariante. Sa raison s'égare…

— Et pour quel résultat ? continue le roi. Mordrouz, Gwaz et Kadour sont morts, et le meurtrier de mon fils est champion de Korn ! Quant à moi, j'ai perdu un œil et j'ai retrouvé la maison royale vide !

Sa voix s'est brisée sur ces derniers mots.

— Tu m'as toujours opposé à Dour. Tu l'as poursuivie de ta haine ! Sans toi elle serait encore ici ! C'est elle que j'aurais dû écouter !

Il se retourne vers Arcturus.

— Sais-tu ce qu'elle disait ? Non, tu ne le sais pas, bien sûr… « Seul Arcturus peut sauver les royaumes », voilà ce qu'elle disait ! « Des monstres vont venir sur Bré. Des monstres horribles ! » Elle vomissait en parlant d'eux ! « Si Arcturus meurt, ils vous tueront tous ! » Et moi j'ai écouté Talariante ! Je me suis détourné de Dour, j'ai voulu tuer Arcturus, et la Grande Reine vient de m'écraser. Malédiction sur elle…

Les guerriers se sont levés. Birvi exprime leur indignation.

— Impie, assassin, avare et sans reine ! Tout ceci est arrivé parce que tu es un mauvais roi ! Le kator de Korn réclame quelqu'un d'autre !

Il est approuvé par l'assemblée.

— A mauvais roi mauvais drwidh ! dit Koatal. Nous devons nous réunir pour juger Talariante !

— Crois-tu ? dit Glanglaw.

Mais cette objection est balayée par les autres drwidhs. Dans le brouhaha, Morlude s'est assis sur son lit.

— Avare ? Non. Je donne Marhvaur et son équipage au fils du Nouada ! Ils feront bien naufrage un jour !

Il descend du lit en riant et se dirige vers la porte d'une démarche mal assurée.

— Le roi est ivre et ses propos sont sans fondement ! crie Talariante.

Glanglaw s'approche de lui.

— Tu dois nous suivre dans la grande maison des drwidhs. C'est une question de vérité. Tu l'as dit toi-même. Elle seule compte. Suis-nous loin du bruit et nous discernerons ensemble le vrai du faux.

Le ton est ferme. L'assemblée s'est tue à ces paroles. Talariante comprend qu'un refus serait pris pour un aveu par les guerriers qui lui jettent des regards furieux. Il descend du lit et, encadré par les drwidhs, sort de la coupole en boitant.

Birvi vient près d'Arcturus.

— Que vas-tu faire, maintenant ?

— Je vais manger. J'ai faim et je voudrais bien goûter la Part du Héros !

Il hausse la voix.

— Je vous propose d'en faire autant ! Ce festin est celui de la déesse. Je crois que nous tous ici pouvons la remercier, moi le premier. Prenons place sur les lits et honorons-la !

Artisans et guerriers l'approuvent, et le repas du Dourhlan se déroule quand même à Kornok, sans drwidhs et sans roi.

Quand chacun a mangé sa part, quand le medh a été bu en l'honneur de la déesse, Arcturus sort dans la cour et se dirige vers la maison royale. Il trouve Rodal assis près de la porte.

— Morlude est-il dans sa demeure ?

— Il est sorti du palais et m'a interdit de le suivre…

— Tu sais, Rodal, que le roi m'a donné les biens de Dour.

— Je l'ai entendu dire.

— Alors, je voudrais voir ses appartements pour faire un inventaire. Sais-tu où je pourrai trouver Goustad ou Anouide ?

— Ils sont chez la reine, mais…

— Mais ?

— Morlude a fermé la porte et leur a interdit de sortir.

— Ce matin la richesse de Dour était sous la régence du roi. Maintenant elle est à moi. Je veux que tu m'ouvres cette porte !

Le ton est sans réplique et la réputation d'Arcturus si terrible que Rodal ne cherche pas à discuter. Il ouvre.

Une odeur épaisse et fade règne dans la première pièce. La porte de l'office est fermée par une barre. Arcturus la soulève. Les deux intendants, les deux suivantes, la cuisinière et trois esclaves de Dour sont là, assis autour de la table, dans le noir. Le peu de clarté qui entre par la porte fait luire le blanc de leurs yeux. Ils sont terrorisés.

— Ne craignez rien, dit Arcturus. Je suis votre nouveau maître et je ne vous ferai aucun mal. Je viens pour faire un inventaire de ce qui est à Dour dans cette maison.

— Où est le roi ? demande Goustad.

— Il est parti.

— Tu en es sûr ?

— Calme-toi, Goustad. Je suis le nouveau champion de Korn. Personne ne vous fera de mal.

Le Kerni regarde Rodal qui hoche la tête.

— Alors, seigneur Arcturus, j'accuse Morlude aux dents de sable d'être devenu fou !

— Et pourquoi cette accusation grave ?

— Sens-tu cette odeur ?

— Oui. On se dirait près d'un Nevèt quelques jours après le sacrifice.

— Suis-moi !

Ils vont à la chambre de la reine. Arcturus ne peut retenir une grimace de dégoût. Un corps flasque, couvert de plaies, pend au-dessus d'une flaque nauséabonde.

— Qui est-ce ?

— Bégarog ! Le soir de son retour, Morlude est venu ici. Il nous a réunis et a exigé de savoir qui avait insulté la reine et qui lui avait dit que le roi prenait parti pour Myrdhinn contre elle. Il promettait de nous tuer tous. Nous avons dû dénoncer Bégarog pour avoir la vie sauve. Il l'a pendue aussitôt et nous a tous enfermés avec lui.

— Vous êtes restés deux jours ici, dans le noir, sans manger ?

— Oui.

— Et que faisait Morlude ?

— Autant que nous puissions en juger, il buvait le medh matré. On l'entendait aussi insulter Bégarog.

— Quelquefois il pleurait, dit Anouide. Il appelait Dour et Morganic.

Le fils du Nouada referme la porte de la chambre.

— Ton accusation est fondée, Goustad. Je la soutiendrai. Sortez, maintenant ! Nous reviendrons avec un drwidh. En attendant mieux, vous irez dans la demeure du champion et vous vous mettrez au service de Kahés. Mangez et dormez, vos malheurs sont finis.

Comme ils sortent dans la cour, ils voient un attroupement sur le rempart, au-dessus de la maison d'Arcturus. Kahés est devant son pignon, le visage blême.

— Morlude s'est jeté dans le vide.

— Mais comment ? dit Arcturus.

— Il est parti autour des défenses, jusqu'à l'endroit où Morganic a été tué. Et puis on l'a vu courir vers la falaise...

Des drwidhs sortent de la grande maison. Kahés retient Arcturus par la manche.

— Quand aurai-je le bonheur de recevoir le champion de Korn dans sa maison ?

Le guerrier lui sourit.

— Ce soir peut-être ! En attendant, je vous demande d'héberger les serviteurs de Dour. Ils seront à votre service.

Kahés n'en revient pas.

— A mon service ?

— Oui, oui !

— Tu m'honores !

— Ce n'est pas trop pour la concubine du champion de Korn !

Et, abandonnant la jeune femme qui rayonne de fierté, il va rejoindre Koatal.

— Les Kernis auront deux assemblées le jour de Beltan, dit le drwidh. Une pour choisir un remplaçant à Talariante et l'autre pour choisir un nouveau roi.

— Où est Talariante ?

— Il vient de succomber à un mal foudroyant.

— Vous l'avez aidé ?

— N'est-ce pas le rôle des drwidhs ? Aider les hommes à changer de monde ?

— Et qu'allons-nous faire en attendant ?

— Glanglaw sera remplaçant provisoire, et c'est sur tes épaules que reposera désormais l'autorité.

— Glanglaw ?

— C'est lui le plus savant de nous tous.

— En tout cas, je tiendrai ma promesse. Tu auras l'équipage de Goapic pour le nouveau lestre.

— Comment l'appelleras-tu ?

— Roi des Brini !

— L'idée me plaît !

En parlant au drwidh, Arcturus regarde sa maison et soudain son cœur bat plus vite. Regard d'Espérance vient de paraître sur le pas de la porte en compagnie de Kwir. Après quelques mots le Liwédi la quitte et s'avance dans la cour, au milieu des Kernis en ébullition. Il cherche quelqu'un. Arcturus lui fait signe et l'appelle. Le garçon vient à lui.

— J'ai appris les nouvelles à Regard d'Espérance, et elle m'a prié de te dire que, le festin du Dourhlan ayant eu lieu, elle n'est plus une femme sur le scrape. Tu peux donc aller la voir.

— Maintenant ?

— Euh… oui, je pense !

— Alors, allons-y ! Je te verrai plus tard, Koatal !

— A demain matin, si tu dors à l'auberge !

— Je ne crois pas que j'aurai le courage de redescendre.

— Ni l'envie !

Arcturus éclate de rire.

— Ni l'envie ! Tu as raison !

Kwir, fièrement, précède son maître jusqu'à sa maison et annonce le champion de Korn. Brune de Bri ouvre la porte. Ils entrent dans la pièce commune. La petite essaie de parler au champion, mais il ne voit que Regard d'Espérance, assise à la table, coiffée comme un ijen. Il pense aux paroles de Roi des Brini à Bilarbili. « Je la fuyais. Mais comment aurais-je pu lui résister ? » La Liwédie et le champion se regardent sans savoir que dire. Finalement, le guerrier rompt le silence.

— J'aimerais regarder la baie de Kornok depuis la fenêtre de ma chambre. M'y autorisez-vous ?

— Tu es dans ta maison.

Arcturus passe dans sa chambre et constate, non sans surprise et non sans plaisir, que c'est Regard d'Espérance qui l'occupe.

L'Aber est le miroir d'un ciel sans nuages où le keurak des Domnis trace une flèche paresseuse. Deux gardiens, l'éperon mauve du Ros et le crâne blanc du Drwidh, protègent la baie des buées roses qui ont mangé le Moal et le Méné. En direction de Bri, les collines, doucement, fondent.

— J'aime aussi ce paysage. La vue si étendue et le sentiment d'ouverture et d'espace réjouissent le cœur en élevant l'esprit. J'ai passé de longs moments à le contempler, comme j'en passais souvent sur les murs de Camoghère à contempler le Gwados enflammé.

Arcturus n'a pas bougé. Il n'ose répondre à la jeune femme venue près de lui, de peur que sa voix ne trahisse son émotion. La fenêtre est petite. Leurs corps se touchent. Un moment passe, de tension délicieuse entre l'envie et la peur.

— Tu ne m'aides pas, dit Regard d'Espérance.

Arcturus garde les yeux fixés sur le keurak domni.

— Pourquoi dites-vous cela ?

— La skaote n'appartient-elle pas à celui qui l'a matée ?

— Vous ne m'appartenez pas, vous êtes une femme libre.

Le visage de la Liwédie se crispe. Elle est au bord des larmes.

— Qui suis-je pour que tu me délaisses, et si tu me délaisses, que deviendrai-je de pire ? Ce matin, pourtant, tu n'étais pas aussi indifférent, lorsque nous faisions la purification du Dourhlan dans la Pénorine. Tu regardais ma nudité, et ta nudité m'a révélé ton désir. Alors, pourquoi me traiter ainsi ? Vais-je dormir seule cette nuit ? Pourquoi m'humilier en me laissant seule dans ta couche ? Veux-tu montrer aux Kernis que je suis la dernière de tes concubines ?

Arcturus prend les mains de la jeune femme.

— Je dormirai ici cette nuit.

— Serai-je ta première épouse ?

— Vous serez la seule !

Elle dégage ses mains et prend le guerrier dans ses bras.

— Viens maintenant, viens sur moi ! J'ai besoin de sentir le losca couvrir ma peau et crépiter dans mes doigts...

Quand Arcturus ouvre les yeux, le couchant rougit l'entourage de la fenêtre. Des bruits venus de la chambre voisine l'ont tiré du sommeil. Il regarde la femme bleue près de lui. Elle est réveillée aussi.

— M'aimerez-vous ? demande-t-il.

— Je serai une épouse irréprochable.

— Ce n'est pas seulement cela que mon cœur espère.

— Ne demande pas trop. L'amour fait souffrir. A tel point parfois qu'on ne peut plus l'éprouver. Je t'admire et je suis fière d'être à ma place. N'est-ce pas déjà beaucoup ?

Avec un sourire malicieux, elle plonge la main sous l'oreiller pour en sortir un tissu de soie bleu ardoise plié soigneusement.

— J'ai trouvé ceci le premier soir. Peut-être veux-tu le garder en souvenir ?

Le voile de Dour ! Arcturus le prend et son cœur se serre un peu.

— Ce fut ma première rencontre d'amour. Mais je ne veux garder aucun souvenir de celle qui me le fit connaître.

Il va jusqu'à la fenêtre, déplie le voile et le jette. Mollement, le carré bleu descend jusqu'à la mer.

— Tu le regardes longtemps. Est-ce à elle que tu penses ?

— Je regarde mon enfance perdue…

Regard d'Espérance vient se serrer contre Arcturus et lui caresse les cheveux. Un cri d'extase, à côté, les fait sourire.

— Je suis content que le sentiment de Kwir se soit réchauffé ! dit Arcturus. Il est tombé amoureux la première fois qu'il a rencontré Brune ; mais c'était dans le noir. Après l'avoir vue au jour, il ne voulait même plus qu'elle vienne avec nous.

— Elle est pourtant jolie.

— Brune a beaucoup changé en peu de temps.

— Elle est si heureuse d'avoir fui le dyn de Bri ! Nous avons beaucoup parlé, toutes les deux. Cette petite a trop souffert et le cri que nous venons d'entendre me réjouit car elle aime Kwir et je craignais qu'elle ne souffre encore.

— Si elle veut l'épouser, je la doterai pour en faire une femme libre sur sa richesse.

Regard d'Espérance presse la main d'Arcturus contre son cœur.

— Tu es généreux.

— Mais, j'y pense, il me reste une bouteille de medh matré ! Vous en avez déjà bu ?

— Non. Je ne sais même pas ce que c'est.

— La meilleure de toutes les boissons. Pourquoi ne pas l'ouvrir ? Nous boirons à notre union et à la nouvelle femme libre ! Kwir !

Le Liwédi arrive aussitôt, l'air guilleret.

— Appelle Brune et ouvre la dernière bouteille de medh. Nous allons boire en son honneur.

La jeune fille arrive, rougissante, les yeux brillants. Elle s'incline devant le champion.

— Tu as tenu ta promesse. Je te remercie, seigneur Arcturus. Aujourd'hui, je suis une femme libre, mais je n'envisage pas de quitter ton service. Mon cœur est à Kwir et ma vie est à toi. Je voudrais tenir compagnie à Regard d'Espérance.

— Tiens ? dit Kwir. C'est la bouteille que j'avais ouverte pour Morlude et qu'il m'avait dit de reboucher. Je la reconnais. Quelqu'un avait fait une croix sur la cire et le bouchon avait été marqué. Es-tu certain que nous pouvons la boire ? Il m'avait dit de la garder pour lui.

Arcturus éclate de rire.

— Là où il est, il ne boira plus autre chose que de l'eau salée !

La Liwédie est choquée.

— Ne te moque pas des morts ! Peut-être devrions-nous renoncer…

— Il y a sûrement d'autres bouteilles chez la reine, dit Kwir.

Le guerrier hésite. La pensée de Bégarog au bout de sa corde le retient.

— Morlude aimait beaucoup le medh matré. Celui-ci est le sien, c'est lui qui me l'a offert. Regard d'Espérance était sous sa protection. Je crois qu'il doit être content que nous le buvions ensemble, ce soir. Verse-le et donne-moi la corne !

Il la tend à Brune.

— A toi l'honneur, femme libre !

— Au champion de Korn ! répond-elle.

Et, en regardant Arcturus, elle boit la première gorgée.

TABLE

Achevé d'imprimer en août 2000 par l'Imprimerie Bussière
à Saint-Amand-Montrond (Cher) pour le compte de la Librairie l'Atalante

N° d'imprimeur : 1742
Dépôt légal : novembre 1997